素葉四十年回顧及研究

王家琪 編著

中華書局

一九八〇年初在埃及。左起：何福仁、朱楚真、辛其氏、張紀堂、西西。（何福仁先生提供）

上　一九八四年地中海之旅。左起：西西、張紀堂、辛其氏、朱楚真、何福仁。（辛其氏女士提供）

下　一九八五年黃山之旅。左起：張海活、鍾玲玲、朱楚真、西西。（朱楚真女士提供）

上　一九八七年在北京。左起：莫言、西西、張紀堂。
（何福仁先生提供）

下　一九九八年在維也納。左起：何福仁、西西、朱楚真。
（朱楚真女士提供）

上　二〇〇四年在京都。左起：俞風、西西、梁滇瑛、龍潔蘭、余在思、何福仁。（俞風先生提供）

下　二〇〇四年在日本。左邊：俞風、何福仁；右邊：余在思、梁滇瑛、西西。（俞風先生提供）

攝於一九八二年。前排左起：周國偉、韋賢、何福仁、黃仁逵、蔡浩泉、蔡邊人、西西、張紀堂、佚名友人；後排左起：陳進權、阮妙兆、辛其氏、楊懿君、朱彥容、朱楚真、曹綺雯、許迪鏘、梁國頤、佚名友人、張灼祥、韋愛賢。（何福仁先生提供）

上　一九八三年西西生日。左起：朱楚真、西西、張紀堂。（朱楚真女士提供）

下　何福仁、西西、梁滇瑛（梁滇瑛女士提供）

上　攝於二〇〇五年。前排左起：辛其氏、西西、甘工貞；後排左起：適然、朱楚真、鄭樹森、何福仁。（何福仁先生提供）

下　二〇一二年與目宿等人合照

上　攝於二〇一三年。前排左起：西西、何福仁、蘇偉貞、鄭樹森；後排左起：朱彥容、辛其氏、朱楚真、許迪鏘、適然、甘玉貞。（何福仁先生提供）

下　攝於二〇一五年，素友飯聚。在鄭樹森和何福仁中間的是葉雲平，台灣洪範書店第二代傳人。（何福仁先生提供）

二〇一五年素友。左起：梁國頤、朱楚真、辛其氏、梁滇瑛、適然。
（何福仁先生提供）

素葉文學叢書

01

02

03

04

05

06

07

08

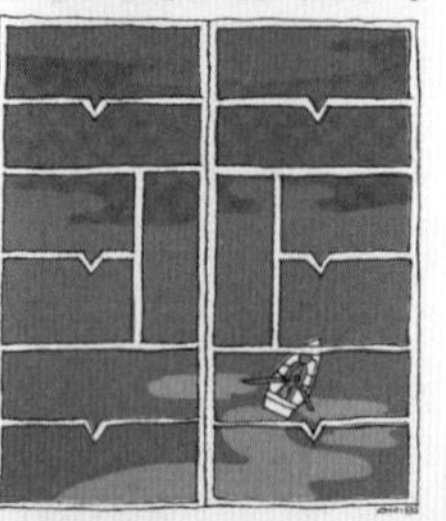

09

10

11

12

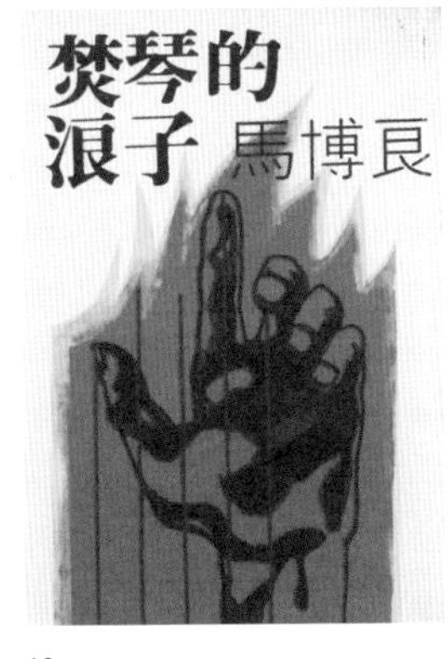

13

14

15

16

17

18

19

20

21

22

23

24

25

26

27

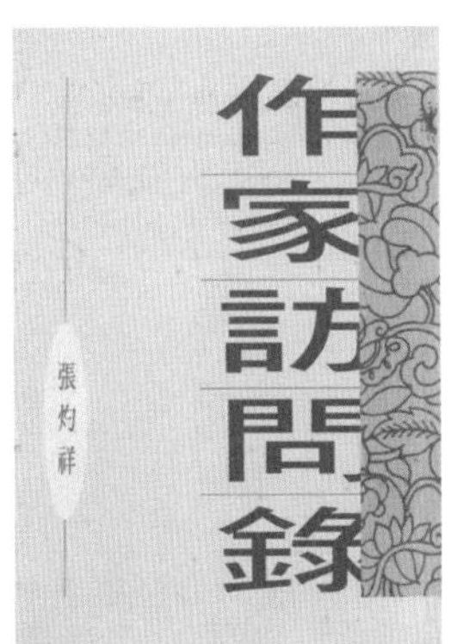

28

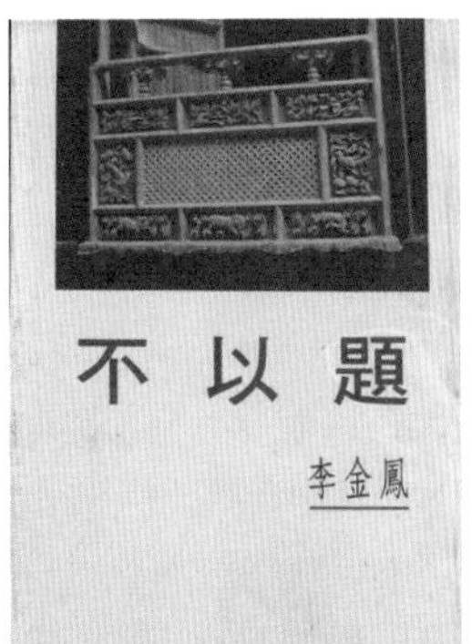

29

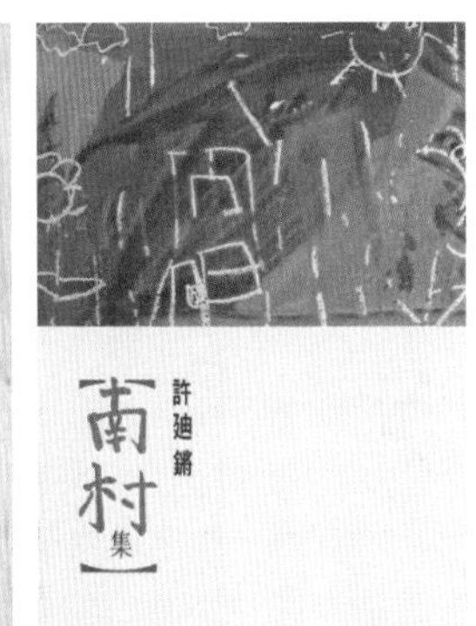

30

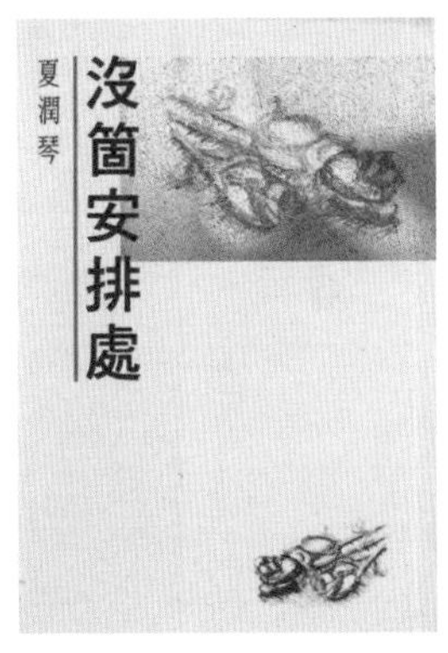

31

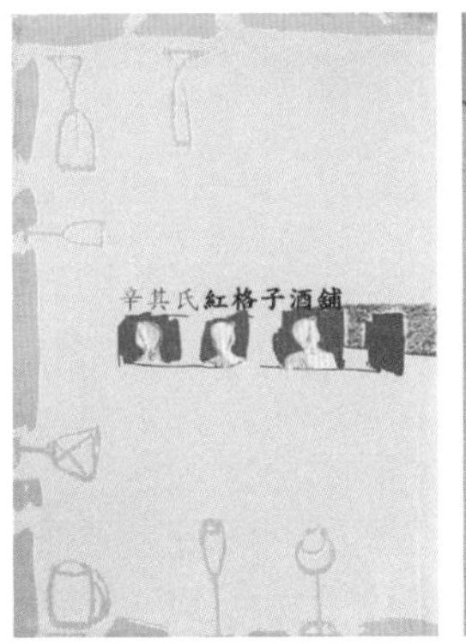

32

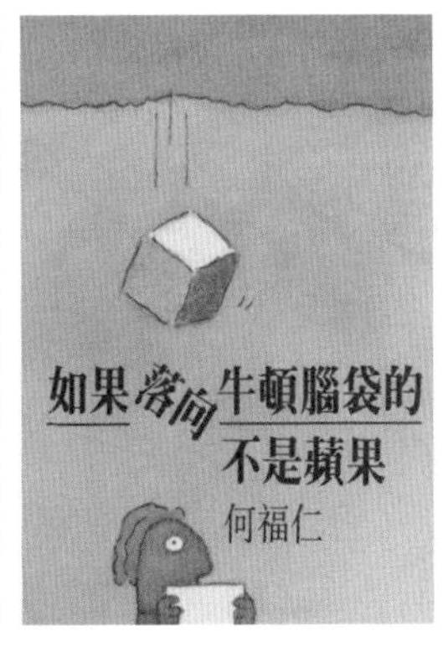

如果落向牛頓腦袋的不是蘋果
何福仁

33

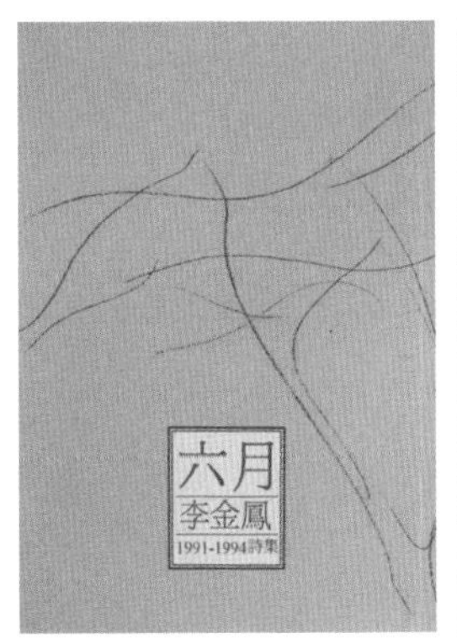

34

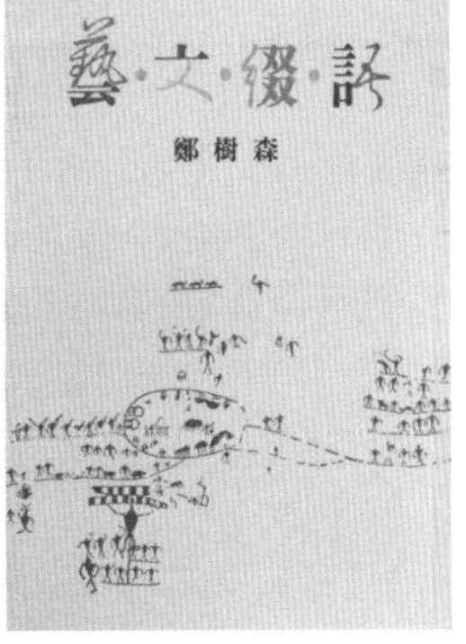

35

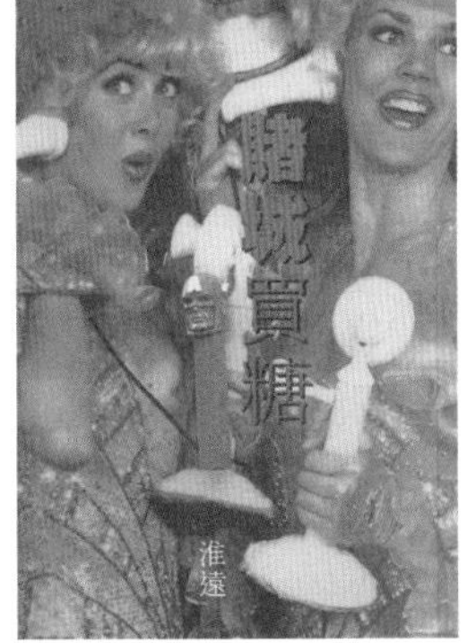

36

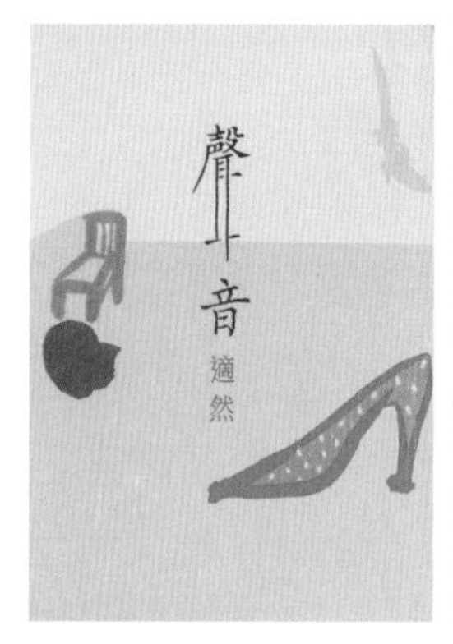

37

38

39

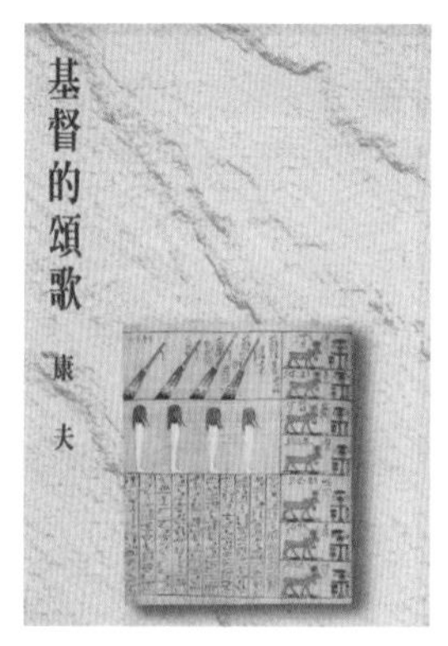

40

41

42

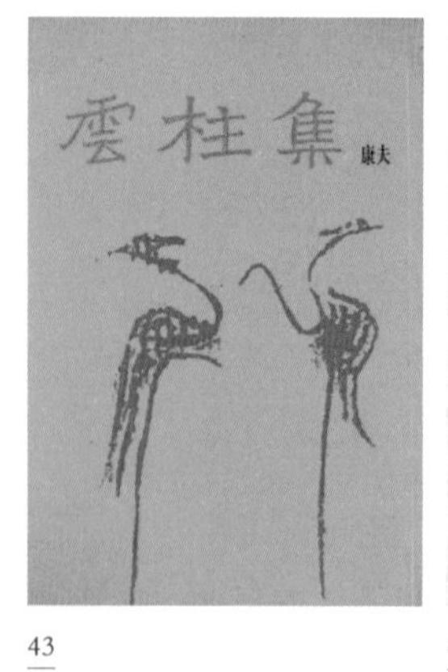

43

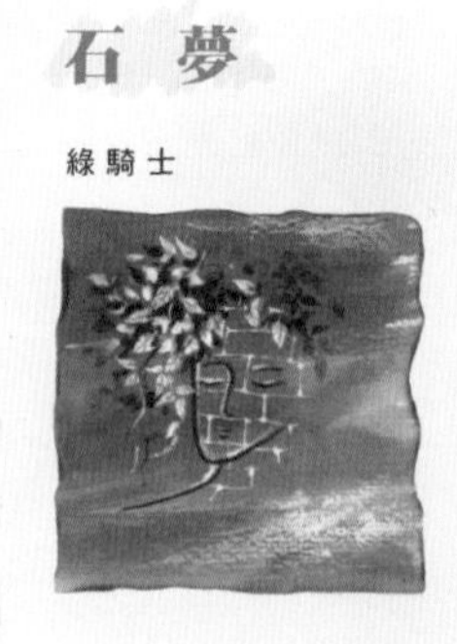

44

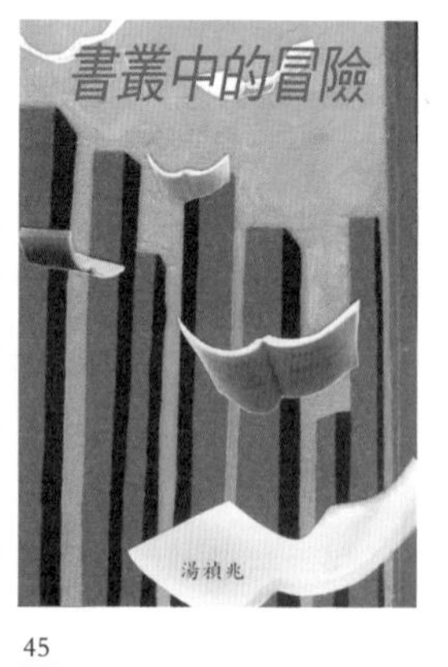

45

46

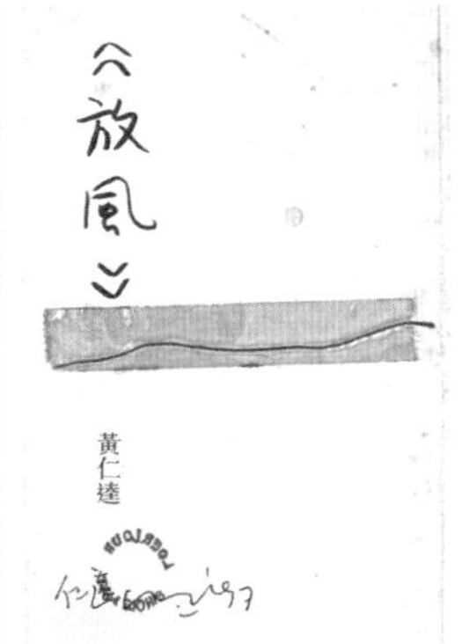

47

48

49

50

51

52

53

54

55

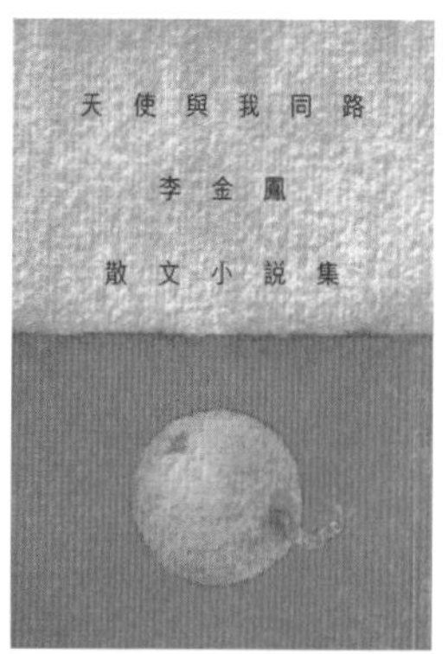

56

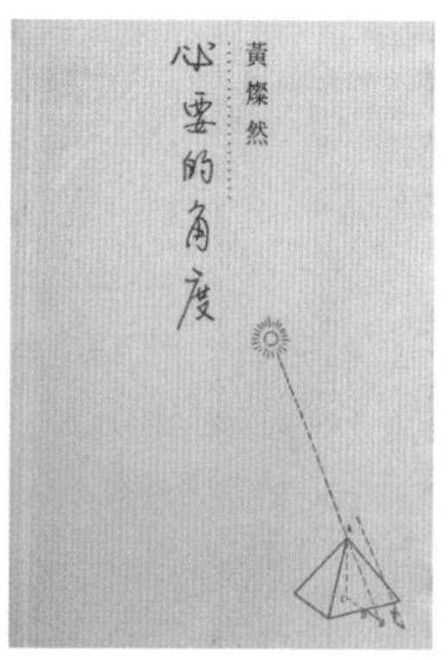

57

58

59

60

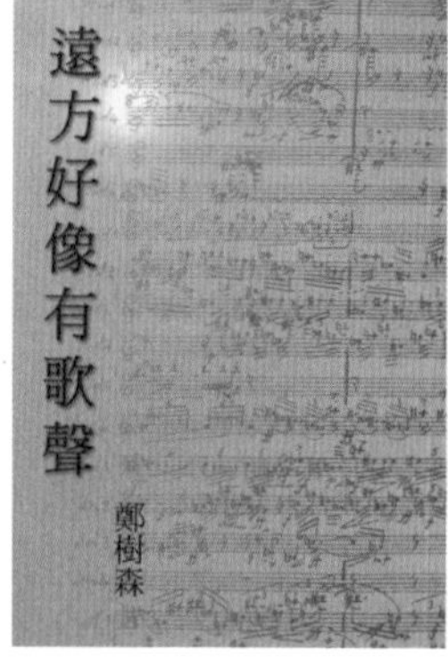

61

62

63

64

65

66

67

68

69

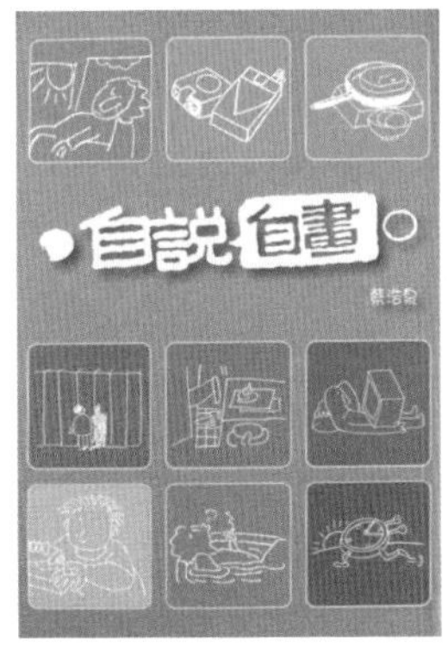

70

71

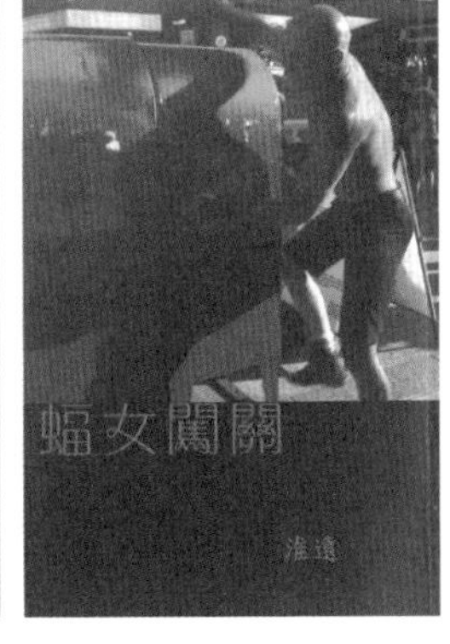

72

73 74 75

01. 西西：《我城》，一九七九年。
02. 鍾玲玲：《我的燦爛》，一九七九年。
03. 何福仁：《龍的訪問》，一九七九年。
04. 淮遠：《鸚鵡韆鞦》，一九七九年。
05. 張景熊：《几上茶冷》，一九七九年。
06. 鄭樹森：《奧菲爾斯的變奏》，一九七九年。
07. 李維陵：《隔閡集》，一九七九年。
08. 綠騎士：《綠騎士之歌》，一九七九年。
09. 蓬草：《親愛的蘇珊娜》，一九八〇年。
10. 戴天：《渡渡這種鳥》，一九八〇年。
11. 古蒼梧：《銅蓮》，一九八〇年。
12. 吳煦斌：《牛》，一九八〇年。
13. 馬博良：《焚琴的浪子》，一九八二年。
14. 董橋：《在馬克思的鬍鬚叢中和鬍鬚叢外》，一九八二年。
15. 也斯：《剪紙》，一九八二年。
16. 張灼祥：《過路的朋友》，一九八二年。
17. 西西：《石磬》，一九八二年。
18. 西西：《哨鹿》，一九八二年。
19. 西西：《春望》，一九八二年。
20. 何福仁：《再生樹》，一九八二年。
21. 辛其氏：《每逢佳節》，一九八五年。
22. 林年同：《鏡游》，一九八五年。
23. 淮遠：《懶鬼出門》，一九九一年。
24. 俞風：《牆上的陽光》，一九九四年。
25. 俞風：《看河集》，一九九四年。
26. 余非：《天不再空》，一九九四年。
27. 于臻編：《舞臺英雄——裴艷玲的演藝世界》，一九九四年。

28. 張灼祥：《作家訪問錄》，一九九四年。
29. 李金鳳：《不以題》，一九九五年。
30. 許迪鏘：《南村集》，一九九五年。
31. 夏潤琴：《沒箇安排處》，一九九五年。
32. 辛其氏：《紅格子酒鋪》，一九九四年。
33. 何福仁：《如果落向牛頓腦袋的不是蘋果》，一九九五年。
34. 李金鳳：《六月》，一九九五年。
35. 鄭樹森：《藝文綴語》，一九九五年。
36. 淮遠：《賭城買糖》，一九九五年。
37. 適然：《聲音》，一九九五年。
38. 杜杜：《瓶子集》，一九九五年。
39. 西西、何福仁：《時間的話題——對話集》，一九九五年。
40. 康夫：《基督的頌歌》，一九九五年。
41. 西西：《飛氈》，一九九六年。
42. 西西：《我城》（增訂本），一九九六年。
43. 康夫：《雲柱集》，一九九七年。
44. 綠騎士：《石夢》，一九九七年。
45. 湯禎兆：《書叢中的冒險》，一九九七年。
46. 江瓊珠：《個人就是政治》，一九九七年。
47. 黃仁逵：《放風》，一九九八年。
48. 盧偉力：《我找》，一九九七年。
49. 黃襄：《失物記》，一九九八年。
50. 辛其氏：《閒筆戲寫》，一九九八年。
51. 黃燦然：《十年詩選》，一九九七年。
52. 余非：《長短章——閱讀西西及其他》，一九九七年。
53. 陳耀成：《最後的中國人》，一九九八年。
54. 余非：《暖熱》，一九九八年。

55. 李金鳳：《出鄉》，一九九八年。
56. 李金鳳：《天使與我同路——散文小説集》，一九九八年。
57. 黃燦然：《必要的角度》，一九九九年。
58. 杜家祁：《我在／我不在》，一九九九年。
59. 陳寶珍：《角色的反駁》，一九九九年。
60. 綠騎士：《壺底咖啡店》，一九九九年。
61. 鄭樹森譯、著：《遠方好像有歌聲》，二〇〇〇年。
62. 余非：《鐵票白票》，二〇〇一年。
63. 廖偉棠：《手風琴裏的浪遊》，二〇〇一年。
64. 蔡浩泉：《天邊一朵雲》，二〇〇一年。
65. 杜家祁：《女巫之歌》，二〇〇二年。
66. 肯肯：《眉間歲月》，二〇〇四年。
67. 淮遠：《水鎗扒手》，二〇〇三年。
68. 麥華嵩：《觀海存照》，二〇〇四年。
69. 余非：《第一次寫大字報》，二〇〇五年。
70. 蔡浩泉：《自說自畫》，二〇〇六年。
71. 何福仁：《飛行的禱告》，二〇〇七年。
72. 淮遠：《蝠女闖關》，二〇一二年。
73. 辛其氏：《漂移的崖岸》，二〇一二年。
74. 惟得：《請坐》，二〇一四年。
75. 伍淑賢：《山上來的人》，二〇一四年。

《素葉文學》

素葉文學・素葉文學・素葉文學・ 1

北飛的人

蓬草

她決定要去那一處遙遠的地方之後，心中充滿了歡喜。

01 第一期

02 第二期

03 第三期

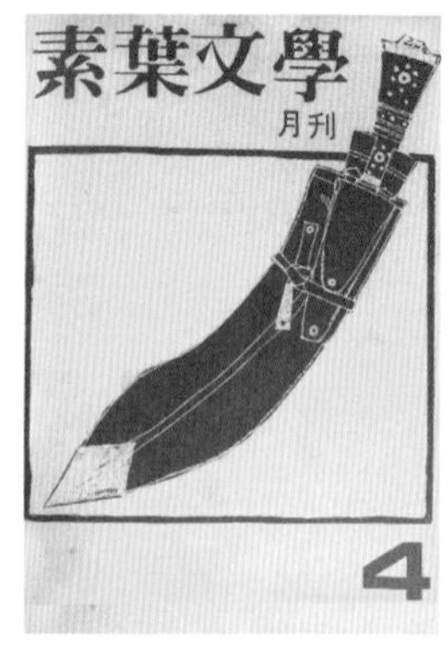

04 第四期

05 第五期

06 第六期

07 第七期

08 第八期

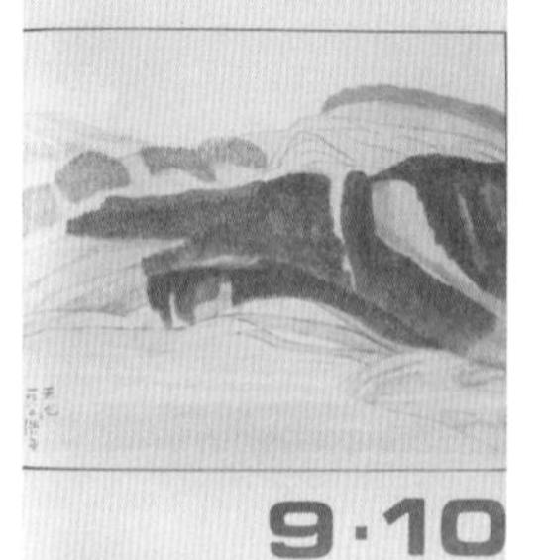

09 第九・十期合刊

10　第十一期

11　第十二期

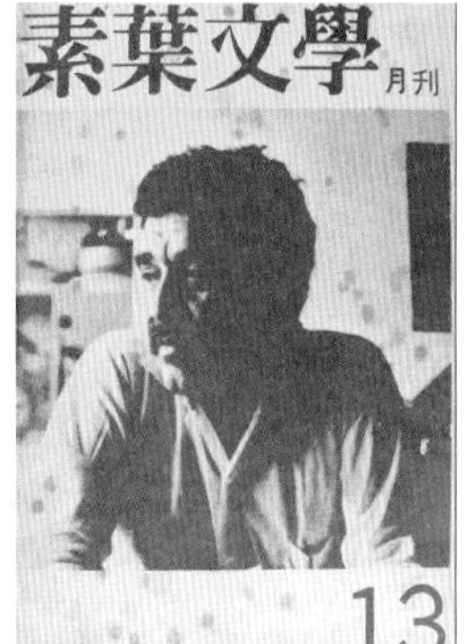

12　第十三期

13　第十四・十五期合刊

14　第十六期

15　第十七・十八期合刊

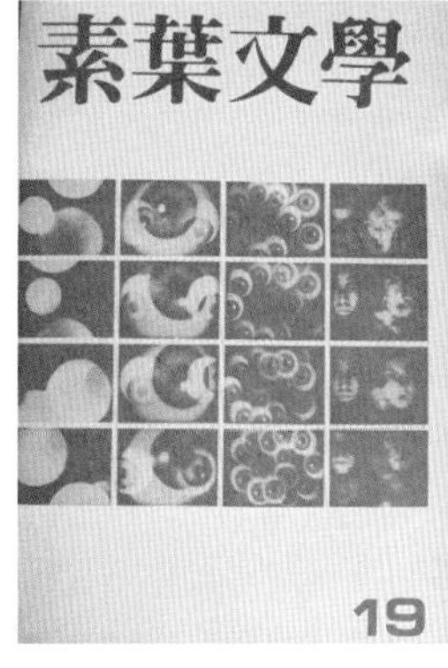

16　第十九期

17　第二十・二十一期合刊

18　第二十二期

19　第二十三期

20　第二十四・二十五期合刊

21　第二十六期

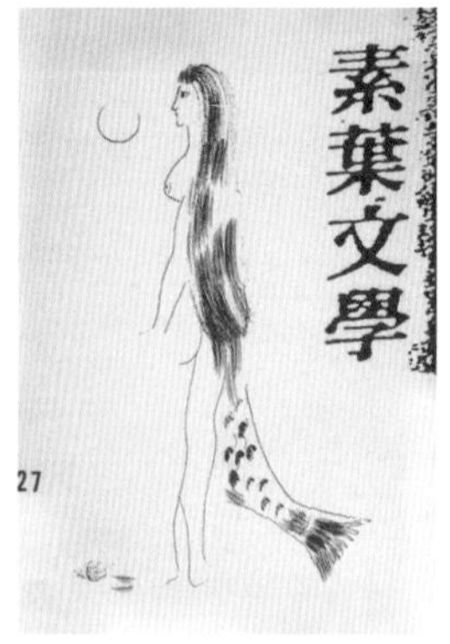

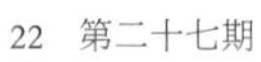

22　第二十七期

23　第二十八期

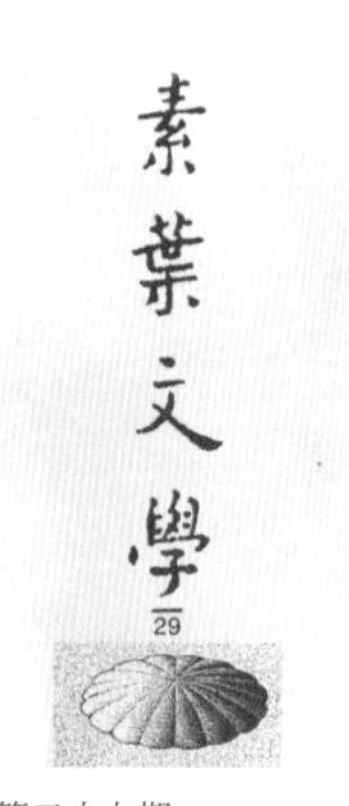

24　第二十九期

25　第三十期

26　第三十一期

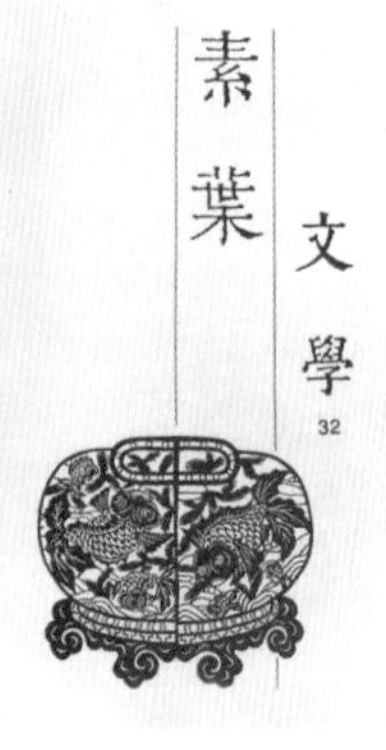

27　第三十二期

28　第三十三期

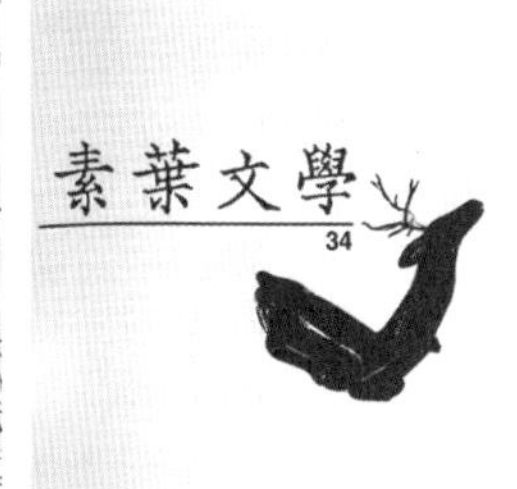

29　第三十四期

30　第三十五期

31　第三十六期

32　第三十七期

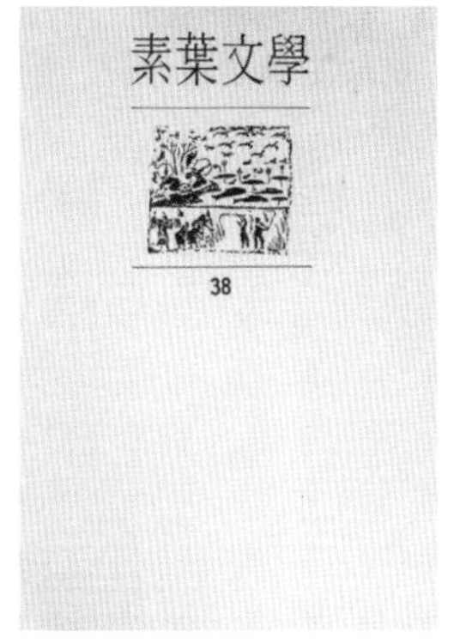

33　第三十八期

34　第三十九期

35　第四十期

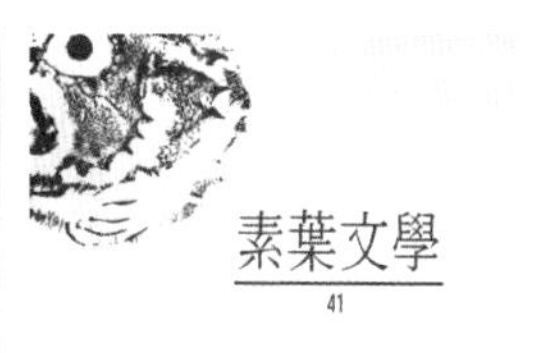

36　第四十一期

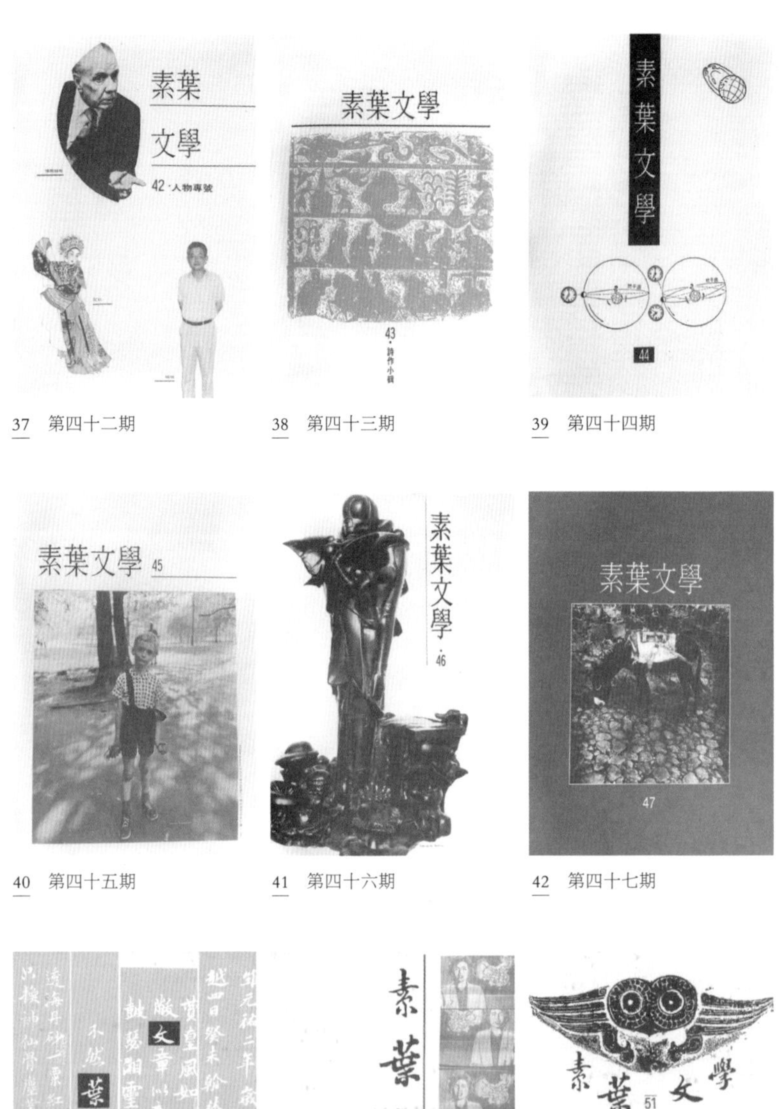

37 第四十二期

38 第四十三期

39 第四十四期

40 第四十五期

41 第四十六期

42 第四十七期

43 第四十八·四十九期合刊

44 第五十期

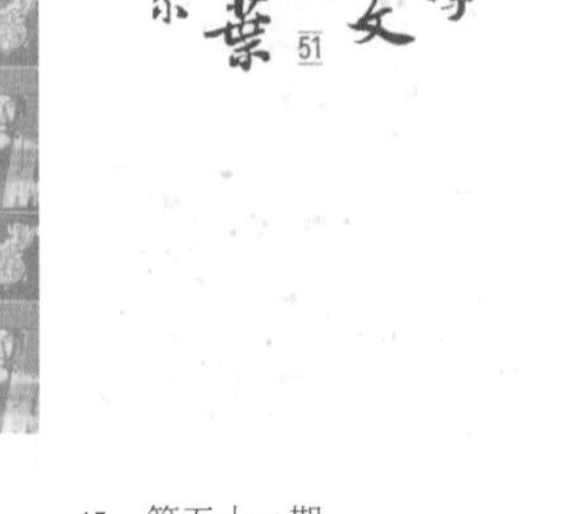

45 第五十一期

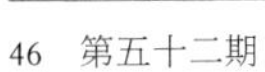
46 第五十二期

47 第五十三期

48 第五十四期

49 第五十五期

50 第五十六・五十七期合刊

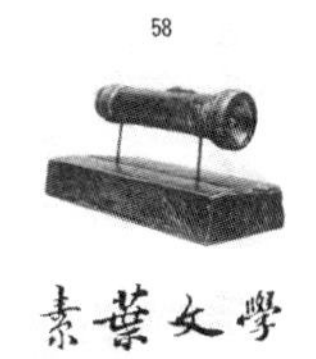

51 第五十八期

52 第五十九期

53 第六十期

54 第六十一期

55 第六十二期

56 第六十三期

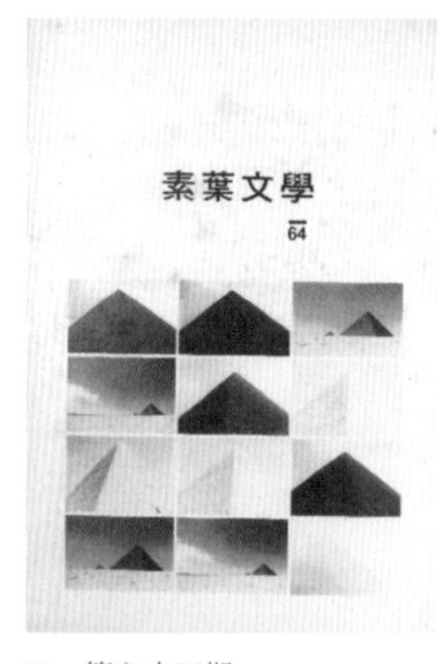

57 第六十四期

58 第六十五期

59 第六十六期

60 第六十七期

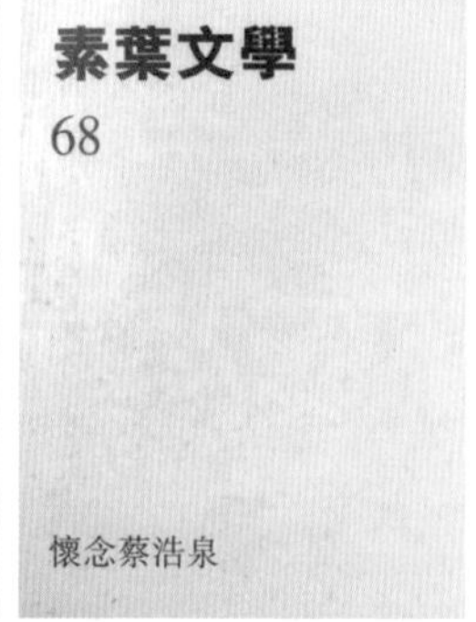

61 第六十八期

圖騰製作有限公司
TOTEM PRODUCTION CO., LTD.

NO. 000044

OFFICIAL RECEIPT

Date, 30/3/1983

Received from 素葉出版社

the sum of Hong Kong Dollars 肆仟肆佰捌拾元正

being in payment # 00034, 00035

$ 4480.00

☐ CASH ☑ CHEQUE

BANK	NO.	DATE
H.K.B.C	051881081	30.3.83

for TOTEM PRODUCTION CO., LTD.

AUTHORIZED SIGNATURE

圖騰製作有限公司
TOTEM PRODUCTION CO., LTD.

NO. 000038

OFFICIAL RECEIPT

Date, 23/3/1983

Received from 素葉出版社

the sum of Hong Kong Dollars 壹仟弍佰肆拾元正

being in payment # 00104 (16期)

$ 1240.00

☑ CASH ☐ CHEQUE

BANK	NO.	DATE

for TOTEM PRODUCTION CO., LTD.

AUTHORIZED SIGNATURE

素葉收據（許迪鏘先生提供）

圖騰製作有限公司
TOTEM PRODUCTION CO., LTD.
香港灣仔譚臣道九十八號二樓・電話：五・七四八二八四～五
98 THOMSON RD. 2/F WANCHAI, HONG KONG TEL 5-748284-5

№ 00228

Messrs. 素葉出版社

Hong Kong, 18/6/83

Description	Quantity	Size	Square Inches	Unit Price	Amount
影版（自己）	64	大16K		18.00	1152.00
Less 10%					(115.20)
印刷	700本				2050.00
廿17.18					

E. & O. E.

TOTAL H.K. $ 3086.80

Received By

Prepared By

圖騰製作有限公司
TOTEM PRODUCTION CO., LTD.
香港灣仔譚臣道九十八號二樓・電話：五・七四八二八四～五
98 THOMSON RD. 2/F WANCHAI, HONG KONG TEL 5-748284-5

№ 00332

Messrs. 素葉出版社

Hong Kong, 24/8/1983

Description	Quantity	Size	Square Inches	Unit Price	Amount
素葉文學 排字費					$600.00
（第十九期） 影版費					$640.00

E. & O. E.

TOTAL H.K. $ 1240.00

Received By

Prepared By

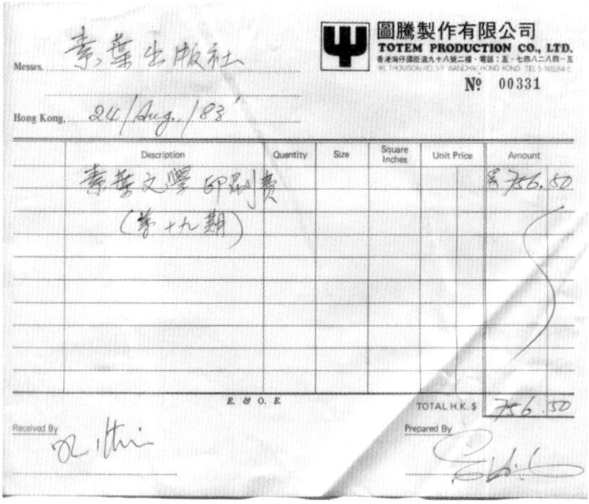

圖騰製作有限公司
TOTEM PRODUCTION CO., LTD.
香港灣仔譚臣道九十八號二樓・電話：五・七四八二八四～五
98 THOMSON RD. 2/F WANCHAI, HONG KONG TEL 5-748284-5

№ 00331

Messrs. 素葉出版社

Hong Kong, 24/Aug./83

Description	Quantity	Size	Square Inches	Unit Price	Amount
素葉文學 印刷費					$756.50
（第十九期）					

E. & O. E.

TOTAL H.K. $ 756.50

Received By

Prepared By

素葉發票（許迪鏘先生提供）

素葉文學復刊計劃

每期印刷費：

印刷：950.00
摺：300.00
菲林：240.00
打字：500.00 (825/14字)

1990.00

定價：10.00

每期收入撥作單行本出版費用或增加個別期號的頁數。

寄售書店：青文、文星、創作、南山、田園、藝文

規格：

— 120磅書紙
— 單色印刷
— 大16開 8頁
— 淨摺不切邊
— 每期不超過2萬字

集資方法：

下列有興趣人士，由本年6月起之三個月內，一次過付出2000.00元正，以後每年集資一次。

余漢江
許迪鏘、朱彥容
何福仁
張紀堂
西西
關秀琼、甘玉貞
簡慕嫻、朱慧真
梁國頤
淮遠
鍾玲玲
梁慎英
周國偉 (?)

適然
吳夢南
葉德輝
陳進權

贊同
西西
9-3.1991

分工細節：有待決定。

《素葉文學》復刊計劃（許迪鏘先生提供）

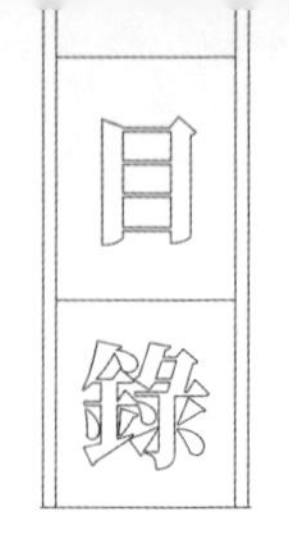

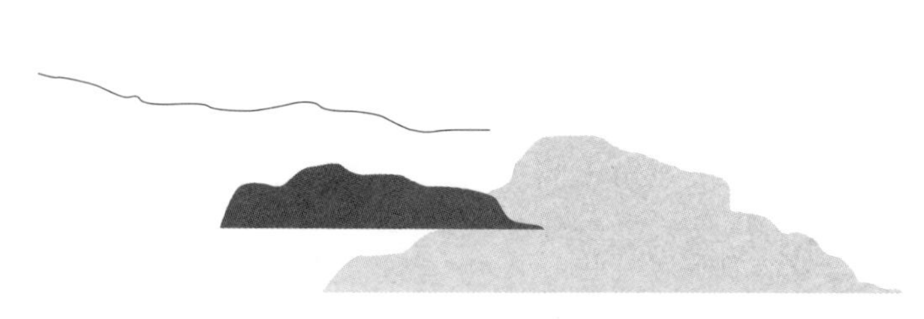

第一部分 —— 緣起篇

第二部分 —— 回顧篇

第三部分 —— 研究篇

王家琪　《素葉文學》研究

第四部分 —— 資料篇

第一部分

緣起篇

素葉出版社及《素葉文學》簡介

素葉出版社於一九七八年十二月成立，一九七九年四月出版第一輯叢書。取名「素葉」由西西提出，一方面源於李白流傳的出生地點：吉爾吉斯的碎葉城，又稱素葉水城；另一方面諧音「數頁」，以示素葉出版的書由於成本限制，只能是數頁而已，並取其樸素之意。出版社的成立最初由周國偉倡議，他聯絡了大學同學何福仁，首先找來張灼祥加入，並邀請更多朋友，創立成員包括：周國偉、何福仁、張灼祥、西西、鍾玲玲、辛其氏、許迪鏘、康夫、梁耀榮、周麗英、杜杜、淮遠、梁國頤、張紀堂。兩三年後又有曹綺雯、俞風、黃襄等人加入，大部分成員曾經參與《中國學生周報》、《大拇指》、《四季》或《羅盤》詩刊。素葉專門出版本地作品，特別是從未出書的作者，唯邀約對象不限於同人。出版社的成立，是有見於大量優秀的香港文學作品僅在報刊連載，缺乏結集出版的機會和渠道，不利於尋找、閱讀和研究。素葉同人每月出資若干，作者及編者均是無償工作。扣除印刷成本後，銷售所得的收入撥入出版下一輯叢書的經費。叢書通常一輯四本，印數一千，每輯皆包括小說、散文和詩等不同的文類，至二〇一四年結束為止，總共出版七十五種素葉叢書。

《素葉文學》於一九八〇年六月創刊，一九八四年八月出版第二十四．二十五期合刊後，因人力疲乏而休刊。一九九一年七月出版第二十六期復刊號，至二〇〇〇年十二月停刊為止，共出版六十八期。創刊成員多與出版社成員重疊，復刊後加入了甘玉貞及余非。雜誌與出版社財政獨立，仍以同人合資的方式出版，早期由蔡浩泉的圖騰公司製作，蔡浩泉一直擔任素葉叢書與雜誌的美術顧問。雜誌採用輪流編輯制，出版頻率不定，基本上是月刊，也曾經改為雙月刊與季刊。裝幀方面，雜誌是十六開，每期大約二三十頁，封皮與內頁用紙相同。首兩期沒有封面，由第一頁起刊登作品。早期為褐色牛皮紙，復刊後改用米白色紙張，單色印刷。《素葉》每期銷量數百本，主要在樓上書店寄賣。

素葉的誕生

一個年輕的出版社：素葉

周國偉、鍾玲玲受訪，馬康麗記錄，
《大拇指》第九十六期（一九七九年四月），頁二。

序　馬康麗

約一個月前，輾轉聽聞張與另一夥人合作辦出版社，出版文學書籍。雖然詳細的情況仍未清楚，倒先佩服他們的幹勁。但另一方面，我對香港出版文學書籍的前途，並不看好。（希望只是言之過早）。當然，我不樂觀，是有事實根據的。香港是一個現實的商業社會，我們的地方只瀰漫着一片功利主義的讀書風氣，與此同時，社會的群體個性，日漸趨向認同和迷信物慾虛榮和感官享受。有多少人仍願意關心個人精神生活是否匱乏？有多少人仍願意花時間去體驗訴諸文字的思想、感情、神髓和魅力？結果，在絕大多數人的眼中，文學書籍是一種奢侈品，文學閱讀是一種無聊的行為。書籍出版了，需要有讀者支持、有樂意購書的人。但單以台灣銷港的文學書籍為例，所謂較暢銷的書，頂多也只可賣二百多本。想想香港有五百多萬人口，這算是個甚麼社會現象？假如說購書是一項「文化」消費，香港人耗用在商品、飲食和娛樂的消費數字，單和任何一項比較，也使「文化」相形見絀。不過，這個比較是否公允，仍有待商榷。

知其不可為而為，是需要勇氣和理想。儘管張說辦出版社只是另一種生活方式，純粹為了個人的快樂，因為生活的方式可以是快樂的方法，他不要用價值和意義來衡量這一件工作。

我還是認為他們的嘗試是值得肯定和鼓勵的。因此，我對他們的出版計劃，有一探究竟的興趣。幾經要求，張終於答應把素葉出版社的負責人周國偉介紹出來，接受訪問。

訪問是在張的家中進行，那絕對不是一個嚴肅的訪問。可能大家都是年輕人的緣故，幾個人繞着出版社的組織、宗旨和計劃説説談談，偶然又會互相抬槓，調笑幾句，輕鬆之餘，透着幾分親切。第一回會面的周國偉予人年輕、富朝氣的印象。他對出版社的熱情更是溢於言表。從言談中，可以了解他並不是一個盲目追求理想的人，他有審慎和實事求是的態度。他不願意奢談甚麼推動文化的種種，偶然，面對這樣的發問時，他總是説：「這個説法，言之過早了，留待後話吧。」然後把説話引回有關出版社的現況。當晚的訪問，聽到出版社的首批作者之一 —— 鍾玲玲的談話。雖然她説的不多，已是難能可貴。算是意外的收穫吧。

日期 / 一九七九年三月十九日　**地點** / 美孚張寓
訪問 / 范俊風　陳進權　阮妙兆　**記錄** / 馬康麗

素葉目前的組織情況是怎樣的？

周　目前我們共有十一人。不過為了工作效率，及組織上避免一些不必要的問題，盡可能執行工作只有幾個人，這樣在責任方面，容易清楚。以出版社現在的經濟情況，工作人員是完全沒有薪酬的。

素葉出版社籌備了多少日子？

周　是在七八年十二月初開始着手籌備的。我們一干人分為有錢出錢、有力出力的兩股力量；噢，不對，應該還有又出錢又出力的人。原則上出錢的人，每月需要集資若干作出版社的基金。只要儲夠錢，便出書。有一點要強調的，素葉是純粹為香港的作者出書。我們的計劃是一輯書最少出四本。盡可能每輯都有小說、散文和詩，將來有好的劇本，我們也會印行。

為香港作者出書的意念是如何開始的？

周　其他的人，我不大清楚。不過，我大約在大學二年級時和一個喜愛文學的同學談過出書的事。當時我們發覺很多在香港從事創作多年的作者，例如西西、綠騎士等的作品均未曾有結集，我們感到很惋惜，總希望有一天能為那些作者出書。畢業後，離開香港一段時間。回來後，偶然和一群朋友談起這件事，大家的反應都很熱心，所以便組織起來。素葉要做的是一般出版商不願意做的事。

出版方面有具體的計劃嗎？

周　我們第一輯書，將會在四月一日推出，共有四本。第二輯也打算出四本。假如經濟許可能夠一輯六本、八本，更加理想。素葉原底是沒有多少錢，和一般商場上的資金和實力比較，我們是很渺小的。但我們每人都願意每月拿些錢出來，待等約三四個月，儲備夠了，便出書。當然，也需要估計從發稿到釘裝所需要的時間。另一方面，我們也需要看第一輯書推出後的反應和結果，知道有甚麼地方要參考或改善。但可以肯定的，我們並不會因銷售數字未如理想而中斷計劃。因為我們最主要的目的是出書。辦下去，主要是希望「素葉」的名字，能夠使讀者有信心，這也算是一種成功。日後當我們辦其他活動，也可以得到讀者的支持。事實上，我始終覺得，出版文學書籍，讀者的反應並不能太快見效。但我們願意逐步地幹。

可有甚麼宣傳和推廣市場的計劃嗎？

周　我們的錢剛好能出幾本書，所以宣傳費是有限。但我們盡可能借重一些免費的宣傳，在報刊方面登一些免費的出版消息。同時我們印備一些預約單，放在書局派發，或通過一些朋友傳出去。預約算是最積極的宣傳，我們收到的反應不俗。

你們如何去選擇作者出書？

周　我們首先要集合同人的意見，當然也需要開會通過。我們並不斤斤計較要如何高水準，因為這是很難由個人評定。只要認為那作者有他個人的風格，有需要的價值，我們便為他出書。其實出書是保存資料最實際的做法，假如不出，很多作者過往的創作會散佚或湮沒。況且有些作者可能因工作或環境使他們不能花太多時間從事文學創作，但通過他們以往的作品結集，至少可以發掘到新讀者。就讀者而言，我們希望為他們提供不同風格的作品。當然主觀希望是對這圈子構成一種刺激，匯成一股力量，鼓勵創作。我們相信出書對作者本身和讀者都是積極的工作。

用素葉作出版社的名字，有特別的意義嗎？

周　取素葉這個名字很轉折的。初時是打算用「碎葉」。李太白出生在碎葉城，而碎葉也有再生長的意義，後來覺得碎字不好聽，才改素葉，素字採其樸素的意味。樸素很符合我們嘛。

你們第一輯書用去多少錢？

周　出版第一輯書用去一萬塊錢有多。都是書的成本。作者沒有稿費，工作人員的交通費還得自付。第一輯每本印一千本，我們計算過，每書要發行七百二十本才可以收回成本。

你剛才說作者沒有稿費嗎？

周　是的，在預約時，我們告訴作者沒有版權和稿費，即使該書能夠賺錢，也只可以撥入素葉的基金，好使我們能夠為其他作者出書。原則上，我們希望能替很少出書的作者出書。目前我們所預約的作者均很了解素葉的宗旨，所以他們都很樂意襄助。

鍾玲玲，身為作者，你對素葉有甚麼意見？

鍾　假如我是靠稿費生存，他們不付稿費，我會覺得很不好。但對出版社，我仍希望它能好好發展下去。

那麼你對個人可以出書有甚麼感覺？

鍾　我覺得可以出書，可以鼓勵我繼續寫，同時是一個紀念。其實這是一本很個人的書。但從翻自己的作品，可以看見自己的轉變和成長過程，那是一份難以形容的心情。

素葉

何福仁，《香港文學》第五期（一九八五年五月），頁九一－九三。

一九七八年某一個冬夜，我們好幾個熟人聚集在張灼祥家中，開始為一個小小的出版社命名。我們各有本身的職業，不一定相同的職業；不過大家都喜歡文學藝術，平素的話題就以文學藝術為主，雖然，這方面的看法，也未必完全一致，幸好並不完全一致。我們多少都有過編輯、參與文學刊物的經驗，有的編過《中國學生周報》，編過《大拇指》周報；有的編過《羅盤》詩刊，編這編那，有時這一份才不得不休刊，就想到重新出發，再辦另一份。這一個晚上，我們經過了短暫的休息，在紅酒與咖啡之間，又想到為甚麼不組織起來，變換一種方式，辦一個小小的出版社，出版香港作者的書籍呢？

如果說這是讀書人的不甘寂寞，我想，那麼的一個出版社，出版本地嚴肅的文學作品，不見得就會是很熱鬧很燦爛的事情。最初，從構思、組織到註冊，最積極的應推周國偉。國偉是我大學時的書友，——那些浪漫、喜歡高談闊論的日子，他就提出過要辦一個這樣的出版社，注定賠本，然而可以無悔於青春。畢業後他離港到非洲一段時問，再回來，居然舊事重提。我只好唯唯諾諾。於是大家輾轉聯絡朋友，反應都出奇地熱烈。我們最初的成員包括西西、張灼祥、鍾玲玲、辛其氏、許迪鏘、康夫；另外兩位我們唸書時的同學梁耀榮和周麗英。梁周兩位絕少出席大夥兒的聚會，可一直支持、信賴我們。不久，杜杜、淮遠和梁國頤也來了；張紀堂從英國唸書返港，自然而然成為核心的人物。過兩、三年，我們又得曹綺雯、俞風、黃襄等人的參與。這晚上，我們一邊聊天，一邊為出版社想一個名字。大家照例東拉西扯，忽然談到李白的出生地素葉水城，已不記得是哪一位靈光一閃，指出「素葉」不就很好麼？素葉，我們都喜歡這個樸素的名字；我們出的書，恐怕也只是數頁而已。

我們辦過雜誌，但出版書籍，到底是新嘗試。六、七年前，不怕虧本、專出本港作者作品的出版社，可說絕少。但香港分明不是文化沙漠，文學創作的某些表現，甚至優於中國內地和台灣。劉以鬯先生的一篇文章指出，香港現代詩的發展，繼承了中國三四十年代的傳統，早於台灣，更影響了台灣，馬朗先生編的《文藝新潮》就是證明；至於西西、吳煦斌的小說，就技巧之現代化而言，其實走在當代中國大陸以至台灣之先。又如外國文學的翻譯，也斯等人辦《四季》時，就率先譯介了加西亞．馬爾克斯、波豈士的作品。然而，作品在刊物上、報上發表了，連隨就在茫茫的文字海裏散失了，搜集不易，對後來研習的人，很不方便。所以，我們偶爾會讀到某些過港的外地詩人、學者，拿着有限的材料，評論香港這香港那，彷彿早知如此，到此一遊，無非某種結論的追認。況且即使我們自己，也會因為作品星散，像失去的記憶，對過去失去通盤、周全的看法。素葉的創辦，——如果早已有人開路，沿路走下去吧了。我們嘗試做當時一般出版商不願意做的工作。這種工作，絕不可能由區區一兩個沒有甚麼財力物力的業餘出版社完成。近年，資財雄厚、組織完備的出版社多了，顯然也願意出版本地作者的作品，這才是好事。我至今不能忘記當初大家在美孚聚會時興致勃勃的情況，一切都充滿朝氣。那時主人的女兒剛剛出生；後來才不斷遷居。那時我們讀何塞．多諾索（José Donoso）的《拉丁美洲文學的爆炸：個人的歷史》（*The Boom in Spanish American Literature: A Personal History*），講六十年代之前在拉美寫作和搞出版的困境，不免連類附比，別有感受。

對於大部分的素葉同人，誠如灼祥所說，辦出版只是生活方式的另一面，並不是要證明甚麼，因為到頭來，可能並不證明甚麼。在有益的前提，必須同時是有趣的才行。是的，我們既沒有了不起的宣言，也沒有太大的奢望。大家量力而為，並不勉強自己。每人每月按照自己的能力捐付若干作為出版社的基金，儲夠了錢就出書，賣得的書錢，撥入基金去，再出版其他。為了利便編輯的工作，計劃擬定，每一輯出四本，盡可能每輯都包括小說、散文和詩；至於文學評論、劇作等，也在出版之列。每書印數大約一千冊，合排字、印刷、釘裝等開支，從無到有，花費不少，加上定價偏低，經發行商折扣後，計算起來，至少要賣去七百多本才有微利可圖。五、六年前是這樣，如今印刷等費用漲價不已，每書仍然只能印千冊左右，然則幾乎要所有書都賣掉才收回成本了。這哪裏是生意經？幸好「素葉」本來就是一個不牟利的出版社，並不會因為銷售的數字不符理想而中斷計劃。大家循例付錢。幾年來，某某失去工作，或者經濟變得拮据，暫停捐付就是。大家等待他們重新找到工作，經濟好轉再說。有錢的出錢，沒錢的出力；天曉得，「素葉」中人，素友人也，可沒有一個是有錢人。

當然，書多賣些，收支足以平衡，方是長久之計。這麼一來，可以多出有意思的作品；可以給作者稿酬、版稅 —— 這是我們的夢想。可惜一直沒能夠做到。書出了，也沒有甚麼宣傳。這樣的出版社，要是連作者的支持、諒解都沒有，就難以想像。這是為甚麼我們先向比較熟悉的作者入手的緣故。說來慚愧，其中三、兩位更願意自掏腰包。一些作者，或創作，或評論，早犖犖成家，一直有其他出版社邀約出書，比如西西、戴天、董橋、鄭樹森、也斯，可他們倒寧願先交「素葉」。又如馬博良（馬朗）、李維陵、古蒼梧、綠騎士、吳煦斌、蓬草、鍾玲玲、淮遠等，輩分不同，成就都有目共睹，是香港文學史不能抹煞的名字，他們都選擇了「素葉」。尤其可貴的是，其中許多位還是第一次結集。

第一輯四本書在一九七九年六月出版。當時一些朋友，出於激勵，笑說我們只是即興的浪漫而已，充其量出版四本，往後就難以為繼了。至目前為止，我們出了二十本書。林年同談中國電影藝術的《鏡游》、辛其氏的散文集《每逢佳節》則在釘裝之中。

八〇年六月，叢書的工作稍覺穩定，我們另開一個獨立的財政，再用每月認捐的方法，出版《素葉文學》雜誌。叢書近乎靜態，是個人作品的整理、展現，雜誌則比較動態，可以提供園地，讓不同的作者耕耘。初創的《素葉文學》，形式相當特別，因黃皮紙，十六開，為了盡量利用篇幅，放棄了封面和封底，說來好聽：一開始就呈現一首詩，或者一篇小說。原意是不定期刊，隔四、五個月出版。由第三期起，改成月刊，一鼓作氣，一直到十七期，終於赤字龐大，乃改成雙月刊，及後再改為季刊。至今共出了二十五期，分成兩冊合訂本。綜觀二十五期的內容，大抵以創作為主，如果還有一點別於其他文學雜誌的風格，那是逐步走出來的。最近一位朋友對我提及：其他的不算，二十五期登了五十三篇小說，單就量而論，已相當可觀了。其中若干篇，台灣予以轉刊，如西西的〈像我這樣的一個女子〉、〈堊牆〉等，前者更獲得《聯合報》年度小說的推薦獎，入選由周寧編的《七十一年短篇小說選》；後者，最近則入選由馬森編的《七十三年短篇小說選》。辛其氏的〈真相〉，刊於第四期的《聯合文學》。除了創作，我們一直嘗試做好外國文學藝術的譯介，加西亞．馬爾克斯得諾貝爾文學獎的消息公佈後，我們出了一期專號。此外，灼祥趁遊台之便，曾訪問了陳映真，這位作家一向雄辯滔滔，這是一篇十分精彩的創作談話。

《素葉文學》採輪值編輯制，每期的工作人員不盡相同，但芸芸編輯中，不得不提許迪鏘，如果沒有迪鏘的努力苦幹，也許早就垮掉了；差不多每一期的《素葉》，都經過他的剪剪貼貼。這是多麼磨人的工作呢。

我們的美術顧問是畫家蔡浩泉。叢書的封面固然由他設計，雜誌的版面也參考他的意見。一九八二年六月下旬，我們在大會堂高座展覽館為他舉辦畫展，名為《蔡浩泉八二展》。大夥兒投入工作，也獲得其他朋友的幫助，貼海報，出版場刊等，成果美滿。第二年的十一月間再舉行《八三年展》，由於人手不足，畫家也實在疲於其他的事務，結果叫人失望。檢討兩次經驗，可說得失參半，俗云：一分耕耘，一分收穫。這類展出是值得辦下去的，但必須經過周詳的籌劃，準時掌握展品不可。

想來組織不善、效率不高，種種一般業餘出版社的通病，我們統統犯上了。我們沒有固定的工作地點，兩處甚至三處流動，訊息不易傳遞。至於人人平等是美事，職分有時卻乏人責成，比方對外聯絡，你以為我做了，我又以為你做了，於是出現問題，引起誤會 —— 不免愧對作者。最要命的是，每月的捐付，也照例會有人拖欠，日久積壓下來，就成為無法填補的枯數。幾年來，有一、二朋友退出，同時有兩、三朋友加入，加上若隱若現、身份曖昧的一、二位，這其實是和諧的組合，一直沒有發生甚麼不愉快的爭論。大家意見未必一致，我前面說過，何必絕對一致呢？ 互相交流、溝通好了。

昨晚，我們又在咖啡與茶之間，擬定了《素葉文學》第二十六期的內容。

一九八五年三月十八日

在流行與不流行之間抉擇
── 從《大拇指》到素葉

許迪鏘，《素葉文學》第五十九期（一九九五年九月），頁一〇八－一〇九。

一九七五年中，幾位作者閒談聊天的時候，提到創辦一份文學刊物的意念。其時，培育不少創作人才（包括文學、影像、舞台各方面）的《中國學生周報》已停刊兩年，大家對同類刊物都有所期待。這幾位朋友坐言起行，集合各自認識而有志於文藝創作和工作的同道，進行了龐大的集資計劃和繁瑣的籌備工作，於同年十月二十四日落實出版了《大拇指周報》。參與創辦的有也斯、吳煦斌、張灼祥、鍾玲玲、西西、羅維明、舒琪、何重立、杜杜、適然、李國威、何福仁等。他們都各有本身的職業，或尚在求學時期，出錢之外，也在公餘和課餘擠出時間，殫精竭力，依期於每星期五將周報送到報攤上。還有更多人只是出資，從不過問周報的編務。

《大拇指》是一份綜合性刊物，有文藝、校緣、藝叢、時事、生活、書話、電影電視、音樂等版面。在創作上，它着力推動新人創作，台灣遠景出版社八〇年出版的《大拇指小說選》，是這方面的部分成果；鍾曉陽引起文壇注目的作品，最初也是在《大拇指》發表。在時事、生活上，則貼近眼前現實，分析與報道，採取異乎流俗的觀點，沒有跟紅頂白、搜奇揭秘，反之，更為關注未為大眾熟悉的人和事。《大拇指》訪問過當時仍未廣泛為人所知的曾葉發和徐詠璇，曾葉發還是中大音樂系四年級學生。又訪問了民間藝人杜煥，介紹過阮兆輝等人的粵劇實驗。金禧事件發生，《大拇指》第一時間出版號外，交代事件的來龍去脈，反對當權者對學生的壓迫和封殺，這次事件至今仍未平反。

《大拇指》出版約三個月後，便面對人力疲憊、財政衰竭的問題，是否辦下去，繫於一念。結果，大部分人願意堅持，又有新人不斷補充，加上重整集資架構，並有熱心人作出更大的財政承擔，《大拇指》遂得繼續下去。我在七六年初加入，未能見證創刊和過渡危機的艱辛，卻目睹往後此往彼來的各方朋友的努力不懈。《大拇指》由周刊而半月刊而月刊，持續出版至八七年才寫下休止符。

隨着創刊者先後倦勤，及也斯和吳煦斌於七八年赴美深造，《大拇指》可說落到「第二代」編輯的手上，他們不少都是由讀者、作者而成為編者，沉默苦幹，甚至有因操勞而弄壞身體的。如果說《大拇指》是同人刊物，我敢說，它是近二十年來最多人參與的同人刊物，總數至少在五十人以上；也跟許多人想當然的不一樣，他們不盡是文學和文化工作者，而更多的是文員、技工、工程師、護理人員，他們作出了異乎常人的選擇，參與毫無名利回報的工作。

七八年中，一些朋友有感於不少文學作品都散佈於報刊上，過眼即湮滅無聞，而當時香港作者的作品，結集出書也不容易，他們決意成立一個出版社，專門出版香港作家的作品。同樣是以集資形式，每人每月拿出一百數十元，作為營運經費，也和《大拇指》一樣，編輯不受薪，作者不受酬。這個小小的出版社，命名為「素葉」，其中一個涵義，是諧音「數頁」，因為經費有限，預算每本書都會很薄。

這些朋友包括：西西、張灼祥、鍾玲玲、辛其氏、康夫、何福仁、梁耀榮、周麗英、曹綺雯、梁國頤、張紀堂、周國偉和我。其中部分曾是《大拇指》創刊的成員，但兩者是並不相同的組織，成員也不一樣。素葉文學叢書第一輯四冊，於七九年三月出版，至八五年共出書二十二種。在運作上，素葉是同人出版社，但在出書的對象上，則從不只限於同人。戴天、董橋、鄭樹森、也斯、吳煦斌、馬博良、李維陵、古蒼梧、綠騎士、蓬草、張景熊、林年同等，大都是通過作品互相認識，其中個別幾位，與素葉同人也極少個人交往，但他們都樂意將作品交素葉出版。也有人了解素葉的財政負擔沉重，提議自行出資，又或者在出版後購回一定數量的書籍。

八〇年中，文學叢書的出版算是站穩腳步，我們再另行集資，出版《素葉文學》雜誌，至八四年七月，共出版二十五期。《素葉文學》包容的作者更為廣泛，每期至少有一半篇幅刊登外來投稿，也不乏來自海峽兩岸及海外的作品。這個時期的《素葉》，用帶黃的牛皮紙單色印刷，有一趟我和何福仁拿着新出的雜誌到一家大書店寄售，書店負責人說：「你們看，那些免費派送的書冊，都有彩色封面，你們的雜誌放在這裏，很容易會給人拿走不付錢，還是不要了。」

一份樸素的雜誌在商業社會中生存，其困難如是，但這也是在我們意料之中，所以文學叢書和雜誌的印量，頂多也不過一千，集中在二樓書店發售。這樣一盤不是生意的生意，由始至終不能靠銷路自給自足，由我們來做，也不是抱着甚麼宏大的理想，我們只是喜愛文學，就自己力所能及，做自己愛做的事。初辦時有一位報章記者訪問過我們，訪問稿卻一直沒有刊登出來，原來記者說我們的訪問寫無可寫，問我們的理想，我們說沒有甚麼特別；問我們的大計，我們說走着瞧。他寧願我們吹噓一番，這樣才有文章可作。

素葉文學雜誌和叢書的出版，先後在八四年和八五年陷於停頓，到九一年，我們靜極思動，又再籌劃出版社的運作。

這次雜誌先行，何福仁、辛其氏、朱楚真、俞風、余非、于臻參與了復刊的事務和編務工作，由我總其成。由九一年七月至今，已出版三十三期。到九四年又擬定出版叢書的計劃，湊巧香港藝術發展局成立，我們出版的書，部分獲得資助。到今年十一月，共有十六種新書出版。

這許多年來，無論是素葉本身還是其參與者，都相當低調，與世無爭。我們的作業都是家庭式的，可以說有點像唐代的府兵，平日躬耕以餬口，農隙習文讀書，有事征發則自備兵糧登道。不過，戰場還是在各人自己的家裏，種種事務，都是在家中完成。即使如此，我們也自得其樂，從未抱怨。我們有充分的自知，我們的作品不會流行，從某一方面說，也抗拒流行。

生產者為了佔有市場，鼓吹齊一的品味；執政者為了方便統治，每力求劃一思想。一般大眾，又或基於弗洛姆所說的「逃避自由」，相信權威，跟隨潮流，而無勞自行費神取捨。文學的可貴之處，在於向建制與主流提出質疑，向既定觀念提出反省，為觀察事物提供新的角度，予受創的人類尊嚴以慰藉和策勵。西西的〈像我這樣的一個女子〉一反愛情小說浪漫言情的濫調，藉一位殯儀化妝師的感情波折，揭開眾人追逐表面華麗的空洞虛浮。她的〈肥土鎮灰闌記〉重塑生母與養母爭奪小孩的故事，最後藉小孩的聲音說：「誰是我的親生母親，也已經不再重要，重要的還是：選擇的權利。為甚麼我沒有選擇的權利，一直要由人擺佈。」這段話我們現在讀來固然別有會心，但西西寫這小說的時候，不過是一九八六年。冀求聆聽我們的聲音，這個願望，如今是否已變得渺茫？可這並不應窒礙我們提出理想。

由七五年算起，至今整整二十年，無論環境如何惡劣，我們絕大部分時間都憑藉自己想方設法謀求生存。未來，外來的資助無論有否，只要尚能盡一點力，我們仍將堅持下去。事實證明，我們這個鬆散的組織，以及所出版經常脱期的文學刊物，並不是為藝展局而存在的。《素葉文學》就從來無意申請任何政府的資助。

最近我們讀到一種言論，指香港文壇上有數個權力核心，素葉赫然是其中之一。我們這些年來一直做的正是解構權力與權威的工作，莫説核心，連權力邊沿也沾不上。所謂社會觀察家如梁世榮者，如果認真留意一下他觀察的對象，就不會連最基本的事實也弄錯而張冠李戴，把並非素葉中人，如也斯等，也當成「素葉諸君子」。細看素葉的作者名單，就知道素葉絕不止那幾個人，如果都説成「素葉的」，則素葉豈止是核心，簡直是集團了。我們了解這或許是出於有人對權力核心深惡痛絕，但也請他們認清對象，針對或者別遺漏了真正的權力核心，或意圖成為權力核心的人，幸勿誤及無辜才好。

第二部分

回顧篇

訪問

何福仁先生專訪

訪問者／王家琪　**日期**／二〇一九年七月二十七日（星期六）
地點／土瓜灣，何福仁先生書房

素葉的始末

我們由名字談起。資料上您們曾說「素葉」的名字源於李白的出生地「碎葉城」，「素葉」一名則是西西提出的，是嗎？

素葉是一九七八年底在張灼祥家中成立的，地點在美孚。當時我們構思名字，偶然提到李白的出生地，吉爾吉斯的「素葉水城」，或稱「碎葉城」。西西就説不如就叫「素葉」吧，我們出的書，礙於成本，只能是「數頁」而已。

最初出版社的運作情形是怎樣的？

是周國偉最先提議成立出版社的。他是我的大學同學，他修讀歷史，我修讀比較文學及中文，經常一起讀書、談詩，無所不談，談到想辦一間出版社。後來他被調派到非洲尼日利亞經商，一年後回港，又重新想起成立出版社一事。於是我找來一群寫作的朋友，他找來兩位同學。我寫過一篇〈素葉的話〉，創立的經過，可以參看。張灼祥在上世紀七八十年代是我們的火車頭，很多事情由他推動，我們並沒有辦公室，報刊、雜誌往往在他的家中編輯的，他喜歡搬家，報刊、雜誌也隨着搬來搬去。

籌備半年後，一九七九年出版了第一輯書，共四本。先出西西、鍾玲玲、淮遠和我的，當時的盤算是，四位作者都是自己朋友，不用稿費、版税，而且自己校對；封面設計由蔡浩泉負責，也是不收酬勞。一出四本，那是印刷、製作、分色的考慮。書賣去了，再拿來出版其他。

第一輯書大概全售罄，最快的當然是西西，連我的小書也賸餘無幾。我們印數少，一千本，扣除製作成本，賣出七成才能回本。賺取微利後，用來出版下一輯書。我們最初只能向朋友邀稿，因為無法承擔稿費及版税，豈料提起時，大家都願意在素葉出版著作，像董橋、戴天、鄭樹森等，其實都受其他出版社歡迎。歷年來我們的出版，只有《放風》的黃仁逵收過版税，因為我們再版了這本書。

還有一個特點，就是沒有版權。我們既然無法支付稿酬，自然也不能要求版權，所以無需簽訂合約。我們出版之後，作家可以和其他出版社商談新版，畢竟素葉成立的目的就是推廣文學。

在您們以前的訪問和文章中，談到最初創立素葉出版社是因為沒有本地出版社會出版香港作品，很多重要作品只連載在報紙雜誌，相隔很久才有機會出版成書，甚或就此湮沒不存。能否請您憶述七八十年代香港的出版情況？

我們成長的年代裏，出版社數量不算很多，在六七十年代，以至八十年初，我們會去買大陸與台灣出版的書，到辰衝、Book Centre 去買外文書，也看不少五四的盜版書。

至於本地出版的書，武俠小説、流行小説是有的。那是「男金庸女瓊瑤」的年代。瓊瑤在香港也有不少讀者。香港沒有的是文學創作的書，六十年代較流行的三角子、四角子小説，也指定要以愛情小説做主題。西西的《東城故事》，放在當年的環境，再跟其他的比較，無疑是很大的突破。至於詩集可說幾乎沒有，有的都是自費。偶然也有熱心的人，搞搞這方面的出版，但很短暫，例如水禾田、陸離、香山阿黃主持的純一出版社，出了六七本就停了。美國新聞署的翻譯書，都是名家名譯，蔡浩泉的封面設計，我見一本買一本。

印象中，文化生活出版社也出過八九本好書，例如張愛玲的《張看》、董橋的《雙城雜筆》等。還有徐速的高原出版社，他主編的《當代文藝》我中學時曾經投稿。當然還有亞洲出版社、友聯。我這一輩人看《中國學生周報》、看胡菊人主編的《明報月刊》、看《盤古》。再有一些，則是同人出版社。我恐怕是掛一漏萬。

不要忘記，還有大量翻印五四的文學創作，那些年代無所謂知識產權的觀念，因此可以讀到沈從文、何其芳、李長之、馮至、卞之琳……辛笛來港，送我一本《手掌集》，我告訴他，我也有一個翻印本，他反而多謝翻版商。換言之，六七八十年代，香港這個殖民地居然是華文界唯一沒有斷絕五四傳統的地方。記得我和好友康夫讀了周作人大部分由實用書局出版的作品。至於香港三聯等，基本上要等到文革完了，重新開放才有點瞄頭。

總之，七八十年代時，本地願意出版嚴肅文學的出版社幾乎沒有，賠本生意是沒有人願意做的。惡性循環，那個時候也沒有結集出書的風氣，大多僅在報刊上發表就算了。有些人甚至沒有剪存自己作品的習慣。例如西西的《我城》連載完畢後，一直沒有結集。當時純一出版社的陸離有意出版西西的《我城》，沒有成事，她大嘆可惜，最後由素葉出版了，最初只也是五萬字左右的節本。

那時香港的報刊有兩版副刊，粗分起來，往往一半散文或雜文專欄，另一半連載小說，像茶餐廳，甚麼都有些。小說反而可以在報紙上連載，當然良莠不齊，卻是難得的生存空間。不過，才出版，就完蛋，publish then perish。如今的報刊，沒有連載小說，更談不上創作。我是舊派的紙媒讀者，過去買四五份報刊，看朋友的小說、喜歡的作家的專欄。七八十年代，其實是香港報章副刊的黃金時代。總結而言，素葉還是有意義的。

素葉創辦時，出版市場上還是否有左派和右派的分別？

文學創作的書幾乎沒有，至少我沒有這種強烈的感受。素葉出版的書，也沒有排斥任何政治立場的作者，你仔細地看，會發覺都有。

為甚麼先成立出版社，後成立雜誌？

發表的空間不是沒有，而是沒有地方把作品通過書的形式出版。所以要成立出版社。書較易保存，作者也可以斟酌、整理。我們想，倘若我們辦得成，說不定就能引起其他人的興趣，本地出版的機會說不定會多起來。

第一輯書有點小成，對我們是很大的鼓勵。叢書的出版穩定了，行有餘力，才想到雜誌。叢書是靜態，雜誌則是動態。我們都在寫作，就想不如也辦一份雜誌吧，可以為同人及其他人提供園地。有些創作，一來難以在報刊雜誌上發表，有些又不一定合意，當時其實沒有可以一次過刊登較長稿件的地方；二來那時年輕，雖然各有報刊專欄，但朋友相聚，就想在一起辦刊物，文藝就是生活。如果我們都喜歡踢球，就會組織球隊。

當時發行和售賣的情況如何？素葉出版的書在甚麼地方有售？困難嗎？

發行困難，但習慣了。我讀拉丁美洲作家記述他們的「爆炸」（“boom”），深有同感，他們出了書，作者自己和朋友在車站、走上公車上推銷，有時又刻意在這裏那裏留下書本。作家是這樣出來的，他們比我們困難得多。[1]

發售的問題，由周國偉、張紀堂、許迪鏘負責，我沒有直接分擔。最初由周國偉交田園書店發行。其後，往往是拿到樓上的書店寄售。樓上書店不多，仍比現在多一些。我很懷念當年的樓上書店，文星、青文、南山、傳達、波文……

素葉叢書除了出版素葉中人的書之外，更是出版了很多其他非素葉同人的書，有些甚至是其第一本著作。出版的機制大約是怎樣的？是您們約作者出書，還是作者找您們的？

完全不限於素葉同人。早期大多是我們邀約作者，有時候就是在飯局上敲定。他們知道是無酬出版的，但是沒有人介意，甚至還有說要自己付錢的。我們最大的遺憾是無法給作者支付酬勞，寫作不應是做義工。

素葉多出了幾輯，建立了小小的聲譽，也有作者願意把書稿交我們，至今我們許多人也沒有見過面。

素葉出版社於二〇一四年出版伍淑賢《山上來的人》後中止運作，能否談談原因？

當初辦出版社的原因，到了二〇一四年已沒有了，近年不是有較多的出版社、雜誌？或者可以通過藝發局的資助麼？好像上一年，香港出了十多二十本詩集之多，我做評審，看看書單，真是空前。素葉沒有歷史使命，如果有的話，其實完成了，何況，也不必由我們完成。初辦時想到應該付稿費、版稅，希望將來可以做到，但我們始終沒能做到。雜誌稿例上一直列明「未能致奉稿酬」。我們的工

---

1 何福仁：〈灰姑娘——拉丁美洲小說的勃興〉，《素葉文學》第十四．十五期（一九八二年十一月），頁一六－一七。

作，所有人的工作，都沒有薪酬。感謝作者，儘管他們並不介意。如今我寫一篇文章、一首詩，就像其他人那樣，可以獲得稿費。這是最大的終止的原因吧。

還有就是工作後期只能依賴許迪鏘，由他獨力支撐，從無到有。此外，書的存放也是問題，不可能一直增添。再有原因就是，大家都不再年輕了，人各有志。

素葉出版社已經解散，不會再出版新書。素葉的書倉已經出售，存書也已全數賣出。當初註冊的是周國偉，財政是張紀堂，一度停止，之後上世紀九十年代再復刊，則由許迪鏘註冊，俞風做財政。出完最後一本書，結束存書的地方，註冊就撤銷了。換言之，「壽終正寢」。網上有素葉出版社的面書和網址，是結束後甘玉貞註冊，她一個人主管，與其他素葉成員其實沒有關係，我傳過三次素葉成員的消息、錄像，都沒有採用。即使發了素葉成員的消息，也不是第一手。近來為了製作及發行西西的紀錄片，另外成立了「素葉工作坊」，英文是 Plain Leaves Workshop，由另一朋友註冊，參加的人仍是部分原有的素葉成員，但兩個組織，嚴格而言，並不是等同關係。

素葉四十年來，沒有一個人要突出自己；要自我表揚，其實很不素葉。除非大多數成員同意，否則誰也不能宣稱代表素葉。個別成員的成績突出，那是努力的成果，而不是自我吹噓。

素葉同人有些已移民，有些則不幸早逝，能否跟讀者分享一下成員近況？雜誌和出版社相繼結束後，素葉朋友還有常常聚會嗎？

好像只有杜杜移民，現在在美國，仍在寫作。過世的是創辦的周國偉、美術的蔡浩泉，我們都懷念這兩位。更早逝的是林年同，特別提起他，是我跟他取《鏡游》書稿時，他說要資助素葉，自己也是素葉成員。他曾邀西西到浸會傳理系開課講電影編劇，西西有許多寫作構想，婉拒了。剛想起張景熊，我們叫他小克，也過世了，他不是素葉，是我們的好友。所謂素葉成員，其實並沒有嚴格的識別。張灼祥曾是大力的推手，他在應邀成為藝發局文委主席前，為免利益衝突，已退出素葉。加入與退出，都沒有人發給你證明書。

我們如今都從職業上退休了，除了俞風，他比較年輕。不過寫作方面仍然活躍的，有西西、辛其氏、鍾玲玲、杜杜、淮遠、許迪鏘、適然……也許漏了。當年寫的，都在寫，俞風可能也在寫，寫多寫少而已。

素葉朋友還常常聚會。不過不止於素葉成員，就是朋友相見而已。

作為創作平台的素葉

可否描述一下《素葉文學》工作的情況？據知沒有固定的辦公室，一般是在哪裏工作？在電腦化時代之前，編一本雜誌是怎樣的？

素葉的組織十分鬆散，《素葉文學》雜誌沒有主編，或者說人人都是主編吧，我們採輪流執行編輯制，執編負責該期所有的工作：約稿、審稿、編排等事。每期雜誌就列出該期的執行編輯，當然，很多人也會協助編務。但到了後期，主要由許迪鏘承擔，尤其是出版叢書的工作。

雜誌的內容、刊登甚麼稿件，不需怎樣開會討論。因為素葉同人認識多年，文學口味接近，因此沒有甚麼爭論。讀者也因為這種風格而投稿，不少稿件是來稿。

當時是手工式作業的，把文稿交到打字公司，取回後再剪剪貼貼。素葉沒有固定的辦公室，工作地點有時是在張灼祥的家裏，有時在蔡浩泉的圖騰公司，甚至在自己家中也無不可。《大拇指周報》音樂版的編輯何重立有很豐富的排版經驗，他教我們排版要從底部排起，那麼頂部就能預留寬鬆的空間給標題及插圖。又教我們不可「斷欄」，一版裏面分兩欄或三欄為佳，略有空白才便於閱讀。我們後來辦《素葉文學》就照這個方法，排了，最後再交阿蔡調動、畫圖，真是點鐵成金。

早期《素葉》的裝幀十分特別。

第一期《素葉》放棄封面及封底，利用所有空間排列稿件。我們選用了啡色牛皮紙印刷。這種紙成本相宜，看起來特別。有一件趣事是，當時余光中在香港中文大學教書，我和康夫常去拜訪他，有一次我向他邀稿，他笑說這種紙沒有辦法影印啊，印出來黑黑的。後來我們改為白色紙，可他一直沒有來稿。

蔡浩泉當時是《星島日報》的美術顧問。阿蔡很厲害，有時候趕起工來，就直接在製版的膠卷上畫圖，拿起㓟刀三兩下子就搞定。而且，因為他也寫作，很能掌握文章的內容，拿起稿件看一下，就能畫出配合內容的插圖。

在讀者眼中，西西是素葉的台柱，她除了寫作之外有否同時參與雜誌的編務？您曾經在談到《大拇指周報》時形容西西的資歷和聲望是眾人之中最高的，她的參與是凝聚大家的關鍵。[2] 她之於素葉也是一樣嗎？

是的，西西有長期在《中國學生周報》寫作、寫影評影話的背景，資歷最深。《大拇指周報》因有她加入，吸引了很多人支持，有的捐款。她在《素葉》除了寫作，也參

2 何福仁：《那一隻生了厚繭的手》（香港：中華書局，二〇一五年），頁 xii。

與編務，如果編輯名單上有「張愛倫」的名字就是她了。一九八九年底她患病後就再難以積極參與編務了。

創辦當時有否打算要成為一本怎樣的雜誌、提供怎樣的平台？

創辦時只想提供一個創作的園地，給自己也給別人。我們沒有宣言、沒有既定的創作方向，是一群談得來、看過彼此寫的東西的人，也許口味接近吧，才走在一起。口味接近，不表示要寫得相似。雖是同人刊物，但是開放，而雜誌的個性是逐漸走出來的。我們看過很多雜誌的生滅，一雞死，一雞鳴。一開始高談闊論各種口號和宣言，既做不到，也不免夭滅。對我們來説，編文學雜誌不過是一種生活形式的表現，我們喜歡寫作，對文學藝術自有信念，但辦文學刊物的人不應自視過高，也不應妄自菲薄，總之踏踏實實，做自己喜歡做、應該做的事情就好。如果説有甚麼目標，就讓作品去説明，用作品呈現你的理想就足夠了。

每期投稿的人數大約是多少？在接受來稿時，主要的選稿標準是甚麼？

這不太清楚，有時候多，有時候少，沒有統計過吧，也視乎該期負責編輯的約稿情況及編排，比如是多刊登同人的作品還是外稿。

我們從沒有談過選稿標準，這標準在我們心中，一句話，只有好壞。最好是形式上有新鮮感的、創新的，不妨是實驗的。我們好幾位編輯喜歡外國文藝，比如拉丁美洲的小説、法國的新浪潮電影等，它們突破了十九世紀寫實的方法，我們這幾位的口味也許傾向如此。但不能説《素葉》上沒有寫實的作品。我們輪班執行編輯，由執編決定，讓執編發揮。其中有兩期編排明顯不同，反而像內地當年保守的書刊，有些成員私下覺得怪異，但也沒有公開提出。

《素葉》以刊登本地作品為主，但也有些非香港的稿件，能否介紹一下？

《素葉》有向台灣文友邀稿的，也有台灣作者投稿。其實他們在台灣不乏發表園地，光是《中國時報》及《聯合報》兩大日報就提供大量的寫作園地，而且稿費十分可觀，他們投稿給《素葉》是對我們的支持。

鄭樹森教授當時在美國執教，之前他在台灣讀書，辦《大學雜誌》、《文季》等累積了豐富的人脈，經常給我們轉介台灣的稿件，把香港文學送過去，也把台灣的送過來，他擔任十分重要的橋梁角色。

在《素葉》長達二十年的出版期間，刊登的稿件類型略微有所變化：八十年代的《素葉》刊登不少新詩，以至也有論者把它當成詩刊討論；[3] 九十年代的《素葉》則刊登大量小說，令《素葉》成為不少香港小說選的主要取材寶庫。[4]

早期詩作多些，那是來稿的關係，文類的改變並非刻意為之，但是我們的確很希望刊登小說。因為詩的篇幅一般不長，較容易找到發表的園地。小說較難寫，在沒有電腦的年代，光是寫好後抄稿就十分艱難，寫得好的更難。而且篇幅長，能夠刊登的園地很少，報章上大多已經劃定版位，也無法一次過容納較長的小說。所以我們收到小說來稿時盡量刊登。

能否列舉一些在《素葉》出道的年輕作者？比如董啟章的第一篇作品〈西西利亞〉就是以筆名草童發表在《素葉》第三十六期。

3　李瑞騰：〈八十年代香港的新詩界〉，《亞洲華文作家雜誌》第二十七期（一九九〇年十二月），頁七五－一〇〇。

4　許子東：〈序〉，《香港短篇小說選（一九九六－一九九七）》（香港：三聯書店，二〇〇〇年），頁一。

你提到的董啟章的第一篇作品，看得出頗受西西影響。另外例如伍淑賢，她是我港大的師妹，好像見過，但不熟悉。她在《素葉》的小説是第一篇麼？不知道。《素葉》刊登過的作者極多，但難以説得準是否他們的「第一篇」。有些作者在一段時間裏經常出現，過了一陣子又不見了，畢竟在香港是很難堅持長期寫作的。例如我手邊這一本，一九九九年第六十五期，有廖偉棠、劉偉成、潘國靈、邱心，當年都是年輕作者，如今已成香港文學的中堅。邱心近年少見創作，很可惜。劉偉成從美國回來，詩藝大進。這一期，其中一位謝美寶有兩首詩，[5] 清新、明淨，而且幽默，香港文學，幽默的不多，參加任何文學獎的話，水準保持，我會投她一票做冠軍。謝美寶之前我們在第六十一期辦過一個小輯，但沒見她再發表。又例如同一年第六十六期，有麥華嵩、李世莊、邱心、鍾國強，因為是我執編，我把鍾國強的組詩〈開門七首〉放在卷首，之前他在《素葉》已有作品，我覺得這組詩很好，好像是第一次讀到。其實那一期有一篇很重要的文章，是白先勇紀念亡友的〈樹猶如此〉，我反覆細讀，認定是白先勇粉絲必看，在目錄上把它排頭。

由《素葉》發行到目前為止四十年間，以您作為編者及作者的觀察，香港文壇有何變化？比如創作環境、文學風格等有怎樣的改變？

創作環境變化很大。首先是過去沒有出版的機會，如今多了，可以申請資助。文學獎多了，贊助機構多了。這是有利條件，創作能否保證就好，也不一定。有人説好作家在任何環境都能寫，但有鼓勵仍然是好的。

5　謝美寶：〈小強與小明〉，《素葉文學》第六十五期（一九九九年八月），頁一四。〈母系辭典〉，《素葉文學》第六十五期（一九九九年八月），頁一四。

七十年代，對身份甚麼的沒有那麼自覺，這方面可能是自然、本能、敏感的呈現。如今呢，各種文學理論已相當普及，不少小說，包括所有華文的世界，是按文學、文化理論建構的，你可以看到各種前衛的包裝。

學識、視野方面，六七十年代的文評、書介都比較簡單，大多印象式，很少正規的「論文」，這是學術訓練的問題，不是說沒有眼光。我在大學的幾位老師，都沒有博士學位，學問卻是無可置疑的。連比較文學系和英文系的系主任教授，都沒有博士學位。如今教育水平高了，這很好，論文多了許多，有分析、有理論，一出手總有一兩個專業術語。有的真有需要，可也有的只是唬人，例如引用一句普通的話，只因為那是名流的話。

雜誌風格與承傳脈絡

素葉常常被譽為「純文學」雜誌，您同意這標籤嗎？您認為「純」的意思是甚麼？

雖然沒有錯，但不是太準確，至少不是周全的形容。「純」如果是指非商業化，那倒是真的。但如果是指單一「只有文學」卻不盡不實，我們也刊登過不少談電影、談繪畫、談其他的作品，例如林年同的〈中國電影的特點〉談電影、〈話圈〉是談漫畫。鄭樹森寫過十多篇文化筆記，談《教父》、希治閣、廣告，有一篇從詮釋學談電影阮玲玉等。洛楓也有談香港的漫畫。許迪鏘談蔡浩泉的繪畫。我們曾為阿蔡在大會堂前後辦過兩次畫展。李世莊也談過早期本地的青年藝術家；我談 Botero。西西和我的若干對談，也不止於談文學。第六十八期就有白先勇論述一九四六年國共一次重要內戰，篇幅相當長，題目是〈父親的憾恨〉。

能否說有一群固定的素葉作家？您認為素葉同人有沒有共

通的文學理念和創作路線？例如您們多寫香港的生活、文字風格比較樸實等。

可以這麼說，理念相近，是的；但你試看看雜誌的作者，不一定固定、單一。同人雜誌往往物以類聚，這「類」卻有寬有狹。我們背後沒有機構支持、沒有贊助，並沒有既定的、鐵板一塊的「理念」，我們是寬的，並不排斥其他。看看雜誌的作者，從第一期到最後一期，看看叢書，容納了不同的作品、不同的作者。比方說西西、辛其氏、鍾玲玲三位的風格就大不相同，淮遠、杜杜和我也是不同的等等。我們寫自己想寫的，用自己的方法去寫。如果說有甚麼相通的創作理念，那就是不想因襲。其實也不只是我們的文字較樸實，而是整體而言，香港作者的文風不同於台灣，這包括作者的修辭、看事物的方法吧。

在歷述香港文學雜誌史時，不少學者提出「中國學生周報－大拇指－羅盤－素葉」這樣的承傳線索，認為參與的作者及其「生活化」的文學風格都是一脈相承的。一般他們都會把《素葉》列為這個完整譜系的最後一個，似乎認為《素葉》是集大成者。您認為《素葉》有否繼承之前的刊物路線？您會否說《素葉》的創作路線就是生活化？

之前的刊物，如果有指定的路線，我們才說得上「承傳」，說「相通」，或者可說，畢竟許多還是那些人。

所謂「生活化」，你可以拿來描述某些作品，像這個作家喜歡寫秋天，倘作為一種文學理論鼓吹，是不能圓說的，更難以作為文學價值的判斷。在西方文學理論之中似乎也找不到這個詞語。

至於《素葉》的創作路線是否即生活化，這要回到問題的前設，到底甚麼是「生活」，甚麼不是「生活」呢？內容上你能說「飲紅酒、看法國電影」不是生活嗎？措詞用字方面，喜歡華麗、鋪陳，就不是生活化？生活只有一種？

寫法上只有一種？隨便舉過去的例子，李白的〈將進酒〉，就不是普通小民的生活，屈原的〈天問〉更是「堅離地」。那是他們的「生活」，都是傑作。主張「生活化」，其實也等於主張某種「生活」，你能否貫徹？

這方面我想多説幾句。提出生活的主張，早在三四十年代國共文學論戰時就有，甚麼是「生活化」，左翼論者很清楚，因為他們對生活的「本質」有一套主張，「飲紅酒、看法國電影」肯定不是生活，是沉淪、墮落。當年相信生活要鬥爭、要革命。許多年後，在中西會通、多元的香港這樣主張，除非你相信我們應該怎樣生活，主張批判現實主義，這一套在內地也不講了，否則就很尷尬。

文學何曾離開生活現實，不過對如何表現生活現實有不同的理解、有不同的策略。吳爾芙就跟狄更斯不同，跟奧斯汀不同。更莫説十九世紀的俄國小説家。奧斯汀如果寫法國大革命，那才怪哩。張愛玲、魯迅、沈從文，大約同時，筆下所關心的生活現實，又是否相同？如今還有人説他們不「生活化」？

我們多是在香港出生，或至少在香港成長，寫作不免帶有香港生活的烙印。而香港是一個多元化的社會，可以有各種不同的、合理的生活。文學創作一方面要與具體的地方有關，另一方面又要有相當的無關。離地不代表不好，貼地不一定就好。

素葉向來沒有遭受甚麼負面意見，據目前所見只有兩位作者曾經批評素葉。一位是李華川，他在主編的《批評家》雜誌及專欄文章中曾經指《素葉》是「小圈子文學」和「朋友主義」；[6] 另一位是梁世榮，他在討論鍾偉民事件時，曾指

---

6 批評家資料室：〈文藝圈批判〉，《批評家》創刊號（一九八一年十一月），頁一二。李華川：〈素葉復刊有感〉，《快報》一九九一年八月四日，頁碼從缺。

《素葉》是香港文學其中一個「權力核心」。[7]

負面批評是沒有所謂的。我們不認識他們。所謂小圈子，同人刊物本來如此，《批評家》也是同人刊物，甚或是單人刊物吧，也是可以的，但它的圈子肯定比我們更小。一本連稿費也付不起的文學雜誌，何來「權力」，且竟成為「核心」？真是怪論。兩種批評又是否矛盾？至於鍾偉民，他的〈捕鯨之旅〉得獎的那屆青年文學獎，我是其中一個評審，並且曾經向台灣的文友轉介他的作品。《現代文學》復刊後曾經辦過香港文學專輯，囑我協助組稿，我就曾向他約稿。印象中，梁和鍾似從未給這個「核心」來稿。

也讀萬卷書，也行萬里路

素葉同人經常一起旅行，您們曾經到過哪些地方？有沒有哪些旅程特別難忘？

我們都喜歡旅行，是的，其實從沒有以素葉的名義旅行。四十年來，去過許多地方，有時多數人一起，也有少數人。中國內地、歐洲、中東、希臘、西班牙……最難忘的是內地開放之初，八九人一起去新疆、去東北。在這之前，我們有些人已經到過國內，像鄭州、上海等。我們在香港成長，對中國只是書本上、電影上的認識，那是第二手，甚至是隔代的第三四手。黃河之水天上來，黃河是甚麼樣子的？朱雀橋、烏衣巷又變成怎麼個樣子，諸如此類。那是你的文化背景、文化記憶，你想印證。還有當下現實的社會，你也想知道。我讀書時讀過些英國文學，所以到英國旅行，就到莎士比亞故居去，到華茲華斯等人的

7　梁世榮：〈從《捕鯨之旅》說起 —— 鍾偉民現象〉，《星島日報》一九九五年十月一日，C8 版。

湖區去，但畢竟不同，英語不是我的母語。我原籍廣東中山，中山已沒親人，因為孫中山等人，也去過好幾次。

素葉一大群朋友一起旅遊，第一次大概就是去新疆，包括我、蔡浩泉、辛其氏、西西、周國偉、梁國頤、張紀堂、朱楚真等。內地開放旅遊是由沿海地區逐漸延伸到內陸地區的，當時是新疆第一次開放，我們到了烏魯木齊，居然碰到金庸在同一飯店，在外邊閒逛。蔡浩泉與金庸相熟，就跟他說笑：查先生，這裏到處都是天山雪蓮呀，那裏的地攤大量販售，武俠小說裏的神藥，眼前只賣兩三毛錢一大朵。金庸一味莞爾。

新疆開放旅遊後，我們是第一批去的。不久東北也開放旅遊，我們又是第一批去的。那時候的羽絨外套非常不濟，很臃腫，但完全不保暖，問人借了軍褸加穿，還是很冷，在松花江上冷得直哆嗦。在東北雪地，我們幾個男士都喝醉了，迪鏘說要扮垂死天鵝。

我記得還有一次是去日本的，另一次則去吳哥窟，那次連黃繼持也來了。另外我們去埃及、去海南島，記憶太多。西西和我是必然團友，其他有辛其氏、許迪鏘、阿蔡、鍾玲玲、阿滇、朱楚真、俞風、梁國頤、張紀堂、周國偉⋯⋯近年一位年輕朋友曾問我：怎麼你們途中沒有吵架？這倒奇怪。我們倒是在回程中想到組織下一次旅行。阿蔡去新疆是那個旅行袋，去東北也是同一個旅行袋拿起就走，內容一樣，除了多了件當年難看得要命的羽絨。我們一起去張羅羽絨已經開始「吵鬧」的行程了。總之，每次參與的成員都有些不同，也不一定是素葉成員。

張愛玲說成名要早，成名不是你可以自己說了算，我以為旅行要早才對。青春結伴，到哪裏都好。

《素葉》頗重視翻譯，總量相當多，以獨立的文學雜誌來說是非常難得的，畢竟翻譯費時，也須佔去本來就不多的篇

幅。不少翻譯是由鄭樹森教授負責，有一半左右則是素葉同人翻譯的。為甚麼這麼重視翻譯？您認為其重要性是甚麼？文學雜誌在這方面應該擔當甚麼角色？

我們是刻意去做的，嘗試介紹西方文藝，我們看到好的作者和作品就在《素葉》上介紹，希望其他人也來留意。很少作家是可以不看書的，作家、詩人要打開眼界，看其他人、其他國家、其他語文的寫作，像海綿那樣吸收各種養分。認識其他人，特別是陌生人的看法，怎樣思考，怎樣表達，別人關心甚麼，爭取甚麼，或者無需爭取甚麼，其實也是認識你自己，給你靈感、想像，擴闊、改進你自己。我們盡可能每期都有翻譯。

其中較多的是諾貝爾文學獎相關的翻譯及介紹，這全賴鄭樹森教授。整個八十年代，諾獎一公佈，我們就想起鄭樹森教授，他當年時而在美國時而在香港教學，得獎人名字一出，他即應台灣《聯合報》副刊瘂弦的要求，憑他在全球的人脈和網絡，連夜找到得獎人，不管這位作家、詩人有多忙，又躲到哪裏，總能通過電話訪問，當晚公佈得獎消息，翌日《聯副》就可以有兩大版報道，有專訪、介紹、評文、譯作，很周全。期間的時間只有幾個小時。另一天報上仍有後續。這樣持續十多年，這應該是世界媒體第一，不止是華文界。不是説笑，諾獎也應授予他一個獎，甚麼名銜也好。《素葉文學》得瘂弦和鄭教授的同意，予以轉刊。鄭教授也為《素葉》策劃其他的翻譯。

當時越洋電話十分昂貴，他卻經常由美國打電話跟我們聊天，一談就一兩小時。他也利用電話進行翻譯，他口述，電話另一端台灣的編輯就筆錄下來，馬上發稿。可以參看他的《結緣兩地：台港文壇瑣憶》。鄭教授一直是我們和海外作家的橋梁。他也為我們策劃若干翻譯。素葉沒有顧問，他其實就是。

我們自己當然也做翻譯，推介我們喜歡的作家，例如拉丁美洲文學，七十年代末已十分欣賞他們，比如博爾赫斯（Jorge Luis Borges）、略薩（Mario Vargas Llosa）等。卡爾維諾（Italo Calvino）也是，西西可以說是香港最早談論卡爾維諾的。她喜歡發掘新書、新的作者，看到好的就向我們推薦，連書都送給我們。像八十年代後期她就率先引介了不少當時尚未為人熟知的中國大陸小說家到台灣去。

在《素葉》翻譯或介紹過的作家裏面，有沒有您印象特別深刻的？

第一期一九八〇年很有趣，那是希臘詩人艾利提斯的小輯，有我的同學李悅南、老友梁國頤的翻譯，最特別的是亦舒也譯了一首短詩，寫了短文。那時我們常常在美孚張灼祥家中聚會，天南地北，談起艾利提斯，西西說阿贏你也來譯一首，她果然花了三天時間譯出來，自稱受罰。

當然最深刻的是一九八二年加西亞·馬爾克斯的專號，他是我們非常喜歡的作家，他取得諾貝爾文學獎，我們幾個月後就出了專號，那是大家一起，在阿蔡的圖騰製作公司努力的成果。

《素葉》到了最後十期，出版頻率已經變成一年一至兩期，有時候編輯名單上只有許迪鏘先生的名字。

我們還是一起編的，只是沒有掛名而已。但不少實務主要由他執行，慢工出細貨，大家工作太忙，許迪鏘做得最多。本來《素葉》是有第六十九期的，許迪鏘或者工作太忙，拖了許久，最終也就無疾而終。最後幾期，也有其他人的名字，包括我，尤其是最後一期。

有內地學者指《素葉》出版第六十八期後無以為繼，是因為最後這期「用力過猛」，花盡所有資源，結果難以為繼云云，這是誤會了，不知何所據而云。經濟從來都是問題，卻不是大問題，更不是停刊的問題。《素葉》的叢書其後不是照出嗎？正如《素葉文學》中途休刊也不是因為虧本，是因為人力疲乏。

許迪鏘先生專訪

訪問者：王家琪　**日期**：二〇一九年八月七日（星期三）上午九時
地點：沙田新城市廣場 SimplyLife

素葉出版社的誕生

素葉出版社是一九七八年底成立的，能否談談當時的情形及成立原因？

說起來素葉誕生的瞬間，我並不在場。成立出版社是由兩三人發起的，然後招攬更多朋友加入。第一手的想法何福仁及西西應有說法。當時是何福仁打電話給我，說一起辦一家出版社吧，我就答應了。「加入」的意思，就是合資，每人隨緣樂助，每月或者五十元，或者一百元。那時候一般人的月薪大約是二千元，所以不算是很重的經濟負擔。除了這筆基本經費外，如果遇有特別的情形，例如趕着要結算付帳，或者這期要出版的叢書較多，那就可能不是每月墊支，而是要額外拿錢出來。在你合資的金額以外，車費、文具等瑣碎支出都是自己付的。知道基督教會收取的「十一奉獻」嗎？我們也差不多。除了出錢，就是出力。編一個版面，寫點稿，或負責一點行政或跑腿的工作。

當年出版本地文學作品十分困難，基本上沒有一家出版社會出版嚴肅文學書，大多是出版通俗文學書、實用工具書等。即使是西西、董橋等，當時要出版結集，門路也不多。出版雜誌的想法也相似，報紙無法容納文學，唯一的方法就是自己搞一家出版社，自己寫、自己編、自己辦、自己印、自己發行、自己賣書，不用求人，也不欲假手於人。當時大家在出版上已有一定經驗，落實起來是水到渠成。成立的實務主要是周國偉負責，他擔任十分重要的角色，成立公司、商業登記註冊、聯絡印務、開郵箱都是他出的力。他住在上環，所以郵箱也開在上環郵局。

當然素葉不是第一家做這件事的出版社，比如早期劉以鬯先生在香港也辦過出版社，只是他出版的大多不是本地作者。又比如純一出版社，出過小思老師《豐子愷漫畫選繹》、杜杜等作者的書。

所以素葉出版社之所以能夠支撐這麼久，是因為合資的人數多，每人的負擔都不重。

是的，經濟從來不是問題。何況我們不是營商，編者和作者都是無償的。做生意應該是有一元要做一百元的生意，我們是用一百元做一元的生意，只盤算能夠拿出多少成本，就出多少本書。素葉歷來沒有負債，不拖數，不過也不賺錢就是。素葉出的書，能賣光的不多。只有少量全數售罄的叢書能夠賺取非常微薄的利潤，例如第一輯西西《我城》、何福仁《龍的訪問》、鍾玲玲《我的燦爛》等都在出版三五年內賣光。

以印數一千本來算，要賣掉七成才能收回成本。但是發行的數量不多，同人或作者取回大部分，賣出的可能只是三五百本，不虧本已經很好了。我們出版盡量節省成本，比如為甚麼初期每一輯是四本叢書呢？是因為印刷機一開，印四個封面和印一個封面，價錢是一樣的，所以四本一起印最划算。

您們總共出版了七十五種素葉叢書，出版社的運作及流程是怎樣的？一般是您們邀約還是作者聯絡您們的？

很簡單。大家出錢出力，每月「夾」錢若干，錢夠了就出書。商定了給誰出，打幾個電話，集齊了稿，就發排，印刷。

出書的對象大都是我們邀約，也有作者主動向我們提出。聯絡作者並不困難，大多是相識的朋友。初時的想法是一年出四部，但頭三兩年裏，每年不止出四部。也有作者在素葉出書後，後來在外面陸續出版更多的書。以西西為例，素葉出過她首幾本作品後，就交由洪範出版了。素葉其實可以繼續替她出書的，但她既然可以在台灣出，當然是那邊較好，起碼會有版稅，素葉不會與之競爭。

當時發行和售賣的情況如何？素葉出版的書在甚麼地方有售？

七十年代末、八十年代初，即使是「三中商」，門市數量也不多。二樓書店很少，而且以售賣內地出版的書籍為主，因為當時一般人較難直接買到大陸書。直到八十年代中，書店的數量才慢慢增加。

發行的情況我抓破了頭才記起來，最初是田園代發行的，後來交由林榮基負責，他的發行公司好像叫海天或海濱圖書公司。然後是我自己走發行。出版停了幾年再繼續，仍交林先生負責，書上印着「發行：金石圖書貿易有限公司」，地址就是後來的銅鑼灣書店。再後來就是樂文，直到結束。售書的地方一直不大理想，二樓書店之外，三中商也會要一些，但只三五部，賣完了一般不再補。

第四十八、四十九期〈編餘〉您提到《素葉》草創時，發行是由您負責的，您親自揹着一大袋書和雜誌派送到港九書店：「曾經有一段時期，大概是十一、二年前了吧，素葉叢書和《素葉文學》的發行，是由我負責的。新書、新雜誌出版了，我就會拿一個像郵差的派信袋模樣的大布袋，塞滿一整袋書刊，派送到港九的書店去。有一趟送書回來，晚上洗澡的時候，發覺肩膊背負布袋的地方紅瘀了一片，我忽地傷感起來，想流淚的樣子。我不是為自己感到難過，

而是想到，我背負的是本港最出色的文學作品，可是願意讀，又或者能夠讀到的人，到底有多少？我們孜孜不懈，難道為的就只是滿足自己？」[8] 能否談談當時的情形？

《素葉》休刊前的發行一直由我負責，後來才交給發行公司。大部分的書店都不願意讓我們寄售，三中商會要一兩本吧，已經算不錯，我們畢竟是獨立、不知名的出版社。他們是「買斷」的，賣不賣得完都已經付款，更不願意多取。

這篇〈編餘〉接着還提到《素葉》雜誌第一期發行時被一家大書店拒售的事：「何福仁和我都不會忘記，我們拿《素葉文學》第一期到一家大書店要求寄售的時候，負責的店員卻說：『你們看，那些任人取閱的冊子都用彩色印刷，你們這樣子的雜誌，我們一不留神很容易便會給人拿光，不能擺在這裏賣的。』這，倒是連買書的人的智慧也侮辱了。」[9] 好奇那家書店是哪家？

中環商務，本來在皇后大道中，現在已經沒有了。他的意思就是連免費的小冊子都是五顏六色的，《素葉》要賣錢，卻是黑白的，不會有人付錢。

《素葉文學》雜誌：由創刊、休刊到復刊

素葉成員在退出《大拇指》後創辦了《素葉》，同時《大拇指》也換上了新一代的編輯。印象中只有您同時參與《大拇指》。能否談談期間的情況？兩份刊物當時有沒有甚麼分工？

8　許迪鏘：〈編餘〉，《素葉文學》第四十八、四十九期（一九九三年十一月），頁五五。

9　同前注。

素葉的成員大部分在《大拇指》首一兩年內就卸下編務，才興起辦出版社的念頭。餘下的除了我，還有一九八三、八四年加入《大拇指》編「詩之頁」的俞風，也是一直做到一九八七年《大拇指》停刊為止。

兩份刊物各自為政，談不上分工。我一邊編《大拇指》，一邊搞素葉，我和何福仁當時是好朋友，他拉我「過去」是自然而然。我想，我在《大拇指》編學生版，沒有「利益衝突」。

同時編兩種雜誌，會否很吃力？

當時年輕，並不覺得。現在回看似乎真的頗為辛勞。我們白天都有正職，晚上九時後才聚在一起，凌晨一兩時還在街上，早上八九時又上班了。

《素葉》的成員是否大多參與過《大拇指》？有沒有哪些朋友是在《素葉》的時候才認識的？[10]

辛其氏、周國偉等都沒有參與《大拇指》。也有些合資辦素葉的人是何福仁的同學，他們只出資支持，不參與編務，我與他們素未謀面。

《素葉》在一九八四年休刊，您曾在文章中說是經濟原因及人力疲乏。能否談談當時的情況？休刊時有預計過會復刊嗎？

主要不是經濟原因，而是做得實在累，在同人各自的工作上，責任日漸吃重，公餘放在出版的時間就很緊。突然覺得不想做，那就不做了，我們沒有「hard feeling」，不做

10 「後來創立《素葉》的人裏面，何福仁、西西、張灼祥、俞風、鍾玲玲、杜杜（何國道）等都是《大拇指》第一代編輯。」迅清：〈九年來的《大拇指》〉，《香港文學》第四期（一九八五年四月），頁九四－九五。

更舒適愉快嘛。當時也沒想過會復刊。

休刊期間，您曾在《星島日報》編過「詩之頁」、「文學周刊」、「讀書」這三份文學副刊。同樣是文學性刊物，您覺得編報紙副刊和編同人雜誌有何不同？

報紙出版周期固定，也較頻密，而且相對公開，作用會比雜誌大一點。

一九九一年《素葉》復刊是您牽頭的，不久素葉出版社也重新運作。當時您在蔡浩泉先生的圖騰公司工作，為甚麼有重新出發的念頭？

當時老蔡的公司結束了，那段日子我較空閒，工作環境很自由，因此又胡思亂想起來。我想如果像早期那樣，一期二十多頁，工作量並不大，需要的成本也不高，就聯絡了大家，每人拿出少量金錢，重新出版《素葉》。

至於一九九四年素葉出版社復活，其中一個原因是香港藝術發展局成立，我們密集式申請，有十部獲得資助。這筆錢足夠養活素葉出版社二十年了，因為申請時列入我們的薪酬和作者的稿費，實際上我們並沒有支薪，大部分作者也很樂意把得到的版稅捐出來，好讓我們可以繼續出版。

有一點要説明的是，素葉只有出版社得過藝發局資助，雜誌從來沒有。我們不想讓人有任何的聯想，以為資助會牽制我們的編輯方針，出版的獨立性十分重要。雖然實際上很多出版物不受資助限制。何況一拿到了資助，就有很多繁複的行政程序，要當成工作來看待，就十分划不來。文學出版要是我的正職，我一定早就辭職了。

談到藝發局，第六十期《素葉》有一篇您的文章，回應劉以鬯先生批評西西接受藝發局資助。

我的回應不是因為他批評西西，而是他的概念有誤，那是

「藝術發展局」，不是「藝術福利局」，不是看作家的清貧程度來撥出資助的。當時藝發局面對其資助原則被歪曲，卻沒有任何回應，只好由我跳出來反駁。之後我還有許多次見到劉先生，並沒甚麼芥蔕。[11]

《素葉》的模樣：美術風格

素葉樸素的美術風格是視覺美感的考慮，還是成本的考慮？休刊前用的是啡色牛皮紙，復刊後則是米色的紙張，用紙有沒有甚麼考量？

當然是經濟上的考慮，比如我們用的是騎馬釘，是最簡單的裝訂方法，只適合釘裝較薄的印刷品，所以早期的《素葉》也不會太厚。我們連封面的空間都節省下來刊登作品。選這種啡色牛皮紙的是周國偉，配合「素葉」的名稱，呈現樸素、粗糙的質感。好處是紙身較厚，質地好，像第一期只有二十多頁，用這種紙較挺身。因為這種紙較難找，休刊前幾期的紙張已經有些不同，沒有這麼深色，也比較薄，只是雞皮紙而已。

《素葉》一直是黑白單色印刷，即使後期改用電腦排版，也沒有追求變得更花俏，形成您們的風格特點。這也是成本考慮嗎？

是的，黑白便宜多了。成為風格與否是後來的眼光，當時大部分地方的文學雜誌多是單色印刷。現在社會較為富裕，《聯合文學》、《印刻》等印刷才比較精美。何況在沒有電腦的年代裏，一切都是「手作仔」，技術上很難做得花巧。

11　何福仁另有一文：〈資助《飛氈》寫作計劃是否公平、合理？〉，《讀書人》第十二期（一九九六年二月），頁一〇八－一一一。

《素葉》由第六十期（一九九六年）改用電腦排版，您說「《素葉》可能是本地最後一份手作雜誌」，當時《素葉》的電腦化在雜誌同行之中算是較遲嗎？

應該算遲吧，電腦排版的技術像 PageMaker 是一九九〇年代初的。很多雜誌已經轉用電腦，我們還沒有，覺得自己剪剪貼貼較簡單。後來電腦化由甘玉貞主理，她買了一台蘋果電腦，負責《素葉》的排版。我們只是以電腦軟件取代人手剪貼排版的工夫，並沒有怎樣用上其他技術。

第三十七期〈致讀者〉分享了一則趣聞，西武百貨的無印良品專櫃在櫥窗展示了幾本《素葉文學》：「我們熟悉的雜誌，錯落散在地板上，別有一種新鮮感。我們將消息互相轉告的時候，往往舌頭打結，差點兒沒有將自己說成無良印品。我們也猜上老半天，拿《素葉》裝飾櫥窗的，會不會是我們的朋友？」[12] 素葉的樸素、留白、簡約風格，又的確與無印的產品風格頗為相配。能否談談這件事？

這是我們逛街時發現的，後來才知道負責擺設櫥窗的西武店員居然是《素葉》的粉絲。當時西武在金鐘，是非常高檔的百貨公司。可見雜誌做出來，讀者要怎樣用是我們所不能控制的。不過該期銷量沒有因此而明顯上升就是了。

第四十一期〈編餘〉提到「石琪先生對我們的插圖提出寶貴的意見」。他給您們提出了甚麼意見？

石琪在他的專欄上提到《素葉》的插圖與內文多無關係。我們只是盡量配圖，與作品內文未必有所呼應。[13] 嚴格來說也不是「插圖」，因為我們沒有為內文請人專門畫插圖的

12　許迪鏘：〈編餘〉，《素葉文學》第三十七期（一九九二年六月），頁二五。

13　許迪鏘：〈編餘〉，《素葉文學》第四十一期（一九九三年一月），頁三一。

成本，雖然不太好，但也沒辦法。最初有蔡浩泉畫圖，當然是沒有問題了。後來有時候為了避免版權問題，不能直接取用他人的照片，要自己做些藝術加工，使別人看不出原圖。

素葉的四葉標誌是誰的設計？

蔡浩泉，我們的「美術總監」。

雜誌的編輯與內容

每期的銷量大約多少？有沒有學校訂閱？

實際真金白銀收回來的，包括訂戶，應該說平均是二三百，不會超過五百。[14]《素葉》不像《大拇指》，《大拇指》很大程度上依賴中學訂閱，結束時仍有過千份的銷量。假設一間學校訂一百份，十間八間已經超過一千了。《素葉》也有嘗試過聯絡中學訂閱，我們發信給當時全港三百多間中學，只有六、七間有回音，學校訂戶不多。或者《素葉》對中學生而言有點深奧，很難打入他們的市場。

所以您們並不是無意做推廣的工作，而是文學的推廣本來十分困難？

我們曾經在《信報》和《明報》賣過廣告，用了一張愛因斯坦吐舌的照片，[15]說只要把這則廣告寄回來就贈閱一期，也有十個八個回信吧，但是你想想《信報》的銷量可能是八萬份、十萬份，反應是很不成比例的，你就明白推廣的困難了。我覺得賣商業廣告的作用不大，畢竟文學與商

14 銷售數字還可參考許迪鏘：〈編餘〉，《素葉文學》第五十三期（一九九四年六月），頁三一。

15 廣告重刊於《素葉》第五十期（一九九四年二月），頁三二。

業的受眾並不一樣，而且賣廣告需要金錢，花上時間和精神，我們基本上很少做宣傳的。不像現在有社交媒體，做宣傳推廣方便多了。

素葉常常被譽為「純文學」雜誌，您同意這標籤嗎？

我們並沒有「純文學」這個概念。如果您是指雜誌上只刊載文學創作，倒是可以這樣説吧，比如《中國學生周報》、《大拇指》就是綜合刊物，不是純文學雜誌。我們是有意以文學創作為主，因為電影和音樂評論等有其他渠道可以發表，文學的園地則很少，有的園地我們不一定覺得適合在上面發表，還是有自己的園地最好。

《素葉》是輪流主編制的，假設這期是您主編，能否談談編輯的流程？素葉沒有辦公室，經常在同人的家中工作，可否描述一下工作情形？編輯之間有甚麼分工嗎？

大致是這樣的：大家各自向朋友約稿，「主編」只是該期收集所有稿件和負責跑腿的人。即使不是我主編的期數，也大多是由我把稿件拿去打字、發排。主編收到一批手稿後，會決定要用甚麼稿、次序、怎樣排法。其後發去打字，打好後排版。那是真正的「cut and paste」，用剪刀、膠水貼在紙上，發現錯字就要剔出來，貼上正確的字。排版主要是我和甘玉貞。排好了就拿到某人家中集體做做校對之類，沒一陣子就去吃飯喝咖啡。

工作的地點可以説居無定所，最初在張灼祥家，也會在蔡浩泉的圖騰公司工作。圖騰結束，主要在何福仁家，有時也在辛其氏家。一直到雜誌結束前，我們才有個「辦公室」：一九九七年左右，我們大約十個朋友合資在葵涌買了一個貨倉，最初只是存放叢書，二〇〇〇年後我基本上是半退休狀態，就把那裏整理一下，擺一張辦公桌，算是有個做事的地點，其後出的書都是在那兒編的，其他素葉朋友很少上去。

能否說《素葉》有一群固定的作者？您認為素葉同人有沒有共通的文學理念和創作路線？

固定的自然是西西、何福仁、鍾玲玲、辛其氏、淮遠等。共通的理念是文學不應有預設的框框調調，不花巧、不浮誇、不造作，創作路線和風格自然是取決於作者的個性。

總體而言，《素葉》每期大約有一半是同人的稿件，一半是外稿。每期投稿的人數大約是多少？在接受來稿時，主要的選稿標準是甚麼？

人數倒沒統計過，頗有一些完全不相識的人投稿，每個月大概十來廿份，後期出版不定期，也出得很疏，外稿就更少了。有時一些作者寫得很好，但是投過一兩次就不見了。也有因為投稿來而結識的作者，例如黃燦然、廖偉棠，之前雖然不至於完全陌生，但也不相熟，名字有印象，來稿就用了。黃燦然是在我編《星島》「文學周刊」和「詩之頁」時已經刊登過他的詩，但是直到很晚才結識他本人。他後來替我們做了不少翻譯，除了鄭樹森之外，他是譯得最多的。他十分熱心，主動提出可以翻譯甚麼，比如第六十八期的哈金小輯就是他一手策劃的，他與哈金的譯者熟絡，可以直接拿到哈金的手稿，並組織了這個小輯。除了翻譯，他還替我們拉回來不少稿件。

又比如伍淑賢，雖然她還是學生時已經給《大拇指》投稿，但是我認識她本人不過是近十年的事。《大拇指》之後有一段時間沒有再看到她的作品，後來《素葉》突然收到〈父親〉等幾篇小說，大家都十分喜歡。又比如張婉雯，當時她已經出書了，但有一篇小說〈雪國〉我非常喜歡，要拿過來《素葉》再刊登一次，[16] 那時候也還不認識她。大部分

16　張婉雯：〈雪國〉，《素葉文學》第六十八期（二〇〇〇年十二月），頁八二－八五。

作者的情況都是類似這樣。

我的選稿標準就如上面所說，不花巧、不賣弄、不預設主題。有幾個名字總是寫拉關係的稿子，我不看內容便丟掉。反而曾經有過批評素葉同人的長篇論文，我們都刊出來了，言論自由嘛。[17]

能否列舉一些在《素葉》出道的年輕作者？

很難說是否人家的第一篇，因為不知道他們之前的寫作及發表經驗，除非是作者自己說的，例如張婉雯說她的第一首詩是在《素葉》發表的。[18]也有些當時是用筆名發表，例如董啟章當時用「草童」為筆名，[19]韓麗珠用「小雪」為筆名。[20]其他都不太肯定，難以考究。

您們較傾向經營同人的風格，還是多刊外稿成為一個創作平台？當然這還要考慮沒有稿酬等客觀因素的限制。

這是取決於該期的主編。以我為例，我喜歡起用外稿，並不會優先刊登素葉同人的作品，並且通常排到該期較後的位置。為了爭取更多新的名字，我會刊登一些未必很圓熟的作品，鼓勵他們繼續寫作。比如由四十八到五十七期，我每期都把一位新作者排在第一篇。[21]當然實際的情況常常是限於沒有稿費，外稿不多，如有空出的版位只能靠同人

---

17 林凌翰：〈反那西沙斯〉，《素葉文學》第六十四期（一九九八年十一月），頁二八－四九。

18 張婉雯：〈自控〉，《素葉文學》第五十六．五十七期（一九九五年一、二月），頁三。

19 草童：〈西西利亞〉，《素葉文學》第三十六期（一九九二年五月），頁四－九。

20 小雪：〈我所知道的升降機〉，《素葉文學》第五十六．五十七期（一九九五年一、二月），頁二－三。

21 許迪鏘：〈編餘〉，《素葉文學》第五十九期（一九九五年七－九月），頁一一〇。

的文章填滿它，以至形成了固定的作者。客觀效果如此，未必是我們當初的意願，我是很希望園地開放的。再後來因為出版不定期，很難約稿，我還記得曾經約古蒼梧寫稿，他反問我：「你到底甚麼時候才出版？真要出的時候再問我。」這如果說被批評「小圈子」云云，是沒辦法的事。也有雜誌例如《香港文學》有意做到「大圈子」的效果，劉以鬯先生本來想命名為「華文文學」的。就算資金和時間許可，我也不會刻意辦「加拿大華人作家專輯」之類宏大的題目。比如說「哈金專輯」，主角是哈金一人，我想做的是個體的專輯，不會說「華裔作家專輯」。

這樣說起來，其實《素葉》九十年代起也刊登不少馬來西亞華文作家的作品，像鍾怡雯、陳大為、辛金順等。是您們約稿的嗎？

不是的，當時並不認識他們，有些至今都沒有見過面，是他們投稿來的。可能是因為那時候《素葉》有在誠品書店寄售，就接觸到一些在台馬華作家。他們作品的熱帶雨林的氛圍非常特別，就刊登了。據知，不少馬華作者很喜歡《大拇指》，那時甚至沒有發行到台灣，只在香港有售，不知道他們怎麼讀到。可能是因為他們喜歡西西，所以「愛屋及烏」？後來就投稿到《素葉》了。我們沒有嘗試成為海外華文作家匯聚的平台，實際上也做不到。

《素葉》是香港少見的長壽文學雜誌，您作為從頭到尾參與最多的編輯，在出版的二十年間有沒有觀察到香港文壇有所變化（例如題材、寫作風格）？

文壇無論甚麼時候都有變化，題材和手法一直推陳出新。例如當時董啟章、韓麗珠的兩篇小說，寫法界乎現實與虛幻之間，營造非常不真實的現實，與西西的魔幻現實主義又是不同的。假如說有甚麼變化，可能是後期有些概念和形式先行的趨勢，比如九十年代有不少後設小說。西西也喜歡形式實驗，但她的形式是為了內容度身訂造的，不是為形式而形式。有些作品可能形式很新穎，但是否必要的呢？又不一定。

素葉同人經常一起旅行，您們曾經到過哪些地方？有沒有哪些旅程特別難忘？

不算經常，可以數得出的是新疆、東北、華南、台北幾處。每一次都是難忘的。新疆的一次，激發出我們的畫家朋友蔡浩泉立志畫畫，我們替他搞了一個「八二展」，很成功。但再搞了「八三展」之後，就無以為繼。

《素葉》頗重視翻譯，大約一半由鄭樹森教授負責，另一半則是素葉同人翻譯的。為甚麼這麼重視翻譯？您認為其重要性是甚麼？文學雜誌在這方面應該擔當甚麼角色？

因為大家（其實主要是西西、何福仁）愛讀外國作品，把喜歡的翻譯過來，是自然而然，而且那時沒甚麼版權的顧忌。文學雜誌從來就是引介世界新銳文學的前鋒，重要的文學雜誌都發揮過文學橋梁的作用。

素葉的結束

《素葉》雜誌到了九十年代末，出版頻率是一年一至兩期，但是篇幅比早期厚很多。直至二〇〇〇年出版第六十八期後停刊。能否說明停刊的原因？

因為出得疏，四期作兩期出，自然厚了。出版頻率變疏，是因為一九九七年到二〇〇〇年間我轉到半官方機構工作，變得很忙碌，壓力較大。

出版第六十八期時，並沒有想到是最後一期，以為會繼續做下去的。停刊原因一時難以說清。一來二〇〇一年我轉職編輯教科書，經常通宵達旦地趕工。二來是二〇〇〇年我們失去了蔡浩泉這位好朋友，阿蔡對我們、對素葉很重要，素葉的藝術風格由他奠基。雖然他已經有一段時間沒有再插手素葉的事情，心理上總是覺得有問題可以隨時找他。他不在，美學上的支柱消失了，我們覺得事情不再一樣。至少對我而言，情緒一時平復不來，拖兩拖就沒出下去了。到我發現時，已經拖了一兩年，再出下去似乎有點丟臉。

那麼當時是否已經開始了下一期（第六十九期）的準備工作？

已經開始了，手上有一些稿件，但是還沒有經過處理。比如本來有黃燦然做的 V.S. Naipaul 專輯。因為遲遲沒有出版，有些朋友跟我說稿件已經拿到別處發表了，如是者抽起了一些，就覺得再出版沒甚麼意思。那疊稿件我多年前交給甘玉貞了，如果條件許可，第六十九期其實可以復活的，現在重看也絕對不差。

《素葉》停刊已經十九年，您覺得文學雜誌的市場及文學環境由那時到現在有何變化？

現在文學確有一個「市場」，雖然不大，但凝聚力比我們那時強得多。

回看《素葉》二十年間的內容，有沒有甚麼事情是當時想做而可惜沒有做的？

我做過幾期年輕作家特輯，像杜家祁、樊善標、邱心等。可惜只是刊登作品，我本來想做點訪問、評介之類，加深讀者對這群年輕作家的認識，但能力和時間都划不來，這是遺憾又慚愧的。

素葉出版社在第七十五本書後結束了，您在伍淑賢《山上

來的人》後記提到結束的感想，並說「結束一家小小的出版社，原來有不少繁瑣事」。能否談談結束的原因和過程？

主要是賣出書倉，同人說貨倉長期閒置，出書的頻率也很疏，不如趁樓價回升，賣掉算了。如果你問素葉出版社歷來有沒有賺過錢，賺得最多的就是賣出這個小書倉了。當初合資的同人每位拿出五至十萬元不等，賣出後按當時出資的比例瓜分，每人還賺了一倍。辦公室賣掉，我再沒動力把書出下去，何況再出書又把書放到哪兒呢，我遂提出結束出版社。

素葉出版社可以說是我一輩子做過的事情裏唯一有始有終的。你看《大拇指》和《素葉》最後一期也沒有說停刊的，只是久不出現，就當是不出了。《素葉》復刊時由我註冊，現在也由我一手結束。做出版做了四十年，實在也有點疲累了，老是為他人作嫁衣裳，是時候找後輩出出我的書，享受一下年輕人的服務。現在出書的渠道多了，本地獨立出版社也多了水煮魚、文學館、文字工房等幾間，也有香港藝發局的資助。

其實素葉也沒有完全「結束」，現在還是有一個「素葉工作坊」的，只是我沒有參與同人的活動而已。

韓麗珠及董啟章的第一篇作品　許迪鏘

關於韓麗珠的手稿

韓麗珠〈我所知道的升降機〉，應該是她第一篇公開發表的作品，刊《素葉文學》一九九五年一、二月，第五十六‧五十七期合刊，筆名小雪。小說手稿我奇跡似的保存下來，但單看手稿沒法證明作者就是她，旁證是小說收進了作者第一部小說結集《輸水管森林》(篇題改為〈電梯〉)，作者具名韓麗珠。好幾年前，趁一次聚會我拿出手稿來，得她確認是自己手筆，我請她寫幾句話以資證明，她寫了。她在短箋中說:「〈我所知道的升降機〉，後改名〈電梯〉，收錄於《輸水管森林》。事隔二十年，已無法辨認當年的筆跡，竟出自自己的手。　　韓」

關於董啟章的手稿

二〇一四年董啟章入選「香港書展年度作家」，按慣例，書展特闢「文藝廊」展室，展出「年度作家」的作品和生活文獻。其中一個展櫃中的三件展品，隱藏一個小故事，董啟章是當然主角，其餘一人具名，是關夢南，不具名的是我。這故事如果我不說，恐怕董啟章和關夢南都未必記得細節；我記得，因為許多年來這一直是我心中的一條小刺。

董啟章第一篇公開發表的小說〈西西利亞〉，刊於一九九二年五月《素葉文學》第三十六期，作者筆名草童。附圖二是原稿的首頁，上面「素葉」二字和打字規格批示是我的字跡。我很少儲存作者手稿，西西在《素葉》登過那麼多作品，我一篇原稿也沒留下來。董啟章這篇，現在推想，應是他要求退還原稿，我才寄回給他，也許因此我在第四十期的〈稿例〉中加了一條：如需退稿，請附回郵信封。原稿最後標明寫作日期：一九九一年十二月。這一期《素葉》雖說五月出版，但實際的「面市」時間有遲沒早，去到讀者手上，可能已是六月。故事由此衍生。

假設董啟章寫好作品便立即投遞，由寫作到發表，中間至少相隔了五個月，甚至半年。一九九二年六月香港文學界有一件大事，就是關夢南主編的《星島日報．文藝氣象》副刊由六

我所知道的升降機

十月九日是雨天。

下班前給家裏掛了個電話，聽到妻怯怯的聲音，囑我回家吃晚飯。

前天，妻子告訴我她再度懷孕。每次當我想起妻子時，我便感到失去兒子的痛心。這就好像當我想起我家大廈的昇降機時，我便不想回家那樣。

無論任何時候，升降機門前都堆滿了一大群人。昇降機的空間容納不了他們，所以總有些人逃不了被擠出去的命運。站在升降機內的人同仇敵愾地把多餘者趕出，好像是那麼順理成章的一樁事。我也有被人擠出去的經驗，是以不得不為自己還能夠站在升降機而慶幸。（五年前，我在昇降機內初次遇見了現在的妻，她是把我擠走的人之一，她滿眼敵意地瞪著我！這大概是她在我心裏最清晰的印象。）

許多時候，人把我擠得被壓在玻璃上，我便希望能成為一堵玻璃。那天卻跟有不同，在人群還沒有把我擠得太難受以前，升降機內突然變得一片漆黑。我甚麼也看不見

怎麼？不是壞了吧！

人群惶恐地混亂起來，黑暗中有拍打按鈕的聲音，升降機的門也挨了好幾腳。

他媽的！甚至有人罵道。

我被別人的肩膊擠得無法忍受，過了一會，只好沿著玻璃壁上升降機的頂部，撥開抽氣扇，走進電梯槽內。電梯槽有別於一般我所置身充滿升降機的世界。在那裏，我重拾了對升降機的夢想，我看見數不清多少座升降機大大小小地並列著。有些我認識，有些不。

豪華昇降機

這，我該怎樣說？我已記不清第一次看見它是在何時。只是我知道，這些年來它一直存在於我的記憶裏。升降機的門敞開著，頂部掛著一架大得出奇的水晶花燈，燈光暗黃。四面都是鏡子，而且鑲著抽象派的圖畫。睡床，書桌和衣櫥等也一應俱全。

從我第一次看見升降機時，我便希望能住進去。可是它一下子活生生地立在我的眼前，我竟感到莫以名狀的恐懼。

坐在書桌前那人站起來，對我說：歡迎光臨。

我問他：有沒有看見一個三歲多，胖胖的小孩經過？

他茫然地搖了搖頭，我甚麼感覺也沒有。（兩年前，兒子在升降機內丟了。門裏明明張貼著小童必須由成人陪同方可乘搭電梯的警告，我那時可沒有留意。後來時常想起

| 韓麗珠手稿和手稿確認短箋（許迪鏘先生提供）

兒子那張被無數陌生人的身體擠壓得扭曲的臉，也是甚麼感覺也沒有。）

至此，在我腦海裏的升降機被塗上了一層難看已極的顏色。而其實我對於升降機美麗的夢想，早在父親去世那一年結束。

我所認識的升降機

那一年，我聽過許多人說，我們住的地方原來是一座荒置了的升降機。我怎樣也不相信。那地方沒有窗子，四面的鋼板都發銹，而且某些位置的油漆剝落了，一塊一塊像疤瘡似的。如果不慎把手碰上去，便滿手都是黑黑的灰塵。

我們的房子被火燒光，還有許多和我們同一命運的人，有些住在垃圾房裏，有些睡到街上去。我們搬到一個五十多呎的空間內，同住的還有另一戶人家，一共七人。常常為了爭用煮食用具或洗手間而大打出手。我最常做的事情是一邊聽着父親罵人的聲音，一邊看着牆角奔竄的蟑螂發呆。

母親感嘆說：有錢真好，有錢便可以離開這鬼地方。後來我們真的可以離開那地方，因為父親砍死了他們，然後自殺。

那人對我說：你的兒子大抵是給升降機吃了，他說他看見過很多升降機吃人的事件。那些擠在升降機內的人莫名奇妙地消失。

我向他提出了要在升降機內住下來的要求。

那怎麼行？他神秘地說：升降機會把你也吃掉。

我看着鏡子上的畫出神：這個答案，我早知道了。

#

許多陌生人擠在那地方門前，他們問了我許多問題，我甚麼也不知道。

臨離開那裏以前，我才發現隱在牆邊的一排按鈕，我突然覺得那本來真是一座升降機。

#

十月二十日，窗外沒有別的天。我看見妻子紅腫的眼睛。

「那麼多人擠在一座升降機內，不掉下來才怪！」

「有什麼稀奇？每天都有這樣的事情發生。也算他走運，死不了。」

我無法把眼睛和說話連貫起來。以下的日子，幾乎不懂得思想。

十月三十日，漸漸可以挽着拐杖走路。我看着妻子微

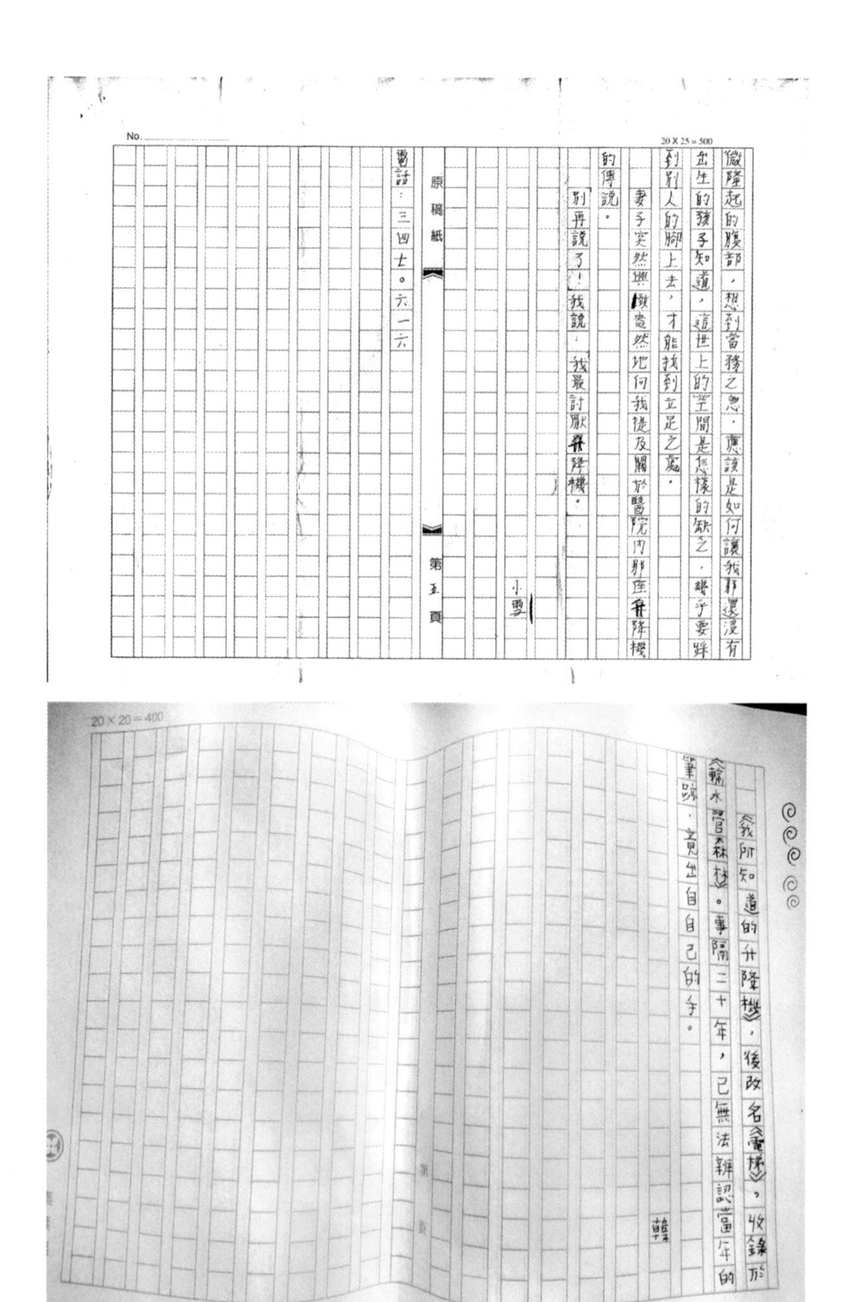
微隆起的腹部，想到當務之急，應該是如何讓我那還沒有出生的孩子知道，這世上的空間是怎樣的缺乏，幾乎要踩到別人的腳上去，才能找到立足之處。

妻子突然興致盎然地向我提及關於醫院內那座升降機的傳說。

「別再說了！」我說：「我最討厭升降機。」

小雯

原稿紙 第五頁

電話：三四七。六一六

《我所知道的升降機》，後改名《電梯》，收錄於《輸水管森林》。事隔二十年，已無法辨認當年的筆跡，竟出自自己的手。

韓

月一日起刊出，以一整版不帶廣告的篇幅刊登純文學創作，園地公開，不設「劃地為牢」的專欄，版面浮動，日日不同，而且一星期七天，天天刊出，這是前所未有的大手筆。因作品需求量大，鼓勵了不少作者「踴躍投稿」，成為他們磨練文字的一個理想平台，在「文藝氣象」「存活」的一年零兩個月期間，時見發表作品而日後獨當一面的作者包括（但不限於）樊善標、董啟章、韓麗珠、杜家祁、洛楓等。董啟章也許見作品投出去幾個月未見刊登，乃作被投籃論，見有「文藝氣象」出版預告和徵稿啟事，便把稿轉投過去。關夢南編「文藝氣象」之前，應該在編《星晚周刊》，因此，董啟章的稿是傳真給「星晚關夢南」（附圖三）。「文藝廊」的參觀者不知有沒有人會覺得奇怪，一篇作品既已投給《素葉》，何以又會投給《星晚》一個「修改版」（據展覽中的照片說明）？（如果他們知道〈西西利亞〉並沒有在關夢南主持的任何版面出現過，就會覺得更加奇怪，但我相信沒有人會注意到這一點。）故事之成為故事就在這裏。關夢南收到〈西西利亞〉，應該很快便決定發表，或者更已打好字、排好版，可是當看到《素葉》三十六期，可以想像，他不由得大吃一驚，這篇作品原來先前已投到別處，無異「一稿兩投」，這是任何文學刊物的大忌，他當然只好把〈西西利亞〉押下。我當年風聞，關夢南對「一稿兩投」頗有嘀咕，並由此引起當時很維護董啟章的一位作家的不快。

〈西西利亞〉的文字頗為詰屈，相當西化，我考量再三，覺得內容有新意，結構奇特，才決定發排，但稿件在我手上「扣留」了五個月，不能不歸咎於我處事顢頇。一篇作品給這樣子彈來彈去，是不應該的，儘管幸好董啟章留有底稿（附圖一），也難為他把字數不少的小說「修改」重抄一次。也幸好他的寫作熱情沒有受這小小的波折打擊，關夢南也識／惜才，董啟章的新小說〈名字的玫瑰〉終在這年六月二十五日在「文藝氣象」刊出。在展覽中看着「星晚關夢南」幾個字，我內心愧疚，也有點沾沾自喜，深信自己是能夠解讀此中秘密的少數三兩個

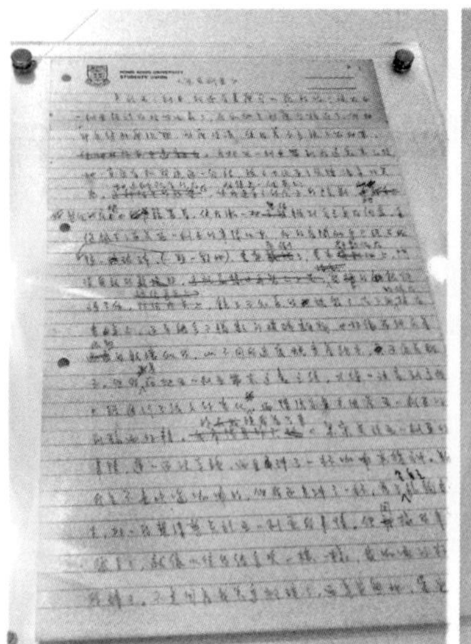

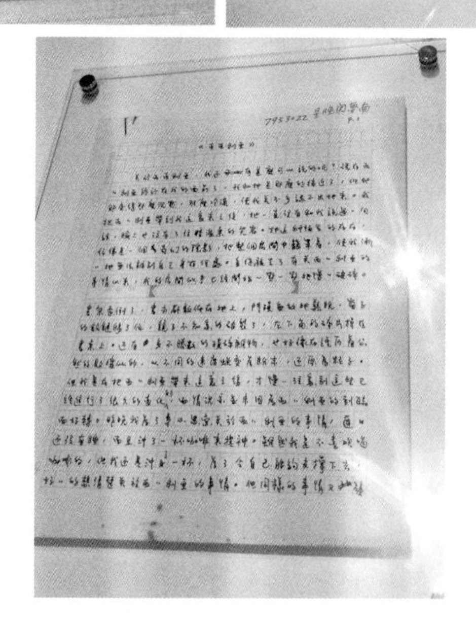

董啟章手稿圖片（許迪鏘先生提供）
左上：底稿（附圖一）
右上：原稿首頁（附圖二）
下：稿上寫有傳真給「星晚關夢南」（附圖三）

人。這，這些年來我一直記掛，然而到現在才寫出來，無疑再一次說明我的溫吞。

二〇二〇年二月四日

（附記：所謂「第一篇公開發表的作品／小說」，只是就個人所知而言。）

素葉因緣 —— 訪問鄭樹森教授

書面提問：王家琪
書面答覆：鄭樹森

在《素葉文學》的所有作者中，您的發表數量排名第二。您和素葉的朋友是怎樣認識的？怎樣開始在《素葉》上寫作？

與素葉友人交往，得從也斯（梁秉鈞）說起。

在台北參與尉天驄老師創辦之《文學季刊》的時候，先後組織好幾個當代外國小說專輯。後來白先勇、白先敬兄弟出資創辦晨鐘出版社，成立編輯委員會，邀到瘂弦主編，姚一葦教授、何欣教授、尉天驄教授主持；也許前輩需要一個年輕人跑腿，因此得附驥尾。首先就想到將《文學季刊》上的專輯擴大整理出書，於是才有我與也斯一同編譯的晨鐘版《當代法國小說選》。

差不多同一時間，在晨鐘出版社附近的環宇出版社，也讓我策劃一套叢書，叫「長春藤文庫」，重點希望是「新思潮、新風格」。原來替《文學季刊》邀集發表的當代拉丁美洲小說、美國地下文學兩個專輯，就順理成章，請譯者也斯在香港擴大成書，由環宇印行。此外也出版了吳煦斌

（也斯太太）自英文轉譯的沙特存在主義代表作《嘔吐》。

因為這些翰墨關連，一九七七年夏天自美應聘返港，到中文大學英文系任教，自然和也斯、吳煦斌敘舊，在二位家中初睹《大拇指》。後來又一同多次前往港島大會堂觀賞節目，因此認識張灼祥校長、小說家鍾玲玲，還有當時任職大會堂的西西女士舊友亦舒女士。

張校長當時在佐敦的住宅，似乎也是《大拇指》的編務中心，在那邊見到西西女士、許迪鏘主編等同人。

至於何福仁先生，倒是因為他創辦《羅盤》詩刊，稍早就因約稿，在其任教的聖保羅書院附近，另有交往。

後來素葉出版社成立、《素葉文學》創刊，撰文、翻譯、組稿，也就理所當然。

您會如何形容《素葉文學》及素葉出版社？您認為我們今天應如何評價《素葉》的特點和價值？

素葉出版社最獨特之處是，作為同人集資的出版社，並不只是印行自己的心血，而是廣邀四方，新舊兼容，青壯並存；這從出版書目可見。

稍後創辦的《素葉文學》亦然。但由於沒有稿酬，刊物上自然不免同人作品較多。

過去港英政府沒有任何文學藝術的補助，民間也沒有基金會。除了海峽兩岸左右幕後出資的管道，素葉的出版印行，雖然艱困，總算是道地香港、沒有色彩的文學園地；長期累積，先後孕育不少作家。

您在選擇翻譯或介紹題材時，一般會考慮甚麼？例如會否考慮文學形式的前衛性、作品和作家的地域因素、作品的政治因素等？如何決定在《素葉》上介紹甚麼？選題多是由您決

定，還是也有由素葉朋友約稿？具體的過程是怎樣的？

自一九七〇年代中至一九九〇年代中，華文世界的文學資訊及認識，不是本世紀如此海量，所以選材都先考慮是否未獲華文世界介紹，再就作家之藝術價值（例如形式創新、地域特色）、世界文學之變遷（例如後殖、冷戰結束前後，甚或中東變局），配合在美國的方便（作家的往來、學界的交流、資訊的發達），在個人教研之外，量力而為。

選材多以個人興趣為主。但也有素葉友人極感興趣而配合（如意大利猶裔倖存文學代表人物 Primo Levi）。

在《結緣兩地》書中，您詳細回顧為《聯合副刊》報道諾貝爾文學獎的過程。部分《聯副》的稿件也轉載於《素葉》，為香港讀者引介世界風潮。能否請您談談個中細節？

一九七〇年代後期，詩人瘂弦先生接手台北《聯合報．聯合副刊》編務。由於早年曾經幫忙校對瘂弦先生在台灣出版的第一本詩集《深淵》，又承他不棄，曾在《幼獅文藝》月刊安排一個專欄，所以他函電交馳，要我「歸隊」幫忙，真是義不容辭。

瘂弦先生認為，每年十月上旬的諾貝爾文學獎揭曉，由於當時資訊不足、當代外國文學譯介匱乏，副刊一般只能中譯短短的外電充數，有時甚至連作家的外語名字都未能正確掌握，肯定是明顯的缺失。在報社大力支持下，瘂弦先生主張，應該掌握諾貝爾獎的新聞熱度，將「副刊」辦成「正刊」，大幅全面介紹，既是有質素的報紙應有之責任，也起碼每年一度，向讀者介紹一次世界文學的風向。

多年合作下來，瘂弦先生戲稱我們是「最佳拍檔」。但如果沒有他麾下大將丘彥明女士、陳義芝博士、蘇偉貞博士、趙衛民博士等全力支援，要在五、六小時內完成一個小專輯，殊不容易。這段長達十多年的合作，在《結緣兩地：台港文壇瑣憶》（台北洪範版）已有詳述，就不多贅。

瘂弦先生這個創舉，果然填補了當時華文報界的空白。因此後來每年的諾貝爾文學獎專刊，美國、加拿大、泰國、新加坡、馬來西亞、香港的華文媒體，不時重刊或摘要轉載。

但這些專刊，匆匆成篇，魯魚亥豕難免，因而有略作修飾在港重發之想。《聯合報》雖然每日空運來港發售，又有「聖經紙」印製的海外航空版，但除了大學圖書館，香港的文學愛好者不易接觸。在瘂弦先生及報社的同意下，通常會重作組合，在《素葉文學》再次呈現，方便有興趣的香港讀者。多年後在港聽說，有個別中學老師曾每年影印這些小輯向學生介紹。

許迪鏘先生曾稱《素葉》的作者中有兩位深不可測，一位是西西，一位是鄭教授您，原文如下：「我們的作者中，有兩位可說是深不可測。一位是西西，另一位就是鄭樹森。所謂深，指的並不是艱深、深奧，而是我們很難知道，在他們兩位的腦中，到底蘊藏了多少東西。〔……〕向他邀稿，在百忙中他總會寫一點甚麼。今期陳長房教授翻譯歐慈的作品，就是他數月來函電交馳給我們拉回來的。他給我們的支持和鼓勵，也就不必細表了。」[22] 透露了您在《素葉》除了寫作之外，還經常協助邀稿、組稿等。能否談談這方面的細節？

許迪鏘許老總太客氣了。

組稿只是偶一為之。通常是許老總或何福仁兄提出。例如 Primo Levi 是福仁兄囑付幫手。[23] 但那一陣子似乎公私蝟

22 許迪鏘：〈編餘〉，《素葉文學》第五十一期（一九九四年三月），頁三〇－三一。

23 見《素葉文學》第六十期（一九九六年四月），頁七七－一〇五，「普里莫．萊維特輯」。

集，主要還是影印航寄資料，並溝通一下工作的分配。歐慈（Joyce Carol Oates）確是許老總主動下單，但這位著名美國女小説家成名甚久、作品太豐，我只在一九八〇年代偶有涉獵，認識不足，只好力邀陳長房教授助陣，因為陳教授當時正在研究美國當代女小説家。[24] 歐慈之外，印象中另曾邀請陳教授譯介二〇一九年夏天去世的美國小説名家佟妮．莫理森（Toni Morrison）。[25]

邀稿倒是比較主動。在美國加州大學任教期間，電訊業因光纖網路而大幅降價，周末假日尤為便宜，因此不時會用電話與文友保持聯繫，談談最近的閱讀寫作。偶然遇到適合《素葉文學》的作品，會立即口頭邀請，再向許、何二位報備。白先勇兄的幾篇長文，都是因此而在《素葉文學》出現。

台灣小説家王禎和兄一九九九年不幸英年早逝。參與張愛玲海葬的高全之兄一向欣賞禎和兄的花蓮小説，公餘花了六、七年時間，以「苦讀細品」的文本分析角度，完成專著《王禎和的小説世界》；承全之兄不棄，每篇初成，我都是第一個讀者；印象中也曾介紹若干到《素葉文學》。[26] 台北出書前，全之兄邀到白先勇兄撰序。禎和兄是先勇兄台灣大學外文系同班同學，早期作品也在先勇兄的《現代文學》發表，加上小説家論小説家，估算這篇序文定必精

24 歐慈著，陳長房譯：〈金手套〉，《素葉文學》第五十一期（一九九四年三月），頁一〇－一五。陳長房：〈豐饒之美——簡介歐慈〉，《素葉文學》第五十一期（一九九四年三月），頁一五。

25 佟妮．莫理森著，陳長房譯：〈爵士樂（選譯）〉，《素葉文學》第四十七期（一九九三年十月），頁二－三。陳長房：〈黑色的瑰寶——美國黑人女作家莫理森〉，第四十七期（一九九三年十月），頁四。

26 高全之：〈王禎和的小説藝術〉，《素葉文學》第五十九期（一九九五年七－九月），頁二六－三六。高全之：〈曹操敗走華容道——《伊會唸咒》修訂與結構之研討〉，《素葉文學》第六十一期（一九九六年九月），頁四四－四七。

闢，因此馬上替《素葉文學》預留香港版。此文一九九六年以〈花蓮風土人物誌〉為題在《素葉文學》刊出。[27]

有了這個開端，加上曾和姚一葦教授一同參與一九八〇年代白先勇兄的《現代文學》復刊編務，後來再邀約，雖然別處會有港幣筆潤，先勇兄都一諾無辭。上世紀的最後一年，先勇兄終於完成琢磨多年的悼文〈樹猶如此〉，既是悲懷亡友，又是一生感情之剖白，也毫不猶豫交給《素葉文學》。[28] 這篇後來傳誦一時的散文，二〇〇二年更成為台北聯合文學版散文集的書名，在內地近二十年的各種網站，據説不斷流傳，點擊次數早越千萬。

差不多同一時間，先勇兄在多年爬梳先翁白崇禧將軍的生平歷史後，第一篇心血終於在台北面世，題為〈父親的憾恨——一九四六年春夏間國共第一次「四平街會戰」之前因後果及其重大影響〉。[29] 可能由於文長五萬字，又有圖片，只在台北甚罕見的學術刊物發表。由於國共內戰與香港後來的發展息息相關，加上曾和盧瑋鑾教授（小思女士）及黃繼持教授聯手，整理《國共內戰時期香港本地及南來文人》之《作品選》及《資料集》兩大冊，一向特別注意這方面的文章史料；白先勇兄這篇筆鋒滿溢憾意的歷史回顧，自是細讀，並與黃繼持兄分享討論。後來又在長途電話和白先勇兄交換意見；才知道這篇宏文，於內戰結束後半個世紀，在海外首次重探國共內戰成敗之關鍵戰役，竟然沒有打算在香港發表。電話上自告奮勇，建議不妨考慮《素葉文學》；先勇兄倒頗為猶豫，覺得與刊物性質有

27 白先勇：〈花蓮風土人物誌——高全之《王禎和的小説世界》〉，《素葉文學》第六十二期（一九九六年十二月），頁九五－一〇一。

28 白先勇：〈樹猶如此——紀念亡友王國祥〉，《素葉文學》第六十六期（一九九九年八月），頁七－十三。

29 見《素葉文學》第六十八期（二〇〇〇年十二月），頁二六－五五。

點枘鑿，加上文章太長。但我心中認定，一位著名文學家富有個人情懷的另類寫作，尤其是首次，仍應偶一為之，在文學刊物上亮相，讓讀者管窺其另一面。記得當時雖已深宵，仍立即與許、何二位溝通，到底事非尋常。文章在二〇〇〇年年底第六十八期《素葉文學》刊出後，研究國共內戰歷史的內地學者，不知道從何得知，在與台灣學界廣泛交流前，成為代表另一觀點的重要參考文獻。這篇宏文在略作修改及調整題目後，終於在二〇一九年收入台北聯合文學版《八千里路雲和月》。

邀稿之外，個人有些論述，雖然不見得很符合《素葉文學》的性質，也會主動送許、何二位，讓《素葉文學》優先考慮；例如第四十八期有不少插圖的〈粉碎紅、光、亮 —— 八十年代中國大陸攝影藝術的變革〉，第五十期民俗神話學的〈漢族長篇創世紀史詩 —— 神農架《黑暗傳》的發現〉，還有比較早年的一些屬於文化研究的短論（〈暢銷小說與美國夢〉、〈希區考克的女人問題〉、〈T2〉、〈閱讀廣告的三種方式〉等）；[30] 多得二位及同人包容，一直都順利發表；兩篇論文後來在內地引起反響，估計是因為在《素葉文學》刊出。雖然事隔多年，也趁這個機會一併致謝。

在您介紹的外國文學之中，不少都是極權統治之下產生的文學奇葩，例如您翻譯過不少東歐作家的作品，也有一些是批判納粹和法西斯的極短篇。能否談談當時譯介這些作品的動機和用意？

中國大陸一九七九年改革開放以來的前十年，各方面日漸寬鬆。與此同時，東歐的社會主義國家，文化界也在解凍，湧現不少官方媒體以外的「地下文學」。當時在加州大學任教，因為好些交流和同事幫忙，讀到不少這方面的

30　分別見《素葉文學》第二十七、二十八及二十九期。

作品。雖然語種多樣，需自英文譯本轉譯，但覺得他山之石，值得比較借鑒。另有一些作家專訪，例如第四十二期的〈全面封鎖〉及第五十四期的〈古巴・文學・政治——專訪小說家貝尼特斯・羅霍〉等，用意相同。至於譯文多為「極短篇」(short short stories)，是考慮《素葉文學》篇幅有限。這些作品，連同其他較重藝術探索的「極短篇」，後來結集成台北爾雅版《當代世界極短篇》。至於篇幅特大的專輯，則陸續在香港的《八方》刊出，一九八九年結集成台北允晨版《當代東歐文學選》。

在您為《素葉》寫的所有文章中，有幾篇特別吸引我注意，是介紹幾位出身前英國殖民地的作家，包括沃葛特（Derek Walcott）、奈波（V.S. Naipaul）、毛翔青（Timothy Mo）等。為香港讀者介紹他們，背後是否有特別的用意？可否說您有意把香港放在世界文壇上，思考香港文學的角色和可能性，甚或反思我們的後殖民處境？

介紹毛翔青及其他殖民／後殖民作家，確實希望通過參照對比，正如提問所指出：「把香港放在世界文壇上，思考香港文學的角色和可能性，甚或反思我們的後殖民處境」。

您在《素葉》上寫了幾篇重量級的香港文學評論，例如〈殖民主義、冷戰年代與邊緣空間——談四十年來香港文學的生存狀態〉（一九九四）、〈遺忘的歷史，歷史的遺忘——五、六十年代的香港文學〉（一九九六）、〈一九九七前香港在海峽兩岸間的文化中介〉（一九九八）等文，成為了香港文學研究必讀的論文。能否談談為甚麼選擇在《素葉》上發表這幾篇論文？

在《素葉文學》發表這些文字，除了因為底稿曾先與一二素葉文友分享，更因為一九九七年的回歸，覺得更需要在香港呈現。

這些文字的思考，源起於一九九二年年底，香港科技大學人文社會學院的草創時期。當時我自美國加州大學返港參與，與兩位《八方》同人、香港中文大學舊同事盧瑋鑾教授及黃繼持教授，在中環威靈頓街陸羽茶室敘舊，得盧教授力邀共同整理她一輩子心血所在的香港新文學；其後雖曾返美，寒暑二假均返港面商。在黃繼持兄二〇〇二年去世前，先後三人聯名出版《香港新文學年表》等十冊。之後中斷甚久，至近年得熊志琴博士、朱彥容女士幫助，補上淪陷時期的香港文學兩卷。

這些文獻，多承香港天地圖書公司前總編輯顏純鈎支持，都由天地編校印行。但其中《香港新詩選》、《香港小說選》、《香港散文選》三種，雖另交香港中文大學人文學科研究所以香港文化研究計劃名義出版，實際編排印製，甚至本地發行，均由許迪鏘許老總義務承擔。《香港新詩選》的導讀，除了盧、黃二位，影印底稿曾與何福仁兄交換意見，適逢學術期刊約稿，補上二十多個注解後，另行發表，可能是唯一沒有在《素葉文學》發表的相關文字。

淮遠談素葉出版社

節錄自葉秋弦：〈赤子之心遊於藝 —— 翻閱「素葉」四十年之路〉，《大頭菜》第四十一期（二〇一九年一月），頁一〇－二五。

人生第一本書，從素葉開始

紫紅色的《鸚鵡鞦韆》，出版年代是一九七九年三月，屬於素葉出版第一輯文學書籍的歷史時刻。淮遠笑言，他對書籍的封面設計、裝幀、紙質、排版等都有嚴格要求。然而《鸚鵡鞦韆》剛出爐時，淮遠發現自己對封面的紫紅色不甚喜歡，認為色調太過濃豔。近年年紀稍大，他卻漸漸開始欣賞這種色調：「看久了也覺得不錯。」偏偏《賭城買糖》的書背正是紫紅色設計，卻是淮遠鍾愛的個人作品之一。

《賭城買糖》那張有點褪色的海報封面，兩位金髮女郎手持米高峰顯得特別矚目：「不錯，我就是喜歡這張海報，是我和攝影師朋友在多倫多一條小街的牆上找到的，感覺與書名十分相襯。但當年有人認為太暴露，認為不應出版。開會時我不在場，不知道投票情況，不過還是通過了出版。」淮遠的反叛不能單一概括，而是從年少的長髮、年輕作品到年長時的文筆，均一一顯露出這位作家對生活與別不同的態度。淮遠坦言，在個人著作中他最滿意《賭城買糖》、《跳虱》和《獨行莫戴帽》三本書，畢竟出書是一場冒險，從校對、圖片、封面設計……多不勝數的部分需要兼顧。

跳脫傳統，別樹一格

《賭城買糖》是素葉第三十六本叢書，而更早前的《懶鬼出門》更見淮遠的鮮明個性：素葉從編號一開始的每本書籍均在書背印上書名、叢書編號及出版社名稱，唯獨是《懶鬼出門》特立獨行，未有印有叢書編號。翻遍書裏書外都不曾發現，恐怕是素葉出版的七十五本叢書中唯一一本的「反叛者」。淮遠笑言：「是的，我很霸道。因為一本書的封面好重要。」《懶鬼出門》的封面以白色為底，印上一幅外國寄來的明信片，但封面設計師進行了再創作，為表達出「震」的效果，用歪歪斜斜的線條勾勒出圖像。若果不由作者或設計師親自解釋，普通讀者恐怕很難理解當中的巧妙之處。

只是多年後再回顧素葉，淮遠細談那個年代的出版風氣：「素葉是一個自由的出版社，我們主要是一群朋友到某人家中聚會，讀詩、聊天為主，要出書的時候，每人按自己的能力掏錢資助出版。那個年代是你喜歡寫甚麼就寫甚麼，無須自我審查。《七〇年代》雙周刊也是，連禁詩都可以登。」回顧素葉的出版年代，令過來人另有一番滋味。當年社會相對簡單，大家為的可能只是一份趣味。

出書也是一種趣味

然而到了淮遠這把年紀，出書為的可能也是一種趣味。「現在想來，出甚麼書、誰替你出，也總有一些意料之外的波折，但那是沒關係的。」《獨行莫戴帽》一書由文化工房在今年十月出版，新書封面由重重影像交織而成，先是一幅巨大海報展示瑪麗蓮夢露的紅唇，再配上一幅外國的普通街景照在底襯托，層層疊之下紅唇也不太紅豔，若隱若現，細看之下竟有種夢幻之感。書名印刷更特意選用鮮明紅色，與《賭城買糖》、《跳虱》相同。只是這本書名的紅較為沉穩，像凝固的血，而《賭城買糖》和《跳虱》則是新鮮流淌的血色。

素葉當年出版淮遠的第一本書《鸚鵡鞦韆》，時值一九七九年，淮遠只有二十七歲。相隔三十九年後出版的《獨行莫戴帽》，無疑顯露出昔日的淮遠依然默默地堅持寫作，也貫徹以認真態度對待文字：「有一點是未曾改變的，對我來説，拙著是更工整的剪貼冊，可以把悲哀和快樂剪存得更好。」細細翻閱新書，在二〇一八年再一次感受，這位「怪」孩子看世界的角度。

結語

四十年後的今天，素葉出版社已經不存在了。但它的精神卻一直長存在各位作者與編輯同人身上，「樸質美謙遜、自娛、親切、創意」既是寫作風格，也是生活風格，名利對他們而言只是淡如水，畢竟大家為的只是一份趣味。

撰文紀念

一點記憶

西西

許多事情都不記得。只記得：一群人都在蔡浩泉的圖騰公司工作。我要做的事是把朋友交來打好的字（原稿需發到打字公司去打字）先校正了，然後排版。

素葉的排樣，每篇相同，由稿末的一段先排，倒排上去，留下稿首的一片空白。這空白處是留給美指蔡浩泉寫題目和畫畫的，而我們把文字稿排列整齊後，只消在稿首的空白處寫下三個字:「請賜圖」，就完成了。那真是一段快樂的日子，一切的工作都由各人分擔，有人約稿、有人跑打字社、印刷社、搬運書本、送書到書店等，一群人常常聚餐，還一起去新疆和東北旅行，好像一直可以這麼繼續下去。結果，當然以天下無不散之筵席告終。

素葉隨想

杜杜

我只能就我所知道和還記得的來說說。雖然散不成篇，卻希望還可以作為一點補充。

都是七八十年代的香港情事。喜歡文學和電影的朋友，不知不覺地走在一起，就開始編文學雜誌，出版小說散文和詩集，甚至文學批評，以非常有限的財力物力，就這樣經營了數

西西手稿

十年。是甚麼支持大家做下去的？純粹是興趣吧。並沒有像十九世紀英國的羅斯金那一班人，有豐厚的財力背景，有意識地去推行甚麼文化運動，也沒有叫口號談理想。我想我們甚至沒有自創一套理論。反正起碼我自己就抗拒這些，因為都是姿態而已。要做便沉實地去做，不要以為是要改變世界或甚麼的。一旦有了這個想法便不好了。做，便得老老實實地承認，主要是因為喜歡。寫成一首詩，等於做成了一張椅子，或是一件蛋糕，都是藝術品。我這個看法可能並不代表素葉，但是起碼大家的脾性都比較接近，不然的話也不會走在一起了。西西在〈重陽〉這首詩裏說：「我有一群／美麗的朋友／我們總是在一起／做些／看來徒勞，或者仍有意義／卑微的工作」。各人就自己能力做到的，寫各自喜歡的，慢慢地形成了一個系列：素葉文學。還記得（希望沒有記錯）西西笑說素葉即是數頁，陸離又說不好自稱文學，因為那是一種肯定，然而隔了這麼多年回顧，大家所做的看來並非徒然。素葉之外，香港當然有許多其他出色的作者在默默耕耘，寫出成績，但是素葉的確自成一格，慘淡經營。書印成了，要親自拿去書局發行；一般主流的大書局看不到素葉的書。若是問我素葉有甚麼特色，我說不上來。文學這回事，妙就妙在不能概念化，因此也就不可以籠統地論說。大約是大部分的素葉朋友，都比較喜歡看西方國家的文學作品（當然也看中國的），喜歡看歐美電影，尤其是法國的新浪潮。也有一部分的素葉朋友曾經在《中國學生周報》投稿，感覺上比較前衛，肯作新的嘗試。這個新，也不一定是刻意的，只因為其他不管，就是寫自己喜歡的，也就成為了新。

素葉好像從來都不是香港文化的主流，那年代香港文化的主流是武俠小說和電視劇吧。素葉的朋友只是默默地走自己的路，竟然也就走出了一片風景。現在回想起來，記得我也曾經開心地和大家在秋天吃蛇宴，有時也一起去看黑澤明或是杜魯福，偶然也會幫忙編編定期刊物，用刀片把錯誤的植字剜出來，補上新的。

就這樣，數十年過去了。我很高興看到素葉的作者還在繼續創作。

素友同行
（節錄自〈前塵〉）

辛其氏

近日從抽屜底翻出一本藍皮封面的塵封日記，記下我在一九六七至六九年間的生活和感想，訴說與家庭、學校、時局有關的青澀心事，詳記中學時期跟要好同學的密切交誼，並夾雜大量膚淺的書評與影評。日記多年來一直隨身，卻極少重讀，最近為清理物累，在存毀未定前細閱一遍，竟恍惚遊走在現實與夢幻之間，歪斜的字體，幼稚的感喟，分明記着早已模糊一片的往事舊情。

藍皮本子還記下兩段西西在《快報》專欄的文字，其一寫於一九六七年八月，「年紀青青的，不應有煩惱」；其二是一九六八年二月，「夢見自己赤身露體，就是畏罪，不要讓人看見」。西西文字清新，是當時極有識見的青年作家，我十五六歲起，經常讀她的專欄，卻想不起摘錄文句的原因，或與強説愁的年紀相關。

想不到十多年後的一九七九，在鍾玲玲家中，面會西西及與她一同成立「素葉出版社」的前期元老，何福仁、周國偉、許廸鏘和早已相識的張灼祥。第一輯四本「素葉叢書」同年初版，翌年六月《素葉文學》創刊，短篇〈尋人〉在創刊號發表，我受到鼓舞，重新投入曾經短暫拋離的文學之路。雜誌的美術風格由蔡浩泉（阿蔡）定調，牛皮紙印刷，薄身素顏，初期封面頁即見內文，單刀直入，珍惜篇幅。阿蔡曾為我的散文〈每逢佳節〉配畫，文章標題下一幅單線條水仙，佔了三分之二版面，筆法利落，形神飽滿，一片葉茂花清。

我與「素葉」朋友（暱稱素友）相交以來，度過許多有趣日子，編雜誌、辦畫展、同飲宴、共旅遊，秉持嚴肅做事、輕鬆玩樂的生活宗旨。素友學問好，肯承擔，不計較，縱然品性各異，看法有分歧，在屈指可數的爭論中，亦保持理性，少出惡言。朋友或因理念變改，道不相同；或因性格多元，磨合不易；或因生活型態改變，自然疏離，事屬稀鬆平常，體現分合道理。

然而，聚散無定的朋友中，我不時想起張紀堂，想起八十年代初言笑無忌的友誼，難忘八四年的地中海之旅，周遊埃及土耳其希臘等國家，但旅行社並沒跟足行程，取消遊覽希臘小島，團友亦無可奈何。後來旅遊車在十字軍東征的舊路上抛錨待修，為打發無聊時光，亦為補償心中不快，與西西跳進公路旁的愛琴海。我其實不熟水性，扶着西西帶來的吹氣小浮泡，靠紀堂護持，拖着水中來回，執意要在愛琴海浮泳。

幾年交往，曾發生一件尷尬事，希望他沒放心上。一次他來電，碰上我刻不容緩要去洗手間，情急下請朋友轉告我不在家，誰知話筒收音靈敏，他都聽進耳裏。後來通電話，他一本正經地調侃：「你在家説你自己不在家。」當時嘻哈帶過，事後回想，確實不好意思。紀堂就像一陣爽朗的風，素友圈中輕拂了幾年，又無聲淡出；後來問過與他仍有聯繫的梁國頤，約略知道故人生活安好。

「素葉」沒有繁文規章，開會盡在清談，言語間自會理出工作頭緒。出版社賬目分明，初有周國偉，後有俞風把關；後來為攝製西西紀錄片成立的「素葉工作坊」，則由梁滇瑛任義務財政。同人組織首重志同道合，少有賺錢念頭，素友每月自動奉獻，為出版計劃集資，成立運作基金，欠交並無群眾壓力，枯數自然不了了之。若需墊支費用，個別素友尤其男士，爽快解囊，待事後償付或索性報效，很有點錢財身外物的撇脱瀟灑。「素葉」無為而治，同人來去自如，只有不幸因病離世的朋友周國偉與蔡浩泉，才身不由己提早退場。前幾年學寫舊詩，其中一首五律，有「素葉辭嘉樹，繁城度晚秋。同群相呴沫，異調息交流」句，不純為湊句裁詩，亦有感而發。

當初加入「素葉」，從屬一個文學團體，對我而言，是全新體驗，不單擴闊狹窄的文學視野，還豐富單調的人生。「素葉出版社」二〇一四年正式落幕，感謝樸素實在，曾經一路同行直抵終點的朋友，我們用最舒服的方式相處，彼此淡淡交誼、默默關注，明白虛榮與激情都靠不住，成全志業需要謙卑與堅持。

忝為「素葉」一份子，除勉力編過幾期雜誌外，曾負責印製郵址標籤，每逢出版，即與楚真貼標籤郵票，入封套，捧大袋雜誌去郵局，寄發有限的訂戶。慚愧實務參與少，個人得助多，尤其感謝迪鏘，過去付出不少心力，關顧出版的煩瑣事務，還為我編了三本書。另一位要感念的朋友，是滿腦子藝術創意的劉掬色，她曾為我僥倖得獎的小說和散文，設計封面。

二〇一九年九月二十日
香港沙田

素葉雜憶

俞風

初識素葉，是一九七九年。那一年我擔任學生報編輯，編委會購買了剛出版的第一輯素葉文學叢書，薄薄四冊，蔡浩泉設計的封面，和其他書籍放在一起，分外出眾。我因此第一次完整讀完西西的《我城》和何福仁的詩，認識鍾玲玲和淮遠的文字。前一年，因舉辦校內文學創作比賽，認識了擔任詩組評判的何福仁。到一九八〇年春天，何福仁說素葉要出版文學雜誌，拿了我和學生報編輯同學的詩刊登在創刊號，這是我首次在校內學生刊物以外的地方發表作品。再過一年，陸續認識了西西、許迪鏘、周國偉、辛其氏、張灼祥等素葉同人，有時聚會聊天，有時校閱稿件，在剪刀和膠水之間，度過了幾年工作之餘既忙碌又文學的歲月。

素葉出版社成立之初，由周國偉以他的個人名義在稅務局註冊。我仍保留素葉成立以來的財務檔案，從集資記錄可以追尋當日素葉成立的情況。素葉最早的商業登記證上的開業日期，是一九七八年十二月七日，集資記錄亦由當年十二月開始，共十二人：周國偉、葉新康（康夫）、何福仁、西西、張灼祥、淮遠、許迪鏘、杜杜、辛其氏、梁耀榮、周麗英、趙令揚。其後鍾玲玲、梁國頤、張紀堂、曹綺雯、朱楚真也加入了。據何福仁憶述，趙令揚是他的老師，學生搞出版社，當然鼎力贊助，梁耀榮和周麗英是何福仁的同學，默默以財政支持，沒有參加實際工作。當時是每出版一輯四本叢書，就花數月時間集資，支付排字印刷費用，賣書收入用作下一輯叢書的資金，不足之數再集資補足。後來出版《素葉文學》雜誌，另設獨立財政，各人以每月認捐五十元至一百元的方法集資。

素葉同人，固定集資並輪流參與編務的大概九、十人，游離的有三、四人，認捐而不常出現的，也有二、三人，還有一些朋友不定期捐助。素葉沒有固定社址，早期大家常在蔡浩泉在灣仔的製作公司碰頭，剪剪貼貼，塗塗抹抹；其中以許迪鏘出力最多，幾乎每一期都有他的參與，而這正是《素葉文學》得以堅持下去的原因。

一九八四年八月出版了《素葉文學》第二十四．二十五期合刊後，第二十六期的製作遲遲未能完成付印。一九八五年出版了林年同的《鏡游》後，再沒有出版文學叢書的計劃，素葉出版社也結業了。素葉諸友，幾年來讀書、寫作、工作、生活、進修，編文學雜誌，都累透了，結束出版社似乎是無須討論的共識。

到一九九一年，許迪鏘提議《素葉文學》復刊，素葉同人經過幾年休養生息，立即坐言起行，分頭工作，重新由許迪鏘為素葉出版社在稅務局註冊，同年七月復刊號（總第二十六期）就面世了。正如創刊號沒有創刊詞一樣，復刊號也沒有復刊詞。但正如上次休刊前一樣，今次許迪鏘再擔起主編之職，其他同人輪流參與編務，聯絡發行書店，郵寄訂戶。適然、余非、甘玉貞也在這時加入了，大家一鼓作氣，復刊後頭一年，維持每月出版。然後同人刊物的常見現象又出來了，先是脫期，後改為季刊以至不定期出版。到二〇〇〇年十二月出版第六十八期後，再次停刊。而今次停刊的原因，大概和上次沒有甚麼分別吧。

一九九四年，香港藝術發展局推出資助文學書籍出版的計劃，大家對出版文學叢書的興致又來了，三年內前後以素葉出版社的名義申請了三次撥款，出版了十八本文學叢書。然而出版前寫申請書，出版後找核數師寫報告，和官僚打交道，畢竟是令人疲累的事。後來就化整為零，由作者自行申請，或由素葉資助，繼續出版文學叢書，直至二〇一四年。

經營出版社，如何安置存書是最大的難題。印書一千，作者取去若干，三、四百本交給發行商後，餘下數百本如何安置？還有文學雜誌呢。這些存書曾經擺放在沙田赤泥坪、長洲西灣，或者散落在各人家裏，更多在許迪鏘家。然而家的面積有限，而且都是愛書人，自己的書和素葉的書競逐增長，家人快無立錐之地了。到一九九七年，存書實在太多，大家商議後，與其租貨倉而不時要搬遷，不如置業，集資在葵涌購買了一個工貿小單位，解決了多年的存倉難題。到二〇一四年，近七千冊存書全數由某書店買下，賣出單位，出版了文學叢書第七十五號伍淑賢的《山上來的人》，是素葉出版社第二次結業的時候了。

素葉出版社結業後不久，何福仁提議拍攝西西紀錄片，於是一些素葉同人成立素葉工作坊，又再次出發了。

二〇一九年十月

有關素葉的事

適然

一九九〇年十二月我回到香港，帶着兩隻行李箱和許多零碎舊記憶，在自己出生的城市，從頭開始，一隻湯匙一個碗逐項添置地白手成家，住下來。

大概隔了不久，許是年近歲晚？素葉人有聚會，我就去，吃飯。

這飯友因緣，並不始於九〇年歲末或九一年初。八十年代，素葉初組成，每次回來遇上他們有約會，都會去蹭飯，藉機見見多年舊識，當然席間也有不熟稔的人，那時，我視自己為過客。若説舊識，可以遙遠地追溯至七六年離開香港之前，大夥兒集資出版文學刊物的遠年舊事。若問與文學相關的連結詞，該是《大拇指》，以至只出版過兩期的《四季》。文化刊物出版之生生滅滅，在這個城市一向各有自己故事。年輕時想到就做，未來很遠，天空很大，伸手夠不着的人和事太多，而人和人的相處磨合，事與事的行進，過程中激發的煙花和火，原來是一本更大更需要時日去讀懂的書。許多人和事，一如電影或小説的時空跳接，還來不及回頭張望，走着走着已經來到九十年代。當年大拇指或四季的那些人，和素葉人有相交疊的，也有再無關連的，忽然發現，不管新知舊友，即便未見鬢如霜，都一步一步走向新中年了。

每次開飯，來人坐滿兩張十人桌，數人頭，座中多了新成員，有小學生也有初中生，皆是新中年的新一代啊；而這樣的組合，竟也維持了十年八年。如此，小朋友在飯桌旁邊張着一雙好奇眼睛，旁觀好似有點跟家裏不一樣的大人笑談嬉戲樂在其中，然後日漸變老；而他們的父親母親，笑啊説啊，吃吃喝喝間發現自己的和別人的孩子甚麼時候都長大成人了。

這個城市正經歷一段倒數中的過渡期，來日如何，許多張望和忐忑，大家好歹讀過點書寫過些字，於是化成詩、結成文，那就是文學的功用了。小日子不說大仁義，杯盤碗碟間，最常見的依然是沒結果的語言角力、嘲諷調笑，話題不管大小，誰太煞有介事，就輸。畢竟正在辦雜誌，總也談點正事，比如有關發稿、校對、跑印刷廠、郵寄訂閱、把印好的《素葉文學》或其他出版物發送樓上書店、收支結算等。這種種事工，由誰人攤分？好似都沒認真具體掛名，只知道日復日，該處理的事，就有人辦了。剛回來時打算幫點忙，比如把每期《素葉文學》分發到樓上書店，一疊一疊重量不輕，是體力勞動，負責的人從沒埋怨，日後暗自檢討，最終由自己獨力完成的，紀錄是零。那麼幫忙校對吧，也是有做過的，一曝十寒，汗顏啊。唯有自我安慰解說，大家住新界九龍，我住港島，要找人幹活時大概嫌我交收麻煩，免耽誤流程唄。可時日過去，也從來無人怪責。

素葉出版的書目種類，《素葉文學》共已刊印幾多期，編輯事務主要是何人負責，歷史已經有記載，這裏不打算點名記敘。

唯一，追念兩個名字：蔡浩泉、周國偉。他們沒有離開素葉，只是離開了這個日益紛擾的人世。自從他們不來吃飯，大家確實是酒喝少了。

然後，萬事有時，解散業務的時刻終也到來。各人都有自己的人生，無償的體力和心力付出告一段落 —— 清點倉存，核對賬目，該理清的一一了結，塵埃一點一點掃乾淨，掃不走的，心裏找個角落留存吧。而飯，卻是可以繼續吃下去的。

又聚在一起吃飯。人有來去，事有散聚。九一年以來，最酒酣耳熱的時期兩張大飯桌擠得非常親熱；於今負責訂座的人，一般訂張八至十人枱。有人身體不好，出一次門不易；有人工作問題，時間常常不湊合；有人漸漸不出現了。

我自己，最想念的好時光，必然是擠滿人、椅子加了又加喧嘩熱鬧的場景。

吃飯，確實佔據記憶地圖頗大一塊。

有個小故事，一直沒與飯友們說，這裏自首吧。話說某年某日，於某場所，同行友人向陌生人介紹本人，也許覺得單說名字不夠，多加一句，她是作家。本人面紅耳熱正想答話，吾友還再補充，她是素葉的。

呀。

清楚記得，陌生人眼睛閃了閃，很有興趣繼續話題。也只好客套幾句，反正交淺不足以言深，只記得對方一個問題：素葉是個怎樣的組織啊？

心裏張皇，神色應該是自如的 —— 君知否，有人把閣下的問題作大學功課的啊。

而我的回答並無輕率，我覺得自己是認真的 —— 是個吃飯團體吧？大家見面，都在吃飯。

已經忘記彼此之後繼續些甚麼對話。

後來把這段經歷與 C 說，她的反應有點慎重，幾乎是叮囑：你怎麼這樣說啊？

朋友相聚，吃飯，有問題嗎？

二千年，新世代，這個城市才剛稍稍落定，又經歷病毒災害。

吃飯，見面，次數減少了。

我開始交上網絡朋友。就是不會見面，知道對方是誰，閒聊天。

有回大家說起六七十年代的青春時期，過去被鍍上一層隔代華光，彷彿怎麼說都比眼前明亮。

記得自己留下這段話：

假如我們說的是青春，則小城人事，沒有大賊，也沒有大英雄。

彷彿這個城市和人，都定性為甚麼也沒發生。我們大概都以為，日子將會如此這般過下去。

然而，眼前，二〇一九年，十月 ——

大賊，和大英雄，每日每時，在我們眼前隨時出現。

文學，還可以發揮它的功能嗎？

網上相見，結語都是，萬事小心。

想念那些好日子。

等下應該向素葉人發個電郵或 WhatsApp，哪天，見面吃個飯吧？

第三部分

研究篇

王家琪《素葉文學》研究

總論　《素葉文學》雜誌內容

一、雜誌研究和香港文學主體性

對於香港文學研究來説，報刊研究是首要的原始材料整理。報刊是「未被秩序化、未經等級化、未被文學史話語定義過的一種文學的原生形態」，[1] 是中國文學踏入現代時期的最關鍵特徵，[2] 也是現代文學研究最重要的一手史料，通過報章、雜誌、檔案等重回文學史現場。[3] 閱讀報刊可讓我們直接觀察尚未被整理成文學史論述的、紛繁龐雜的文壇原貌。目前香港的報刊研究以報章文藝副刊為主，[4] 相對而言歷來出版的文藝雜誌雖

1　雷世文：〈現代報紙文藝副刊的原生態文學史圖景〉，程光煒編：《大眾媒介與中國現當代文學》（北京：人民文學出版社，二〇〇五年），頁一五八－一六五。

2　陳平原：〈現代中國文學的生產機制及傳播方式 —— 以一八九〇年代至一九三〇年代的報章為中心〉，《「新文化」的崛起與流播》（北京：北京大學出版社，二〇一五年），頁一－二四。

3　韓晗：《可敘述的現代性 —— 期刊史料、大眾傳播與中國文學現代體制（一九一九－一九四九）》（台北：秀威出版，二〇一一年），頁一－一四。

4　報章副刊研究情況總結參考樊善標：〈香港報紙文藝副刊研究的回顧〉，《諦聽雜音：報紙副刊與香港文學生產（一九三〇－六〇年代）》（北京：中華書局，二〇一九年），頁四二三－四四九。

然數量極多，但相關研究偏少，[5]尤其同人雜誌研究，探討各個文學群體之間紛歧的文學觀，以不同的刊物為中心，可以爬梳出多元線索的香港文學史，是邁向香港文學史寫作的重要準備。

報紙副刊及文學雜誌是香港文壇的主要文學生產機制，很多文學作品是先連載於副刊或刊登在雜誌上再結集出版的，而這也是五四以來現代文學出版的特色現象。賀麥曉（Michel Hockx, 1964- ）研究民國時期至戰前的中國現代期刊，認為中國作家偏好在文學社團工作及在文學雜誌發表作品，與歐美文壇尊崇單行本及個體作者完全不同。歸屬於特定的文學集體能夠增加作家的象徵資本，而且中國文學的傳統向來重視文學的社交功能，[6]因此「雜誌佔據着比西方要更為核心的位置」，雜誌的出版模式「預設着親密性和即時性的詩學」，「服務於與一個讀者分享思想、情感、經驗的需要」。[7]雜誌重要的原因還包括它比出版報紙更簡便容易，適合同人團體的小規模集體文學生產，但缺點是作家圈子較小、財政不穩，故大多相當短壽。[8]同樣的特徵也適用於形容香港文學，例如五十年代南來文人創辦

---

5 部分例子可參考危令敦：《〈當代文藝〉研究：以香港、馬新、南越的文學創作為中心的考察》，香港：天地圖書，二〇一九年。邱偉平：〈翻譯研究的文化轉向 —— 以《文藝新潮》為例〉，梁秉鈞、陳智德、鄭政恆編：《香港文學的傳承與轉化》（香港：匯智出版，二〇一一年），頁二四七－二六四。梁敏兒：〈都市文學的空間：八十年代的《秋螢詩刊》〉，黎活仁等編：《香港八十年代文學現象》（台北：學生書局，二〇〇〇年），頁一九一－二三六。鄭振偉：〈給香港文學寫史：論八十年代的《香港文學》〉，《香港八十年代文學現象》，頁二三七－二七二。袁勇麟：〈散文的多元化與開放性 —— 以二〇〇〇年至二〇〇七年《香港文學》為考察對象〉，《現代中文文學學報》八．二－九．一期（二〇〇八年一月），頁二七〇－二八一。

6 賀麥曉（Michel Hockx）著，陳太勝譯：《文體問題 —— 現代中國的文學社團和文學雜誌（一九一一－一九三七）》（北京：北京大學出版社，二〇一六年），頁一六－二二。

7 同上注，頁一二四－一二六。

8 〈現代中國文學的生產機制及傳播方式 —— 以一八九〇年代至一九三〇年代的報章為中心〉，《「新文化」的崛起與流播》，頁一三。

的大量刊物、六十年代出現的文社潮，以及七十年代大量湧現的青年刊物，都呈現出相似的特點，愛好文學的青年傾向集體的文學活動，加入文社和共同創辦刊物都是常見的課餘及公餘嗜好。[9] 而正如研究《新青年》、《新月》、《現代》等等重要刊物是了解現代文學史的關鍵，研究這些香港文學社團及同人刊物也是認識香港文學史的關鍵。

報刊研究需要理論框架的輔助來詮釋海量的原始報刊材料，[10] 也應與香港文學的重要課題對話。[11] 反過來說，報刊研究也能為香港文學研究帶來許多啟發。香港文學的核心議題是主體性和文化身份認同，這一方面受惠於後殖民理論啟發，尋索國族認同以外的本土身世，另一方面也是應對全球化發展下對本土性的研究關注。[12] 八九十年代香港研究初建立時着力強調本土部分是必要而有力的自我充權，但隨着時間推移「本土」的本身也需要被反覆重新定義，遺漏在現行框架以外的種種驅使我們再思本土的界限和論述潛能。而還原香港八九十年代的文學刊物現場，可以檢視「本土」怎樣想像、界定和敘述自身，利用報刊原材料發掘現有論述框架以外的、多元繁富的香港文學面貌，拓寬香港文學史的框架。

刊物能夠同時呈現不同立場風格的作者和不同的文類，要呈現香港主體性的複雜內涵，沒有比報刊更適合的媒介。樊善

---

9 有關當時文社的史料整理，可參考吳萱人編：《香港六七十年代文社運動整理及研究》，香港：臨時市政局公共圖書館，一九九九年。專集組編：《香港七十年代青年刊物回顧專集》，香港：策劃組合，一九九八年。

10 〈現代中國文學的生產機制及傳播方式 —— 以一八九〇年代至一九三〇年代的報章為中心〉，《「新文化」的崛起與流播》，頁四六。

11 《諦聽雜音：報紙副刊與香港文學生產（一九三〇－六〇年代）》，頁四四九。

12 朱耀偉：〈「全球 / 本土」引言〉，張美君、朱耀偉編：《香港文學 @ 文化研究》（香港：牛津，二〇〇二年），頁一七三－一七七。

標認為報刊是集體創作的文本，其「雜音」的性質正好可以呈現香港文學史的複雜性。[13] 文學雜誌的規模、作者數量、出版周期雖然不及報紙副刊，但是「雜音」的性質是相近的。以刊物研究香港文學的主體性問題，與以單行本為研究材料的最大不同正是在於這種集體性。這種集體性質還讓報刊得以同時呈現各種遠近大小不同的內容焦點，由個人生活到本地社會、家國以至世界。沈雙提出以近年人文地理學的研究焦點——「尺度」（scale）的概念來解讀文學雜誌。她認為冷戰時期的香港刊物經常呈現「世界」和「日常」、「全球」和「本土」等尺度的疊合，《文藝新潮》的翻譯及創作是最好的例子，顯示他們對「本土」的想像是在世界主義、國家主義和本地社會三種尺度的疊合中產生的。[14]「尺度」原指地圖繪製的比例尺，改換尺度可以顯示不同大小面積的地方和不同程度的細節，由詳細顯示香港地形及街道到標示香港在亞洲以至世界的位置。「尺度」在人文地理學有非常豐富的理論內涵，近年學者提出尺度是社會的建構產物，由自身、社區到國家、全球的等級化尺度概念形塑人

---

13 《諦聽雜音：報紙副刊與香港文學生產（一九三〇－六〇年代）》，頁一九。

14 Shuang Shen, "Hong Kong Modernism and the Question of Scale." Conference on "Hong Kong Literature," The Center for Humanities Research, Lingnan University, December 2007. 是次報告的文字紀錄參考〈「報刊研究」討論〉，《現代中文文學學報》八．二－九．一期（二〇〇八年一月），頁二三二－二三五。在沈雙的專著 *Cosmopolitan Publics: Anglophone Print Culture in Semi-Colonial Shanghai*，她也用上了「尺度」的概念形容二十至四十年代在上海出版的英語期刊，它們作為翻譯平台，並不是系統地生產「中國的現代性」，反而是碎片式的、短暫地在較小的尺度上，在本土與全球、個別與普遍之間的互動中產生出來的。Shuang Shen, *Cosmopolitan Publics: Anglophone Print Culture in Semi-Colonial Shanghai* (New Brunswick, N.J.: Rutgers University Press, 2009), 25-26.

們對空間的想像。[15] 借用尺度的概念研究充滿雜音的文學雜誌，或者可以說每種文類呈現不同尺度之下的香港，比如詩和散文一般書寫本地日常生活所見所感，相當於大比例尺地圖顯示詳盡的細節，小說次之，評論和翻譯的尺度最「小」，可以反思香港整體以至香港與世界的關係。由此展現了雜誌的視野，以及編輯與作者怎樣想像香港，而這些寫作和出版的行為又反過來形塑了今天我們對香港文學的認識。

尺度疊合的說法正好能夠演繹「本土性」與多重他者的關係。「本土」和身份認同的建立仰賴區分和指認「他者」，通過想像他者來界定自身，就像本土相對他方、本地人相對外來者，這種對身份認同建構機制的認識，其理論淵源來自哲學上的主體形成理論，以及文化理論中自我與他者的二元對立。例如黃繼持認為「本地意識之自覺並不必把香港置於中國與世界相關的考慮之外」，香港的「『主體性』也就在多方面的『客體』或『他者』參照之下，在同異之辨中成立，並相應於『他者』的變化而變化、發展」，[16] 並指香港文學的主體意識「不必看作一元化，可以有多層次多方向展開」。[17] 陳智德提出「本土性不是獨立存在的觀念，而是連帶着另一對應面，即具有外來或他

15 Derek Gregory, Ron Johnston, Geraldine Pratt, Michael Watts, and Sarah Whatmore eds., *The Dictionary of Human Geography* (Hoboken: Wiley-Blackwell, 2009), 664-665. 關於「尺度」在人文地理學的各項理論介紹，包括現實尺度、分析尺度和實踐尺度三種不同的框架，以及人文地理學的馬克思主義、制度主義、文化轉向及尺度轉向等等變化，參考以下兩文：劉雲剛、王豐龍：〈尺度的人文地理內涵與尺度政治——基於一九八〇年代以來英語圈人文地理學的尺度研究〉，《人文地理》二〇一一年第三期（總第一一九期），頁一－六。苗長虹：〈變革中的西方經濟地理學：制度、文化、關係與尺度轉向〉，《人文地理》第十九卷四期（二〇〇四年八月），頁六八－七六。

16 黃繼持：〈香港文學主體性的發展〉，黃繼持、盧瑋鑾、鄭樹森：《追跡香港文學》（香港：牛津，一九九八年），頁九二。

17 黃繼持：〈香港散文類型引論——「士人散文」與「市人散文」〉，《現代中文文學評論》第三期（一九九五年六月），頁六三。

者的對應，才使『本土』成為可能」，[18] 又例如羅貴祥提出「他性的本土」再思本土的內涵，[19] 都是基於本土與他者的持續劃分和重劃。如果把文化認同視為一動態過程，是在文化、歷史、權力等脈絡下不停變動的論述結果，就能一直保持被重新定義的論述空間。「本土」既然是相對的概念，也就是開放性的、不停變化的、隨論述而建構的身份，霍爾（Stuart Hall, 1932-2014）就指文化身份在文化、歷史、權力等脈絡下持續變動，是「成為」的過程。[20] 本土的種種「他者」和「背面」，或者說本土自我敘述時所參照的脈絡，一是世界文學風潮，二是國族文化認同，這兩者最大程度上形塑了我們目前對本土的想像和理解。報刊材料正好能以比單行本更為「空間化」的方式呈現眾數的本土主體怎樣同時敘述本土自身以及國族與世界，這點有助我們全面地理解《素葉》的面貌與視野。

本文將會集中研究《素葉》，範圍包括在《素葉》上刊登的所有文本，而以素葉同人的寫作為主，兼及他們結集出版的書籍（主要是但不限於素葉出版社）。《素葉》呈現的內容包羅本地與外地、日常與旅行等內容，不自外於中原，出入「本地」與「世界」兩種極端尺度而不排拒任何一端，有專注抒寫情感者，也不乏介入當前政治議題者；既述說瑣細的家常生活，也超脫一己化入異域。當我們說《素葉》是香港具代表性的同人

18 陳智德：〈導論一：本土及其背面〉，《根著我城：戰後至二〇〇〇年代的香港文學》（台北：聯經出版，二〇一九年），頁四〇。

19 羅貴祥：〈本土與他性的再想像〉，梁秉鈞、陳智德、鄭政恆編：《香港文學的傳承與轉化》（香港：匯智出版，二〇一一年），頁一七一－一七七。

20 “Cultural identity, in this second sense, is a matter of ‘becoming’ as well as ‘being’ [……] like everything which is historical, they undergo constant transformation. Far from being eternal fixed in some essentialised past, they are subject to the continuous ‘play’ of history, culture and power.” Stuart Hall, “Cultural Identity and Diaspora,” 潘毅、余麗文編：《書寫城市：香港的身份與文化》（香港：牛津，二〇〇三年），頁一〇。

文學雜誌，並不是要削足適履地把《素葉》標籤為「本土」的，反而是要看見其開闊的視野和豐富的內容才是最能夠代表香港文學的特質。

《素葉文學》（一九八〇－二〇〇〇）出版年期長達二十年，是少有地長壽的同人文學雜誌，容納了無數作家和作品的發表，是香港文學研究的重要個案。《素葉》普遍被視為純文學雜誌的表表者，例如李瑞騰形容素葉同人「可愛又可敬」，「艱困地經營着這份高格調的嚴肅刊物」，「最主要的特色就是素樸」；[21] 張文中指「《素葉文學》薄薄二十四頁，裝幀清雅素樸，清一色的純文學，又清一色本港獨具創意的作家之精心構作，遠比它的篇幅更具分量」。[22] 戴天更盛讚《素葉》為「香港第一文學刊物」。[23] 黃燦然和杜家祁後來憶述《素葉》時都說九十年代的《素葉》已經「有江湖地位」，「嚮往在《素葉》登稿，詩作結集也希望交予素葉出版」。[24]

關於素葉出版社及《素葉文學》的資料多為評述介紹或回顧記錄，學術論文方面主要是學位論文，包括一份本科畢業論

21 李瑞騰：〈八十年代香港的新詩界——以文學刊物為中心的討論〉，《亞洲華文作家雜誌》第二十七期（一九九〇年十二月），頁八三。

22 張文中：〈精英不滅〉，《星島日報》一九九一年八月七日，第四十一版。

23 戴天：〈香港第一文學刊物〉，《信報》一九九六年十一月十六日，第二十二版。

24 何依蘭整理：〈九十年代詩社回顧座談會〉，《文學世紀》第三期（二〇〇〇年六月），頁二九。

文、[25]兩份碩士論文[26]及一份博士論文[27]以《素葉》為研究對象。許立秋《〈素葉文學〉研究 —— 論〈素葉文學〉的世界性與本土性》，以精英立場、翻譯及創作三方面概括《素葉》的內容，把《素葉》與五四時期的同人文學雜誌比較分析，並認為《素葉》的特點是扎根本土、放眼世界。論文搜集了不少資料，但推論分析可以更細緻。[28]許立秋另有一篇發表文章，試圖抽出《素葉》刊登的部分文章以證明論者對香港殖民社會及九七心態的預設，例如反殖民主義、對身份問題的探尋、香港缺乏民族感歷史感等等，把文學作品作為考察社會心理的材料，以至對《素葉》的探討有欠深入全面。[29]陳筱筠《一九八〇年代香港文學的建構與跨界想像》以《八方》、《香港文學》和休刊前的《素葉文學》探討一九八〇年代香港文學發展與建構的路徑。[30]她認為素葉同人以雜誌刊載創作以及出版書籍兩種途徑「構成

25　林華榮：《〈素葉文學〉與香港文學》，香港：嶺南大學中文系本科生畢業論文，二〇〇一年。該論文沒有公開發表或任何網上著錄資料，未能得見內容。

26　許立秋：《〈素葉文學〉研究 —— 論〈素葉文學〉的世界性與本土性》，華南師範大學文學院碩士論文，二〇一二年，未公開。王家琪：《素葉文學研究》，香港中文大學中國語言及文學系哲學碩士論文，二〇一四年七月。

27　陳筱筠：《一九八〇年代香港文學的建構與跨界想像》，國立成功大學台灣文學系博士學位論文，二〇一五年七月。

28　例如單從版面欄目的設計來論斷《素葉》與《中國學生周報》、《大拇指》的關係，把《素葉》定為精英主義，忽略了純文學雜誌在香港文化市場上本來就是少數，並指《素葉》的作者多為學院精英等等，都是可以再斟酌的論點。

29　許立秋：〈從素葉文學的前期小說看殖民政策的影響〉，《重慶三峽學院學報》，第一百三十五期（二〇一一年五月），頁八八－九一。

30　陳筱筠：《一九八〇年代香港文學的建構與跨界想像》，國立成功大學台灣文學系博士學位論文，二〇一五年七月。

了一九八〇年代香港文學的建構」，[31] 而《素葉》的外國文學翻譯體現出「這個時期的香港文學如何透過跨界的方式，摸索當時自身與其他地域之間的關係，進而調整、定位、建構自身位置」。[32]「跨界」誠然掌握到《素葉》開闊的世界視野，退一步而言，自《文藝新潮》以來不少香港文學雜誌本來就是在世界文學版圖的尺度中想像香港，從一開始就沒有「劃界自限」，「跨界」的倡議可能說明了當下我們對本土的疆界想像已然窄化，而回顧這些文學雜誌能夠協助我們重新打開論述。

二、《素葉文學》的內容及特點：閱讀文學雜誌的方法

當我們研究一本文學雜誌，我們應該留意甚麼？雜誌研究的困難之一，是尚未形成理論化的研究方法。報刊與一般文學作品研究的最大差異在於其傳播面向，因而與文學社會學關係至為密切，不少雜誌研究挪用例如布赫迪厄（Pierre Bourdieu, 1930-2002）的文學場域理論、班雅明（Walter Benjamin, 1892-1940）以來的文學生產理論等等，都是十分重要的分析工具。至於怎樣研讀文學雜誌的內容，多位學者提出了不同的方法論。賀麥曉提出「平行閱讀」（horizontal reading）的方法，研究「在同一雜誌的同一期上發表的文本間的空間關係」，包括所有文章、封面、插圖、廣告等等全部資料。[33] 樊善標把他的閱讀法調整為合訂本閱讀（bound volume reading），合訂本的讀者「以高於原初讀者的速度閱覽材料，這增加的速

31　在論文比較的三份雜誌中，相對於《八方》及《香港文學》自覺而有意在華文文學和中國現代文學的框架下樹立香港文學的特點，諸如舉辦香港文學特輯及累積史料等等，《素葉》的姿態十分不同，實際上並沒有主動的倡議或建構，而只是提供發表園地。同上注，頁三六及六六。

32　同上注，頁四。

33　《文體問題——現代中國的文學社團和文學雜誌（一九一一－一九三七）》，頁一一五。

度讓研究者對副刊在長時段累積的變化更敏感，易於發現立論的轉變、爭議的進展，這是原來的讀者遠比不上的」。[34] 蕭爾斯（Robert Scholes）及烏夫曼（Clifford Wulfman）在《雜誌中的現代主義》（*Modernism in the Magazines: An Introduction*, 2010）指出文學雜誌研究仍是一個相對較新的研究領域，相關的理論框架尚在摸索。研究一本雜誌時需要把廣告、文學作品、社論等等全部包括在內，並從一組雜誌中理解它們所代表的文化和精神。[35] 他們列出了以下七個雜誌研究要素：目標讀者群（implied reader）、流通渠道（circulation）、常見投稿者（regular contributors）、內容（content，包括內容種類及其篇幅比例、廣告數量、政治及社會立場等等）、編者（editor）、印刷樣式（format）、歷史（history，包括辦刊始末、出版頻率及周期），把這些要素加起來，釐定這本雜誌與同期或同類型雜誌的連繫及差異。[36] 以下嘗試從這七個方面概括《素葉文學》的內容和特色。

歷史（history）

《素葉》延續及繼承了七十年代青年作家辦刊的風潮，創刊成員大多是七十年代參與《中國學生周報》和《大拇指》時認識，並在一九七九年聚集創辦素葉出版社。八十年代的《素葉》能清楚看出與《中國學生周報》（一九五二－一九七四）、《大拇指》（一九七五－一九八七）、《羅盤》（一九七六－一九七八）一脈相承的關係。素葉同人曾經一起合辦《大拇指》及《羅盤》

34 《諦聽雜音：報紙副刊與香港文學生產（一九三〇－六〇年代）》，頁一二。

35 Robert Scholes and Clifford Wulfman, *Modernism in the Magazines: An Introduction* (New Haven: Yale University Press, 2010), 144.

36 Scholes and Wulfman, *Modernism in the Magazines*, 146-148.

詩刊，三份刊物之間的編委陣容雖不是完全重疊卻非常相似。而《大拇指》、《羅盤》和《素葉》的編輯及作者有不少是從《周報》後期培養起來的文壇新進，吳平負責編文藝版及學生園地版的期間（一九六七至七一年）「大膽起用了香港一些年輕作者的作品，如亦舒、崑南、西西、江詩呂、朱韻成、溫健騮、陳炳藻、藍山居、綠騎士、蓬草、林琵琶、杜杜、袁則難、鄭臻、也斯、李國威、李金鳳……」[37]上列作者部分在《周報》結束後接棒籌辦《大拇指》，創立《素葉》的人裏面，何福仁、西西、張灼祥、鍾玲玲、杜杜等都是《大拇指》第一代編輯。[38]許迪鏘在一九七六年加入《大拇指》，同年《羅盤》創刊，由已退下《大拇指》前線編務的何福仁、周國偉、康夫及葉輝發起，與馬若、野牛、梁國頤、許迪鏘、淮遠、劉健威及靈石合組編委會。[39]《羅盤》結束後不久即創立素葉出版社。[40]在《羅盤》的編委之中，葉輝、黃襄、馬若、靈石雖沒有接續參與《素葉》編務，但亦是常見的投稿者，由此可見《周報》、《大拇指》、《羅盤》和《素葉》之間一脈相承的關係。九十年代後隨着編者、作者陣容以至文壇情況的改變，《素葉》上的這些影響痕跡淡出，並逐漸由同人雜誌蛻變成香港其中一個極重要的文學園地。

《素葉文學》於一九八〇年六月創刊，一九八四年八月出版第二十四．二十五期合刊後，因人力疲乏而休刊。一九九一年七月出版第二十六期復刊號，至二〇〇〇年十二月停刊為止，共出版六十八期，最後一期為「二十周年紀念專號」。創刊成

37　吳平：〈《周報》的回憶〉，《博益月刊》第十四期（一九八八年九月十五日），頁一四五。

38　迅清：〈九年來的《大拇指》〉，《香港文學》第四期（一九八五年四月），頁九四－九五。

39　《羅盤》編委名單見該刊第七期目錄。

40　何福仁：〈素葉〉，《香港文學》第五期（一九八五年五月），頁九二。

員多與素葉出版社成員重疊，復刊後加入了甘玉貞、余非、朱楚真。雜誌與出版社財政獨立，仍以同人合資的方式出版，早期由蔡浩泉的圖騰公司製作，蔡浩泉並一直擔任素葉叢書與雜誌的美術顧問。

雜誌採用輪流編輯制，出版頻率基本上是月刊，也曾經改為雙月刊與季刊，最後幾期則是不定期刊。六十八期的出版日期及頻率表列如下：

表一：《素葉文學》出版頻率

期數	出版日期
一	一九八〇年六月
二	一九八一年六月
三	一九八一年十一月
四	一九八一年十二月
五	一九八二年一月
六	一九八二年二月
七	一九八二年三月
八	一九八二年四月
九．十	一九八二年六月
十一	一九八二年七月
十二	一九八二年八月
十三	一九八二年十月
十四．十五	一九八二年十一月
十六	一九八三年一月
十七．十八	一九八三年六月
十九	一九八三年八月
二十．二十一	一九八三年十一月
二十二	一九八三年十二月
二十三	一九八四年三月
二十四．二十五	一九八四年八月
二十六	一九九一年七月
二十七	一九九一年八月
二十八	一九九一年九月
二十九	一九九一年十月
三十	一九九一年十一月
三十一	一九九一年十二月
三十二	一九九二年一月
三十三	一九九二年二月
三十四	一九九二年三月
三十五	一九九二年四月
三十六	一九九二年五月
三十七	一九九二年六月
三十八	一九九二年九月
三十九	一九九二年十一月
四十	一九九二年十二月
四十一	一九九三年一月
四十二	一九九三年二月
四十三	一九九三年三月

（續上表）

期數	出版日期
四十四	一九九三年四月
四十五	一九九三年五月
四十六	一九九三年九月
四十七	一九九三年十月
四十八．四十九	一九九三年十一月
五十	一九九四年二月
五十一	一九九四年三月
五十二	一九九四年四月
五十三	一九九四年六月
五十四	一九九四年八月
五十五	一九九四年十月
五十六．五十七	一九九五年一月
五十八	一九九五年五月
五十九	一九九五年九月
六十	一九九六年四月
六十一	一九九六年九月
六十二	一九九六年十二月
六十三	一九九七年十月
六十四	一九九八年十一月
六十五	一九九九年八月
六十六	一九九九年八月
六十七	二〇〇〇年七月
六十八	二〇〇〇年十二月

由表一來看，一九八一至八二年間以及復刊後一九九一至九四年間皆大致維持每月出版，其餘少量是雙月刊，一九九五年後改為季刊，而創刊初期、休刊前後及停刊前三年則為不定刊。

印刷樣式（format）

裝幀方面，雜誌是十六開，每期大約二三十頁，封皮與內頁用紙相同。早期為褐色牛皮紙，復刊後改用米白色紙張。首兩期沒有封面，由第一頁起刊登作品，僅在頁首位置印上「素葉文學」的字樣。第一期的封面作品是蓬草的小說〈北飛的人〉，第二期是葉維廉的詩〈雞鳴詩三帖〉。雜誌單色黑白印刷，注重在版位大量留白，並輔以少量插圖。即使最後幾期改用電腦排版，也未有把版面妝點得太花巧。[41]

流通渠道（circulation）

《素葉》主要在樓上書店發售，大型連鎖書店基於市場的考慮，拒絕讓《素葉》寄賣。[42] 八十年代的《素葉》雜誌和素葉叢書一直由素葉同人親自負責運送及發行，到九十年代復刊後才交由發行公司負責，第四十三期封底目錄首次列出發行公司為金石圖書貿易有限公司。八十年代中的一份研究論文《初探香港中文文學雜誌》把《素葉》的分銷途徑與同期其他雜誌的發行作比較：

> 至於《文藝》和《香港文學》，由於有強大的財政支持，能負擔較大的分銷網，除二樓書屋，在一般大書局也有發售；其中《香港文學》更由於本身在組織聯繫方面的競爭優勢（competitive advantages），得以在尖沙咀、灣仔、北角等地的報攤發售，其發行網且遍及全球多個國家〔……〕。[43]

《素葉》的發行網絡相對受限，由第四十二期（一九九三年二月）起雜誌目錄上列出銷售地點如下：

> 下列書店均售：
> 港島 / 灣仔：天地圖書公司、青文書屋、德蘭書屋

41 許迪鏘：〈編餘〉，《素葉文學》第六十期（一九九六年四月），頁一一〇。

42 許迪鏘：〈編餘〉，《素葉文學》第四十八．四十九期合刊（一九九三年十一月），頁五五。

43 《初探香港中文文學雜誌》，頁一五。

素葉文學·素葉文學·素葉文學· 1

北飛的人

蓬草

她決定要去那一處遙遠的地方之後，心中充滿了歡喜。

這還是她一生中，第一次孤獨地，決然地檢拾了一袋小小的行李，離開她住的房子。她告訴每一個人：她要到北部的，某處美麗的地方，爲了聆聽那兒八月特殊的聲响，主要還是爲了那一個她從來未曾與之交談的人，她是如斯熱切地愛慕著。她決定跟隨他的足跡，看他如何把手一揚，便能使她的宇宙，迸發千萬光華，便能使她的雙目，有異乎尋常的明亮，而她的心，將滿溢熱情，她再次感到某種甜潤的溫暖……。

她在收拾那一小袋單薄的物件時，竟和空洞的、寂寞的房子說話了。她告訴房子：她實在厭倦了留在這兒守候，才決定離開。「當然，」她急著保證，「四星期後，我便回來的。」隨著，她略感抱歉地嘆了一口氣，「不是我願意把你丟下一段時間的，誰叫你不能替我把窗外的陽光，多多地引進來呢？」這些話語，雖然說得輕輕，但顯然有責怪的成份。房子蒼白了臉，自覺內疚萬分，便不敢回話了。本來，這是一座相當可

4

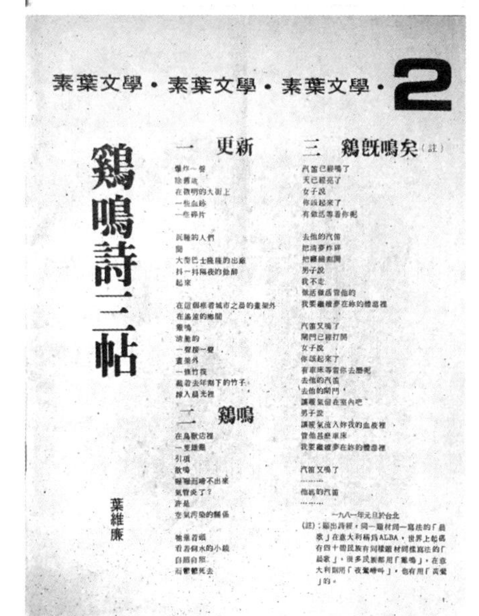

素葉文學·素葉文學·素葉文學· 2

鷄鳴詩三帖

葉維廉

一 更新

爆炸一聲
除舊歲
在微明的大街上
一些血跡
一些碎片

沉睡的人們
開
大型巴士轆轆的出廠
抖一抖隔夜的餘醉
起來

在這個擁着城市之最的畫架外
在遙遠的鄉間
雞鳴
清脆的
一聲接一聲
畫架外
一條竹枝
載着去年剩下的竹子
掉入曙光裡

二 鷄鳴

在鳥獸店裡
一隻雄雞
引頸
啟鳴
喔喔而啼不出來
氣管炎了？
許是
空氣污染的關係

牠垂着頭
看着飼水的小鏡
自顧自照
而鬱鬱死去

三 鷄既鳴矣（註）

汽笛已經鳴了
天已經亮了
女子說
你該起來了
有做活等着你呢

去他的汽笛
把清夢炸碎
把纏綿敲開
男子說
我不走
做活做活管他的
我要繼續夢在妳的體溫裡

汽笛又鳴了
閘門已經打開
女子說
你該起來了
有車床等着你去磨呢
去他的汽笛
去他的閘門
讓暖氣留在室內吧
男子說
讓暖氣流入妳我的血液裡
管他甚麼車床
我要繼續夢在妳的體溫裡

汽笛又鳴了
……
他媽的汽笛
……

一九八一年元旦於台北

（註）：語出詩經，同一題材同一寫法的「晨歌」在意大利稱爲ALBA，世界上起碼有四十個民族有同樣題材同樣寫法的「晨歌」，很多民族都用「雞鳴」，在意大利則用「夜鶯啼叫」，也有用「黃鶯」的。

《素葉》創刊號封面是蓬草的小説〈北飛的人〉，第二期封面是葉維廉的詩〈雞鳴詩三帖〉。八十年代的《素葉》採用深褐色牛皮紙、單色印刷。

素葉文學

68

懷念蔡浩泉

九十年代復刊後，《素葉》改用米白色紙張。

第六十八期是最後一期，為「懷念蔡浩泉」專輯。

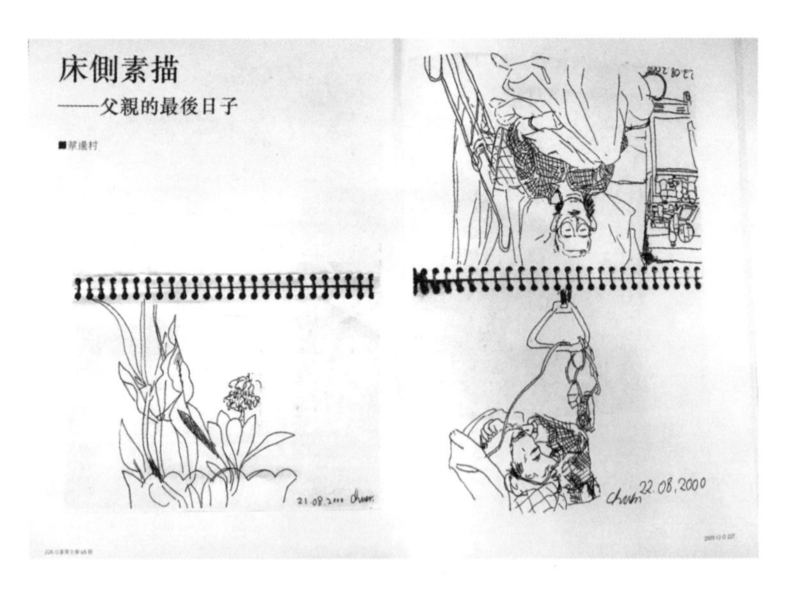

最後十期的《素葉》篇幅大增，用紙及版面設計都更精緻。

中環：三聯書店、當代圖書公司（萬宜大廈）、上海印書館
北角：森記書局
康怡：商務印書館
九龍／旺角：文星書店、田園書屋、中華書局（油麻地）、樂文書店
尖東：商務印書館
沙田：商務印書館
荃灣：三聯文化廣場[44]

海外銷售方面，第四十四期（一九九三年四月）起銷售地點新增「台北誠品書店」，第五十九至六十一期曾經短暫加入唐山書店，一度也在新加坡發行。[45]但除此之外《素葉》在香港以外地區的流通主要是依靠寄贈及文友轉贈。「贈閱名單中，有相當部分是寄給國內的讀者的。出於大家都理解的原因，他們匯錢不大方便，我們自然樂於贈閱，以廣交流」，整體贈閱量不超過銷量十分之一。[46]

由於上述印刷、發行、資金以至銷售渠道等等多重的限制，雜誌銷量一直不高：

> 要發到報攤上去，最低限度要印上四、五千本，但銷售量是否能夠補回印刷費，可是個疑問，而且不暢銷的雜誌報攤也不一定樂意擺賣。唯有少量印刷，盡量拉訂戶和拿到書局去寄售，而主要還是些二樓書局，讀者量因而只能小

44　《素葉文學》第四十二期（一九九三年二月），頁四〇。

45　「我們的雜誌發行到台灣及新加坡已有一段日子，還有一小部分寄給大陸的作家和文學工作者，也收到不少三地作者的來稿。」許迪鏘：〈編餘〉，《素葉文學》第五十六．五十七期合刊（一九九五年一、二月），頁五五。

46　許迪鏘：〈編餘〉，《素葉文學》第五十三期（一九九四年六月），頁三一。

〔少〕數的逐步提升，雜誌的經濟也就缺少了保障，這也是大部分同人雜誌沒法給作者支付稿費的原因。[47]

出版：素葉出版社
督印人：余漢江
執行編輯：許迪鏘
地址：香港新界火炭郵局信箱46號
承印：藍馬柯式印務有限公司
香港鰂魚涌華蘭路14號益新工業大廈16樓
發行：樂文書店發行部
地址：九龍大角咀洋松街64-78號
長發工業大廈7樓5室
電話：2397 8873
下列書店均售：
港島/ 灣仔：天地圖書公司、青文書屋
港大：大學書店、港大學生合作社
銅鑼灣：商務印書館
北角：商務印書館
康怡：商務印書館、誠意書廊
九龍/ 旺角：文星書店、田園書屋、中華書局(油蔴地)
樂文書店、次文化書堂
紅磡：辰衝書店(理工)
沙田：商務印書館、大學書店(中大)
荃灣：三聯文化廣場
台北/ 誠品書店、唐山書店

定價：三十五元

|　《素葉》的銷售地點（第五十九期封底）

據許迪鏘所說，休刊前《素葉》每期約賣四百份，[48] 復刊後也不超過一千份：

刊物的銷路，猶如女士的年齡，不是近親好友，不容易知道，否則輕率猜度，說多了說少了，都不好。《素葉》的銷路，朋友們問起，我們總是據實相告，因為對香港文學

47　許迪鏘：〈關於《素葉文學》〉，《文藝》第七期（一九八三年九月），「筆談會：香港文藝期刊在文壇扮演的角色」，頁四二。

48　八十年代銷售數字參考《初探香港中文文學雜誌》，頁一四，當時《素葉》每期賣四百份，《香港文學》和《文藝》二三千份。

環境稍有了解的，都心裏有數。可以確實的說，《素葉文學》的印量（更不要說發行量了），從來沒有超過一千份〔……〕。[49]

純文學雜誌要在香港市場上生存之困難，可見一斑，令人更佩服像《素葉》這樣長期堅持下來的雜誌。

編者（editor）

以下是全部期數的編輯名單。部分同人不願居功，拒絕在該期列出名字，[50] 因此實際參與編務的狀況可能和名單略有落差：

表二：《素葉文學》各期編輯成員

期數	主編／執行編輯＊	編輯成員
一	/	/
二	許迪鏘（執行編輯）	張愛倫、鍾玲玲、周國偉、張紀堂、梁國頤、何福仁、簡慕嫻
三	何福仁	張愛倫、張灼祥、周國偉、張紀堂、許迪鏘
四	何福仁	張愛倫、張灼祥、周國偉、張紀堂、梁國頤、許迪鏘、余漢江、陳進權、簡慕嫻
五	張灼祥	張愛倫、周國偉、張紀堂、何福仁、許迪鏘、簡慕嫻、陳進權、梁國頤、鍾玲玲 美術顧問：黃仁逵、蔡浩泉

49　許迪鏘：〈編餘〉，《素葉文學》第五十三期（一九九四年六月），頁三一。

50　「當然，還有更多朋友操持瑣細繁重的事務性工作。他們都客氣，不想將名字放到編委會名單上。我的名字掛在那裏，只表示最終的負責，素葉，由始至終，都是整體勞動的成果。」許迪鏘：〈編餘〉，《素葉文學》第六十期（一九九六年四月），頁一一一。

（續上表）

期數	主編／執行編輯＊	編輯成員
六	許迪鏘	張愛倫、張灼祥、周國偉、何福仁、簡慕嫻
七	許迪鏘	張愛倫、周國偉、陳進權、何福仁、簡慕嫻
八	張愛倫	陳進權、周國偉、何福仁、梁國頤、阮妙兆、朱彥容、許迪鏘、何國道
九．十	張愛倫	陳進權、韋愛賢、許迪鏘、簡慕嫻
十一	簡慕嫻	梁滇瑛、韋愛賢、許迪鏘
十二	簡慕嫻	許迪鏘、張紀堂
十三	何福仁	許迪鏘、余漢江、張紀堂、張愛倫
十四．十五	何福仁	張愛倫、余漢江、張紀堂、許迪鏘、周國偉、梁滇瑛、鍾玲玲、簡慕嫻
十六	淮遠	何福仁、許迪鏘
十七．十八	許迪鏘	何福仁、周國偉、張愛倫、簡慕嫻
十九	許迪鏘	簡慕嫻、梁滇瑛、張紀堂
二十．二十一	簡慕嫻、何福仁	張紀堂、周國偉
二十二	簡慕嫻	張紀堂、何福仁
二十三	何福仁	張紀堂、簡慕嫻、許迪鏘
二十四．二十五	／	（沒有注明）
二十六	許迪鏘	／
二十七	／	許迪鏘、何福仁
二十八	／	許迪鏘、何福仁
二十九	／	許迪鏘、何福仁
三十	／	許迪鏘、何福仁
三十一	／	許迪鏘、何福仁
三十二	／	許迪鏘、何福仁
三十三	／	許迪鏘、何福仁
三十四	／	許迪鏘、何福仁
三十五	／	許迪鏘、何福仁
三十六	／	許迪鏘、何福仁

（續上表）

期數	主編／執行編輯*	編輯成員
三十七	/	許迪鏘、何福仁
三十八	許迪鏘	辛其氏、何福仁、鍾玲玲
三十九	許迪鏘	辛其氏、何福仁、余漢江
四十	許迪鏘	辛其氏、余漢江、余非
四十一	許迪鏘	辛其氏、余漢江、何福仁
四十二	許迪鏘	辛其氏、何福仁、余非、甘玉貞
四十三	許迪鏘	辛其氏、何福仁、余非、甘玉貞
四十四	許迪鏘	辛其氏、何福仁、余非
四十五	許迪鏘	辛其氏、何福仁、余非、甘玉貞
四十六	許迪鏘	辛其氏、何福仁、余非、甘玉貞
四十七	許迪鏘	辛其氏、何福仁、余非、甘玉貞
四十八·四十九	/	許迪鏘、辛其氏、何福仁、余非、甘玉貞、朱楚真、鍾玲玲
五十	/	許迪鏘、辛其氏、何福仁、余非、甘玉貞、朱楚真、鍾玲玲
五十一	/	許迪鏘、辛其氏、何福仁、余非、甘玉貞、朱楚真、鍾玲玲
五十二	/	許迪鏘、辛其氏、何福仁、余非、甘玉貞、朱楚真、鍾玲玲
五十三	/	許迪鏘、辛其氏、何福仁、余非、甘玉貞、朱楚真、鍾玲玲
五十四	/	許迪鏘、辛其氏、何福仁、余非、甘玉貞、朱楚真、鍾玲玲、余漢江
五十五	許迪鏘	辛其氏、何福仁、余非、甘玉貞、朱楚真、余漢江（督印人）
五十六·五十七	許迪鏘	辛其氏、何福仁、余非、甘玉貞、朱楚真、余漢江（督印人）
五十八	許迪鏘	余漢江（督印人）
五十九	許迪鏘	余漢江（督印人）
六十	/	余漢江（督印人）、許迪鏘、何福仁、余非、甘玉貞

（續上表）

期數	主編／執行編輯＊	編輯成員
六十一	／	余漢江（督印人）、許迪鏘、何福仁、甘玉貞
六十二	／	余漢江（督印人）、許迪鏘、何福仁、甘玉貞
六十三	／	余漢江（督印人）、許迪鏘、甘玉貞
六十四	／	許迪鏘
六十五	／	許迪鏘
六十六	方沙	素葉文學編輯委員會
六十七	俞風	素葉文學編輯委員會
六十八	方沙、許迪鏘、麥華嵩	素葉文學編輯委員會

＊第二十五期休刊以前皆稱「主編」（第二期除外），復刊後多稱執行編輯。

從這份名單可見，不是所有素葉出版社的創立成員都有參與編務。早期編輯人數較多，復刊後參與的人數減少，又以第四十八至五十七期之間編輯人數較多。出任編輯次數最多的分別是許迪鏘（五十五次）、何福仁（四十五次）、辛其氏（簡慕嫻，三十次）三位，其次甘玉貞（十七次）、俞風（余漢江，十六次）、余非（十六次）、西西（張愛倫，十一次）、鍾玲玲（十次）擔任編委也在十次或以上，他們大多曾經參與過《大拇指》和《羅盤》。

常見投稿者（regular contributors）

同人雜誌的特點，在於編者與常見作者群基本重疊。八十年代的《素葉》有明顯的同人特色，九十年代復刊後，作者陣容不斷擴大，脱離同人雜誌的格局，蜕變成香港文學的重要園地。為了檢視編者與常見作者群的重疊程度，以及隨着時間推移重疊程度有否改變，以下採取隨機抽樣的方式，每五期抽出一期比對素葉的成員與每期作者名單，統計素葉同人所佔的百分比。[51] 文學同人社團大多並非嚴謹組織，成員經常變化，唯由於研究的需要，必須為「同人」的名單劃出較清楚的、有文獻資料可考的界線：「素葉成員」指素葉出版社創立成員及曾出任編務的所有人，也包括復刊後不再是編委的創刊成員，但不包括素葉叢書的全部作者，因為叢書的出版對象本來就不限於同人。部分作者雖與素葉同人是友好關係，或曾在其他刊物合作，也是常見作者，但因沒有參與素葉的編務，仍不作同人計算，例如鄭樹森、蓬草、綠騎士等等。《素葉》編者與常見作者群的重疊程度表列如下：

表三：《素葉文學》作者與編者重疊程度統計

期數	作者數量	屬素葉同人的作者數量	百分比
一	十八	六	33.33%
六	十四	六	42.86%
十一	二十二	六	27.27%
十六	十二	七	58.33%
二十．二十一期合刊	二十五	六	24.00%
二十六	十	六	60.00%
三十一	九	三	33.33%
三十六	八	四	50.00%
四十一	十二	六	50.00%
四十六	十	四	40.00%
五十一	十一	五	45.45%
五十六．五十七期合刊	二十六	三	11.54%
六十一	三十三	四	12.12%
六十六	二十	五	25.00%

51　此表只計算創作及評論，翻譯不計算在內。《素葉》翻譯情況整理請見第四章附表。

在隨機抽樣的十四期之中，只有四期素葉同人佔的篇幅超過一半（50% 至 60%），而且都是作者數量較少的期數，可能是來稿數量不足而需要起用同人的稿件。其餘則大約是 11% 至 45%，大多是作者數量偏多的期數，反映在外稿充足的情況下編輯傾向盡量多用外稿。整體來說，每期約有一半或以上稿件來自非素葉同人的作者，外稿數量不少，這點與一般較小規模的同人雜誌不同，說明了《素葉》園地公開，為本地文壇提供了重要的文學空間。如果配合常見作者名單統計，這點就更為清晰了：

表四：《素葉文學》常見作者投稿次數統計[52]

排名	作者	文章數量
一	西西	六十四
二	淮遠	六十一
三	何福仁	五十七
四	鄭樹森	四十二
五	俞風	二十九
六	辛其氏	二十六
七	許迪鏘	二十五
八	余非	二十四
九	李金鳳	二十三
十	邱心	二十
	樊善標	二十
十一	康夫	十九
	鍾玲玲	十九
十二	杜家祁	十八
	謝美寶	十八

52 統計數字包括同一位作者以其他筆名發表的作品，包括：西西（阿果、阿髮）、何福仁（方沙）、許迪鏘（江游、小航）。作品數量以獨立標題為準，例如目錄說明「詩兩首」作兩首計算。

首八位常見作者之中，除了鄭樹森之外都是素葉的成員。[53] 值得注意的是榜單最後包括了邱心（陳潔儀）、樊善標、杜家祁及謝美寶四位當時的青年作者，原因是《素葉》分別在第五十九至六十一期辦過他們的作品小輯，[54] 令他們的發表篇數甚至多於部分素葉的同人。許迪鏘也曾經表示由第四十八至五十七期嘗試每期都把一位新作者排在第一篇，[55] 這些都能反映《素葉》在培養新一代作者方面不遺餘力。部分在《素葉》刊出第一篇作品的作者，後來持續寫作，成為著名作家，例如董啟章以筆名「草童」發表的〈西西利亞〉，[56] 韓麗珠以筆名「小雪」發表的〈我所知道的升降機〉，[57] 皆是他們的首篇小說。又例如張婉雯在《素葉》發表第一首詩作，[58] 伍淑賢自《大拇指》時代開始投稿，在《素葉》上發表了一些小說，[59] 其結集《山上來的人》是素葉出版社的最後一本書，都是這方面的例子。

最後十期的《素葉》改為季刊，篇幅大增，容納的稿件增加，這時期加入台北及海外銷售點也有助招徠香港以外的作

53 鄭樹森並非素葉成員，而是較接近顧問的角色（資料來自本書與何福仁的專訪）。由於此表沒有計算翻譯稿件在內，故這個數字未能完全反映鄭樹森在《素葉》的發表情況。

54 樊善標、邱心作品小輯同見第五十九期，杜家祁作品小輯見第六十期，謝美寶作品小輯見第六十一期。

55 許迪鏘：〈編餘〉，《素葉文學》第五十九期（一九九五年七－九月），頁一一〇。

56 草童：〈西西利亞〉，《素葉文學》第三十六期（一九九二年五月），頁四－九。

57 小雪：〈我所知道的升降機〉，《素葉文學》第五十六．五十七期（一九九五年一、二月），頁二－三。

58 張婉雯：〈自控〉，《素葉文學》第五十六．五十七期（一九九五年一、二月），頁三。

59 例如〈父親〉系列的三篇小說，分別見《素葉文學》第三十九期（一九九二年十一月），頁二－四；第四十二期（一九九三年二月），頁一二－一五；以及第四十四期（一九九三年四月），頁一四－一六。

者。台灣作者方面，《素葉》刊登過陳映真與楊牧的訪問，[60] 又有王禎和、白先勇、楊牧、陳義芝、陳長房、陳鵬翔等等的作品，以及馬來西亞華文作者例如鍾怡雯、陳大為、辛金順、林幸謙等等。雖然他們謙稱無意也無法成為海外創作的交匯點，客觀來看仍是做到了：

> 有讀者來信說，希望我們能成為海外創作的交匯點。這對我們來說未免是太高遠的理想，不過如上所言，我們也常刊登港外作者的作品，但我們覺得作品的意義在其內容，地域的分界不一定重要，所以除非地理環境對了解作品內容有幫助，否則很多時都沒有將作品的來源地列出。隨便舉幾個例子，過往有余素、鴻鴻的作品來自台灣，龍彼德的作品來自杭州，達端、英培安的作品來自新加坡，張弄潮、綠騎士的作品來自法國；上期鍾鳴的散文寄自成都，今期有台灣吳明興、山東濱州長征、雪松的詩作，新加坡董農政的散文和吳啟基的特寫。吳啟基即詩人吳垠，早期的《素葉》曾刊登過他的詩作，感謝他仍記得我們。此外，黃燦然先生替我們向深圳的作家、攝影家和搖滾樂歌手組稿，稿件已到我們手上，大概再隔一期，便可以刊出一個深圳文學藝術的特輯。[61]

海外來稿的數量及分量，代表《素葉》的地位和重要性已經超出本地文壇，立足於華文地區了。

60　陳映真的訪問見第二十‧二十一期，楊牧的訪問見第四十二期。

61　許迪鏘：〈編餘〉，《素葉文學》第五十六‧五十七期（一九九五年一、二月），頁五五。

父親的憾恨

一九四六年春夏間
國共第一次「四平街會戰」之
前因後果及其重大影響

■白先勇

前言

東北舉足輕重的地理位置及複雜多變的歷史傳統

白先勇〈父親的憾恨——一九四六年春夏間國共第一次「四平街會戰」之前因後果及其重大影響〉，原刊《素葉》第六十八期。

目標讀者群（implied reader）

對於《素葉》的讀者是怎樣的，許迪鏘曾作出以下猜想：

常有朋友問，《素葉》的讀者是甚麼人。這，我倒也很想知道。我們沒有做過任何調查，只能憑常理和偶爾的接觸推測，我們的讀者，應該主要是青年至中年，大概受過專上教育，他們在學院裏培養閱讀的興趣，開拓閱讀的視野，成為我們的讀者。當然，其中也有更年輕的中學同學、我們的前輩、在文學路上鍥而不捨的作者和文學工作者，以至於來自各行各業而喜愛閱讀文學作品的人。最後

> 這一類讀者為數應該不多，但他們走上文學之路的歷程也許最有趣，了解他們的想法，對開拓我們的讀者層面，會很有幫助。[62]

由於人力及財力資源的限制，《素葉》無法積極聯繫讀者，是較為靜態的刊物：

> 出版雜誌當然是愈多人看愈好。但問題是我們是否真的完全沒有顧及讀者呢？實際的效果是似乎沒有關注讀者趣味，但這不是我們原來的意思，其實我們都希望與讀者建立一個比較密切的關係。我們做事好像只是我們自己做，用自己的方法做了便算，沒有考慮到如何提高讀者對我們的興趣。這其實是客觀因素限制所使然，因為我們是一份業餘刊物，大家都是在公餘有限的時間內，抽一些時間出來做，故此現在我們做得比較消極，只能坐着等稿來，沒有積極的、主動地與讀者和作者建立關係。比較理想的情況是我們多些介紹社會上不同的生活、不同的潮流與文學的關係，這樣會比較活潑點，與生活更有關連，亦可能令更多讀者對我們有興趣。[63]

《素葉》其實是有一些文章較為貼近大眾潮流的，例如洛楓討論

62　許迪鏘：〈素葉的話〉，《素葉文學》第六十一期（一九九六年九月），頁一。

63　張灼祥、余文詩、許迪鏘、陳樹貞：〈「開卷樂」訪問：《素葉文學》的另類生存方式〉，《星島日報・文藝氣象》一九九二年七月二十四日，第四頁。文章稍微修訂後收入張灼祥：《作家訪問錄》（香港：素葉出版社，一九九四年），頁一五七－一六一。此處引用的是修訂版。

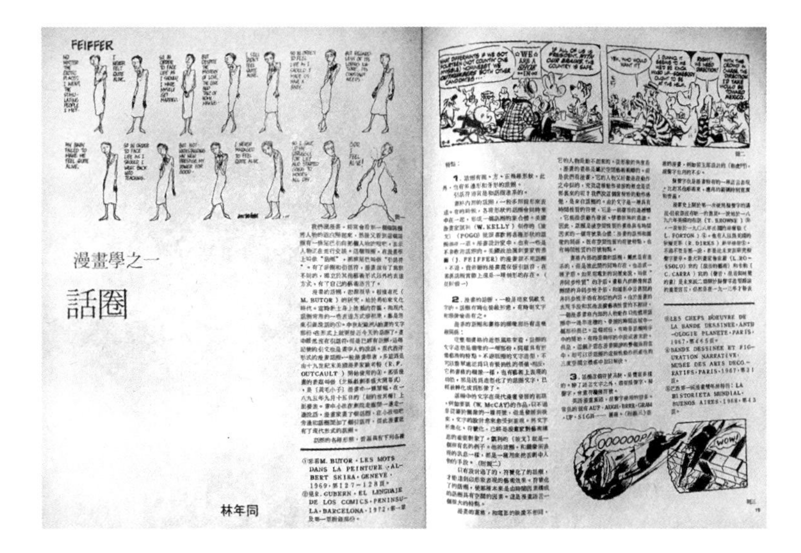

漫畫學之一

話圈

林年同

林年同〈話圈：漫畫學之一〉，原刊《素葉》第四期。

香港漫畫和流行音樂、[64] 湯禎兆討論日本電影及文學、[65] 陳樹貞討論關錦鵬《阮玲玉》等等。[66] 擴大讀者群的困難不只是同人刊物的限制，歸根究柢也是香港文學市場的限制。至於是否與讀者

64　洛楓：〈從《中華英雄》看香港普及文化的問題〉，《素葉文學》第三十五期（一九九二年四月），頁一八－二三。洛楓：〈女性與城市 —— 試論吳美筠的詩、黃碧雲的小說、林憶蓮與劉美君的流行曲〉，《素葉文學》第四十一期（一九九三年一月），頁二〇－二三。

65　例如湯禎兆：〈尋找不熟悉的作家 —— 津島佑子的《透明犬》〉，《素葉文學》第四十五期（一九九三年五月），頁一六－一七。笠智眾著，湯禎兆譯：〈我的履歷書〉，《素葉文學》第四十六期（一九九三年九月），頁二四－三〇。

66　陳樹貞：〈《阮玲玉》與阮玲玉 —— 談關錦鵬的神話製作〉，《素葉文學》第三十六期（一九九二年五月），頁二九－三一。

毫無互動，則不盡然。除了得到最多評論迴響的西西之外，[67]還不時看到來稿回應之前刊出的文章，所討論文本主要原刊《素葉》，體現出創作與評論的互動。[68]

內容（content）

最後一項是「內容」，包括內容種類及其篇幅比例、廣告數量、雜誌的政治及社會立場等等。[69]先觀察創刊號的內容。《素葉》創刊號售價二元，並無發刊詞，一般文學雜誌多在創刊時說明雜誌的目標和使命，《素葉》刻意未有發表任何宣言，顯示刊物低調實幹的風格。對於雜誌的發刊詞，何福仁曾說：

> 不少雜誌創刊時，往往有那麼一篇冠冕堂皇的創刊詞，比方說此地以往沒有文學，如今有了之類，儼然捨我其誰；又譬如有刊物既自喜帶動此地蓬勃的詩運，繼而又自悲銷路始終打不開，笑淚縱橫。[70]

67　例如王曉堤：〈生命的本質 —— 評西西的「碗」〉，《素葉文學》第十一期（一九八二年七月），頁二九－三〇。杜杜：〈讀「檔案」筆記〉，《素葉文學》第十二期（一九八二年八月），頁一八－一九。林凌翰：〈反那沙西斯〉，《素葉文學》第六十四期（一九九八年十一月），頁二八－四九。

68　這方面的例子還有黃燦然評淮遠，見黃燦然：〈入無人之境〉，《素葉文學》第五十九期（一九九五年七－九月），頁五六－五八。又例如第三十二期刊出陳穎〈報鷗外公公書〉，第三十八期則有鷗外鷗〈文學的貶值說 —— 答陳穎（三十二期素葉文學）《報鷗外公公書》〉。又例如第三十五期有洛楓〈從《中華英雄》看香港普及文化的問題〉，兩期之後第三十七期即有丘建峯〈孰正孰邪 —— 讀洛楓《從中華英雄看香港普及文化的問題》〉作出回應。

69　Scholes and Wulfman, *Modernism in the Magazines: An Introduction*, 147.

70　何福仁：〈開放自劃的禁區〉，《八方》第一輯（一九七九年九月），頁三四，見該期專題「香港有沒有文學？（筆談會）」。

許迪鏘的看法相近：

> 這樣一盤不是生意的生意，由始至終不能靠銷路自給自足，由我們來做，也不是抱着甚麼宏大的理想，我們只是喜愛文學，就自己力所能及，做自己愛做的事。初辦時有一位報章記者訪問過我們，訪問稿卻一直沒有刊登出來，原來記者說我們的訪問寫無可寫，問我們的理想，我們說沒有甚麼特別，問我們的大計，我們說走着瞧。[71]

這都說明了素葉同人的作風和個性如何塑造《素葉》雜誌的形象。

由第四期起，封底目錄頁上新增「園地公開．歡迎惠稿」的字樣。而簡短的稿約要到復刊第一期才出現：

> 稿例
> ．本刊歡迎各種文學創作、文化或文學評論書介。
> ．最好不超過一萬字。
> ．請寫明姓名、通訊地址、電話號碼。
> ．不設稿酬，來稿一經刊出，奉贈該期五份。[72]

稿例上沒有對來稿作出任何題材或風格上的要求，僅限制稿件長度，以配合雜誌有限的篇幅。第三十八期後稿約略有改變，不再設定字數限制。第六十期改用電腦排版後，第六十一期起加上了「如稿件用電腦打印，請附文字檔磁碟」。

71 〈在流行與不流行之間抉擇——從《大拇指》到素葉〉，頁一〇九。

72 〈稿例〉，《素葉文學》第二十六期（復刊號，一九九一年七月），頁二四。

版面方面，《素葉》基本上沒有劃定欄位，但有少量連載系列，例如余非與甘玉貞「看天下系列」散文、[73] 鄭樹森的外國極短篇選譯系列、[74] 西西的《哀悼乳房》[75]、她與何福仁的對談、[76] 辛其氏的《紅格子酒鋪》等等。[77]

文類分佈方面，每期皆盡量包括詩、散文、小說、評論及翻譯介紹各個文類。以創刊號為例，該期內容分成四類：第一類是小說，共五篇，首篇作品蓬草〈北飛的人〉即本期封面，其後分別是靈石〈失去的飛碟〉、李維陵〈羈〉、西西〈碗〉及辛其氏〈尋人〉。第二類是詩，共十位詩人、十五首詩作，包括康夫、許卓俊、俞風、鄧阿藍、淮遠、迅清、關夢南、古蒼梧、楚岳、何福仁。第三類是散文，共兩篇，皆是遊記，為康夫〈夜遊江門〉及阿果（西西）〈維齊奧廣場〉。第四類是評論及翻譯，共五篇，除了董橋《在馬克思的鬍鬚叢中和鬍鬚叢外》的其中一章外，其餘為一九七九年諾貝爾文學獎得主艾利提斯（Odysseas Elytis, 1911-1996）的小輯，包括一篇訪問、六首詩、一篇評論，較特別的是亦舒寫了一篇讀後感。

八十年代初刊登的詩歌較多，可能是因為《素葉》的創刊緊接着《羅盤》詩刊的結束，相近的文學圈子過渡到《素葉》。[78]

---

73 自第三十九期（一九九二年十一月）起不定期連載，合共十二篇。

74 自第二十六期（一九九一年七月）起連載部分選文，後結集為《當代世界極短篇》，台北：爾雅出版，一九九三年。

75 自第二十八期（一九九一年九月）起連載部分章節，此前曾在《八方》刊出部分內容。

76 自第二十六期（一九九一年七月）起不定期連載。

77 自第二十六期（一九九一年七月）起不定期連載至第五十二期止，合共十篇。

78 八十年代的《素葉》刊登不少新詩，以至論者通常把它納入詩刊討論，例如李瑞騰：〈八十年代香港的新詩界〉，《亞洲華文作家雜誌》第二十七期（一九九〇年十二月），頁七五－一〇〇。

九十年代刊登的詩歌相對減少，小說數量增加，也多排在每期開首，可見其重視。較矚目的是中篇小說不少，而且由八十年代以來的香港短篇小說選來看，不少作品選自《素葉》，[79] 也可見其創作水平高，在香港文學中具代表性。小說選的編者往往提到《素葉》是編選材料的主要來源之一，例如黎海華說《素葉文學》復刊以來「小說創作頗為可觀」，[80] 許子東提到「一些二、三萬字的小說常常在《素葉》和《香港文學》上發表或連載」。[81] 關麗珊編的《我們不是天使 —— 香港短篇小說選》和《我們的城市 —— 香港短篇小說選》認為《素葉文學》是非常重要的發表園地，《我們的城市》更特地列出了九十年代《素葉》及《香港文學》上刊登過的所有小說。[82] 本地刊物上能夠容納中長篇幅文章的園地很少，更見《素葉》的重要：「時下報刊為免嚇走讀者，文章頂多不超過兩三千字，對於長篇大製，我更從來不會抗拒。我們改成季刊，增加頁數，其中一個考慮就是可以一口氣登長文。」[83] 長篇評論經常可見，例如鄭樹森對香港文學

---

79 以較有代表性的兩套《香港短篇小說選》，天地的十年選及三聯雙年選為例，原刊《素葉》的小說入選情況如下：梅子編《香港短篇小說選（八十年代）》三篇，黎海華編：《香港短篇小說選（九十年代）》六篇，黎海華編：《香港短篇小說選（一九九〇－一九九三）》六篇，許子東編：《香港短篇小說選（一九九四－一九九五）》二篇，許子東編：《香港短篇小說選（一九九六－一九九七）》二篇，許子東編：《香港短篇小說選（一九九八－一九九九）》四篇。

80 黎海華：〈序〉，黎海華編：《香港短篇小說選（一九九〇－一九九三）》（香港：三聯書店，一九九四年），頁二。

81 許子東：〈序〉，許子東編：《香港短篇小說選（一九九六－一九九七）》（香港：三聯書店，二〇〇〇年），頁一。

82 關麗珊編：《我們不是天使 —— 香港短篇小說選》，香港：普普工作坊，一九九六年。《我們的城市 —— 香港短篇小說選》，香港：普普工作坊，一九九八年。

83 許迪鏘：〈素葉的話〉，《素葉文學》第六十二期（一九九六年十二月），頁一。

的評論、[84] 王德威論當代情色小說、[85] 楊牧的〈莎士比亞和《暴風雨》的外延與內涵〉等等，[86] 都是極具分量的文章。而海內外的專家學者把對中外文學的評論寄予《素葉》刊出，說明這份雜誌在出版的二十年間已經累積極高的聲譽和地位，而且面向華文文學讀者圈。

另一個明顯的內容特點，是《素葉》非常重視翻譯，經常不吝篇幅組織大大小小的翻譯及外國文學介紹專輯。包括不少的諾貝爾文學獎專輯，以及對世界各地文學潮流及重要作家的翻譯與評介，涉及的地域極為廣泛，足見《素葉》的世界文學視野。諾貝爾文學獎專輯大多由鄭樹森執筆，原刊台灣《聯合報》，《素葉》獲授權轉載。九十年代中以後，黃燦然也譯介了多位諾獎得主。諾獎以外，素葉同人尤其西西對拉丁美洲文學的喜愛為人熟知，譯介數量也是各地文學之中最多、最突出的。

至於廣告數量方面，《素葉》上從來沒有任何商業廣告，只有少量文學出版廣告，包括素葉出版社的叢書及其他出版社的文學書籍。《素葉》完全自資，除了一九九二年香港文學藝術協會一筆捐款之外，沒有接受任何形式的贊助。[87]

84　鄭樹森：〈遺忘的歷史，歷史的遺忘 —— 五、六十年代的香港文學〉，《素葉文學》第六十一期（一九九六年九月），頁三〇－三三。鄭樹森：〈香港在海峽兩岸間的文化角色〉，《素葉文學》第六十四期（一九九八年十一月），頁一四－二一。

85　王德威：〈說來那話兒也長：鳥瞰當代情色小說〉，《素葉文學》第六十二期（一九九六年十二月），頁八二－八七。

86　楊牧：〈莎士比亞和《暴風雨》的外延與內涵〉，《素葉文學》第六十七期（二〇〇〇年七月），頁六一－七九。

87　「承蒙香港文學藝術協會捐助本刊今年出版經費，謹此誌謝。」許迪鏘：〈編餘〉，《素葉文學》第三十九期（一九九二年十一月），頁二七。「除三年前接受過香港文學藝術協會一筆一次過捐款後，本刊從來沒有接受或申請任何機構或組織，包括香港藝術發展局的任何資助。」許迪鏘：〈素葉的話〉，《素葉文學》第六十一期（一九九六年九月），頁一。不同於素葉叢書出版曾經申請香港藝術發展局資助，雜誌是完全自資的。

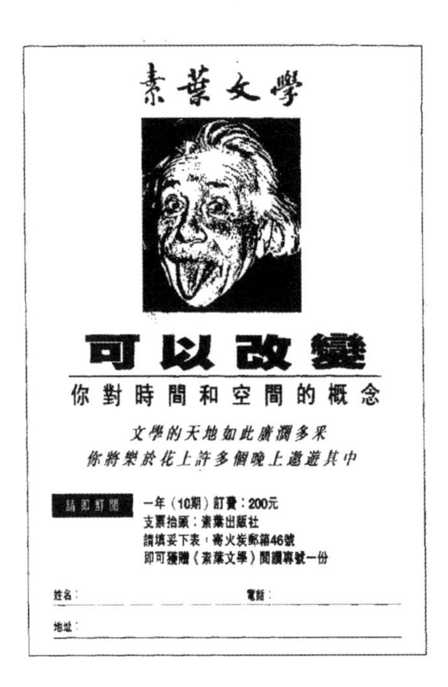

《素葉》第一次在報章上刊登廣告，原刊《信報》一九九四年二月二十一日，第七版。

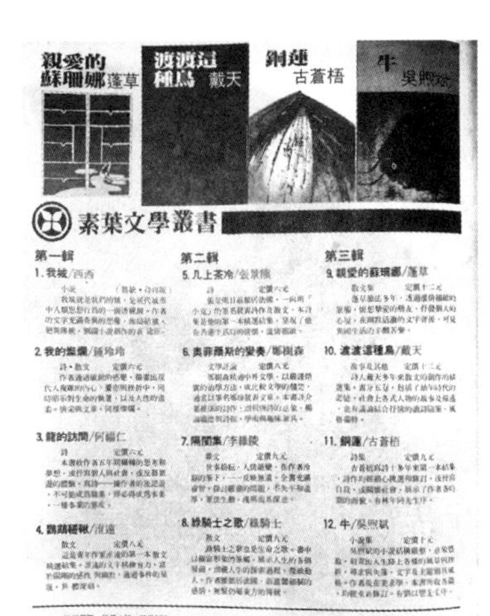

《素葉》上有少量文學出版廣告，包括素葉出版社的叢書及其他出版社的文學書籍及文化雜誌。

政治及社會立場方面，《素葉》雖然見證了香港八九十年代熙熙攘攘的回歸議題，但是雜誌並沒有透過組織專輯等方式主動討論或回應社會議題。個別文學作品或反映特定社會事件，例如康夫的詩〈魏京生事件〉，[88] 辛其氏的《紅格子酒鋪》記述七十年代的社運與學運潮等等，[89] 說明雜誌的角色是提供開放的園地，也沒有特定的政治色彩。

以上分別從歷史、印刷樣式、流通渠道、編者、常見投稿者、目標讀者群及內容七個面向，概括《素葉》的各項特徵和基本內容，以便後文展開更深入的探討。

三、章節結構安排

本部分「研究篇」各章節的鋪排，大致是從本土到中國旅遊，再放眼世界文學，試圖從空間上整理雜誌的內容，呈現出由微小至廣闊的尺度風景，也呼應閱讀《素葉》予人開拓眼界的感覺。研究篇第一章首先運用文學社會學與文學生產的相關理論，結合同人雜誌的歷史，解釋《素葉》的同人刊物特點。其後把雜誌的內容按性質分類為文學創作和譯介兩方面，第二、三章按作品的地域背景分類討論《素葉》上的文學創作，第四章則討論《素葉》的外國文學翻譯介紹，每章皆藉着不同類型的雜誌內容觀察「本土」與「本土以外」他者的互動關係。文學創作方面，第二章由題材及語言風格劃定《素葉》在香港文學脈絡中的座標，指出這些作品大多關於本地生活，但也不乏以海外異國為背景，展現香港文學獨有的開放性。第三章繼

88 康夫：〈魏京生事件〉，《素葉文學》第一期（一九八〇年六月），頁一三。

89 自第二十六期（一九九一年七月）起連載，全書在一九九四年由素葉出版社出版。

續以作品地域背景為切入點，選取香港八九十年代旅行書寫中最突出的「中國遊」現象，蒐集《素葉》上所有相關的旅行作品，深入探討旅行與本土的關係，重探多層次的香港身份認同之中本土與民族認同的關係怎樣促進香港文學的認同歸屬和反思。至於文學譯介方面，第四章整理《素葉》上的所有外國文學翻譯及評介，審視翻譯與對世界的認知如何生產對香港的理解與想像，以及「本土」與「世界」如何互為作用。由此論證世界視野一方面能夠為本地的文學形式帶來新鮮的刺激，另一方面對於本土主體形構對自身的理解與想像極為關鍵，説明「本土」總是產生於與他者的互動關係中。

每章的研究焦點略有不同，第一、二章以《素葉》為對象，概括雜誌的特徵和面貌，第三、四章較多是以《素葉》為材料，管窺八九十年代的香港文學特徵、現象和變化，藉此探討香港文學與民族認同及世界風潮的關係。[90] 各章除了概括《素葉》的重要特點，同時嘗試與身份認同、雅俗之辨、文學史書寫等多個香港文學的核心論題對話，由「本土」到「本土以外」，以刊物研究充實我們對香港文學史的認識。

《素葉》草創於香港文學研究冒起的七八十年代之交，藉着研究這本雜誌，可讓我們重新思考一些香港文學研究中極重要的概念。《素葉》橫跨八九十年代，見證香港身份認同和本土文學發展的關鍵過程，卻展現出與「本土本位」論述並不全然相同的身份認同及文學版圖，在本土意識逐漸窄化的當下，他們對香港、中國以至世界的思考，可以重新打開我們對「本土」的想像，為九十年代以來的後殖民討論和本土主體性的課題提

90　陳平原提出報刊研究主要有兩種路向，「一是以報刊為研究對象，一是以報刊為資料庫」。〈現代中國文學的生產機制及傳播方式 —— 以一八九〇年代至一九三〇年代的報章為中心〉，《「新文化」的崛起與流播》，頁四六。

供更開闊的視野。畢竟本土論述必須一邊進行一邊躬身自省，時時重新強調「本土」和「他者」的根本關係，檢視、重整並展望此後的發展方向，才不至於封閉及窒息了香港文學的活力與開放性。

第一章　純文學同人雜誌的生產模式

一、文學社會學與文學雜誌研究

文學社會學理論是報刊研究經常借鑒的理論，有助詮釋報刊的生產及傳播機制。文學社會學能夠給純文學同人雜誌研究帶來重要的啟發，許多同人雜誌的特點必須從文學生產的角度探討才能貼切地理解。從文學生產模式（artistic modes of production）研究報刊，即關注報刊作為一種文學商品在文學市場上生產、流通和消費的情況。例如它是大規模還是有限的生產模式，在甚麼場所出售，接觸的讀者群的特點，這些生產及流通因素怎樣制約或形塑雜誌的作者群、內容面貌和雜誌對自身市場定位的想像。

「文學社會學」泛指自十九世紀法國浪漫主義時期以來重視「文學－社會」關係的各派理論，雖然流派繁多、見解殊異，但共通點是提出在社會脈絡中理解作家和文學作品，強調文學是社會的產物，一反文學研究以往局限於內部研究和個體研究，為文學研究「祛魅」（disenchantment）。[1] 其中「文學生產」（literary production）是「文學社會學」的其中一環，最早由班雅明在馬克思主義和唯物論的影響下提出考察文學的社會生

1　文學社會學的歷史和發展參考埃斯卡皮（Robert Escarpit）著，葉淑燕譯：〈第一章：為甚麼要有文學社會學？〉，《文學社會學》（台北：遠流，一九九〇年），頁三－一六。方維規：〈導論：「文學社會學」的歷史、理論和方法〉，《文學社會學新編》（北京：北京師範大學出版社，二〇一一年），頁二－三四。

產條件和技術，[2] 另外埃斯卡皮（Robert Escarpit, 1918-2000）和布赫迪厄（Pierre Bourdieu, 1930-2002）在這一派理論中的影響也非常深遠。其中尤以布赫迪厄的藝術社會學經常被報刊研究引用。[3] 在他的理論模型中，文學場（literary field）有着與任何其他場域同構（homologous）的經濟邏輯，[4] 場域理論借用了經濟學的術語，同時假定了每個施為者（agent）都以通過「佔位」（position-taking）在場域內競逐各項「資本」（capitals）。[5] 不同位置有不同的屬性（disposition），即資本的分配，而所有位置都是相對的，佔據特定的位置就可擁有某些資本，但同時意味放棄另一些資本。比如在香港文壇，「純文學作家」這位置有很高的象徵資本，但一般無法累積經濟資本或社會資本。而施為者加入文學場後的行為，除了受限於場內已有的位置及潛規則（doxa）外，也受其本身的家庭、學養、性格等影響，即

---

2 本雅明（Walter Benjamin）著，何珊譯：〈作為生產者的作家〉，《新美術》二〇一三年第十期，頁一〇五－一一五。本雅明著，張旭東、王斑譯：〈機械複製時代的藝術作品〉，《啟迪：本雅明文選（修訂譯文版）》（香港：牛津大學出版社，二〇一二年），頁三〇〇－三〇七。另參考 Terry Eagleton, "The Author as Producer," *Marxism and Literary Criticism* (London: Routledge, 1976), 63.

3 布赫迪厄理論原意是提出一套方法供完全不熟悉某場域的人進入研究該場域，但是由華文研究的應用情況來看，大部分學者都是把理論運用在地區及時代都與自己相當接近的研究對象，因而沒有需要運用全套理論。布赫迪厄的理論參考：Pierre Bourdieu, *The Field of Cultural Production*, Cambridge: Polity Press, 1993. 皮耶．布赫迪厄（Pierre Bourdieu）著，石武耕、李沅洳、陳羚芝譯：《藝術的法則 —— 文學場域的生成與結構》，台北：典藏藝術家庭，二〇一六年。高宣揚：《布迪厄的社會理論》，上海：同濟大學出版社，二〇〇四年。局部挪用其理論到中國文學研究的方法，參考賀麥曉（Michel Hockx）：〈布狄厄的文學社會學思想〉，《讀書》一九九六年第十一期，頁七六－八二。賀麥曉：〈二十年代中國「文學場」〉，《學人》第十三輯（一九九八年三月），頁二九五－三一七。

4 「文學（等等）場域乃是一個力場〔……〕又是一個競爭的鬥爭場域，進行鬥爭的目的，則是為了保存或是改變這個力量的現狀。」《藝術的法則 —— 文學場域的生成與結構》，頁三六〇。

5 《藝術的法則 —— 文學場域的生成與結構》，頁三六〇－三六四。

其「慣習」（habitus），例如《素葉》的雜誌性格，亦即素葉同人共通的文學觀念、態度、立場等。[6] 不同慣習的參與者在不同的位置上就有不同的表現，有時會引起新位置出現，改變場的結構。[7]

回顧文學社會學理論在華文文學評論的應用情況，內地方面，文學社會學早已被廣泛運用到中國文學的不同時期、不同文類，[8] 運用相關理論的報刊研究也蔚然成風；[9] 台灣既有運用文學社會學研究瓊瑤小説 [10] 和副刊學的，[11] 也有研究五十年代新詩

---

6 布赫迪厄主要是關注作家個體，此處轉指群體，是因應研究對象作調整。賀麥曉認為，「某些關係及其導致的集體行動是中國文學場所特有的，這是與布赫迪厄研究的法國文學場之間的一個重要區別」。〈二十年代中國「文學場」〉，頁三〇七。

7 Bourdieu, *The Field of Cultural Production*, 29-73.

8 這範疇內的經典論文結集成程光煒編：《大眾媒介與中國現當代文學》，北京：人民文學出版社，二〇〇五年。

9 內地的報刊研究情況總結，參考陳平原：〈文學史家的報刊研究 —— 以北大諸君的學術思路為中心〉，《假如沒有「文學史」》（北京：三聯書店，二〇一一年），頁二五－三〇。陳平原：〈文學史視野中的「報刊研究」—— 近二十年北大中文系有關「大眾傳媒」的博士及碩士學位論文〉，《現代中國》第十一輯（二〇〇八年九月），頁一五二－一六七。內地的布赫迪厄研究及應用情況另可參考侯茗予：〈布爾迪厄文學場域理論研究綜述〉，《瀋陽師範大學學報（社會科學版）》二〇一三年五期（總一百七十九期），頁一六六－一六八。

10 林芳玫：〈雅俗之分與象徵性權力鬥爭 —— 由文學生產與消費結構的改變談知識份子的定位〉，《台灣社會研究季刊》第十六期（一九九四年三月），頁五五－七七。林芳玫：《解讀瓊瑤愛情王國》，台北：商務印書館，二〇〇六年。

11 參考瘂弦等主編：《世界中文報紙副刊學綜論》，台北：行政院文化建設委員會，一九九七年。另參考中國古典文學研究會主編：《文學與傳播的關係》，台北：學生書局，一九九五年。書中收錄了有關五四刊物、副刊學、《文季》研究等多篇採用傳播學角度研究文學的論文。

流派的筆戰[12]和台灣文學場域的變遷的，[13]純文學和流行文學範疇都有相當的成果。就香港文學而言，布赫迪厄對文化生產面向和經濟邏輯的強調很適合形容強烈受市場左右的香港文學場域。五四新文學及台灣文學都是先有強勢的文學道統，面對後起的通俗文化的衝擊而思考文學的雅俗界線問題。[14]香港文學卻是「先天地與市場、地域和媒體交纏」，[15]承接晚清五四的小報與副刊文化，[16]報刊文學發展非常蓬勃，純文學必須向主流流行文學爭取報刊提供的園地，[17]因此傳統的內部研究方法根本不足以說明香港的情況，也不容易單純以園地的性質區分嚴肅作家

12　應鳳凰：〈台灣五十年代詩壇與現代詩運動〉，《現代中文文學學報》四卷一期（二〇〇〇年七月），頁六五－一〇〇。

13　張誦聖：《文學場域的變遷 —— 當代台灣小說論》，台北：聯合文學，二〇〇一年。張誦聖：〈「文學體制」、「場域觀」、「文學生態」：台灣文學史書寫的幾個新觀念架構〉，《現代中文文學學報》六卷二期及七卷一期（二〇〇五年六月），頁二〇七－二一七。

14　「海派」刊物顯示商品文化對文藝報刊的影響，是對香港報刊研究的重要參照。以文學社會學理論來分析海派刊物的，可參考吳福輝：〈作為文學（商品）生產的海派期刊〉，《大眾媒介與中國現當代文學》，頁一一〇－一二一。

15　黃念欣：〈跨越、滲透，還是角力？ —— 香港文學場域閱讀記〉，許迪鏘編：《第八屆香港文學節研討會論稿匯編》（香港：香港公共圖書館，二〇一一年），頁一九六。

16　關於香港承接五四的報刊傳統，可參考以下資料：黃繼持：〈香港小說的蹤跡 —— 五、六十年代〉，《追跡香港文學》（香港：牛津，一九九八年），頁一二－一五。許子東：〈香港的純文學與流行文學〉，《香港文學＠文化研究》（香港：牛津，二〇〇二年），頁四四〇－四四一。黃康顯：《香港文學的發展與評價》（香港：秋海棠文化，一九九六年），「第一輯：文學期刊與香港文學」。

17　可參考劉以鬯的說法。劉以鬯：〈從《淺水灣》到《大會堂》〉，梁秉鈞編：《香港流行文化》（台北：書林出版，一九九三年），頁一二〇－一二八。

與流行作家。[18] 文學社會學理論在內部分析之外另闢蹊徑，強調文化產品的歷史性社會生成條件和環境，把載體、流通市場、評論機制等放到首要位置，正好補充了這方面的理論需要。

文學社會學的角度有助釐清香港文學的雅俗分野問題，[19] 對香港專欄文學研究尤其具參照作用，因為專欄文學獨有的特色必須考慮載體與內容、文化生產與權力操作之間的動態關係。[20] 八九十年代建立香港文學研究的時候，在香港文學生產體制中本來就不易說清楚的雅俗問題，又與身份認同的議題夾纏，對流行文學及專欄文學的評價問題成為本地學者與南來作家及內地學者抗衡的場域。[21] 同時在學科建立的過程中，正典（canon）的建構面向被凸顯，[22] 流行文學不甘被拒於文學史殿堂外，發動雅俗分野和文學定義之爭，矛頭指向純文學，這種挑戰本身也是典型的「佔位」行為；加上九十年代香港文化藝術

---

18 這樣的區分在香港的文學生產體制中非常困難，比如葉輝說香港最好的文學作品都出現在報紙專欄連載，也斯說在不同的藝術門類都有雅俗越界的人，不容易分清楚。葉輝：《書寫浮城》（香港：青文書屋，二〇〇一年），頁 VII。梁秉鈞：〈在雅俗之間思考香港的文化身份：以攝影為例談通俗文化與藝術的關係〉，冼玉儀編：《香港文化與社會》（香港：香港大學，一九九五年），頁一一九－一二〇。

19 張美君：〈引言〉，《香港文學 @ 文化研究》，頁四二五－四三一。

20 馬家輝以布赫迪厄和第馬久（Paul DiMaggio）的文學社會學理論起草了一個專欄文類的分析框架，文中他回顧了八十年代末以來對專欄文學的討論，提出適用於專欄的分析方法。馬家輝：〈專欄書寫與權力操作——一組關於專欄文類的文化分析策略〉，《在廢墟裏看見羅馬》（香港：天地圖書，二〇〇六年），頁七九－九五。

21 參考張美君：〈文化建制與知識政治——反思「嚴肅」與「流行」之別〉，《香港文學 @ 文化研究》，頁四五一－四六七。

22 陳潔儀指九十年代香港文學正在經歷「典範的同步書寫」，許多作品幾乎是甫出版就被確立為正典。陳潔儀：〈一九九〇年代：余非《暖熱》與九七回歸〉，《香港小說與個人記憶》（香港：天地圖書，二〇一〇年），頁一五三。

開始體制化，牽涉藝文界的資源分配問題，[23] 文學社會學強調角力和權力分析的理論正好配合以上的語境而大行其道，有評論者嘗試藉此拆毀高雅藝術的殿堂寶座，以至構成「怨恨批判」(ressentimentkritik)。[24] 簡言之，文學社會學應用於香港文學的相關研究多是藉此肯定流行文學的價值，重新釐定甚至取消雅俗界線，研究對象都屬於布赫迪厄所謂「大規模生產分場」(the field of large-scale production) 的文本產品，而似乎較少用於純文學研究。

然而同一套理論也可以解釋純文學雜誌的若干特點，以下將從文學生產和文學場域的角度分析《素葉》，解釋這類純文學同人雜誌被視為高格調甚或小圈子的原因，並把它置於同人雜誌的歷史中比較，説明《素葉》怎樣改變了同類型刊物的形象。最後嘗試提出所謂的「小圈子」特點造就文學品牌和社群的形成，園地自身的「分類作用」怎樣塑造讀者對《素葉》的印象。

二、從文學生產模式看《素葉》

一九八五年香港中文大學崇基學院通識教育高級專題有一份學生習作《初探香港中文文學雜誌》研究當時五份文學雜誌《香港文學》、《文藝》、《素葉文學》、《大拇指》及《香港文藝》，除了訪問幾份雜誌的編輯和盧瑋鑾教授，還用問卷調查了約一百位不同文學雜誌的訂戶及二百名大專學生，雖然只是學生習作，調查規模不大，但至少保留了當時讀者對這幾本雜誌的印象。在描述《素葉》和其他四份雜誌的不同時，報告認

23 劉建華：〈從藝評角度看藝術社會學的「資本」迷思〉，《香港社會科學學報》第十八期（二〇〇〇年冬季號），頁一七〇。

24 〈從藝評角度看藝術社會學的「資本」迷思〉，頁一七三。

為「《素葉文學》總是給人一種高格調的感覺」。[25] 總結問卷調查結果，在「文字技巧」和「感情真摯」方面《素葉》得分最高，但在閱讀情況方面，表示聽過但沒有讀過《素葉》的人不少，報告認為這是《素葉》的高格調路線所致。[26] 這群學生對《素葉》的印象頗有代表性，他們所沒有探究而讓人感興趣的是，所謂的「高格調」感覺是如何來的？

最直觀的原因或者是刊物的裝幀與美術風格，界定了它在文學市場上的定位。這可以由兩條有趣的資料說起。其一是余非在《素葉》第四十二期的小說〈花衫〉中藉敘述者之口說：「我帶了一本雜誌，是公司裏那位小文員借我看的，叫《素葉文學》，單色印刷，又沒有彩色插圖，看來是本挺悶的雜誌。」[27] 其二是董啟章在《講話文章》的戲仿短篇中，以一個嘲笑文藝青年的港大中文系學生為敘述者，刻意以戲謔的口吻寫出當時一般人對《素葉》的印象：

> 同房是個名副其實的怪人、異類，唸生物系，但卻常常看文學書，走的又不是我們中文系的路數，老是挑那些不見經傳的本地作家。他訂閱了一份仿如手工業社會遺物般既單薄又沒有圖片的《素葉文學》，在人家沸沸騰騰參加高桌晚宴的時候獨個兒躲在房中寫小說。[28]

《素葉》其實是有插圖的，常見的投稿作者更不是不見經傳，這

25　引文出自他們與何福仁的訪問。陳鈞淙、賴妍、岑長禧：《初探香港中文文學雜誌》，中大崇基學院通識教育高級專題討論習作（一九八五年十一月十五日），頁一一。

26　《初探香港中文文學雜誌》，頁二二。

27　余非：〈花衫〉，《素葉文學》第四十二期（一九九三年二月），頁二〇。

28　黃念欣、董啟章：《講話文章：訪問、閱讀十位香港作家》（香港：三人出版，一九九六年），頁九一。

段戲言卻反映出一般人對純文學同人雜誌的印象。這種素雅的風格有別於暢銷大眾彩圖雜誌，一方面固然是審美的選擇，另一方面是資金限制，無法與有商業資助出版的精美雜誌相比，例如第一、第二期直接把第一頁的作品當作封面，是為了節省篇幅；[29] 有時候甚至影響雜誌的呈現，第十七期介紹哥倫比亞畫家博特羅（Fernando Botero, 1932- ）就無法以彩色印刷畫作。[30] 可以說由於生產模式的限制，令純文學雜誌與大眾雜誌清楚地區別開來。

這種同人純文學雜誌的特點有時也被指摘為「小圈子」。例如李華川曾經尖刻地批評《詩風》和《素葉》是「小圈子文學」和「朋友主義」的代表，幾個朋友辦刊物只是為了刊登自己的作品，因此質素很惡劣。[31] 九十年代《素葉》復刊後，他在《快報》專欄撰文說《素葉》新增了「歡迎投稿」的字樣，他「且拭目以待」。[32] 事實上「園地公開・歡迎投稿」的字樣從第四期（一九八一年十二月）起每期都出現在目錄頁，並非復刊才新增，而且《素葉》刊登的稿件之中同人作品所佔不多於一半，[33] 他的批評並不符合事實。不久之後，《素葉》又被指認為文壇的「權力核心」。梁世榮〈從《捕鯨之旅》說起 —— 鍾偉民現象〉分析當時鍾偉民與純文學陣營的筆戰，他引用費斯

29　何福仁：〈素葉〉，《香港文學》第五期（一九八五年五月），頁九三。有論者稱這是「大膽地〔突〕破一切雜誌必有封面的傳統觀念」，則是讀者角度的理解。原甸：〈《素葉文學》〉，《我思故我論》（新加坡：萬里書局，一九八八年），頁五六。

30　「以上兩篇新材料由素葉一位留美的朋友寄來，感謝他。遺憾的是，博特羅的原畫是彩色的，我們限於製作，只能以黑白圖饗讀者。」何福仁：〈拉丁美洲・文學・繪畫・政治：序言〉，《素葉文學》第十七・十八期（一九八三年六月），頁二一。

31　批評家資料室：〈文藝圈批判〉，《批評家》創刊號（一九八一年十一月），頁一一一二。

32　李華川：〈素葉復刊有感〉，《快報》一九九一年八月四日。

33　參考本文「總論」的統計數字，見表三及表四。

克（John Fiske, 1939）的普及文化理論，認為鍾偉民之所以受文壇冷待，是因為他遠離香港文學的「權力核心」，「至少包括當年『詩風社』的核心份子、《素葉文學》的重心成員與左派報刊、文學團體有密切關係的文人」。[34]《素葉》第五十九期刊出許迪鏘〈在流行與不流行之間抉擇——由《大拇指》到素葉〉一文回應，[35] 許迪鏘指他們從事純文學創作，一直與商業文化及執政者抗衡，「文學的可貴之處，在於向建制與主流提出質疑，向既定觀念提出反省，為觀察事物提供新的角度，予受創的人類尊嚴以慰藉和策勵」。因此他說「我們這些年來一直做的正是解構權力與權威的工作，莫說核心，連權力邊沿也沾不上」，並暗示真正的權力核心或意圖成為權力核心的另有其人。[36] 在這場爭論中，文學社會學和文化研究理論卻成為流行文學陣營掌握的武器了。[37]

---

34 梁世榮：〈從《捕鯨之旅》說起——鍾偉民現象〉，《星島日報》一九九五年十月一日，C8 版。關於此次筆戰的來龍去脈，參考王良和：〈第二次「鍾偉民現象」的史料整理〉，《詩網絡》第五期（二〇〇二年十月三十一日），頁七一－八一。

35 許迪鏘：〈在流行與不流行之間抉擇——由《大拇指》到素葉〉，《素葉文學》第五十九期（一九九五年七－九月），頁一〇八－一〇九。原文刊於同年十月二十三日《星島日報・書局街》，D1 版。

36 〈在流行與不流行之間抉擇——從《大拇指》到素葉〉，頁一〇九。

37 梁世榮的文章照搬西方理論，錯認香港純文學擁有西方高雅藝術的殿堂地位。雙方說法各有所見，純文學作家着眼於「經濟資本」的匱乏而認為純文學處於社會邊緣，流行作家着眼於「象徵資本」與文學體制的關係而認為學院和純文學作家主宰了「正典化」、「排座次」的權力。在西方，文化研究批評高雅藝術與精英教育以及社會上流階級密不可分，高雅藝術的擁護者宣稱他們是無目的、無利益地追求美學，掩蓋了他們的經濟利益和正當化的權力位置。但在香港，純文學沒有西方高雅藝術的建制地位，文化場域內的品味（taste）劃分首要準則不是階級，二者不可同日而語，處於強勢地位的是商業文化，耕耘純文學或者獲得很高的清譽（象徵資本），卻沒有任何體制內的地位或利益。因此西方的批判學派或文化研究學派的理論都不完全貼合香港文化的情況，甚至可能為流行文化的霸權服務。參考也斯的反駁，梁秉鈞：〈在雅俗之間思考香港文化身份〉，《香港文化與社會》，頁一二一。

事實上，雜誌的性質取決於文學生產模式，同人雜誌礙於沒有稿酬、發行及銷售地點等限制因素，不容易做到「園地開放」，也無法更積極地聯絡作者及與讀者互動。藝術生產模式決定生產者與消費者之間的社會關係，能夠更客觀地解釋同人刊物的小規模生產和流通特點，從物質條件解釋所謂的「小圈子」的說法。班雅明強調要從生產模式理解文學，[38] 馬國明認為其理論能說明香港當時的雅俗之爭的癥結，提倡以文學生產理論研究「純文學變為稀有品種的社會條件」。[39] 所謂「高格調」是文學生產模式決定的，生產模式決定了他們的市場位置、市場位置決定他們擁有的作家和讀者、他們擁有的作家和讀者決定雜誌的文學風格。例如限於資源和能力，他們無法在文壇擔任更積極的角色，未能主動與讀者和作者建立關係。[40] 編者們皆是業餘兼顧編務，加上《素葉》並無稿費，沒有能力每期積極策劃和組稿，大多只能被動等待來稿。即使採用輪流主編制，「每個人都會有自己比較相熟的作者，方便約稿」，[41] 但作者群仍然只能限於某些圈子內，以至造成「小圈子」的印象。由雜誌的外稿數量來看，《素葉》的確說得上是「園地公開」的，考慮到上述諸多條件的限制，實屬難能可貴。

生產模式更影響他們對自身角色和定位的理解。《素葉》由

38　本雅明著，何珊譯：〈作為生產者的作家〉，《新美術》二〇一三年第十期，頁一〇六。

39　馬國明：〈班雅明與香港文化實踐〉，《路邊政治經濟學》（香港：曙光圖書，一九九八年），頁一三〇。另外，他曾以筆名發表文章，以班雅明理論介入當時的雅俗之爭，參考郭月晴：〈高級文化與普羅文化〉，《號外》一九八七年四月號，頁四四－四五。

40　許迪鏘、張灼祥、余文詩、陳樹貞：〈「開卷樂」訪問：《素葉文學》的另類生存方式〉，《星島日報．文藝氣象》一九九二年七月二十四日，第四頁。文章稍微修訂後收入張灼祥：《作家訪問錄》（香港：素葉出版社，一九九四年），頁一五七－一六一。

41　許迪鏘：〈關於《素葉文學》〉，《文藝》第七期（一九八三年九月），「筆談會：香港文藝期刊在文壇扮演的角色」，頁四二。

排版到發行都是家庭手工業式生產：在第六十期改用電腦排版之前，一直是人手剪貼正稿。[42] 因為印量僅維持在數百至一千份，無法大規模發行，《素葉》叢書和雜誌由印刷到發行都由編輯親自負責，又因大書店不接受他們獨立寄賣，只能棲身二樓書店。[43] 發行網絡及銷售渠道的限制決定了他們能接觸的讀者層面和人數。至於《素葉》在香港以外其他地區的流通，除了在台北和新加坡曾經設有銷售地點外，主要是靠文友寄贈。[44]《素葉》的內容固然具備開闊的世界視野，後期也愈來愈多外地稿件，但或者是因為生產模式的種種限制，他們始終沒有像《香港文學》那樣立志成為華文文學的「轉運站」和「橋梁」，[45] 即使有讀者來信期許他們成為「海外創作的交匯點」，他們卻說「這對我們來說未免是太高遠的理想」。[46] 出於上述種種限制，《素葉》較少具備大眾傳播年代的載體的特色，刊物相對靜態。歸根究柢，文學雜誌雖然是大眾媒介，在香港卻偏處有限生產場域（the field of restricted production）。

這些現實限制加上《素葉》的雜誌性格，卻令他們革新了

---

42 「由創刊起到上一期止，我們都是用傳統方法排版，先是中文打字，然後是電腦植字，都得用剪刀和膠水將排好的文稿剪貼。改錯字，是用鎅刀將錯字逐個挑出，再補上正字；遇上衍字漏字，更要逐行切割移改。線條用針筆畫，我們不是受過訓練的職業正稿師，一條線畫下來，畫得戰戰兢兢。十數年來，素葉同人已慣於在燈下做這些細微的工作，出來的效果當然時帶一點瑕疵，比方線不夠直，或者頭粗尾細；補字貼得左搖右擺；標題有欠平正，段與段、欄與欄之間失去平衡。我為自己開脱，稱這為人氣，像人沒有十全十美，人工做的東西也難全無缺憾。」許迪鏘：〈編餘〉，《素葉文學》第六十期（一九九六年四月），頁一一〇。

43 銷售地點的細節見本文「總論」部分。參考許迪鏘：〈編餘〉，《素葉文學》第四十八．四十九期（一九九三年十一月），頁五五。

44 可參考許迪鏘：〈編餘〉，《素葉文學》第五十三期（一九九四年六月），頁三一。

45 摘自劉以鬯：〈發刊詞〉，《香港文學》第一期（一九八五年一月），頁一。

46 許迪鏘：〈編餘〉，《素葉文學》第五十六．五十七期（一九九五年一、二月），頁五五。

同人雜誌一直以來的理想主義形象，把《素葉》的雜誌性格放在整個同人雜誌歷史中更能突出他們的獨特性和文學史意義。《素葉》最突出的一點就是它以文學為業餘愛好，拒唱高調而偏好沉默實幹，令他們與此前及同期其他純文學雜誌有着截然不同的表現。[47] 作為大眾傳播媒介的報刊，在現代文學的歷史開端就負起宣傳、勸世、啟蒙等使命，而自《新青年》開始，旗幟鮮明地宣揚主張就是同人刊物的特點。[48] 香港同人雜誌承接五四的同人刊物傳統，[49] 五六十年代這類雜誌幾乎都有相似的宣言特色，例如陳國球曾析論現代主義同人刊物的「宣言的詩學」如何厲聲向香港的商品文化宣戰，[50] 當中有鮮明的五四啟蒙的影子。另一方面，香港同人刊物一向經營困難，創辦者雖有滿腔的文學理想和熱情，卻往往苦於人手和財力困頓而結束，[51] 可以用「愁苦的理想主義者」概括同人刊物的典型形象。素葉同人的姿態卻與此完全相反，雖然他們是同人集資方式經營出版和

---

47 以布赫迪厄的理論概念來説，就是體現出場域「位置」與施為者「慣習」的循環互動，改變了一般佔據「同人純文學雜誌」這位置的行為。Bourdieu, *The Field of Cultural Production*, 61-73, "Positions and Dispositions."

48 陳獨秀甚至説一種雜誌如果沒有一種主張不得不發表，就沒有辦的必要，代表了典型的同人雜誌形式和精神。參考陳平原：〈思想史視野中的文學 ——《新青年》研究（上）〉，《中國現代文學研究叢刊》二〇〇二年第三期，頁一－三一。〈思想史視野中的文學 ——《新青年》研究（下）〉，《中國現代文學研究叢刊》二〇〇三年第一期，頁一一六－一五五。

49 「五四時期的雜誌多是同人性質，而三十年代雜誌則傾向於商業性，尤其是上海的雜誌帶有明顯的商業目的。」曠新年：〈一九二八年的文學生產〉，程光煒編：《大眾媒介與中國現當代文學》，頁一三九。

50 陳國球：〈宣言的詩學 —— 香港五、六〇年代現代主義文學的運動面向〉，梁秉鈞、陳智德、鄭政恆編：《香港文學的傳承與轉化》（香港：匯智，二〇一一年），頁二三三－二四六。

51 湯禎兆：〈進退維谷 —— 香港文學雜誌發展的三大難題〉，《明報月刊》一九八九年二月號，頁九四－九八。

雜誌，[52]財力和人力都非常有限，但他們既不訴説自己的刻苦和辛酸，也不宣揚任何高遠的理想。《素葉》除了沒有發刊詞，也從未作出任何宣言或訂立任何目標或使命。例如何福仁曾說：「我們並未有以推動香港的文學為己任，因為這樣的高調和重擔只會加速刊物的死亡。」[53]許迪鏘曾多次表示辦《素葉》是一種娛樂，「我們只是喜愛文學，就自己力所能及，做自己愛做的事」，[54]「不靠這個吃飯，辦雜誌只是為了好玩」。[55]《素葉》的業餘性質一洗過往辦報文人任重道遠的高姿態，果如其名為香港文壇帶來清新之風。

由這一點來看，《素葉》的案例具有相當的理論價值，演示了文學場域上的施為者在互相競爭傾軋以外的行為表現。《素葉》幾乎沒有貶抑任何「對手」，[56]沒有作出主動的策略，毋寧是通過「不佔位」而牢固地站穩了同人純文學雜誌最具清譽的位置，迥異於布赫迪厄認為高雅文學通過厭惡（distaste）流行文學以維繫自己的地位，[57]正統品味的特色為「區隔感」（sense of distinction），強調與大眾文化的斷裂及自身的優越感等

52　許迪鏘：〈關於《素葉文學》〉，《文藝》第七期（一九八三年九月），「筆談會：香港文藝期刊在文壇扮演的角色」，頁四二。范俊風、陳進權、阮妙兆訪問，馬康麗記錄：〈一個年輕的出版社：素葉〉，《大拇指》第九十六期（一九七九年四月一日），第二版。

53　《初探香港中文文學雜誌》，頁一一。

54　〈在流行與不流行之間抉擇——由《大拇指》到素葉〉，頁一〇九。

55　本刊記者：〈小記《素葉文學》與《香港文學》〉，《幼獅文藝》第四百八十六期（一九九四年六月），頁三九。

56　例如許迪鏘曾以第三十五期洛楓分析《中華英雄》的論文為例，說「所謂『普及文化』，其實不一定與『嚴肅文化』對立，也可以互相關連。我們也想多探討與一般人有切身關係的現象〔……〕。」張灼祥、余文詩、許迪鏘、陳樹貞：〈「開卷樂」訪問：《素葉文學》的另類生存方式〉，《星島日報．文藝氣象》一九九二年七月二十四日，第四頁。

57　Pierre Bourdieu, *Distinction: A Social Critique of the Judgment of Taste* (Cambridge, Massachusetts: Harvard University Press, 1984), 488.

等。[58] 九十年代因為文化研究等理論工具傳入，純文學對自身處境的理解遇上流行文學的挑戰，以往處於商業社會邊緣的純文學，如今倒過來被視為文學殿堂的「權力中心」，純文學同時被賦予「受害者」和「宰制者」兩種南轅北轍的角色。素葉同人的低調和無所追求卻令他們超脫於這兩種純文學定位：他們既不自置於「商業社會受害者」的位置上，也不喜談自己對文壇的貢獻或自居正統文學。正因為《素葉》這種性格，令他們在紛紛擾擾的雅俗之爭中獨善其身。

最後，《素葉》的編者、作者及出版商三種角色高度重疊，形成某種「文學品牌」的效應，一種「超越性的意符」（transcendental signifier），名字的象徵意義脱離具體的文本，以至具備分類功能。[59] 可以推想，人們對《素葉》的印象，主要來自身為編者的素葉同人的文學風格，以及素葉出版社——《素葉》封底通常是素葉出版社的叢書廣告。出版社創立之初，素葉同人之一的周國偉曾説他們專門出版本地的純文學，「辦下去，主要是希望『素葉』的名字，能夠使讀者有信心」，[60] 已經很類近「品牌」的想法了。在這種情況下，同人純文學雜誌的小規模生產與有限範圍內的流通消費，構成一種親密的文學社群歸屬感。園地自身的「分類作用」決定了文本的屬性和在文

---

58 Bourdieu, *Distinction: A Social Critique of the Judgment of Taste*, 260-266.

59 第三十及三十三期《素葉》分兩次刊載了李焯雄討論李碧華的論文〈名字的故事〉，文中引用大量的西方理論挑戰雅俗分界和評論界的「潔癖」，此文起草於一九八八年，其時「討論李碧華、亦舒、西茜凰、李默、林燕妮等作家的作品是頗為危險的事」，李就以「超越性的意符」形容強烈正典化的作家名字與被強烈鄙視的作家名字，二者都是脱離文本的名聲，又引用傅柯（Michel Foucault）的論文〈甚麼是作者〉（“What is an Author”）説明名字的分類作用。李焯雄：〈名字的故事——李碧華《胭脂扣》文本分析〉，《素葉文學》第三十期（一九九一年十一月），頁二二。

60 〈一個年輕的出版社：素葉〉，《大拇指》第九十六期（一九七九年四月），頁二。

壇的位置，使一批特定的作者及文本以高度同質的面貌進入讀者及批評家的視野。[61] 這批作者透過在《素葉》供稿也在文壇累積象徵資本。從讀者面向來看，《素葉》這類小眾雜誌是象徵本土高雅文學品味的消費品，購買、閱讀它們能給讀者參與小眾趣味以及純文學「想像共同體」的優越感。[62] 例如《素葉》的常見作者黃燦然和杜家祁說「作品如果真的可以在《素葉》刊登，已經會感到很光榮，它就是有一種地位」。[63] 這種「品牌」效應主導了讀者對《素葉》的印象，反過來也會掩蓋了雜誌作為開放園地的異質性，比如《素葉》上非同人的作品以及不少婚戀小說和辦公室小說，[64] 就較少被注意討論。

三、小結

從文學生產理論探討《素葉》的雜誌性格和文壇角色，能夠由客觀物質條件解釋讀者對其「高格調」的印象，並理解同人純文學雜誌的生產模式特點。《素葉》的「高格調」不是西方的「高雅藝術」（high-brow arts）所指的精英主義，相反非常民間姿態

61　名字的分類作用參考福柯（Michel Foucault, 1926-1984）著，林泰譯：〈甚麼是作者？〉，趙毅衡編選：《符號學文學論文集》（天津：百花文藝，二〇〇四年），頁五一三－五二四。

62　安德森提出閱讀相同報刊是建立「民族國家」想像共同體的重要方式，參考安德森（Benedict Anderson, 1936-2015）著，吳叡人譯：《想像的共同體——民族主義的起源與散佈》，上海：上海人民出版社，二〇〇五年。把安德森的説法應用在多元化的報刊世界，那麼我們也可以説，閱讀小眾刊物是參與構築小眾共同體的重要手段。這點可以參考韓麗珠及董啟章對《素葉》的回憶，見〈作家看文學雜誌與寫作〉，《文匯報》二〇一一年六月七日，C1 版。

63　何依蘭整理：〈九十年代詩社回顧座談會〉，《文學世紀》第三期（二〇〇〇年六月），頁二九。

64　這類小説數量不少，例如葉輝〈約會〉（第十三期）、辛其氏〈骨髏〉（第十六期）、余非〈上班〉（第二十六期）、適然〈一個男子和一個女子〉（第三十六期）、夏潤琴〈沒箇安排處〉（第三十七期）、海靜〈孔晴〉（第六十二期）等等。

而且低調樸實。在下一章對素葉文學創作的分析中將會看到，這本被視為「高格調」的文學雜誌所主張的創作卻是樸素而源於日常生活的，說明雜誌在文學市場上的定位並非由內部的題材、風格或流派決定，反而與其外部的生產模式直接相關。

總結以上的分析，在研究《素葉》這類純文學同人刊物時，或可考慮以下四點：（一）詮釋雜誌的風格特點或所謂「小圈子」文學時，必須考慮編輯主觀意願、文學生產因素的制約，以及園地的「分類作用」。（二）把刊物置於整個同人雜誌的歷史中作比較。以布赫迪厄的理論術語來說就是了解文學場內該位置的源起（genesis）和變化「軌跡」（trajectory）。例如總結出同人刊物的形象特點和宣言特色，再考察《素葉》的「慣習」在這位置中引起的變化。（三）依雜誌性格及場域自身的特點、歷史和權力分佈情形，須調整西方文學社會學理論。（四）考慮純文學雜誌在生產與流通上的特殊性，與報紙副刊的流通速度不同，令純文學雜誌偏向靜態。《素葉》這種個體戶手工業生產的緩慢、樸拙，與場域內其他範疇（社會時事、學術界當前的討論等）互動偏少，是另一種造成「高格調」印象的原因。電腦時代的來臨，不只是帶來多媒體世代，讓文學雜誌的排版和視覺設計能夠更精巧，更重要的是技術的變化已經改變文學生產本質，以及作者、讀者、編者、市場的關係；而且電腦象徵的即時性社會狀況和速度文化，令社會各範疇互動更快，[65] 對文學及文化雜誌的要求也更講求對社會時事的及時回應與互動，文學雜誌的生存必須兼顧市場行銷的需要。許迪鏘曾說，「《素葉》可能是本地最後一份手作雜誌」，[66] 對於手作工藝式的筆耕是自豪的。此中不單單是技術的改變，而是技術所代表的人文價值和文學形式，在今日愈來愈珍罕而寶貴。

65 參考 John Tomlinson 著，趙偉妏譯：《速度文化：即時性社會的來臨》，台北：韋伯文化，二〇一一年。

66 許迪鏘：〈編餘〉，《素葉文學》第六十期（一九九六年四月），頁一一〇。

第二章 《素葉》的文學創作

上一章談論《素葉》的雜誌性格，主要體現出素葉同人共同的審美趣味。然而同人雜誌雖是基於相近的文學理念組織而成，卻不必然等於同人之間的文學風格和內容題材完全相同。一方面，同人雜誌的生產模式傾向聚集文學風格相近的作者；另一方面，雜誌的傳播和集體創作性質卻決定了不可能從刊物中概括單一的語言風格。以往分析同人雜誌通常是概括該群體的文學信念和共同風格，把作家創辦雜誌視為一種文學觀的宣言和實踐，以及文學群體流派的展現。[1] 這種研究進路適合風格立場鮮明強烈的同人刊物，但是《素葉》雖由同人創辦，刊登外稿數量與同人作品相比卻不遑多讓。由雜誌內容來看，編者似乎並未對來稿的風格或主題加以明顯制約，尋求以單一流派標籤《素葉》可能並不全面，在概括《素葉》的內容時，要兼顧上述的同人性質及集體面向才能較準確地詮釋雜誌的文學創作面貌。

對《素葉》較常見的流派分類是「生活化」。由於素葉同人大多參與過《大拇指》和《羅盤》，不少評論者曾經提出「周報－大拇指－羅盤－素葉」的刊物體系，認為《中國學生周報》（一九五二－一九七四）、《大拇指》（一九七五－一九八七）、《羅盤》（一九七六－一九七八）和《素葉》這幾份刊物一脈相承，在詩歌上延續所謂「生活化」的風格。例如也斯、葉輝、

---

1 陳平原：〈現代中國文學的生產機制及傳播方式 —— 以一八九〇年代至一九三〇年代的報章為中心〉，《「新文化」的崛起與流播》（北京：北京大學出版社，二〇一五年），頁七。任四保：〈以同人報刊為例論報刊與文學社團的聚散流變〉，《文學教育》二〇一九年第四期（二〇一九年四月），頁二八－二九。邵寧寧：〈關於現代文學雜誌研究的方法論思考〉，《甘肅社會科學》二〇〇六年第三期（二〇〇六年三月），頁一四二－一四五。

秀實、王良和等都先後提過類似見解，[2] 雖然各人列入此體系的刊物有輕微出入，卻一致把《素葉》視為這一流派的集大成者。「生活化」風格是香港七十年代詩史的重要現象，但其所指的語言特色和內容有不少尚待釐清之處，[3] 而且主要指新詩，《素葉》被認為承傳了「生活化」風格相信是由於早期刊登的詩歌數量為各文類之中最多，[4] 而且多為《大拇指》及《羅盤》詩刊的常見詩人。[5] 但是以之標籤一份刊物的風格容易掩蓋了園地本身異

---

2 秀實曾鳥瞰九十年代香港詩壇的各個陣營，稱「秋螢／羅盤／素葉派」。秀實：〈尋找香港詩壇〉，《星島日報．書局街》一九九五年七月二十四日，D1 版。也斯在談《周報》時也曾說《周報》後期的作品「與後來《四季》第二期、《大拇指》、《羅盤》、《素葉》、《秋螢》上面的作品彷彿一脈相承」。〈解讀一個神話？ —— 試談《中國學生周報》〉，《香港文化空間與文學》（香港：青文，一九九六年），頁一六六。王良和在其博士論文中，曾引用陳錦昌與他的筆談，提出「中國學生周報－大拇指－羅盤－素葉」體系的說法。王良和：《詩觀的衝突與主流的競逐：香港八、九十年代詩壇的流派紛爭 —— 以「鍾偉民現象」映照》，香港浸會大學哲學博士論文，二〇〇一年，頁七六。葉輝在談《十人詩選》的緣起時，也有類似說法：「一九七三年，李國威入《中國學生周報》做編輯，梁秉鈞編〈詩之頁〉〔……〕其後《四季》、《大拇指周報》、《香港時報．詩之頁》、《秋螢》（海報時期）、《羅盤》相繼創刊或復刊〔……〕上述刊物（大概還要加上稍後創刊的《素葉文學》）和作者，據我所知，一度被旁人看作一個團夥（如果不是一個流派的話）；這看法，據我所知，基本上是錯誤的，但也可以說錯不到哪裏去。」葉輝：〈十種個性與二十多年的共同記憶 ——《十人詩選》緣起〉，《書寫浮城》（香港：青文書屋，二〇〇一年），頁二六二－二六三。

3 對「生活化」的討論及分析，請參考王家琪：〈抒情與寫實：重釋也斯的「生活化」詩歌主張〉，《中國現代文學》第二十八期（二〇一五年十二月），頁一二九－一四八。

4 根據第二十四．二十五期《素葉》刊出的〈素葉文學第一至二十五期總目〉，休刊前詩歌數量遠多於散文、小說及翻譯等其他文類作品。梁國頤：〈素葉文學第一至二十五期總目〉，《素葉文學》第二十四．二十五期（一九八四年八月），頁七六－七九。

5 休刊前發表最多的詩人，分別是何福仁（二十一首）、俞風（十七首）、淮遠、馬若、黃襄及西西（各九首）、葉維廉（七首）、迅清（六首）。以上八人之中，除葉維廉外，皆有參與《大拇指》或《羅盤》的創辦。資料據梁國頤：〈素葉文學第一至二十五期總目〉，《素葉文學》第二十四．二十五期（一九八四年八月），頁七六－七九。

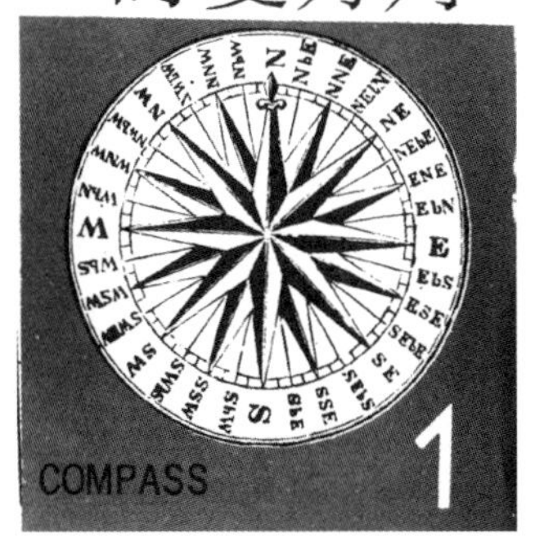

《羅盤》詩刊第一期

彩紛呈的面貌，既未能概括《素葉》前後二十年的創作內容，也未能說明不同作家之間的差異。以素葉同人的散文為例，西西和何福仁是博學知性的，許迪鏘和淮遠着重經營幽默和諷刺，辛其氏和鍾玲玲的風格則是真摯抒情的。即使彼此是文學同人，也不代表語言風格或作品取材就是相同的。

雖然如此，我們仍然可以嘗試就其相近處粗略把握《素葉》的創作面貌。素葉同人似乎特別欣賞語言平實、情感真摯的作品，很可能因此吸引審美趣味相近的作者。《素葉》上的散文及小說的確以題材上敘寫本地個人生活、語言風格樸實的作品佔較多數。《素葉》復刊後，許迪鏘在〈編餘〉曾透露第一期刊出靈石〈失去的飛碟〉原來是欣賞作者「不動聲色的故事推展方式，在幾乎沒有情節發展的架構中，藉細節的描寫逐步呈現人物心理活動」；[6] 又讚賞俞風的閒淡而深刻：「通過委婉的敘述呈

6 許迪鏘：〈編餘〉，《素葉文學》第三十九期（一九九二年十一月），頁二七。

現，從不喧嘩聒噪，語出驚人，而能令人再三細味。」[7] 近年許迪鏘接受《幼獅文藝》訪問，提到他認為純文學應該是「懷抱真與善 —— 我倒很反對『美文』這東西（真善就是美，忘記美這個字吧，它很容易讓人塗脂抹粉）」。[8] 這些都可一窺《素葉》的審美標準，相當配合《素葉》雜誌性格：樸素、低調、錦衣夜行。[9] 何福仁曾談到他偏好平凡的生活化題材，他曾有〈我的書桌〉一文，表示：「我喜歡平凡的事物，在平凡的事物裏我不時發現它的莊嚴和偉大〔……〕我願意從平凡出發，我現在就出發。」[10] 他有一首詩〈消夜書：食譜的一種讀法〉，提到「我喜歡那些情味雋永的文字」、「我寧願味道貼近天然／不要那種後設的濫調」也透露了他的文學喜好。[11] 許迪鏘和何福仁的說法反映部分素葉同人擁有共同的審美趣味，加上同人雜誌傾向吸引志趣相近的作者投稿，造成集中的文學風格印象。

《素葉》除了有大量以描寫本地生活為主的作品，也有不少深入域外、發揮想像的作品，本地與外地、寫實與想像題材兼收並蓄，同時呈現極小之「本地」與極大之「世界」兩種內容而不排拒任何一端。這自然不是《素葉》獨有的特點，而是香港文學的開放性格。例如黃繼持認為：

> 六十年代以來香港「本地」成長的一代，他們在香港生活

---

7 許迪鏘：〈編餘〉，《素葉文學》第五十一期（一九九四年三月），頁三一。

8 張貽婷：〈「動盪年代」的再回首 —— 專訪《素葉文學》創辦者許迪鏘先生〉，《幼獅文藝》第六百八十二期（二〇一〇年十月），頁八六。

9 此處借用了廖偉棠對素葉同人的形容。參考廖偉棠：〈素來自在一葉舟：訪許迪鏘〉，《浮城述夢人》（香港：三聯書店，二〇一二年），頁一七二。

10 何福仁：〈我的書桌〉，《羅盤》第四期（一九七七年八月），頁四九。

11 何福仁：〈消夜書：食譜的一種讀法〉，《素葉文學》第四十八．四十九期（一九九三年十一、十二月），頁二七。

> 和所思所感〔……〕也不必局限於香港，可以遠及或未親歷的「祖國」或「故園」，可以遐向歐美異域〔……〕本地意識之自覺並不必把香港置於中國與世界相關的考慮之外〔……〕以異地為題材而融入港人感受識見，乃至憑虛構擬而實為香港文人「感性」之一端者，也成為香港文學內容的一部分。[12]

又例如鍾玲以西西、吳煦斌、鍾曉陽為例，指香港女作家異於同期台灣女作家大多寫都市女性生活，或大陸女作家多寫社會問題，反以偏好異域異族為題材的小說，令香港文學獨樹一幟，展現出開闊的視野和恢宏的氣度。[13]黃念欣也曾經分析黃碧雲小說的異地風景與行旅想像。[14]陳智德認為「本土不等於與他者割離，亦不等於對自身的完全肯定」，[15]香港文學充滿流動的力量和可能性，「『根著』的本土意識，正由於『流動』而有所創造」。[16]這些都是褒揚香港文學的開放性，視之為在華文地區中獨一無二的特質。而《素葉》作為出版年期甚長的公開園地，恰如其分地反映香港文學這些寶貴的特質，也説明了這份雜誌的視野。

---

12 黃繼持：〈香港文學主體性的發展〉，黃繼持、盧瑋鑾、鄭樹森：《追跡香港文學》（香港：牛津，一九九八年），頁九九－一〇〇。

13 她推斷這是香港女作家迴避社會主流價值的表現，但對西西的討論未有涉及「肥土鎮系列」等許多直接介入香港現實的作品。文末她期許隨着香港文學獲得重視，香港作家「對香港的現實會有深厚一些的認同感，因而正視香港的現實，寫出更多以香港為題材的傑出作品」，透露了她其實更希望讀到直接處理香港現實的作品。鍾玲：〈香港女性小説家筆下的時空和感性〉，張美君、朱耀偉編：《香港文學 @ 文化研究》（香港：牛津，二〇〇二年），頁五五〇－五七〇。

14 黃念欣：〈一個女子的尤利西斯——黃碧雲小説中的行旅想像與家國認同〉，王德威、季進主編：《文學行旅與世界想像》（南京：江蘇教育出版社，二〇〇七年），頁二〇八－二三二。

15 陳智德：《根著我城：戰後至二〇〇〇年代的香港文學》（台北：聯經出版，二〇一九年），頁三八。

16 同前注，頁八二。

以下嘗試從題材的地域背景整理《素葉》上的散文及小說，探析雜誌的創作總體面貌。敘寫本地生活的作品數量最多，以香港以外地方為背景的作品雖然數量較少，但同樣值得注意，以求較為全面地考察《素葉》的文學創作特徵。《素葉》上的散文多是抒發個人生活情思，語調與題材都顯然受專欄散文的影響；小說方面，多見樸素描寫社會現實、抒寫本地生活情懷的作品，九十年代後更加入了社會政治議題與後現代形式實驗的創作，同時又有不少作品的背景設置於香港的時空人事以外，展現作者對異地異族生活的想像力和同理心。

一、從敘寫本地人情風景到後現代形式實驗

《素葉》的散文

相比起小說較易發揮想像，以異時異地人事為題材，散文則較多敘寫本地社會及生活。《素葉》上的散文有着突出的共通點，可以嘗試概括如下：題材上以日常生活小事及親情為主，但不限於敘寫「住家風景」；[17] 語言平白樸素，「樸素」是指這些文本較少經營詩化象徵，不重前衛形式實驗，少浪漫抒情而多實寫日常見聞及所思所感。這只是就其相近處立論，無意簡化不同作家的敘述節奏、情感濃淡、語言風格的差異等等。如果把《素葉》這批散文放回香港文學史的脈絡中，借用一些在現代散文分類中較重要的標籤，可以更清楚地界定它們的特色。這三組標籤分別是：描寫型和敘事型散文、文藝散文與專欄散文、大散文與小散文，三者彼此相關，由此說明《素葉》上的散文以敘事為主，多抒發個人情思，承接了專欄散文的親切語調與都市感性題材。

17　「住家風景」是杜杜散文集的書名。杜杜：《住家風景》，香港：純一出版社，一九七九年。

首先是在「描寫型」和「敘事型」散文之間，《素葉》的散文較接近「敘事型」。[18] 他們的詩作往往和其散文一樣側重敘事，體現出相似的文學風格。敘事型散文不重雕琢華美的辭藻，而重視全文的敘事佈局效果。例如何福仁指「我們很難說西西某些句子寫得特別好，某些段落是金句，不是這回事，她並不煉字，要煉的是意，是整體。那是另一套美學」。[19] 這十分近似黃燦然說淮遠的散文之妙是「整體構成的，讓你無法援引」。[20] 舉例來說，淮遠有些散文的黑色幽默和機智的精髓在於篇末的突然轉折。許迪鏘也有類似的筆法，[21] 例如〈意外〉(一九八三)寫外遊返港飛機故障延誤，結尾幽自己一默：「步出關閘時我舉目四顧，並不是因為我們當某晚報採訪主任的副團長說香港記者勢必蜂擁機場來採訪我們的緣故，我只是以為母親必定因班機誤點而在機場心急如焚的守候。結果我的想法完全錯誤，她一直在家裏看電視。」又例如韋愛賢〈床〉記述作者千方百計想丟棄舊床而不果，結尾「我厚着臉皮到管理處請教他有甚麼方法，他說我早就該花點錢找人把床搬走，我才猛然想起，他說『錢』，為甚麼我沒有想到」。[22] 這類寫法必須是全篇讀來才能領略其幽默，正是所謂的整體之妙和在詞采以外的妙處。

敘事型與描寫型散文的區別，在遊記上表現得最明顯。「遊記」是結合敘事、寫景、抒情的文類，所謂「敘事型」遊記並

18　對散文類型的討論，參考鄭明娳：《現代散文構成論》，台北：大安出版社，一九八九年。鄭明娳：《現代散文類型論》，台北：大安出版社，一九八八年。

19　何福仁：〈散文裏一種朋友的語調〉，西西著、何福仁編：《羊吃草》(香港：中華書局，二〇一二年)，頁x。

20　黃燦然：〈入無人之境〉，《素葉文學》第五十九期(一九九五年七－九月)，頁五七。

21　許迪鏘曾經指自己寫散文有些方法是向淮遠學來的。參考許迪鏘：〈跋〉，《南村集》(香港：素葉出版社，一九九五年)，頁二四六。

22　韋愛賢：〈床〉，《素葉文學》第十三期(一九八二年十月)，頁一九。

不是指暢銷遊記所着重的情節吸引和戲劇化，[23] 而是指素葉同人的遊記甚少工筆鋪寫景致，也非旨在向讀者介紹該地面貌，反而多從敘述細節和小事着墨。這種寫法最初可能是由於刊載在專欄的字數限制而難以大篇幅寫景，但即使刊登在《素葉》的篇幅限制較小，像何福仁〈新疆之旅〉和俞風〈天山和天山的風雨〉等較長篇的遊記還是以記人事為主。[24] 許迪鏘的遊記喜歡速記旅程中的滑稽事件，西西和何福仁的遊記穿梭於浩瀚的知識，俞風的遊記則多記個人的內省思考，皆體現出《素葉》旅遊散文的特色在於記事。

其次是在「文藝散文」與「專欄散文」之間，[25]《素葉》上的散文較接近香港都市文化產生的「專欄散文」。「散文與雜文」這項五四以來的散文分類在香港文學的脈絡中主要與都市感性的抒寫與否相關，[26] 黃繼持認為香港散文可以區分為「士人散文」與「市人散文」兩種，前者指承傳五四統緒的嚴肅散文，例如五十年代的南來作者與八十年代的學者散文等等，後者以專欄雜文為典型而不限於專欄，因為香港文學的環境促進雅俗之間

23　參考黃康顯：〈香港今日的遊記文學〉，《香港文學的發展與評價》（香港：秋海棠文化，一九九六年），頁二二三。

24　何福仁：〈新疆之旅〉，《素葉文學》第三期（一九八一年十一月），頁一四－一六。俞風：〈天山和天山的風雨〉，《素葉文學》第九．十期（一九八二年六月），頁四－六。

25　參考周作人：〈導言〉，原載《中國新文學大系散文一集》，收入盧瑋鑾編：《不老的繆思：中國現當代散文理論》（香港：天地圖書，一九九三年），頁二－一八。郁達夫：〈導言〉，原載《中國新文學大系散文二集》，收入《不老的繆思》，頁一九－四一。何寄澎編：《當代台灣文學評論大系（五）散文批評》，台北：正中書局，一九九三年。

26　類似的見解還可以參考許子東，他把香港散文與五四新文學脈絡作比較，認為五四文學可分為四道線索，一是啟蒙、「為人生而藝術」，二是「為藝術而藝術」，三是流行文學，四是城市感性。其中第二道線索就是香港散文的純文學脈絡，「一直延續到余光中、董橋、劉紹銘、陶傑」；但香港文學更大程度上是承接第四道歷史線索，即「都市感性文學與現代主義」。許子東，〈香港的純文學與流行文學〉，《香港文學 @ 文化研究》，頁四四〇－四四二。

互相滲透轉化，「強調的是文章扣緊都市的生活節奏與港人的主體意識」。[27] 也斯認為七十年代以來專欄的世俗形式已經改變香港散文作家對美文的追求，專欄這種文學生產形式使作者與讀者的關係變得平等，其親切、平和、生活化的特點也因為許多香港作者由專欄起步而滲透成為香港散文的特色。[28] 何福仁則說：

> 香港散文的特色，而且是好處之一，也可能是過去跟其他地方的漢語寫作不同之處，即是敘述時一個平視的「我」。追溯起來，這大抵和現實環境有關〔……〕這令我們謙虛，又不得不依靠自己，摸索，琢磨，然後獲得自己的聲音，一種不亢不卑的聲音。[29]

他並說這種與朋友交談的語調源於專欄，這也大致適用於形容大部分《素葉》刊登的散文：文學雜誌的出版頻率雖不如日報專欄，卻皆以都市日常的個人生活為題材，風格樸實，給予讀者相同的親切感。

再其次則是在「大散文」與「小散文」之間，《素葉》上的作品多傾向「小散文」，這種題材上的分野與專欄雜文的影響相

27　黃繼持：〈香港散文類型引論 ——「士人散文」與「市人散文」〉，《現代中文文學評論》第三期（一九九五年六月），頁五五－六三。

28　也斯：〈公眾空間中的個人論說 —— 談香港專欄的局限與可能〉，《香港文化空間與文學》，頁六三－七九。另可參考葉輝：〈七十年代的專欄和專欄文學〉，《素葉文學》第六十八期（二〇〇〇年十二月），頁一三六－一四〇。

29　〈散文裏一種朋友的語調〉，頁 viii。

關。[30]「大散文」與「小散文」的問題因為牽涉對香港文學的褒貶評價而變得複雜。九十年代內地和台灣都熱烈討論的「大散文」、「文化散文」或散文的「崇高情感」[31]，在香港的迴響相對較小。有論者因而抨擊香港專欄散文題材和格局狹小，在香港文學史論述中也可見以「學者散文」與專欄雜文分庭抗禮，暗示專欄雜文不登大雅之堂。[32]「大散文」指題材、篇幅、格局、氣象、境界等等的「大」，[33] 香港專欄散文則多寫日常生活題材和抒發個人情思，權宜稱為「小散文」。[34] 兩者之間的旨趣差異，可藉一場討論說明，並延伸至分析《素葉》的散文。

李金鳳在第四十期《素葉》有〈歲月〉一文解釋自己的寫作，文首提到台灣《聯合文學》上有人指責香港散文「小眉小

---

30 這只是就多數而言，事實上，何福仁在《素葉》上交出幾篇隨筆，出入古今中外的知識，寫來左右逢源、從容寬裕，格局一點也不「小」；例如以下兩篇：何福仁：〈吃魚吃書〉，《素葉文學》第七期（一九八二年三月），頁一二－一四。〈從吉勞埃到歐陽修 —— 河山箚記之一〉，《素葉文學》第十三期（一九八二年十月），頁一六－一八。另可參考其散文結集，何福仁：《書面旅遊》，台北：允晨文化，一九九〇年。西西在《素葉》上關於中國園林建築的長篇文章也展現了她的博學。二人的作品與許多「學者散文」相比都毫不遜色，他們卻未有以此自居。

31 鄭明娳：〈再現無限 —— 當代台灣散文中的崇高情感〉，陳炳良編：《文學與表演藝術》（香港：三聯書店，一九九四年），頁二〇－四一。

32 當論者指香港散文以「學者散文」為最興盛的主流，這樣的論述已包含褒貶。參考劉登翰主編：《香港文學史》（香港：香港作家出版社，一九九七年），第十五章第一節「蔚為大觀的學者散文」，頁四六四－四八五。

33 關於「大散文」的討論，參考賈平凹：〈大散文理論的提出與辦《美文》三年〉，《報刊之友》一九九五年第六期，頁四－五。潘大華：〈大散文概念與大散文文體〉，《湖北廣播電視大學學報》第十九卷第一期（二〇〇二年三月），頁一〇〇－一〇三。王充閭：〈文化大散文芻議〉，《渤海大學學報（哲學社會科學版）》第二十七卷第一期（二〇〇五年一月），頁一四－一六。

34 盧瑋鑾曾用「大」和「小」討論散文，此處借用她的說法。參考盧瑋鑾：〈五、六十年代的香港散文身影〉，黃繼持、盧瑋鑾、鄭樹森：《追跡香港文學》（香港：牛津，一九九八年），頁三八－三九。

眼」，她不同意，並說既無力干預九七與百年殖民史，書寫個人情懷的價值並不低於所謂的宏大題材：

> 台灣聯合文學雜誌曾組織了一輯香港文學，中有一篇評析香港散文，有說是個人情懷較能盡致，但題材小眉小眼。原文當不是這樣行文的，但我是這樣意會。生為香港作者，我想，我們確是小麻雀了，可麻雀的五臟和肺腑，又有誰得見？小時候，燒味舖總掛有紅亮亮的禾雀，串起來油光四溢，我常唾着口涎，想像未來終能有錢一嘗的陶醉。稍大了，竟覺得把這麼精緻的鳥兒一口吞進去，是極殘暴的心念。香港輾轉將過百年殖民史，將來如何，已不是我們這代能讓捉摸。我的寫作動力源於我的出生地，我的人生源於我母親驚人的韌力和苦幹。倘若我寫我母親過多，那只因才情有限，而她的故事卻是無限的。[35]

李金鳳所說的那篇文章，應是指《聯合文學》第九十四期「香港文學專號」上梁錫華談近二十年來香港散文的文章，但引述時並沒有提到梁錫華所針對的是香港女作家。[36] 他認為香港女作家的散文具「細膩感情和溫婉筆觸」，但「論到氣魄的雄健，學養的宏博，才情的浩瀚，哲思的湛深和語言的精鍊，她們，整體來說，目前仍待趕上」。[37] 梁錫華的評論中有兩套價值判斷：其一，題材格局的大小對立。他在該期專號另文批評香港專欄寫作只是「個人之見，或有代表性，或缺代表性，結果是寫者

35　李金鳳：〈歲月〉，《素葉文學》第四十期（一九九二年十二月），頁二二。

36　《聯合文學》只辦過一次「香港文學專號」，所以李金鳳說的應是這期。梁錫華：〈散文（一）〉，《聯合文學》總第九十四期（一九九二年八月），頁二四－二五。

37　〈散文（一）〉，頁二五。

自寫，看者自看而已」。[38] 他推崇散文中的「健筆」「大椽」，與「大散文」的概念相通，並把「專欄」排除在「散文」以外。其二，是經常與香港文學評價夾纏的性別批判，梁所使用的字眼「雄健」已昭示了對題材格局（不限於作家性別）的批評通常隱含性別氣質的判斷，家常（domestic）小題材被認為是陰柔（feminine）和不成大氣的，這與在大中原心態及西方殖民者眼光中被陰性化的香港相當一致。[39] 該期專號在梁錫華以外還請了許迪鏘一起談香港散文，二人的觀點隔空針鋒相對，許迪鏘說：

〔……〕由身邊瑣事出發，正是香港散文的一大特色。〔……〕論者或譏之為個人主義，甚或肚臍眼文學，亦有人就「殖民地香港應有怎樣的作品」而指指點點，不過，作品本身還是最好的明證。[40]

38　梁錫華：〈專欄（一）〉，《聯合文學》第九十四期（八卷十期，一九九二年八月），頁二九－三〇。梁錫華自己所寫的散文大不乏以生活為題材者，但每以人生哲思作昇華收結，頗受論者稱譽，參考湯哲聲：〈梁錫華散文論〉，《現代中文文學評論》第三期（一九九五年六月），頁一－一一。《素葉》上的散文寫家常軼事卻通常不傳達哲理。就以大散文所針對其中一類「寫貓寫狗寫花草」的文章為例，梁錫華〈漫語慢蝸牛〉從養蝸牛寫到關於生活態度的反思，固然精彩萬分；西西〈看貓〉寫朋友養的貓，語言風趣活潑，妙語連珠，也別有迷人之處。二文的幽默略近，但梁藉蝸牛思考人生哲理，西西卻從與貓平等相處了解的角度寫貓，例如「牠的族類不必熟讀孟子，天生懂得貓向高處，水向低流。永遠奮力跳上最高的樹頂，在門楣上耍走鋼索的絕技，有一副超貓的神態，當然也不必讀尼采」。可見二文的整體取向大異其趣。梁錫華：〈漫語慢蝸牛〉，黃維樑編：《吐露港春秋：中大學者散文選》（香港：中文大學出版社，一九九三年），頁八六－九〇。西西：〈看貓〉，《素葉文學》第五十三期（一九九四年六月），頁五－七。

39　參考王宏志、李小良、陳清僑：《否想香港：歷史、文化、未來》（台北：麥田出版，一九九七年），第一章「中國人說的香港故事」，頁一－七八。

40　許迪鏘：〈散文（二）〉，《聯合文學》第九十四期（八卷十期，一九九二年八月），頁二八。

無論是《素葉》還是整體的香港散文在敘寫個人生活上已有很多出色的作品，説到底，題材「大」與「小」與作品好壞未可直接掛鈎。

《素葉》上的散文作品多屬於上述敘事型、抒發個人情思的小散文，而這方面又以女作家群的散文最為突出。鍾玲玲、李金鳳、辛其氏、適然等等的散文多以親情和愛情為母題，與五四以來女作家擅寫的題材遙相呼應，而加入了現代城市女子的情思。這方面的散文佳作迭出，寫法卻有濃淡之別，就像許迪鏘形容：「自古及今的文學作品，大概都離不開一個情字，只是情之表達形態各異。西西的情寫得十分克制〔……〕鍾玲玲對情投入而帶着許多猶豫與惶惑〔……〕辛其氏寫情要濃烈得多。」[41] 鍾玲玲的語調極具個性、詩化輕靈，一讀便知，在專欄作者中做到這點的人很少，[42] 而且角度獨特，令日常瑣事變得耐讀。例如〈父親的咳嗽〉側面描寫父親在毛衣廠工作終生的辛勞，但全篇沒有點破「辛勞」二字，而以他的咳嗽聲、絢麗的意象（「我父親擁有一個五顏六色的肺」），以及他給兒女帶回來許多毛衣但自己僅擁有兩件老毛衣等小事帶出。[43] 又例如〈乞丐〉寫出她驚人的善良和同情心；[44]〈奇怪的房子〉略帶魔幻寫實筆法，在抒情的重複的句式中，戲謔大廈管理員的搪塞敷衍。[45] 如果説鍾玲玲的語言是抒情內省的，其好友辛其氏的筆觸

41　許迪鏘：〈不移的航標——讀《漂移的崖岸》後〉，辛其氏：《漂移的崖岸》（香港：素葉出版社，二〇一二年），頁二九八。

42　葉輝便認為語言具個性的才是耐讀的專欄。葉輝：〈七十年代的專欄和專欄文學〉，《素葉文學》第六十八期（二〇〇〇年十二月），頁一三七。

43　鍾玲玲：〈父親的咳嗽〉，《素葉文學》第二十三期（一九八四年三月），頁三八。

44　鍾玲玲：〈乞丐〉，《素葉文學》第九．十期（一九八二年六月），頁二一三。

45　鍾玲玲：〈奇怪的房子〉，《素葉文學》第二十三期（一九八四年三月），頁三九。

卻是綿密樸實的，[46] 寫情坦誠濃厚，〈從亞姨想起〉、〈每逢佳節〉和〈清明節〉都寫母親的思念。〈從亞姨想起〉記述幾位家族裏的女性長輩，由親友婚宴説到母親的死亡；[47]〈每逢佳節〉仔細憶述作者童年時母親如何主持各種過年習俗，而今作者獨居卻仍然烹煮過多的過年食品，在狹小的家中擺滿各式年花，熱切而鉅細靡遺地遵從母親的每項「家教」，對母親的深厚感情就於其中自然流露；[48]〈清明節〉起首記述家族掃墓的情境，談及與亡父墳墓相鄰的一對夫妻的淒美愛情故事，接着筆鋒一轉，憶述父母之間細水長流的感情，並無激盪人心的情節，卻拈出幾件童年往事，於日常生活細節之中寫出父親對早夭的母親深藏的感情，以及作者對父親的思念，展現出作者剪裁瑣事的筆力。[49] 西西的散文〈花墟〉記她與父親的感情，以花墟為敘述線索，把童年隨父親上球場、學游泳和長大後逛花市等事娓娓道來，並沒有任何提示情感的字句，但結尾以游泳為喻，淡淡然道出父親和游泳老師都離世多年了，是時候要學會獨力前行，筆法清淡而情味盡出。[50] 韋愛賢、阮妙兆、曹綺雯等也有不少這類型散文作品。

---

46 辛其氏：「我的散文和小説，就如一幅花式織得很密的布，太實、太重了。〔……〕這種風格可能與我一板一眼的個性有關吧，許多東西就是老老實實地説出來，使文字裏的感情有時很裸露。」又表示她渴望自己的文字能像鍾玲玲的輕靈。黃念欣：〈密密交織的文學、藝術與生命——與辛其氏談文説藝〉，黃念欣、董啟章：《講話文章：訪問、閱讀十位香港作家》（香港：三人出版，一九九六年），頁八二－八三。另可參考鍾玲玲：〈辛其氏的散文最動人的時候……〉，張灼祥：《作家訪問錄》（香港：素葉出版社，一九九四年），頁一三－一六。

47 辛其氏：〈從亞姨想起〉，《素葉文學》第十九期（一九八三年八月），頁三－五。

48 辛其氏：〈每逢佳節〉，《素葉文學》第六期（一九八二年二月），頁一二－一三。

49 辛其氏：〈清明節〉，《素葉文學》第八期（一九八二年四月），頁一〇－一一。

50 西西：〈花墟〉，《素葉文學》第二十四‧二十五期（一九八四年八月），頁四－七。

每逢佳節

痛苦的喜悅

• 鍾玲玲

| 辛其氏（左）及鍾玲玲（右）的作品

當然「親情」的題材和「小散文」的寫法並不是女作家的專利。許迪鏘〈告別父親〉既是對楊牧刊於《素葉》的〈疑神十集〉的回應，也是一篇抒情散文，直寫父親病逝的過程，他自言拙於以情感回應，卻從古代志士的死、陶淵明的祭文談到清代張宗法《三農紀・計死》，知性的寫法迥異於細膩感性的效果。[51] 又例如淮遠的散文示範了如何以簡練機智的語言記錄日常一切極其瑣碎的事，黃燦然將其比附昆頓・塔倫天奴（Quentin Tarantino, 1963- ）的電影，「不屑於鋪排人們期望的場面，卻用上十分鐘說一件連雞毛蒜皮也不是的小事，例如淮遠發表於《素葉文學》某期的〈墨鏡〉」。[52] 他寫的瑣事，並不「以小見大」

51 許迪鏘：〈告別父親——讀《疑神十集》後〉，《素葉文學》第三十三期（一九九二年二月），頁三六－三七。

52 黃燦然：〈入無人之境〉，《素葉文學》第五十九期（一九九五年七－九月），頁五七。黃燦然說的那篇〈墨鏡〉見《素葉文學》第五十四期（一九九四年八月），頁八。

指向甚麼人生哲理(或者是淮遠式的「歪理」),瑣事止於瑣事自身,可以說是極端的「小散文」了。

《素葉》小說的本地色彩

散文以外,《素葉》刊登不少小說同樣以日常生活及親情為題材,多從個人微觀出發,不以曲折離奇的情節吸引讀者,也不追求前衛的形式實驗,敘事手法樸實,多是平鋪直敘,透過記述日常生活情節,抒寫親情、愛情、友情等各種情感。部分也具寫實色彩,八十年代的《素葉》有不少小說承接七十年代樸素的寫實路線,以刻劃低下階層及工人市民的生活為主,卻不傳達政治理念,「回歸到具體生活和心理情態的如實描寫,而不預設甚麼大道理」。[53]

例如辛其氏的小說傳統樸實,少作形式實驗,而在敘事組織方面下工夫,風格與其散文相近,既有寫女子感情的〈敲擊〉、〈骨髏〉、〈真相〉,也有較少心理描寫而更多運用寫實筆法的短篇小說,例如〈尋人〉、〈飛〉、〈盂蘭盆節〉等。[54] 例如〈盂蘭盆節〉以熱鬧的盂蘭勝會對比小人物的悲慘,通過街坊的議論側面描寫主人公石伯的遭遇和生活,寫法上或令人聯想到魯迅的〈祝福〉。石伯和老婦人的困窘在無法搶到布施米糧的情態上表露無遺,在陰暗地方乞求別人分一點米的他們,與捐

---

53 黃繼持:〈七、八十年代的香港小說〉,《追跡香港文學》,頁二六-二八。

54 辛其氏:〈尋人〉,《素葉文學》第一期(一九八〇年六月),頁一-一二。〈飛〉,《素葉文學》第二期(一九八一年六月),頁二八-三一。〈盂蘭盆節〉,《素葉文學》第四期(一九八一年十二月),頁二-四。〈敲擊〉,《素葉文學》第五期(一九八二年一月),頁一一-一三。〈真相〉,《素葉文學》第七期(一九八二年三月),頁二-一一。〈骨髏〉,《素葉文學》第十六期(一九八三年一月),頁一二-一五。

獻大米、高價買「百子千孫燈」求子的米鋪老闆形成強烈對比，透過人物對比暗示貧富懸殊、社會不公的問題，語言節制，並不渲染悲慘。[55] 蓬草〈柿子〉以一位終身不嫁的老傭人莫嬸為主角，採用孩童為第一人稱敘述者，因不解世事而對老弱的莫嬸顯得非常冷酷，結尾敘述者不同情被解傭的莫嬸，只可憐砸爛了的柿子，全篇不下任何道德判語，透過敘述視點的設計卻清晰地突出了頻頻更換傭人的母親以及「我」的無情。如果說以上兩篇都以外在寫實為主，葉娓娜〈休假日〉則加入了現代小說擅長的心理描寫，[56] 以第一人稱敘述寫貨倉夜間工人，因工作的關係而患上心理病，妻兒也因為聚少離多而疏遠他，結尾寫他在公園看別人共敘天倫，領悟到自己是孤單的。題材上雖然選擇了現實主義作品喜好描寫的工人階級，但是寫法全不渲染工人階級的愁苦，僅是白描日常對話和動作。[57] 這些小說皆有寫實色彩，卻不包含政治理念，屬於黃繼持所說的「樸素的寫實路線」。[58]

部分刻劃親情的小說更結合鮮明的本地色彩，屢見佳作。黃開〈大福伯〉和袁則難〈瓷嬰〉都由新界和九龍的地理距離類比親子之間的隔閡，反映了八十年代香港新市鎮發展早期的

55　除了本地習俗，小說並加入了木屋大火後香港的房屋政策變更為背景，相當具本地色彩。辛其氏：〈盂蘭盆節〉，《素葉文學》第四期（一九八一年十二月），頁二－四。

56　也斯認為不少被視為典型寫實主義的小說家並沒有墨守十九世紀的寫實方法，「如張君默〈笑聲〉、舒巷城〈第一次〉，其實都吸收了現代小說中的心理描寫與內心獨白，把人物塑造得更立體、寫出他們的複雜性來」。梁秉鈞：〈從五本小說選看五十年來的香港文學〉，陳國球編：《文學香港與李碧華》（台北：麥田出版，二〇〇〇年），頁六九。

57　葉娓娜的〈么哥的婚事〉曾經入選《香港短篇小說選：七十年代》，編者馮偉才把它歸類為寫實主義小說。葉娓娜：〈休假日〉，《素葉文學》第二十．二十一期（一九八三年十一月），頁一七－二〇。

58　黃繼持：〈七、八十年代的香港小說〉，《追跡香港文學》，頁二六－二八。

「城鄉」界限和想像。黃開〈大福伯〉講述獨居上水種田的大福伯出九龍探望兒子一家，卻發現自己與市區／兒孫格格不入；中間插敘多年前兒子跟隨他下田時説長大後想當醫生，讓他感到非常安慰，今昔場景交織，突出大福伯看見兒子成功而感到的矛盾心情，蘊藉動人。[59] 袁則難〈瓷嬰〉是另一篇抒寫親情、筆調樸實的佳構，講述獨居於新界馬坑村木屋的晚嬸，三名兒子都住在九龍，嫌棄年邁的母親而逐漸斷絕往來，第四個兒子何以安流浪法國十年，音信全無，晚嬸閒時只與自己燒製的四個瓷嬰為伴。小説的主敘述層時間跨度約為兩三星期，講述某日何以安突然回港，故事就圍繞晚嬸和何以安的相處展開，以香港為場景，摻雜粵語對白，刻劃晚嬸形象細緻寫實。除了一些回敘片段，長達數萬字的小説只是順時敘述，文字多是白描或直陳其事，但抒寫彆扭的母子感情卻入木三分，兒子在追求藝術與照顧老母之間的艱難掙扎，寫來十分動人。[60] 又例如綠騎士〈棉衣〉寫移居外國多年的家庭勝嫂和廣仔，把兒子與母親、外國新潮文化與鄉間傳統文化等衝突凝聚在一件手造棉襖上，語言同樣平實，結尾勝嫂發現兒子外遊並沒有帶上她辛苦做好的新棉襖，小説就結束在這情感衝突最高漲的一點，寫情含蓄細膩。九十年代後《素葉》上仍有不少這類小説，像伍淑賢的

59　黃開：〈大福伯〉，《素葉文學》第十七．十八期（一九八三年六月），頁一二－一三。

60　袁則難：〈瓷嬰〉，《素葉文學》第二十四．二十五期（一九八四年八月），頁四八－五六。此中篇小説首先發表在台灣《中國時報》，再轉載到《素葉》。

〈父親〉系列，[61] 邱心的〈當母親罷工時〉、[62] 麥華嵩的〈掃墓路上〉等都是很好的例子。[63]

九十年代的新變：社會政治議題與形式實驗

書寫本地生活的小說在九十年代有更豐富的發展，日常生活及個人情感的題材開始側寫政治、社會、歷史事件。例如鍾玲玲〈歷史時刻〉雖然提及六四學運，又暗示回歸移民潮，但歷史事件都成背景，煞有介事地記下的日子並不標示歷史，而是標示情感，在香港這「沒有歷史的國度」，「我說並沒有可供遺忘或記取的歷史，對我來說所謂歷史時刻，就是情感時刻」。[64] 篇中置於括號內的詩化文字、重複的句子和段落所造成的抒情節奏，全篇的獨白囈語，都可見鍾玲玲的小說由個人生活的微觀角度出發側寫政治現實。[65] 達端〈第 95 次列車〉描寫

---

61 〈父親之一〉與〈父親之二〉由小女兒的角度寫她與體弱的父親的感情，〈父親之三〉則從其鄰居陳伯的兒子敘述，更有距離地寫她一家生活，三篇都充滿真摯的童趣。分別見《素葉文學》第三十九期（一九九二年十一月），頁二－四；第四十二期（一九九三年二月），頁一二－一五；第四十四期（一九九三年四月），頁一四－一六。伍淑賢從《大拇指》時期就開始投稿，許迪鏘稱讚她每次都能交出很好的作品。許迪鏘：〈編餘〉，《素葉文學》第三十九期（一九九二年十一月），頁二七。

62 邱心：〈當母親罷工時〉，《素葉文學》第五十二期（一九九四年四月），頁一二－一三。

63 麥華嵩：〈掃墓路上〉，《素葉文學》第六十六期（一九九九年八月），頁二六－二七。

64 鍾玲玲：〈歷史時刻〉，《素葉文學》第三十六期（一九九二年五月），頁二〇－二三。

65 這點對於偏好微觀角度的論者來說是優點，對另一些論者而言卻不是。艾曉明認為鍾玲玲《愛蓮說》的內省和抒情筆法限制了她命筆政治社會題材，而認為其「姊妹篇」辛其氏《紅格子酒鋪》補充了前者不足的角度。艾曉明：〈愛情、友情與歲月的流逝：鍾玲玲的《愛蓮說》與辛其氏的《紅格子酒鋪》〉，《讀書人》第八期（一九九五年十月），頁六－一三。

阿成

俞風

| 俞風小説〈阿成〉，原刊《素葉》第二十八期。

香港緊張的生活節奏，並以上廣州的直通車比喻九七過渡。[66]又如俞風〈阿成〉以婚戀故事為框架，側寫八八直選、八九年六四事件後的大遊行以及移民等議題，把社會大事凝縮在敘述者、妻子和舊友阿成的感情關係上；[67]〈舊城記事某章〉則以家族史的方式串連起香港開埠、文革與六七暴動等歷史大事，志不在隱喻香港身世，卻示範了個人微觀的角度可以承載的歷史縱深度。[68]

66　達端：〈第 95 次列車〉，《素葉文學》第三十二期（一九九二年一月），頁二－五。達端是新加坡作家，參考許迪鏘：〈編餘〉，《素葉文學》第五十六．五十七期（一九九五年一、二月），頁五五。

67　俞風：〈阿成〉，《素葉文學》第二十八期（一九九一年九月），頁一八－二〇。

68　俞風：〈舊城記事某章〉，《素葉文學》第三十八期（一九九二年九月），頁二－六。

形式方面也見新變，復刊後部分作者開始運用後現代的遊戲筆法或後設小說的形式書寫日常生活。例如第二十八期「小說特輯」有余非充滿後設遊戲意味的〈「你近來忙些甚麼？」〉以及松木刻意編碼化和碎片化的〈夜行單車的故事〉，從這期已能看到改變的端倪。[69] 第三十三期「閱讀專號」集中地體現出不少作者對後現代形式遊戲的興趣，例如余非〈說「書」三迭〉刻意模糊小說和散文的文類特點，以第二人稱與讀者互動；[70] 西西〈照相簿〉比較攝影與後設小說的自我反思能力；[71] 連以筆法閒淡見稱的俞風也嘗試寫作後設小說〈遊於閱讀〉，結合讀者導向理論的影響，混淆虛實的界線，質問小說角色與讀者的關係。[72] 一些偏好形式實驗的作家成為九十年代《素葉》的常見作者，例如余非和邱心幾乎每篇作品都加入後現代手法。余非〈通過否定來尋找肯定〉以後設的方式回應當時中英兩國就香港問題沸沸揚揚的爭拗，而且在該期雜誌藏起了三則無關政治的小新聞，通過與讀者玩遊戲，諷刺港人別無選擇。[73] 邱心自言創作小說「即使內容相似，表達形式至少盡量變化」，[74]〈孤兒絮語之斷章 —— 電話經歷若干則〉拼貼多段電話對話、日記、文學

---

69 鍾玲玲：〈列車〉，《素葉文學》第二十八期（一九九一年九月），頁二－四。俞風：〈阿成〉，頁一八－二〇。余非：〈「你近來忙些甚麼？」〉，頁五－七。松木：〈夜行單車的故事〉，頁一〇－一一。

70 余非：〈說「書」三迭〉，《素葉文學》第三十三期（一九九二年二月），頁六－九。

71 西西：〈照相簿〉，《素葉文學》第三十三期（一九九二年二月），頁一八－一九。

72 俞風：〈遊於閱讀〉，《素葉文學》第三十三期（一九九二年二月），頁一二－一五。

73 余非：〈通過否定來尋找肯定〉，《素葉文學》第四十六期（一九九三年九月），頁二二－二三。

74 邱心：〈前言〉，《素葉文學》第五十九期（一九九五年七－九月），頁三八。

作品引文等不同類別的文本片段；[75]〈一次創作中斷的創作 —— 獻給我最親愛的時間〉嫻熟地運用後設手法和第二人稱敘述，出入於一則少年愛情故事及其虛構寫作的過程。[76] 又例如適然〈如果可以是這樣〉寫敘述者在家裏發現一條壁虎，在與壁虎的對峙中回溯兒時在木屋區的生活以及移民回流等事，隨後發展出兩個故事版本，一個是她殘暴地追殺壁虎，一個是她與壁虎約法三章、和平快樂地同居，結尾拆穿她的確用殺蟲水殺死了壁虎，在後設式的自我揭露中，撕破和平、承諾等美好願景的虛幻，隱隱然指向對九七的疑懼。[77]

然而後現代筆法一方面帶來強烈的新鮮感，另一方面也容易流於油滑和重複。邱心〈謊言獨白〉正是回應了這個問題，這篇小說不停以解構主義的概念類比自己的愛情與家庭關係，反覆後設地指涉書寫的過程，從而與文中表達的真誠願望形成反諷：

> 其實，講故事發展到拆解真相的地步，是一件很悲哀的事情。我很渴望回歸到那一個年代，簡簡單單地相信，這個故事是真的。簡簡單單地追問，這個故事後來怎麼樣。[78]

當創作已發展到解構「解構主義」，在「理論以後」的文學創作應該如何自處？九十年代是埋首實驗後現代遊戲寫法的年代，在不停重複之中流為另一種陳腔濫調，在面對書寫與現實的關

75 邱心：〈孤兒絮語之斷章 —— 電話經歷若干則〉，《素葉文學》第五十六‧五十七期（一九九五年一月），頁三四－三七。

76 邱心：〈一次創作中斷的創作 —— 獻給我最親愛的時間〉，《素葉文學》第五十九期（一九九五年七－九月），頁三八－四一。

77 適然：〈如果可以是這樣〉，《素葉文學》第三十四期（一九九二年三月），頁二－五。

78 邱心：〈謊言獨白〉，《素葉文學》第五十期（一九九四年二月），頁二－三。

邱心作品小輯

一次創作中斷的創作

——獻給我最親愛的時間

我面對着一幅牆，牆上貼滿方方塊塊的日曆紙，日曆紙背負着昨天，面向未來，因爲它刻着的數字已失去了紀曆的功能，所以它的主人便把它反過來，在空白的地方續上另一些符號，這些符號代表未來的行程。它的正面如今在它的背後，一度屬於背面的如今成爲它的封面。背面和正面一個翻轉，原來，時間就開始有點錯亂。

時間永遠是一種弔詭的遊戲，昨天與明天，不斷在物理與生理間游移、跳接。

常常，你問我，中學時代的生活怎麼過，我說，逝者，如水。

也許是某一種平淡與平靜，也許是女孩子太溫柔的本性，我無法感受更深一點、更具體地說明；我甚至無法想像，反叛的刺激與戀愛的經歷，怎能夠在中學生活，留有餘迹。

日曆紙的主人有一個習慣，就是：把短期內要完成的工作，寫在日曆紙的背面，貼在牆上。當工作完畢後，就把日曆紙撕下，日曆紙兩度背負着未來，如果是一個人，大概就意味着他比常人多出一次死而復生的機會，並且至少有一次生命是成功而圓滿的。它泉下有知，也應該引以爲榮了。每星期日曆紙的主人都會檢閱牆上的生命，看看哪些是苟延殘喘的，就會盡快幫它們了結心願。今天是一九九五年四月二十二日，主人又爲日曆紙作例行檢查：「24A：Paper死期」、「26A：周末電影」、「28A：考試」、「2M：紀念日」、「3M：復活日」、「22F：生日禮物」……22F？符號的突轉引起了日曆紙主人的注意，雖然所有行程都略去了主語，日曆紙的主人通常不會發生理解上的困難。至於22F爲甚麼還會保留到

|《素葉》第五十九期的「邱心作品小輯」

係時流露出犬儒態度。[79] 在經歷形形色色的現代主義與後現代主義的洗禮後，反璞歸真的作品反而給予讀者樸實的觸動。

二、域外想像：《素葉》小說的世界視野

大部分《素葉》刊登的作品都屬於上述以本地生活及個人情懷為主題的作品，畢竟文學取材自生活及社會是自然不過的。也因此，部分並非以香港時空人事為題材的作品顯得十分引人注目。即如上述以《素葉》的女作家為例，事實上她們並不限於抒寫個人感懷與家庭親情，反而同時涉筆異域。適然既寫男女愛情（如〈尋玉〉[80]）和寵物的故事（如〈溜狗〉[81]），也寫出〈我所仰望的天空〉以越戰難民為視角的小說；辛其氏既懷想母親（如前文所說的〈每逢佳節〉和〈清明節〉），也鋪寫七八十年代學運風雲下的兒女情長（《紅格子酒鋪》於《素葉》連載三年完成），她的短篇小說甚至不時超越香港人的敘述角度，例如〈飛〉的敘述視點是一名內地農民，[82]〈真相〉寫姊妹情仇，成長背景是內地文革。[83] 上文討論她們以個人生活為題的散文，不表示她們只寫家常題材。不崇拜「偉大」但也不鄙視「平

79 《素葉》上曾有林凌翰〈反那沙西斯〉一文嚴厲批評後設寫法，他的論文極具野心，挑出彼時港台最有名望的作家與學者（包括西西、何福仁、張大春等）為批評對象，然而文章搬弄大量西方理論術語，未有顧及理論挪用和適用性的問題。見《素葉文學》第六十四期（一九九八年十一月），頁二八－四九。

80 適然：〈尋玉〉，《素葉文學》第六十期（一九九六年四月），頁二四－二九。

81 適然：〈溜狗〉，《素葉文學》第五十五期（一九九四年十月），頁一四－一七。

82 辛其氏：〈飛〉，《素葉文學》第二期（一九八一年六月），頁二八－三一。

83 辛其氏：〈真相〉，《素葉文學》第七期（一九八二年三月），頁二－一一。

凡」，正是何福仁和許迪鏘說的香港作者的不亢不卑。[84]

異域書寫大大豐富了香港文學的內涵。人物種族模糊、故事場景異域化，早見於崑南〈攜風的姑娘〉(一九六三)。[85] 要以自己不熟悉的文化背景構思小說，甚至以「非我族類」為敘述者，而不流於獵奇，除了豐富的想像力和廣博的知識，更展現香港作家對本土以外的社會和民眾始終保持強烈的好奇和了解對方的誠意。《素葉》上有不少這類作品，其中又可分成以下三類：

第一類是由香港作家所寫，以異時異地、非香港人為主角的故事。西西作品題材之寬廣多樣可說是此中的表表者，早在一九六五年她得到《中國學生周報》青年組徵文第一名的短篇小說〈瑪利亞〉就從一名法國修女的角度看剛果戰爭。[86]〈十字勳章〉這篇小說的第一人稱敘述者是一名尼泊爾籍軍人德罕大哥，從他的視點側寫當時香港政府對內地偷渡客的即捕即解政策，想像一個外來他者(尼泊爾人)對另一個外來他者(內地偷渡客)的同情，角度非常獨特，諷刺和反思的力度遠比以港人為主角更深刻。小說反覆對比德罕沉重的內心獨白與小孩子布納對他的英雄崇拜，德罕因為故鄉貧困而參軍、客居於香港這座城市，與他逮捕的偷渡客來港的原因並無不同，他卻因此獲頒維多利亞十字勳章，帶出他對軍人身份的無奈，和他對被

---

84 何福仁：〈散文裏一種朋友的語調〉，《羊吃草》，頁 viii。許迪鏘：〈不移的航標 —— 讀《漂移的崖岸》後〉，辛其氏：《漂移的崖岸》，頁三〇三。

85 陳智德：〈放逐的省思：六十年代的香港新詩〉，《呼吸詩刊》第六期(一九九九年二月)，頁七四－八二。

86 張愛倫：〈瑪利亞〉，《中國學生周報》六百七十二期(一九六五年六月四日)，第六版。

捕者的同情。[87]少數族裔在香港文學中幾近缺席，[88]西西卻能夠從他們的角度反身觀看自己的城市，尤其有趣的是，小說有兩重的視角調換，先是作為香港作家的西西代入尼裔僱傭兵，再是德罕代入體會難民的處境，表現出小說家驚人的想像力、同情心和理解能力。

也有不少作品完全不涉及香港背景，表現作者天馬行空的想像力，能夠代入他者的角色感事抒情，更展示香港作家的人文關懷和世界視野。適然〈我所仰望的天空〉第一人稱敘述者是因越戰成為難民的女孩，年幼時目睹美軍搗毀自己的村莊，先後被軍人與難民營內的人強暴。她後來獲美國家庭領養，小說描寫她對故鄉的追尋、身份認同的迷茫及在異國生存的困難，透過描寫戰爭的殘酷後果帶出反戰的訊息。[89]無獨有偶，許榮輝〈停電〉也以美軍為題材，小說主角是一名菲律賓馬尼拉的妓女黛瑪，美軍撤離蘇比克灣海軍基地令她們陷入困頓。小說反覆對比政府的經濟發展承諾與黛瑪的絕望迷茫，寫出底層人民的生活實況。[90]

部分作者更把故事設於虛構的時空，例如靈石〈一夜橋〉十分特別，小說虛構了名為安納的地方、多個高原山區部落少數民族以及兩個教派的衝突，有濃厚的異國風情。[91]靈石還在

---

87 西西：〈十字勳章〉，《素葉文學》第四期（一九八一年十二月），頁二八－三一。

88 羅貴祥指出「中英雙語文學、在香港以英語寫作的文學、甚至近十年陸續出現的南亞少數族裔以他們本身語言書寫的香港經驗作品」很多都強調其本土性，香港文學研究者卻未有把他們納入討論。羅貴祥：〈本土與他性的再想像〉，梁秉鈞、陳智德、鄭政恆編：《香港文學的傳承與轉化》（香港：匯智，二〇〇九年），頁一七二。

89 適然：〈我所仰望的天空〉，《素葉文學》第四十一期（一九九三年一月），頁八－一三。

90 許榮輝：〈停電〉，《素葉文學》第四十三期（一九九三年三月），頁四－六。

91 靈石：〈一夜橋〉，《素葉文學》第二十七期（一九九一年八月），頁二－七。

我所仰望的天空

・適然

・事件

一、

那天美軍來的時候已經接近黃昏。

村裏每一戶正生起炊火。

我蹲在屋前揀米，把混在糙米未脫殼的穀麥揀出來，放到旁邊一隻碗中。幾隻雞在身邊等候，爭着啄食掉到地上的穀糠。

雨季還沒有完。前天下了一場大雨，地上一片泥濘，到處都是大大小小積水灘。

那是一種陌生的走動聲，之前沒有聽過。我抬起頭，看見皮靴粗暴踩着泥濘和積水，約五六個美軍一列走進村來。

這其實是我第一次眞正見到美軍。

他們身上的綠色軍服和皮靴，我見過一次。

大概兩個月前游擊隊阿生某天深夜來時，身上穿着這樣一套衣服和靴子。他得意地告訴我是從山下一個死去美軍身上脫下來的。

美軍們的模樣，多時以來一直經游擊隊們繪影繪聲描述，但是一切彷彿依然非常遙遠，跟我們這條村不應該拉上甚麼關係。每次有游擊隊到來我都會非常興奮，只要他們不太累，大家夜裏會在屋前生一個火，聽這些山裏山外跑的人說外面發生的一切。

山下很亂。遠遠近近都打起來了。

我們的村子小，本來二三十戶茅舍，空置十多戶，剩下都是老人、女人和小孩。男人們這幾年陸續下山，到外面找生活去了，都沒有再回來。

我的阿爸並不因爲找生活離開。阿嫲說他在我出生不到兩年得病，死在村中。阿媽亦不久之後去世。這一戶只剩阿嫲和我。

村中過的日子年年月月其實很朦朧。我對年和月的觀念是兩次月圓之間經過的日子是一個月，十二次月圓是一年。過年時會殺一隻雞，吃到雞肉的幾天阿嫲會說着反覆的話：又過年，又長一歲了。殺雞時把雞的羽毛留下洗淨，做一把毛帚子，常可以用到下一次殺雞時。平日主要食糧是山邊種植的米和蔬果，還有雞下的蛋。但是大部分蛋會用來孵小雞。雞可以在鄉里間換取需要的用品。

以吃雞的次數計算，美軍來之前，我應該一共過了十二個新年。

8　1.1993

| 適然小說〈我所仰望的天空〉，原刊《素葉》第四十一期。

《素葉》發表不少短篇科幻小說，例如〈夜梟謀殺案〉和〈雷〉等等，[92] 故事時空超脫現實世界。蓬草小說的人物熱切地嚮往遙

92　靈石：〈夜梟謀殺案〉，《素葉文學》第二期（一九八一年六月），頁二六－二七。靈石：〈雷〉，《素葉文學》第三十九期（一九九二年十一月），頁八－一一。

遠的理想國度，不限於具體的現實地點，「超升於煩瑣平淡的生活之外」，[93] 例如〈翅膀〉阿木被同事惡作劇而丟失工作，妻子帶同他一起離開，「像要去一處遙遠而美麗的地方」，絲毫不受惡意的羈絆。〈守護神〉故事氣氛神秘，講述一男一女穿越沼澤尋找山上的守護神像，皆是這方面的例子。[94]

第二類是香港作家移居外國後所寫的文學作品。[95] 由於居住環境的改變，自然以外國為小說背景。這又可分成由於回歸而移民以及長期旅居兩種不同類型的作者，作品的主題也有所不同。許子東指九十年代以來「香港人的海外故事」成為香港短篇小說的常見主題，香港文學對移民的描寫遠遠沒有五四留洋

---

93 黎海華：〈蓬草理想國的旅程〉，《文學花園》，頁六一一四。

94 蓬草：〈守護神〉，《素葉文學》第五期（一九八二年一月），頁六一七。〈翅膀〉，《素葉文學》第九．十期（一九八二年六月），頁八一九。

95 《素葉》上以移民離散為題材的作品共十九篇，除了首篇之外，其餘全部發表於九十年代復刊之後，即香港回歸前途確定之後，詳見下表：

年份	期數	作者	篇名
一九八三	二十．二十一	黃襄	琵琶上路
一九九一	二十八	俞風	阿成
一九九二	三十四	適然	如果可以是這樣
	三十四	綠騎士	鑰匙
一九九三	四十二	曹永強	歸心
	四十二	雪螢	嘔吐
	四十三	辛其氏	來自遠方的躁動
	四十六	杜杜	旺角浴德池
	四十六	英培安	寄錯的郵件
一九九四	五十五	盧展源	試後辛國民的日子
一九九六	六十	適然	尋玉
	六十	杜家祁	沉靜與話語 自白
	六十一	曹婉霞	皮箱、雨傘和小屋
一九九七	六十三	淮遠	尋找江青
一九九八	六十四	肯肯	每逢佳節
	六十四	夏潤琴	中年心事
二〇〇〇	六十八	綠騎士	跳
	六十八	夏潤琴	疽

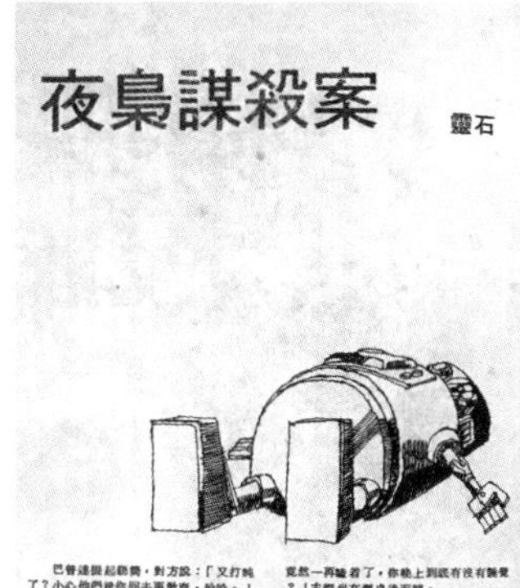

夜梟謀殺案

靈石

巴普達提起聽筒，對方說：「又打盹了？小心他們送你回去再教育，哈哈。」

「不要鬧了，等會兒又要控個錄口應付那撈什子　喉。一一八四六有風險，二五三七甲射線超過危險度，還有什麼想知道？」「昨晚誰贏了？」「莊尼。還用說。」「今晚他不能了…」操作板上另一盞燈亮起來，又有一艘船探問大氣情況，巴普達截斷他說：「不能再聊了，惠風王子從月球回來了，今晚見。」隨即按鈕改換頻率。

「親愛的惠風王子，旅途愉快嗎？」

「少說廢話，報上天氣。」雌柔的嗓子帶着嗔怒，專門對付口不擇言的小子。

巴普達也不太有心情纏他。

觀光船惠風王子之後，他應答了三幾個詢問。「主管要我[illegible]你見他。」史諾來接班，微笑說：「祝你好運。」

主管也不是個太苛刻的人。巴普達其實有幾分喜歡他，可是他對工作的過份認真真叫他吃不消。

「進出大氣層的交通安全全靠你們，竟然一再睡着了，你晚上到底有沒有睡覺？」主管坐在辦桌後面問。

「有。不過昨晚沒有。我思想。」

「思想？嘿嘿嘿嘿，」主管笑得仰身向後，「我思想了一輩子也不能晉升一級，嘿嘿，你也來這一套，嘿嘿嘿嘿，嘿嘿嘿嘿…」

巴普達默立依望着他，沒有跟着笑，他知道這是個陷阱。

主管的笑聲兀然停止。他背後低層的[illegible]市面。褪藍的天空轉成紅色，日間閃爍的紫紅光隱沒在暮色裏。

「你倒聰明。趁我未改變主意前，走吧。」主管說。

「多謝主管。」

離開氣象局時他覺得自己總是個相當機智的人。他對守門小姐說：

「今晚我沒空，不能陪你消夜。」

「誰要你？發狂。」

走到外面，他感到北風十分乾燥。巴普達認爲造一場人工雨是時候了。明天，他決定，向總系統電腦提出。

守護神

蓬草

[illegible]

| 靈石（左）及蓬草（右）的作品

作家或台灣六十年代留美作家筆下對異地情調的懷戀，「對移民生活的描寫卻也都是透露失落迷惘心情多於渲染浪漫異國情調」。[96] 部分作品以新移民的角度寫如何適應當地的生活，例如居於加拿大的夏潤琴經常書寫異國離散情懷和童年往事，[97] 她的小說〈疸〉講述一家移民到多倫多後蒼白憂鬱而苦悶的生活，敘述者中年母親感到自己的人生正在疲累重複之中腐壞死去。[98] 曹婉霞的小說〈皮箱、雨傘和小屋〉寫敘述者由「肥土鎮」移居海外後的生活，穿插的回憶片段中提到六四後的大遊行、回歸的爭議及移民前的香港生活片段。[99] 又例如綠騎士的小說〈鑰匙〉敘述者到加拿大探望德籍朋友麥克，他的祖母數十年前移居加拿大，即使一生非常努力融入當地、抹去原居地的語言和文化，臨終前一日卻突然不再懂得說了大半輩子的英語而只說德語，此中的寓意非常明顯，透過老祖母的事傳達出移居異國

96　許子東借用黃碧雲小說〈失城〉的標題概括九十年代香港短篇小說的主題，在《香港短篇小說選一九九四－一九九五》的序中分析了失城文學的類型特色，首個就是「漂流異國」。序文後收入書，見許子東：〈論「失城文學」〉，《香港短篇小說初探》（香港：天地圖書，二〇〇五年），頁三－一八。

97　例如以下幾篇：〈姊妹〉，《素葉文學》第九．十期（一九八二年六月），頁四一。〈大姊四十〉，《素葉文學》第十七．十八期（一九八三年六月），頁五二。〈童年往事〉，《素葉文學》第五十五期（一九九四年十月），頁八－一〇。

98　夏潤琴：〈疸〉，《素葉文學》第六十八期（二〇〇〇年十二月），頁七六－八〇。

99　曹婉霞：〈皮箱、雨傘和小屋〉，《素葉文學》第六十一期（一九九六年九月），頁一六－二三。

者再努力也無法切斷自己的根。[100] 港人作家在外國創作的作品中，離散的情懷是重要的主題。

另一方面，不少長期旅居海外的作家在作品中描寫當地生活，卻不一定囿於離散的主題，反而完全由當地居民的角度敘述故事。這類型的代表作者是綠騎士和蓬草，二人一同留學移居法國，被稱為「文壇異姓姊妹花」。[101] 例如蓬草〈高速公路〉講述一對居住在巴黎的夫婦與一位羅馬尼亞旅人的偶遇，由巴黎人的角度看東歐變天後的羅馬尼亞。[102] 綠騎士〈跳〉由居法港人李坡的角度看一位巴黎朋友亞倫的生存壓力及痛苦。[103] 兩文的重點都不在於敘述者自身，而是聚焦於非港人的人物，寫出他們的生活與感受，超越了本土的視野。

第三類異域，是香港以外作家的來稿，自然以作者熟悉的環境作為作品背景，由此也可見《素葉》在華文文學圈擔任的角色。《素葉》上有不少台灣作家的作品，也有少量內地作家

---

100 文中還特別與移居海外的中國人比較，他們如何固着於鄉愁，比如煮中國菜、讓在異國出生的下一代學習中文等，又重複説麥克一家人有「典型的日耳曼民族樣貌，血液在他們之間流接，來自遠遠的土地」，對血統、土地、文化根源的信仰表露無遺。綠騎士：〈鑰匙〉，《素葉文學》第三十四期（一九九二年三月），頁六－八。有趣的是，綠騎士曾有一篇小説〈禮物〉（一九六八）質疑了所謂的「中國性」和民族情感究竟是甚麼。到了九十年代的作品〈鑰匙〉中，反而寫出離散情境下對民族身份的執着。綠騎士：〈禮物〉，《盤古》第二十期（一九六八年十二月二十五日），頁三七－四〇。

101 袁良駿：〈香港文壇姊妹花 —— 論蓬草和綠騎士〉，《華文文學》總第八十一期（二〇〇七年第四期），頁八七－九二。袁良駿：《香港小説流派史》（福州：福建人民出版社，二〇〇八年），頁二二一－二二九。

102 蓬草：〈高速公路〉，《素葉文學》第四十三期（一九九三年三月），頁二－三。

103 綠騎士：〈跳〉，《素葉文學》第六十八期（二〇〇〇年十二月），頁二〇－二四。

的來稿，但是最突出的要數馬華作家的創作。鍾怡雯、[104] 陳大為、[105] 林幸謙、[106] 辛金順 [107] 等馬華作家的作品因為情調上的濃重離散感傷，以及題材上集中書寫南洋華人血淚史，而成為最後期《素葉》上相當矚目的作家群。鍾怡雯在《素葉》上共發表了三篇散文，皆以南洋華人離散歷史及熱帶雨林的人情風物為題，例如〈門〉講述「我」到熱帶雨林村落伊答中進行華人賣豬仔到南洋的歷史研究，反思中國的近代史；[108]〈葉亞來〉記述葉亞來在咸豐年間由廣東省到吉隆坡去，成為吉隆坡的甲必丹（captain）、開發當地的功臣。[109] 無獨有偶，同一期上陳大為的詩〈甲必丹〉也是敘述這位南洋華人歷史上的重要人物。〈會館〉由家族歷史談到十九世紀華人被賣到南洋做苦力、在當地建立家園的歷史故事。[110] 於九七語境下，香港人經歷移民、朋友星散、回流的悲歡聚合，馬華作家的文化鄉愁竟奇妙地呼應了上述第二類作品所抒寫的主題。[111]《素葉》上關於移民抉擇和移民後的生活的文本，也是全球華人離散史的其中一部分。這些抒寫香港鄉愁的篇章與五十年代南來文人北望故國的鄉愁恰成對照，反映半個世紀間香港的「離散故事」已經轉換了焦點。

---

104 鍾怡雯由第六十一期起共發表了三篇散文。

105 陳大為由第六十一期起共發表了兩首詩歌、一篇小說及一篇散文。

106 林幸謙由第五十三期起共發表了九首詩歌、一篇散文及一篇小說。

107 辛金順由第六十期起共發表了二十二首詩作，數量不少。

108 鍾怡雯：〈門〉，《素葉文學》第六十一期（一九九六年九月），頁一二－一四。

109 鍾怡雯：〈葉亞來〉，《素葉文學》第六十三期（一九九七年十月），頁三〇－三三。

110 陳大為：〈會館〉，《素葉文學》第六十四期（一九九八年十一月），頁五四－五六。

111 比如鍾怡雯在其博士論文中把《素葉文學》與《蕉風》等並列為取樣範圍，足見這批文本受到注意。鍾怡雯：《亞洲華文散文的中國圖像（一九四九－一九九九）》（台北：萬卷樓，二〇〇一年），頁四。她的論文闢有一節專論香港文學中的離散，集中討論五十年代南來文人的鄉愁，以聯結其他華文地區作品形成更宏觀的「中國圖像」。

與海外華裔作家或是馬華作家所寫的文化鄉愁比較，這些移居海外的香港作家，其鄉愁不再面向「文化中國」，而是他們生於斯長於斯的香港。

三、小結

綜上所述，素葉同人群體雖然屬於「周報－大拇指－羅盤－素葉」體系，而且具有相近的文學觀，加上同人雜誌吸引志同道合的作者，雜誌上的創作具備一定的文學流派特徵。但是由其豐富的創作總貌來看，以單一流派例如「生活化」概括整份刊物又有所不足。《素葉》上敘寫本地生活的作品數量最多，散文多是抒發個人生活情思，語調與題材都顯然受專欄散文的影響，小說方面多見樸素描寫社會現實、抒寫本地生活情懷的作品。另一方面也不乏背景設於香港以外地方的作品，九十年代後更加入了不少後現代形式實驗的創作，題材及風格上都比創刊初期大幅擴闊，累積成為二十年的豐富創作面貌。

《素葉》既有不少樸素地描寫本地生活的作品，也不乏超脫當下現實、涉入域外想像的佳作，正是體現出香港文學的開放性格，對本地社會的關注與對其他國家民族的關懷並行不悖，展現了《素葉》編輯及一眾作者怎樣想像香港以及香港在世界的位置。若從作品所寫的地域來為《素葉》上的作品分類的話，除了本章討論以香港本地及海外異國為背景的作品之外，中國內地是另一個非常重要的題材來源，下一章延續本章的探討方向，檢視香港文學怎樣通過旅行書寫表現本土以外的風貌，以及這些作品揭示了香港文學怎樣的特質。

第三章　本土與旅行
——《素葉》的中國旅行書寫

一、八十年代初的中國旅遊熱

在《素葉》刊登的文學創作中，旅行是頗常見的題材，有些更是素葉同人共同旅遊後寫下的文學作品，而其中很大部分與中國旅遊相關。[1] 這些《素葉》上的旅行書寫（travel writings）記錄了七八十年代之交香港曾經盛行的「中國旅遊熱」，因應內地開放觀光旅遊，產生大量的內地遊記，以及思考內地與香港關係的小說。這些與中國相關的旅行書寫十分值得研究，一方面是這個「中國旅遊熱」的文學現象很少被注意或討論，另一方面是這些作品有助我們重新檢視在香港回歸前途底定的這段時間香港作家怎樣認識及理解中國。而《素葉》作為香港八九十年代重要的純文學雜誌，刊登其上的旅行書寫有一定的代表性，可以讓我們觀察上述問題。本章將以《素葉》為材料，管窺八九十年代香港文學的身份思考與民族認同問題，以便把《素葉》放回當時的歷史時空之中理解與詮釋，突出雜誌作為大眾媒介產品與社會背景的緊密關係。

先回顧一下當時到中國內地旅行的熱潮怎樣形成一個特別的文學現象。一九四九到一九七八年間，香港與內地幾乎完全隔絕，一九五四至一九七七年間前去旅遊的人只有十萬。然而改革開放後，單是一九七九年就有超過二百萬人湧到內地揭開

1　根據本章附表統計，《素葉》上以旅行為題材的作品中，中國相關作品共一百一十九篇，其他全部國家地區的相關作品加起來只有七十二篇。

｜ 第三期主題為「旅遊靈感」

其神秘面紗，[2] 這年出現了壯觀的回鄉探親熱潮，香港人攜同大量家用品與金錢「衣錦還鄉」，[3] 中國旅遊業也突然勃興。[4] 因應這股中國旅遊熱潮，大量的內地遊記伴隨不少思考內地與香港關係的小說湧現香港文壇，短短幾年間，香港出現大量相關旅遊資訊和遊記，數量驚人，而且具歷史、社會、文化、文學等方面的分析價值。「中國熱」一方面反映在報刊園地及書籍出版上，也反映在文學比賽的熱門題材上。[5] 而據黃康顯的統計，光是一九八二至一九八五年間，香港作家就出版了三十三種遊記（這數量尚未包括不可勝數的旅遊指南），其中有暢銷至重印七版、九版者，相對於香港其他純文學書籍的出版，簡直是聲

---

2 《香港年鑑一九八〇》（香港：華僑日報，一九八〇年），第二篇，頁五八。

3 林行止：〈「滿儎回鄉」潮的聯想〉，《香港前途問題的設想與事實》（香港：信報有限公司，一九八四年），頁八三－八四。原刊《信報》一九七九年二月二日。

4 一九七九到八二年間香港的中國旅遊業暴起及熱潮稍為回落後的困難，請參考艾羅倫：〈回鄉熱與旅行社的困難〉，黃思奇等著：《香港社會剖析》（香港：廣角鏡，一九八四年），頁一五〇－一五五。

5 創立於一九七九年的中文文學獎首十屆參賽散文內容題材幾乎都圍繞中國，以懷鄉、旅行、新移民為主。王良和分析了余光中、黃國彬等擅寫民族風物與感情的新古典美學詩人入主詩獎評審對參賽作品帶來的影響。參考王良和：〈青年文學獎與「余派」之說〉，《余光中、黃國彬論》（香港：匯智，二〇〇九年），頁五－七四。

勢浩大的新興書種。[6] 由於台灣遲至解嚴後才開放到中國內地旅遊，[7] 八十年代初香港的相關作品可說是華文文學中的先驅，鄭樹森指：

> 香港作家不受戒嚴所限，率先漫遊中國，也是最早通過小說藝術來過濾三十年分離經驗，如辛其氏一九八〇年的〈尋人〉（見洪範版《青色的月牙》）。大陸的開放，也讓鍾曉陽的〈翠袖〉能夠初步呈現中、港的情意轇轕（見洪範版《流年》）。[8]

香港這時期的返鄉散文、內地遊記和小說非常值得與台灣的同類型作品作比較，而且香港又是台灣人初到中國內地探親旅遊的中轉站，[9] 兩地的內地遊記有許多可以互相參照之處。

---

6 黃康顯：〈香港今日的遊記文學〉，《香港文學的發展與評價》（香港：秋海棠文化，一九九六年），頁二一九。原刊《讀者良友》第十七期（一九八五年十一月），頁一七、一九、二一。其中較為人熟知的作者是較早開始寫內地遊記的南來文人，例如曹聚仁、易君左、黃蒙田等；八十年代初最暢銷的中國旅遊作家則有夏婕、曾展強、水禾田等人。王一桃：〈香港作家的國內遊記〉，《怎樣寫遊記》（香港：現代教育研究社，一九九一年），頁九一－一一四。

7 國民黨政府於一九八七年十月開放探親，據統計，這年年底前有一萬一千多人獲准到中國大陸探親。侯如綺：《雙鄉之間：台灣外省小說家的離散與敘事（一九五〇－一九八七）》（台北：聯經出版，二〇一四年），頁三四二－三四三。

8 鄭所推許的兩篇小說恰巧分別發表在《素葉》第一及第三期。鄭樹森：〈香港在海峽兩岸間的文化角色〉，《素葉文學》第六十四期（一九九八年十一月），頁二〇。

9 當時台灣人要向香港中國旅行社申請簽證，並取道香港到中國大陸旅行或探親。因應一九八七年的台灣返鄉探親熱潮，香港中旅社馬上編出供台灣讀者使用的中國旅遊指南，載有對中國的介紹及探親旅遊須知。中國旅行社總社、中國建設雜誌社合編：《在龍的故鄉：探親與旅遊》，香港：海峰，一九八七年。對台灣返鄉散文的討論參考楊佳嫻：〈離／返鄉旅行：以李渝、朱天文、朱天心和駱以軍描寫台北的小說為例〉，《中外文學》第三十四卷第二期（二〇〇五年七月），頁一三三－一五五。侯如綺：《雙鄉之間：台灣外省小說家的離散與敘事（一九五〇－一九八七）》，台北：聯經出版，二〇一四年。

陳翠袖着一件葉綠小翻領寬襬及膝斜裙，滾邊短袖，胸前一溜圓型鈕扣，婀娜出來了。陳家夫婦合聲替她介紹沃耕耘，她稍稍欠身，靦然笑着招呼，一旁坐了。

耕耘斜乜眼細細把她打量一番，就有點中了意，閒聊間知悉她是教小學的，並非無文化之人，心裏便更活動了起來。姚大嬸又從旁屈指數出翠袖的許多好處，耕耘耳聆不語，只見翠袖短髮齊頰，頭一甩便都甩到頭後去，漏出胖圓臉蛋上的一彎酒渦，月牙兒一般。她皮膚白皙非常，襯起葉綠衣裳，宛然翡翠白璧。滾邊袖子有一綹綠綫盈盈垂了下來，垂在臂膀上，像白璧裏滲着一絲碧玉，雪裏的春意盎然。

耕耘仍和陳先生討論一些外間事物，本欲和翠袖多談談，了解了解，卻苦於尋不出話題，問她多少歲數嘛，覺得不好意思，她的工作他又知道了，就似乎沒甚麼好問的了。翠袖彷彿意會了似的，不一會兒把椅子朝他拉近，問道：「沃先生常到上海來嗎？」

耕耘答道：「一年總也有兩次吧。」

「那好極了。」翠袖一笑，右腮上的酒渦又顫顫泛了起來。「以後沃先生多上來我們這兒坐，也算是多一處走動走動。」她接問道：「沃先生是來做生意呢，還是探親？」

「我都是來探親，我哥哥一家就住在×××那邊。」

「聽姚大嬸說，你是做出入口的，不知道是甚麼樣的出入口？」

耕耘道：「我做的是化學原料……」

兩人一搭一唱的起了個頭，以下便談得暢順了。翠袖較健談，語音清澈透底，室內如黃鶯巧囀。閒話間她陡覺臂膀上癢癢的，低頭觀察，卻是那綹綠綫在吊吊點點，她呢喃一句：「怪刺撓的。」欲要一把揪掉，卻揪不得法，袖腳都糾到一處去了，當衆嚙噬又太失禮，無奈只得起來找剪子，一時偏還找不着，滿室抽屜敞敞閉閉。那房子才約莫兩坪見方，她青瑩皜白的穿繞，耕耘竟有點眼花欲睡。

翠袖邊找邊咕嚕：「哪兒去了呢？」

此時翠袖弟弟下班回來，二十多歲年紀，與耕耘招呼過，翠袖問他有沒有拿過剪子，他到房裏取了來，替她把袖上的綫剪去。她笑向耕耘道：「家裏原有好幾把剪子，都是我弟弟不經心，弄得只剩下一把了。」她那裏背光，背後是一扇晴窗，映着她的姣好嬋娟面。

彿整顆心滾了出來，一髮之際又臨欄勒住。她這樣舉動他眞受不了。翠袖飛快地降

28

鍾曉陽〈翠袖〉，原刊《素葉》第三期。

「中國旅遊熱」的現象卻很少被研究者注意，[10]這可能有兩個原因。其一是香港的旅行文學研究不多，與台灣九十年代以來旅行文學研究的蓬勃發展不同。其二是九十年代興起的香港後殖民論述在邊緣與中心的對立框架中理解香港與中國的關係，[11]中國長期以來主要是作為香港恐懼的他者現身論述場域，香港文學與中國文化歷史之間的各種微妙關係自然未獲得深入探討，[12]令我們很難重新理解八九十年代的民族文化身份認同。要準確評價民族主義與香港文學的關係，一方面避免把民族主義

---

10 就目前所見，有幾篇文章曾提及「中國遊」文學現象，附記於此。(一)馮偉才：〈序〉，《香港短篇小說選一九八四－一九八五》(香港：三聯書店，一九八八年)，頁二－六。文中區分了當時的兩類主要作品：思考香港文化身份的，以及不以香港為背景、通過非香港人思考文化身份。(二)李瑞騰：〈八十年代香港的新詩界〉，《亞洲華文作家雜誌》第二十七期(一九九〇年十二月)，頁九四。(三)陳智德指八十年代香港作者往往是同時關注香港和中國。陳智德：〈導論一：本土及其背面〉，《根著我城：戰後至二〇〇〇年代的香港文學》(台北：聯經出版，二〇一九年)，頁六〇。

11 較有影響的論文例如有李歐梵：〈香港文化的邊緣性初探〉，《今天》第二十八期(一九九五年一月)，頁七五－八〇。周蕾：〈殖民者與殖民者之間——九十年代的香港後殖民自創〉，《寫在家國以外》(香港：牛津大學出版社，一九九五年)，頁九四。

12 參考朱耀偉：〈誰的「中國性」？〉，《本土神話：全球化年代的論述生產》(台北：學生書局，二〇〇二年)，頁二七一。香港文學與民族主義的關係是九十年代香港後殖民討論的焦點，香港文學對民族認同與國家論述的懷疑被視為是香港文化空間的優勢，以「無根」的「浮城」對抗「原鄉中國」神話。這方面的論述可參考也斯：〈香港的故事：為甚麼這麼難說？〉，張美君、朱耀偉編：《香港文學 @ 文化研究》(香港：牛津大學出版社，二〇〇二年)，頁一一－二九。王德威：〈香港——一座城市的故事〉，《香港文學 @ 文化研究》，頁三一九－三四一。加上文學界面對內地「收編」香港文學史的焦慮，皆主導了當時的後殖民討論。可參考黃子平：〈「香港文學」在內地〉，《害怕寫作》(香港：天地圖書，二〇〇五年)，頁一〇－二四。陳國球：〈收編香港——中國文學史裏的香港文學〉，香港中文大學中國語言及文學系、香港教育學院中國文學文化研究中心合編：《都市蜃樓：香港文學論集》(香港，牛津大學出版社，二〇一〇年)，頁三－二一。王宏志、李小良、陳清僑編：《否想香港：歷史．文化．未來》(台北：麥田出版，一九九七年)，第二章「中國人寫的香港文學史」，頁九五－一二九。

框架強加諸香港文學史之上，[13] 另一方面又需要正視香港人的多重身份認同問題，[14] 正確詮釋部分相關文學現象。[15]

八十年代初的內地遊記不妨說是香港文學另一波較明顯的民族認同情感的表現。這種認同不是指民族主義式的激情或對「根」的迷思，而主要體現為對中國文化的承傳和歷史記憶，在這段現有文學史少有觸及的空白中，藏有當時看來取之不竭的對中國的書寫熱情。在香港文學的發展脈絡中，「五、六十年代港人小說中的家國社會感或許是意念的，八十年代的則往往是

---

13 黃子平完整追溯了香港文學進入內地視野的過程和發展，八十年代中以後編寫香港文學史成為國家項目，以「民族－國家」意識為基礎，「強調血濃於水。強調起源、文字、文化、傳統的『同』，淡化流派、政治、地域、現實的『異』」。〈「香港文學」在內地〉，《害怕寫作》，頁一七。

14 有香港史著作形容香港人的國族認同是實用主義式的、多重矛盾的，參考蔡榮芳：〈結語：「愛國史學」迷思及「民族主義」之曖昧複雜性與危險性〉，《香港人之香港史一八四一－一九四五》（香港：牛津大學出版社，二〇〇一年），頁二七七－二七八。

15 香港文學與中國文學的關係近年才漸漸獲得論者注意，從教育體制、抒情傳統、文學承傳等多方面開始發掘和重新評估香港文學對民族身份和文化的探尋。相關研究甚多，聊舉數例：陳智德、陳國球、何福仁先後探討過香港中學教育體制中的中國民族文化與文學承傳，參考陳智德：〈放逐的省思：六十年代的香港新詩〉，《呼吸詩刊》第六期（一九九九年二月），頁七四－八二。陳國球：〈文學教育與文學經典的傳遞 —— 中國現代文學在香港初中課程的承納初析〉，《現代中文文學學報》第六．二與七．一期（二〇〇五年六月），頁九五－一一七。何福仁：〈內憂與外患 —— 談香港高中中文語體詩文的教學〉，《聯合文學》總第一百零七期，第九卷第十一期（一九九三年九月），頁一六－二三。陳國球《抒情中國論》特闢兩章討論香港文學的抒情問題，參考陳國球：〈放逐抒情：從徐遲說起〉、〈情與地方：在彌敦道上抒情〉，《抒情中國論》（香港：三聯書店，二〇一三年），頁一九三－二二三、二二四－二四九。流行文化範疇怎樣體現出市民大眾的國族意識，尤其見於武打題材的小說、漫畫及電影等等也為論者注意，參考洛楓討論漫畫《中華英雄》的民族情感，馬國明討論金庸武俠小說中民族主義與外族入侵等故事情節與當時香港的移民抉擇問題的關係。洛楓，《素葉文學》第三十五期（一九九二年四月），頁一八－二三。馬國明：〈金庸的武俠小說與香港〉，梁秉鈞編：《香港流行文化》（台北：書林出版，一九九四年），頁八四－九四。

『存在的』」，[16] 在當時出版的許多旅遊書上也可以讀到對祖國河山的熱切想望和情感。在上述的背景下，《素葉》上密集出現內地遊記及相關小說其實是當時文壇現象的一部分。從本文整理篇目來看，這類作品集中在《素葉》休刊前的八十年代，在部分期數旅行題材佔該期一半以上，而且在所有遊記中記述到中國內地旅行的佔超過一半，十分矚目，所遊地點囊括北京、蘇浙、西安、新疆、內蒙等大江南北。其中《素葉》同人曾同遊新疆及瀋陽，帶回詩、散文及小說，於《素葉》陸續發表，每有佳作，對讀他們的遊記，可發現他們同遊的足跡。

綜觀《素葉》刊登的所有以中國旅行為題材的作品，以及素葉同人相關的結集書籍，可概括出幾個常見主題：例如內地與香港兩地的經濟差異、與香港不同的文明秩序、老百姓的日常生活情景、秀麗的風景等等。以下借用文化身份理論及旅行理論，企圖解答這些問題：（一）旅行中背負的香港身份問題；（二）中國文化記憶和歷史想像；（三）旅遊與觀看主體的誕生。由此嘗試從跨地域的角度探討香港文學的身份認同議題。

二、「帶着香港去旅行」：旅行與身份認同

旅行書寫是觀察香港身份認同的有利視角，「旅行」相當於「本土」的異托邦（heterotopia），把本土意識問題化。旅行是跨文化比較的行為，[17] 七十年代香港經濟起飛後港人愈來愈多

16 黃繼持：〈七、八十年代的香港小說〉，黃繼持、盧瑋鑾、鄭樹森：《追跡香港文學》（香港：牛津大學出版社，一九九八年），頁二七。

17 James Clifford, *Routes: Travel and Translation in the Late Twentieth Century* (Cambridge, Mass.: Harvard University Press, 1997), 110.

到外地旅行，意味着他們可以把香港與其他地方作比較。[18] 旅行理論正是闡發「在地／外地」、「本土／他鄉」等概念之間的互相角力，例如約翰．厄里（John Urry, 1946-2016）認為觀光旅遊的成立，仰賴旅遊經驗與日常經驗的對比。[19] 艾倫．狄波頓（Alain de Botton, 1969- ）認為旅人對異地的想像和嚮往深深連繫着旅人與自己國家的比較，異地最吸引旅人之處正是家鄉所沒有的特質，即所謂的「異國情調」。[20] 台灣的旅行文學學者胡錦媛也指出：「『家』的存在與回歸是旅行的觀念得以成立的前提」，[21] 這些理論都是把「家」和「遊」的對比視為旅行經驗的基礎，正是本土身份認同的確立，令香港作家一方面更多地書寫本地郊野山水，[22] 另一方面在世界地圖上樹立自身的座標，令旅行經驗有了可與他地見聞比較的定位點。他們的旅行書寫不只告訴我們作者眼中的異地風情，同時也透露作者對自己來自的那座城市的理解。旅行文學充滿離與返、去與留、在家與在外的辯證，旅行主體在理解當地的同時也是對本來居住的城市的比較、思考和反省，由異域風景想起香港風景，由旅遊見聞想起我城的人事種種。由是香港文學的身份認同問題在旅行文學中更清晰地凸顯出來，余君偉把這種文化身份議題比喻為旅人無法卸下的行囊和包袱，而且「行囊」中既有本土的部分，

---

18 高馬可（John M. Carroll）著，林立偉譯：《香港簡史：從殖民地至特別行政區》（香港：中華書局，二〇一三年），頁二一四。

19 約翰．厄里（John Urry）著，葉浩譯：《觀光客的凝視》（台北：書林出版，二〇〇七年），頁三七。

20 參考艾倫．狄波頓（Alain de Botton）著，廖月娟譯：〈異國情調〉，《旅行的藝術》（台北：先覺出版，二〇〇二年），頁八一－一〇〇。

21 胡錦媛：〈遠足離家 ——迷路回家〉，胡錦媛主編：《台灣當代旅行文選》（台北：二魚文化，二〇一三年，第二版），頁一〇。

22 《素葉》上有不少本地遠足遊記、以新界為鄉土的散文等，雖然數量上沒有內地遊記可觀，然也值得注意，其中俞風〈一次未竟之旅〉（第五期）、方禮年〈隔林路遠〉（第八期）、〈黑狗〉（第十二期）、韋愛賢〈吃苦嘜菜的日子〉（第十二期）、〈我住的那小島〉（第十六期）、黃開〈大福伯〉（第十七．十八期）等，都是不錯的例子。

也有民族文化的部分：

> 如果某種文化身份意味着語言、生活習慣、思想態度、以至品味等特徵，一個香港人遊於海外，也總會將某種「中國性」或者「香港性」帶着上路，且不論這兩個所謂「想像社群」之中及之間存在着多少差異。如果行囊指的是某種身份，那可以是一種負累、局限、揮之不去的煩憂，甚至是恥辱，譬如一種被歧視的腔調、一種刻板印象或者不能適應異地的行為和思路，所以有時我們稱之為文化或者歷史的「包袱」。[23]

遊記中往往顯露作者如何透過「香港」的眼睛想像並理解中國，不難看到旅遊文學在八十年代初承擔了香港人對本土身份與民族「他者」關係的思考。

旅人自願或不自願地背負着香港這城籍，當作者離開香港，在當地人眼中無可避免地個體身份被約化為集體身份的「香港人」，促使作者也隨之從整體上反思「香港」的意涵。與上一章探討《素葉》上描寫香港本地的散文及小說比較，在不同「比例尺」和距離下呈現的香港形象竟然大不相同：所謂「帶着香港性」上路，不一定是正面意義的，而可以是反面的、排除式的。香港身份在這些遊記中往往成為負面的元素，帶給旅人尷尬、指責、誤解和麻煩，而且往往與香港的經濟成就相關。旅行本身就是一種經濟不對等的行為，港人有能力到內地休閒旅遊，而內地居民來港主要是探親，[24] 內地與香港兩地

23 余君偉：〈家、遊、行囊：讀也斯的游離詩文〉，《香港文學＠文化研究》，頁一六〇。

24 以香港和廣東省的互訪人數為例，一九七八到八七年間有三千萬港人到訪廣東省，但到香港的中國居民只有十七萬人。《香港簡史》，頁二一六。

的經濟差異保留在這些香港作家的遊記中，在社會論述中這種經濟成就差距是構成港人身份認同的關鍵，[25] 然而在文學中卻看到這種認同的相反表現，他們為之感到羞恥，和香港經濟同時發展的流行文化也在被排拒的旅行經驗之列。比如康夫〈夜遊江門〉（一九八〇）提到旅行社安排晚飯席間播放港式流行曲的突兀，[26] 又如何福仁〈新疆之旅〉（一九八一）寫到在天池邊也聽到幾個當地新潮青年以手提錄音機播放的鄧麗君破壞氣氛。[27] 香港作家的內地遊記不時表示渴望見到或特別讚美中國的純樸民風。從異國情調理論來看，他們這「中國印象」背後是針對香港某些令他們不滿的特質，而被他們認定為中國人民「真正的」生活情景，是那些香港沒有或和香港相反的情景，在一些作品中甚至表現為對香港的激烈否定。例如廖文傑的〈人物五題〉（一九八二）記述作者到江南旅遊時對老百姓的觀察：

> 沿途見到的中國同胞都是老老實實，沒有心計，熱心樸素，不貪圖甚麼不要求甚麼的簡單善良中國同胞，這次遇到的一位上海人，既精明能幹又工心計，只是這些精明與工心計都不外放在個人利益上，着實令人氣餒。[28]

事實上「善於營利」在別的語境下不見得是缺點，作者認定中國人民應該是純樸、不善經營、貧窮而樂天知命的，這個一廂情願而不無武斷的觀點背後是對香港的否定，其旅遊感想總結

25　劉兆佳：〈「香港人」或「中國人」：香港華人的身份認同一九八五－一九九五〉，《二十一世紀》第四十一期（一九九七年六月），頁四三－五八。

26　康夫：〈夜遊江門〉，《素葉文學》第一期（一九八〇年六月），頁一九。

27　何福仁：〈新疆之旅〉，《素葉文學》第三期（一九八一年十一月），頁一四－一六。

28　廖文傑：〈人物五題〉，《素葉文學》第十三期（一九八二年十月），頁二六。

起來是：「愈接近香港的城市，便愈容易習染不良風氣」，否定香港並認為純樸的中國人才是國家未來的希望。張銳釗〈關於「遊記」〉（一九八二）也有類似觀點，他不認同內地人湧到香港這拜金的城市謀生，認為是放棄了他們安土重遷的優點。[29] 他對純樸中國的想望也是他另外幾篇描寫旅行中國的小說的重點。[30] 廖和張的例子都說明旅客對純樸中國的追求經常暗含與香港的比較與對香港的否定。[31]

卡勒（Jonathan Culler）指出，追求「本真」（authenticity）、渴望看見當地的真正面貌、當地人真正的工作和生活狀態，是觀光符號學的關鍵結構。[32]「本真」理論旨在剖析普遍性的旅遊心理，在香港人的返鄉旅行中，這個機制更牽扯到複雜的身份認同問題。例如阮妙兆〈導遊〉（一九八一）寫及作者渴求窺視當地人的真實生活，[33] 這行為卻飽含當地人／旅客、熟悉／陌生、故鄉／觀光景點之間的悖論：「我突然覺得，跟一個導遊，到自己的故鄉旅遊，本身便是一件滑稽的事。」籍貫、村名、鄉音作為符徵無法順利指向「故鄉」這符旨，作者深感兩者之

29　張銳釗：〈關於「遊記」〉，《素葉文學》第十二期（一九八二年八月），頁二六。

30　張銳釗的作品抒發激昂熱切的民族情懷，先後有散文〈根〉（一九八二）及小說〈夜行列車〉（一九八三）、〈塞上曲〉（一九八三）刊登於《素葉》。即使他的小說用了第三人稱敘述，企圖與作者本身拉開距離，仍然無法掩飾他的狂熱。張銳釗：〈根〉，《素葉文學》第十一期（一九八二年七月），頁二〇－二一。張銳釗：〈夜行列車〉，《素葉文學》第十九期（一九八三年八月），頁六－一一。張銳釗：〈塞上曲〉，《素葉文學》第二十．二十一期（一九八三年十一月），頁二八－三〇。

31　這反映了一種常見的看法，香港的發達經濟和物質主義常常被解釋為「匱乏」的象徵，尤其是民族主義的匱乏代表香港文化的最大「問題」。參考周蕾：《寫在家國以外》（香港：牛津，一九九五年），頁一二一－一二五。

32　Jonathan Culler, “The Semiotics of Tourism,” *Framing the Sign: Criticism and Its Institutions* (Norman: University of Oklahoma Press, 1988), 159.

33　阮妙兆：〈導遊〉，《素葉文學》第四期（一九八一年十二月），頁一一。

間的錯位和自己的格格不入，帶出身份認同的問題。後文又提到她在旅遊車上聽到廣播裏播放香港電器的廣告：

> 大概是說甚麼牌子的電器用品最好，說回鄉探親，最好是帶這個牌子的出品，說上次帶了計數機大受歡迎，今次便預備帶電視機、錄音機回去。這是個我聽過許多遍的廣告，每次聽來都沒有甚麼特別感覺，但今次，在此時此地聽來，卻有點不自在，我偷偷的看我們的導遊和司機一眼，看他們可有不悅之色，但他們都像全不介意，安然的坐在那裏。[34]

在香港常常聽到的廣告卻因她處身異地而突然變得刺耳，她為香港與內地的經濟差異而感到不自在，彷彿提醒她無論她多麼想成為當地人，她始終不是，因為七八十年代以來社會上已形成牢固的「香港人」與「中國人」的身份分類，不再是五六十年代省港一家親的狀態。[35]

香港的身份作為無法卸下的行裝，有時在中國或異地旅行帶給他們方便，像中國政府給港澳僑胞的優待政策；有時候，香港人界乎外國人和中國人之間的身份卻帶給他們尷尬和麻煩。例如李孝忠的小說〈長江行〉（一九八二）描寫即使來自香港的旅客徹底認同中國文化，相當熟悉國內情況，當地人也不把他們看成中國人。[36] 小說講述兩名香港人運國、向晴到長江旅遊，特意設定他們為教師，以合理化他們對中國文化歷史的認知。登上遊江輪船不久，運國舉起昂貴的相機拍照，惹來幾

34 〈導遊〉，頁一一一一二。

35 馬傑偉、曾仲堅：《影視香港》（香港：香港中文大學亞太研究所，二〇一〇年），頁三四。

36 李孝忠：〈長江行〉，《素葉文學》第六期（一九八二年二月），頁二五－三〇。

個當地人欣羡地搭話，刻意突出內地與香港兩地的生活水平差距。這時候船務員發現了他們，直斥本地人不能出入華僑及外賓專用的船艙，他們惱羞成怒：「華僑又怎樣？也是中國人，為甚麼要厚此薄彼？」其後當地人與華僑之間就立起了甚具象徵意味的鐵欄。接着作者安排他們偶遇兩名修讀中國文學的法國大學生向他們請教中國文化，雖然前文寫及運國對內地情況之留心和熟悉，但此時運國的反應是因外國人的普通話說得比自己好而「自愧不如」，也不敢承認自己對中國文化有深入的認識。[37] 通篇「都是中國人」一句出現了好幾次，最後他們一邊遊江一起合唱〈我的祖國〉，在一片歡樂和諧的氣氛之中結束了故事。小說雖然描寫了開放旅遊之初，內地人與香港人之間的隔膜與誤解，卻暗示內地與香港雙方因為相同的民族身份最終必然能夠融洽共處。

許迪鏘有一短文〈都是中國人〉同樣是在旅途上因香港人的身份而與當地人起爭執，結尾卻質疑這種民族主義修辭。文中記述他和朋友在台灣和計程車司機爭執，因國語溝通的誤會，司機空等了他們一個下午，隔日跑來找他們算帳。事實上司機多收了一倍車費，爭執之下司機自覺理虧，使出「殺手鐗」：「我們都是中國人呀，你不要以為你們從香港來的就高人一等。」作者大為光火，這句話完全可以在不同語境下被自由挪用：「既然大家都是中國人，她們為甚麼不獲諒解與寬容，而在事隔一夜之後，仍會受到苛責。」[38] 他隨即聯想到當時正在進行的中英談判同樣充斥這種民族主義修辭：

> 最近我們都為香港的前途憂慮，領導人說：你們害怕甚麼。言下之意，大概也就是：我們都是中國人嘛。不錯，

---

37 〈長江行〉，頁二七－二八。

38 許迪鏘：〈都是中國人〉，《南村集》（香港：素葉，一九九五年），頁一二三－一二四。

我們都是中國人，但那到底又是一個怎樣的保證？[39]

誠然，旅人在到處旅行時也不得不帶着對香港前途的揣想。西西〈礫石〉(一九八一)發想自素葉同人的新疆遊，詩人想像自己是戈壁灘上無數石塊的一份子，然而即使成為西域的石頭也依然帶着對香港城市生活的思考：

高興在甚麼方向定居
就在甚麼方向
定居
無需分期付款
(還交甚麼差餉地稅)
在這裏
無需淘米煮飯
洗衣服
(還交甚麼水費呀)〔……〕
(運糧隊
在遠遠的北方
皇上御駕親征
攻打伊犁去了)
一九九七年
或是九九七一年與我
何干呢[40]

雖然詩人故意說成為石頭後香港的一切都與她無關了，其實這樣說只更證明她如何心心念念香港的去向問題，擺脫了香港的

39 〈都是中國人〉，頁一二四。
40 西西：〈礫石〉，《素葉文學》第三期(一九八一年十一月)，頁四。

環境還擺脱不了對香港的情思。

從上述例子來看，與香港的文化身份及歷史問題有關的思考在異地特別尖鋭，切實感受到本土身份全部正面與負面的含義。外地旅遊促使香港作者反思「香港」所代表的意涵，説明當觀看香港的「比例尺」突然縮小、距離突然拉遠時，產生截然不同的香港形象，與以本地為背景的作品恰好互相對照。

三、中國風景的歷史召喚和國族反思

旅行不只讓他們體驗到香港身份的意味，同時也促使他們思索民族身份與文化傳承等問題，在遊記中往往呈現對「詩詞中國」與「歷史中國」的熱切追尋。卡勒提出每個旅客都是符號學家，旅行就是不停尋找該地文化的象徵，並把每個所見之物詮釋為該文化的再現，把城市、風景及文化閱讀為符號系統。另一方面，我們「看見」一幢建築、一條街道或一片風景，必定是因為它們被「標記」為值得看見的，沒有被「標記」的將不會被注意到——「標記」(marker)即任何令風景成為風景的信息，路牌、旅遊單張、影像、描寫該地的文學作品及相關的文化記憶創造了旅遊景觀。[41] 在中國旅遊散文，最常見的「標記」是中國古典詩文及歷史掌故。例如何福仁的遊記清楚地展現了文本如何對風景起作用。他的遊記充滿閱讀書本而來的知識，常常讓人感到他在實際遊歷當地前，已經在書本上仔細地旅行過了。〈新疆之旅〉記述他和素葉友人一道到新疆旅行，所攜同的「文化地圖」是《西遊記》、《大唐西域記》、唐詩與唐史掌故，比如酒泉是李廣與同袍有酒同喝的酒泉，火焰山是《西遊記》的火焰山，交河郡是杜甫「戚戚去故里，悠悠赴交河」的

41　Culler, "The Semiotics of Tourism," 161-163.

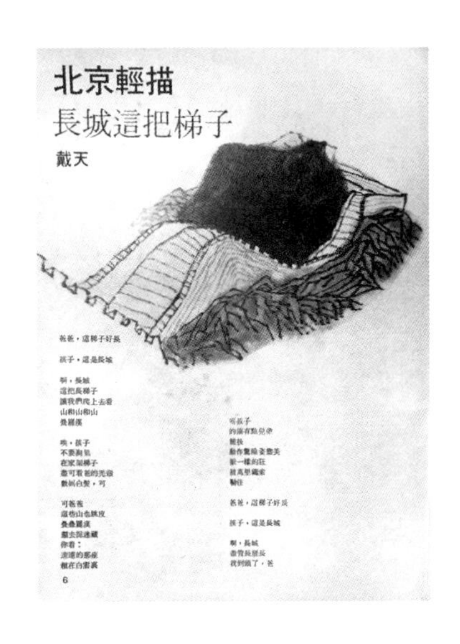

北京輕描

長城這把梯子

戴天

爸爸，這梯子好長

孩子，這是長城

啊，長城
這把長梯子
讓我們爬上去看
山和山和山

爸爸，這梯子好長

孩子，這是長城

啊，長城

6

戴天〈北京輕描〉詩作第一首，原刊《素葉》第三期。

交河等等。[42] 有時作家們對照着文化與歷史記憶遊歷神州時，除了看到眼前的景物，更多的是看見盛唐的詩文或某部史籍的片段，尋覓心愛的傳統文學中提過的地方，所到之處常以實地所見對照印證他們對中國的文化想像和歷史記憶，正是這反覆印證的動作令這批八十年代的旅行書寫具廣義的尋根意味。

文化標記的觀光機制因着中國旅遊的文化歷史性質而特別突出，這些遊記常常展現中國風景的歷史召喚能力。不少遊記都感嘆於中國山河的壯麗，稱頌大山大河的「崇高感」（sublime），而「崇高感」又往往與歷史感聯結。不難想像，久居都市的香港人初到中國內地旅行、見識名山大川時所產生的震懾。這樣的風景蓋滿了卡勒所說的歷史文化「標記」，以至普通景色也能牽引出「千百年來如此」的洪荒時間感，似乎到內地旅行特別能夠感覺到悠遠的時間長河，而歷史又和許多

---

42 何福仁：〈新疆之旅〉，《素葉文學》第三期（一九八一年十一月），頁一四一一六。

詩文相關。[43] 西西和何福仁的對話集《時間的話題》中，他們提到一九八六年素葉同人一起到黃山旅行，當他們坐在蓮花峰上時感受到的敬畏感。[44] 俞風在〈初識的河〉(一九八四）記述他一九七九年第一次到肇慶旅行路過西江，第一次見識甚麼叫河時的喜悅；[45] 其詩〈車過河南河北〉(一九八〇）記錄了初識黃河引起的心潮洶湧和歷史想像。[46] 往後「河」的意象反覆出現在他的筆下，而且常常與歷史相關。[47] 在他筆下，眼前風景總是和歷史連結起來；或者說，他只看到有歷史文化作為「標記」的風景。當他遊罷曲阜的周公廟出來，看見門外一久睡初醒的老者，不禁聯想到周公廟見證過的悠悠歷史，「老翁站起來，背對古廟，向蒼蒼田野，喃喃自語。千古興亡事，一覺而已」。[48] 西西的〈交河〉(一九八一）記述她和素葉同人到新疆旅遊，探尋交河古城遺址。交河附近是沙地，也沒有石頭建築物，地上卻忽然發現一塊小石，歷史幻想遂汩汩而來：

> 來自戈壁灘，還是，石頭原來遠古器皿遺留下來的一件殘片？麴氏王朝的交河郡，是昌盛的繁華地，不乏施紅彩黃的蓮花紋陶瓷、明艷富麗的刺繡織錦，一塊石頭，屬於城裏哪一個角落、甚麼寂寂無名的事物？一千多年前，車師

---

43 鄭振偉論黃國彬的內地遊記時曾指黃行文每多出入歷史典故，歷史的縱深感和氣魄是令其散文具「崇高感」的修辭手法之一。鄭振偉：〈黃國彬旅遊散文的崇高感——《華山夏水》和《三峽、蜀道、峨嵋》〉，《中文文學拾論》(香港：天地圖書，二〇〇〇年），頁四五－四六。

44 西西、何福仁：〈害怕與畏懼：尋找卓古拉〉，《時間的話題：對話集》(台北：洪範書店，一九九五年），頁五七。

45 俞風：〈初識的河〉(一九八四），《牆上的陽光》(香港：素葉，一九九四年），頁一一九－一二〇。

46 俞風：〈車過河南河北〉(一九八〇），《看河集》(香港：素葉，一九九四年），頁四二－四九。

47 除了河，俞風也酷愛登山，是其遊記的常見主題。他不但常常在香港郊野遠足，到內地旅行也經常挑戰攀登名山，見《牆上的陽光》。

48 俞風：〈曲阜五題〉(一九八五），《牆上的陽光》，頁一三八。

> 前部首都的交河，難道又會是磨製石器與彩陶文化的共存期，人們以石刀、石鋤、石鐮、石鏃作為主要農耕漁牧的工具？[49]

一位沉睡的尋常老人和一塊平凡的小石也能引起無限歷史遐思，恐怕是中國旅遊獨有的歷史觸動了。

倘若與其他作家的遊記寫法相比，素葉同人遊記的特別之處是在歷史文化面前的低姿態。例如與中國歷史遊記中最有名的余秋雨《文化苦旅》比較，[50]或是與八十年代香港非常暢銷的遊記作者黃國彬相比，素葉同人既沒有肩負前者傳遞歷史現場的使命，也不像後者着重通過歷史感營造偉大、崇高的氛圍。[51]舉例來說，俞風的旅行雖以尋訪歷史為目的，卻不只一次表示對於當地他終究是無法理解的，以自己並不懂得中國為結語，展現一種謙虛的知識份子旅遊態度。比如遊山東曲阜，雖然從前文來看他對儒家典籍和孔子事跡相當熟悉，文末卻表示「聖人久已矣，我忽然有一種巨大的陌生感，在曲阜走了兩天，終於明白對於孔子，對於儒家，我竟然是完全沒有認識的」。[52]遊台南金城，開篇說希望在旅遊中「看看在另一個政府治理下的

---

49 西西：〈交河〉，西西著、劉以鬯編：《交河》（香港：香港文學研究社，一九八一年），頁一。

50 余秋雨自信通過旅遊能重建當地的歷史現場，有責任把他在當地感知的文化內涵和歷史通過文章傳達出來。他的影響很大，曾掀起「文化散文」的熱潮，也引來不少學者反思「歷史現場是否可以重建」的問題。參考許建崑：〈文化現場的再造與迷思 —— 論余秋雨散文二書所表現的文人情懷〉，東海大學中文系編：《旅遊文學論文集》（台北：文津，二〇〇〇年），頁二〇六－二三一。

51 參考王良和：〈從偉大、聖潔、飛升到回歸原鄉 —— 論黃國彬的創作意識〉，《余光中、黃國彬論》，頁一八一－二二一。鄭振偉：〈黃國彬旅遊散文的崇高感 ——《華山夏水》和《三峽、蜀道、峨嵋》〉，《中文文學拾論》，頁三二－五二。

52 俞風：〈曲阜五題〉（一九八五），《牆上的陽光》，頁一四三。

中國人，有怎樣的面貌，且印證從小説詩文、政論文章所得的粗淺印象」。記遊時也穿插台灣從清朝到先後被荷蘭及日本殖民的歷史，可見他對當地的認識不淺，然而遊罷仍説：「正如我不能理解熱蘭遮城牆的沉思一樣，我也不明白億載金城。正如我不明白億載金城，我也不明白台灣。」[53] 可以説在素葉作家的內地遊記中，很難找到自詡中國歷史文化代言人的姿態，貫徹他們樸實低調的個性。

《素葉》上不乏表明認同中國文化的遊記作品，卻未必就認同狂熱的民族主義，反而時有反思，甚至刻意與國族論述拉開距離。七八十年代香港文壇有不少熱烈地描寫祖國山河、抒發民族情感但不一定具現實基礎的作品，堆砌濃郁的情感和風景成為最容易模仿的創作公式。[54] 中國風景一向是民族主義的象徵，鍾怡雯形容為「意識形態召喚」，[55]《素葉》的內地旅遊書寫既印證又反轉了這點：他們感受到中國風景所召喚的文化歷史，卻對民族立場心存反思。在《素葉》其他作者筆下雖然也能找到對祖國直接抒情的例子，但大部分沒有噴薄而出的民族激情，更多時候是語調平和的旅行記錄和思考。以淮遠為例，他的詩〈綿羊與 K〉（一九八四），由旅行入住酒店的糾紛帶入港人的護照問題，透過巧合的情節安排，突出英國國民海外護照（B.N.O.）與港人身份之間的落差（「牠説：我要接的／是一位東方人／瞧／河本先生護照的紅色封面／就有兩行／東方文字／你的藍色封面／全是英文」），清楚地凸顯了個體在異地旅行時是怎樣無可避免地帶着城籍的烙印，而這身份又怎樣成為

---

53 俞風：〈走路往金城〉（一九八四），《牆上的陽光》，頁一一三－一一七。

54 部分是來自對余光中的模仿，在當時引起「余派」、「學余」的爭議，可見余光中對當時香港詩壇影響之廣之深。參考王良和：〈青年文學獎與「余派」之説〉，《余光中、黃國彬論》，頁五－七四。

55 鍾怡雯：〈故土與古土：論台灣返鄉散文〉，師大國文學系編：《解嚴以來台灣文學國際學術研討會論文集》（台北：萬卷樓，二〇〇〇年），頁四八六－五一三。

旅人的「包袱」。但這首詩重要之處在於其結尾如何以淮遠式的黑色幽默化解身份問題的沉重：綿羊最後接走了日本人，詩人才忽然想起：

我昨天晚上
吃過一塊
四十一法郎
半生不熟
膻膻的煎羊排
而且昨天晚上
和今天早上
都沒有
刷過牙
這該死的綿羊
把我們甩下
也許並非
真的因為
我該死的護照
或者別的甚麼[56]

又比如許迪鏘的散文也不時有令人莞爾的自我解嘲，[57]〈我不（一定）是龍的傳人〉質疑當時流行自稱「龍的傳人」的可信性，從文獻考據的角度論證龍的形象本來是不祥的，他在階級上（帝皇象徵）和民族根源上（黃帝、炎帝的族徽分別是龜和羊）也無法稱為「龍的傳人」，「『龍的傳人』這種說法，不多不少

56 淮遠：〈綿羊與K〉，《素葉文學》第二十四．二十五期（一九八四年八月），頁一三。

57 例如〈意外〉、〈焦山風雨〉都是好例子。見《南村集》，頁一二五－一二六、一五九－一六二。

反映大中原心態，是一種虛浮 —— 如果不是虛假的話 —— 的民族情感話語」。[58]

六七十年代成長的香港作家告別了五十年代南來作家的鄉愁，他們因為殖民地的背景而經常被詬病缺乏民族認同，卻正是這點使他們的遊記獨樹一幟。當他們到內地旅行時，或者是因為沒有繼承傳揚民族文化的包袱，他們除了是「返鄉」、返回文化根源地，更多是以觀光客的身份瀏覽風景，又或是以觀光的方式返鄉。然而這「觀光客」的身份不無諷刺，對於認同中國的香港作家來說，他們的中國人身份在觀光旅遊中被徹底疑問化，即使他們對中國的文化和歷史再熟悉，當地人只是把他們當作與自己不同的外來觀光客而已，「觀光旅遊」這舉動裏的經濟等級差異以及陌生／熟悉、外來／原居等的對立，令「香港人到中國內地觀光」本身就飽含歷史的反諷，而這種反諷的「旅行者」身份卻成就他們獨特的遊記風格。

四、由旅行到本土：觀看主體的誕生

分別討論過《素葉》遊記的「香港性」及「中國性」後，最後擬探討旅行和本土更深層的關係，就是觀看主體的誕生。旅遊經驗啟發作家以對異地相同的好奇和求索來書寫香港。借用日本學者柄谷行人「風景發現」一說，風景不是視覺問題，「而是符號論式的認識裝置的顛倒」，[59] 風景的概念裝置一旦出

58 許迪鏘：〈我不（一定）是龍的傳人〉，《老師沒有告訴我，我也無從告訴學生的歷史及文學片斷及思考》（香港：進一步，二〇〇七年），頁六五－六九。

59 「風景」概念的出現與十八世紀以後現代心理「向內轉」（inward turning）有關。參考柄谷行人著，趙京華譯：〈風景的發現〉，《日本現代文學的起源》（北京：三聯書店，二〇〇六年），頁一－三四。引文分別見頁一二及一七。

現，就是不可逆轉的認識論改變。如此說來，不妨把厄里和胡錦媛等旅行理論中「家」與「遊」的次第反轉，是旅行經驗令旅人以新的目光觀察原來的「家」。旅人自風景中抽離自我才有「觀察」的產生，風景因而成為客體，這主客分離的過程和本土意識的建立過程結構相同。羅貴祥分析香港七十年代新詩時指出，本土意識不是指對本土的無條件認同，而是一種物我分離的意識，「香港」成為被審視反思的客體對象。[60] 如此看來，在具強烈本土意識的文學作品中，敘述者和香港的關係竟有如旅人和旅行之地的關係，當然常居比旅遊有更多的時間反覆了解一地，但其中帶距離的觀察和遊歷性質是一致的。循此方向，旅行和本土的關係就有更多可以互相闡發之處，這裏先以俞風為例，嘗試說明旅行如何產生對本土的新的觀看態度及意象，其後再以西西為例說明旅行怎樣容許本土主體與他者交換位置、抽離反身觀察自我，兩人的例子皆說明了旅行書寫在香港文學創作中的價值。

俞風的內地遊記和以本地為題材的散文有不少共通點：抽離的視點、哲思和對歷史將信將疑的態度。它們皆有「遊」的成分，是觀察的前提和書寫的動力，也令他自覺到「觀看」這動作及其限制。在俞風的散文集《牆上的陽光》裏，第一輯的散文有不少描寫遠足郊野，第二輯〈西營盤〉（一九八三）、〈登獅子山記〉（一九八四）、〈水坑口街〉（一九八六）等幾篇則記他遊走各區尋訪香港殖民歷史，其中的文章有不少曾刊於《素葉》。第三輯的內地遊記比第一、二輯描寫本地的散文更早寫成，可以觀察這兩類作品之間的關係。例如〈望夫石記〉（一九八五）記沙田望夫石的傳說，證成了上述關於抽離觀察的論點。在山下看頭身分明的石頭，攀到石上回看卻形象模糊：

60　羅貴祥：〈經驗與概念的矛盾——七十年代香港詩的生活化與本土性問題〉，《香港文學＠文化研究》，頁二四一－二五二。

> 因為距離過近，我們無能為力。不，也許應該說，因為我們就是石頭的一部分，所以無法認識自己，無法了解自己的姿態、自己的眺望、自己的風化，甚至無法明白自己為何長年累月站在山巔，無法憶起自己走過的路、過去的歲月。[61]

這樣的觀點呼應了他的廬山遊記〈共看廬山雪〉（一九八四），身在山中不識廬山真面目，「所以，你看，廬山就只能寫成這個樣子了，雪也只能寫成這個樣子，寫得不好，是因為身在雪山中」。[62] 俞風喜愛歷史旅遊，尋訪歷史的舉動從中國旅行一直延伸到本地，〈西營盤〉及〈水坑口街〉即為例子，而且他對歷史的態度也是一以貫之的，説明書寫旅行與本土確有互補共通之處。[63]

另一方面，旅行中國給他的靈感並不終止於旅行，而是繼續延伸，在往後的日子裏以回憶或修辭的方式反覆出現，融合他對香港的描寫，旅行所提供的書寫潛能可見一斑。他自中國旅行所得到的印象不時疊印在香港的景觀上，對讀〈初識的河〉（一九八四）和〈車如流水〉（一九八四）兩篇，就能看到他怎樣移用在中國江河得到的感受到形容香港城市景觀：

> 幾天後和朋友在肇慶市蹓躂，無意中走上河堤，看黃昏裏靜靜流過的江水，自西而東。〔……〕我沿石階拾級下堤邊獨坐，第一次如此親近河水，我便想起「逝者如斯不

---

61 俞風：〈望夫石記〉，《牆上的陽光》，頁七九。

62 俞風：〈共看廬山雪〉，《牆上的陽光》，頁一三一。

63 黃國彬有一似同實異的觀察：「香港的生活圈子小，作家得不到祖國大地、河山的薰陶，所見所聞不廣，所觸所感不深，創作時也有很大的局限。」他對旅遊的推崇是以否定本土為前提的，與俞風由旅遊觀察省思而正視本土的態度恰成對比。黃國彬：〈六年辛苦不尋常〉，《第六屆青年文學獎文集》（香港：香港大學學生會、香港中文大學學生會，一九七九年），頁一四五。

舍晝夜」這古老的喟嘆。(〈初識的河〉)[64]

那一段日子剛畢業，下班後常獨自散步回家。有幾回在疲倦的交通燈前停下，看汽車匆匆流過，猛然驚覺彷彿就站在川上，興起逝者如斯之嘆。〔……〕從起點到終點，在乎的應該是流動的過程。流動，始成河。在交通燈前我這樣想，且怦然憶起多年前在西江堤下看河，那些暗自翻動的思緒了。(〈車如流水〉)[65]

〈車如流水〉由香港的城市景觀串連起〈初識的河〉所描寫的肇慶西江，通篇充滿「河」的轉喻，車流、歲月、社會際遇、人生的意義等都以河為喻，帶出他的哲思，而且呼應較早寫成的〈初識的河〉裏自比為一條河的形象。[66]

旅行文學對香港文學的助力，不只是提供香港文學少見的「河山」為意象修辭。西西的例子更清楚的展示了旅行和自省、理解外地與理解自身的平行過程，「成為」他者、反過來觀察自我。在西西關於旅行的小説裏面，中國是最常見的題材。西西的中國內地旅行書寫和有關中國的小説全部寫於七十年代末、八十年代初中國剛開放觀光旅遊探親的時期，按其視點分成兩組：在第一組作品裏，敘述聲音是一個到內地旅行的人；在第二組作品裏，敘述聲音都設定為中國老百姓。第一組代表旅人的視點，體裁多為遊詩、遊記，包括收在《石磬》(一九八二)

---

64 俞風：〈初識的河〉，《牆上的陽光》，頁一二〇。

65 俞風：〈車如流水〉，《牆上的陽光》，頁四三。

66 「河的意義就在河身上」的道理，在另一篇記登山的散文〈尋找石碑〉中則體現為旅行的意義。「旅行的目的究竟在於目的地的一件古跡、一幢古建築、一座名山，抑或是走向那件古跡、那幢古建築、那座名山的過程呢？至於到達目的地後，是否找到這些名勝古跡，又是否重要的呢？」俞風：〈尋找石碑〉，《牆上的陽光》，頁八一－八二。

裏的由〈河〉到〈礫石〉共十二首詩，[67] 散文小說集《交河》裏的〈交河〉（一九八二）、〈羊吃草〉（一九八一）兩篇遊記，以及收在《春望》的小說〈奧林匹斯〉（一九七九）。第二組代表當地人的視點，都是小說，包括收在《交河》的〈阿莎〉（一九八一）和〈戈壁灘〉（一九八一），以及《春望》的〈北水〉（一九七九）、〈龍骨〉（一九八〇）共四篇。[68] 兩組作品對照下不難發現文類和視點設定的密切關係 —— 詩和散文主要從旅客的角度出發，小說的虛構手段則讓西西超越了旅客的身份、「成為」當地人，面對他們的生活問題，寫出他們的所思所感。這種可以互換的雙重視點在帶出內地與香港、旅人與當地居民之差異距離的同時展示理解認同的可能，通過他者的視角反身觀看自我，與現實拉開批判的距離。[69]

在兩組作品裏面，最早的〈奧林匹斯〉（一九七九）可以

---

67 這十二首詩當中，敘述聲音主要是遊客；例外的是〈河〉和〈玉蜀黍〉，敘述聲音不明，另〈奏摺〉和〈雨與紫禁城〉則代入歷史人物，後文將再談到。其中〈玉蜀黍〉和〈塞外〉都是西西自創的「河流體」，對照〈奧林匹斯〉把中國稱為「大河的兩岸」，可見西西甚為喜歡這個河的意象。〈城遇〉、〈將軍〉等的靈感明顯來自中國旅行，其中〈城遇〉一詩最有趣，既自覺到史傳詩文中的白頭鴉、五花馬、驃騎大將軍和阿房宮的王等等都不可尋得，又展現了詩人對歷史想像的興趣，很可以代表西西的旅行態度。西西：《西西詩集》（台北：洪範書店，二〇〇〇年），頁七六－一二五。

68 另有〈鳥島〉（一九八五）一篇雖也是以旅行中國為題材的小說，但因為題旨溢出本文範圍，僅附識於此。小說寫一位到青島觀察動物生態並收集動物標本的人，藉着他與當地居民的相處，反思人與自然的關係。西西：〈鳥島〉，《鬍子有臉》（台北：洪範書店，一九八六年），頁一八三－二二〇。

69 西西的作品喜用兩種對立觀點為主要結構早被論者慧眼指出，鍾玲極富洞見地指出西西的小說如《哨鹿》等經常運用兩種觀點對立的結構。鍾玲：〈香港女性小說家筆下的時空和感性〉，《香港文學 @ 文化研究》，頁五五二。

代表西西作為遊客的想法。[70] 小說講述慶得到一部奧林匹斯相機，起初在海島旅行中（指台灣），慶「所需求的小城的寫實與生民的動態，奧林匹斯也都能恰當地捕捉」，[71] 但當他們向北漫遊「大河的兩岸」（指中國）時，奧林匹斯開始「染病」，只看到華麗的大場景、名勝古跡；慶更喜歡觀察當地老百姓的生活，奧林匹斯卻沒有替他拍下。奧林匹斯和慶的差異相當接近厄里所區分的兩種旅遊態度，奧林匹斯代表「集體式的觀光旅遊」，慶卻較為接近所謂「浪漫式的觀光」，渴求排除觀光客的限制，[72] 熱情地稱道「這城的人原是我的兄弟」，「以前我只是聽見傳說，如今我親自看見」，[73] 表現出香港作家最初打破隔閡、踏足神州時的巨大熱情。藉奧林匹斯和慶的對比，西西清楚地展現了她希望超越觀光旅遊的浮光掠影，看見深度的人文風景。

正是出於這種渴望，在後來幾篇靈感來自中國旅行的小說中，西西反轉了主客位置，讓當地居民成為敘述者，自己退隱為路過的旅客，小說的重點不是遊覽風景名勝，而是表現當地老百姓的生活。〈北水〉、〈龍骨〉、〈戈壁灘〉、〈阿莎〉這四篇採用老百姓為第三人稱內聚焦敘事的小說中都出現了路過的觀光客，西西通過小說的虛構手段，顛倒了觀看與被觀看的位置，從當地人的角度描寫自己這些旅行者。〈北水〉（一九七九）和〈奧林匹斯〉一樣也是寫河南開封，卻是從當地居民的角度

---

70 西西：〈奧林匹斯〉，《像我這樣的一個女子》（台北：洪範書店，一九八四年），頁七－一二。

71 〈奧林匹斯〉，《像我這樣的一個女子》，頁九。關於那次西西和也斯、吳煦斌的台灣旅行和他們對「文學台灣」的尋訪，可參考黃淑嫻：〈旅遊長鏡頭：也斯七十年代的台灣遊記〉，《文學評論》第十四期（二〇一一年六月十五日），頁三三－三九。

72 厄里討論「浪漫式的觀光」主要指對風景的凝視和個人孤獨感，與慶追求日常本真、具人文關懷的傾向略有不同。《觀光客的凝視》，頁八六－八九。

73 〈奧林匹斯〉，《像我這樣的一個女子》，頁一一。

描寫一九七八年底起中國開放觀光探親帶來的影響和改變。小說以在開封城外賣掃帚的北水伯為敘述者側寫這個歷史時刻，他的鄰居們從海外探親回來帶上開封第一部彩色電視機和計算機，不久即有一群奇裝異服但「看來和本地人差不多，也都是黑頭髮、黑眼珠子」的外地遊客，也就是〈奥林匹斯〉的慶那樣的香港遊客到開封來的奇景。小說既寫到源源不絕的遊客如何改變了開封大街的面目，亦寫到北水伯終於有機會聯絡出嫁海外多時的綠花姊，從小市民看大政策，寫來真摯動人。[74] 同樣是從當地人反看遊客，〈阿莎〉（一九八一）的敘述者是一個哈薩克女孩，從她的角度陌生化地描寫了觀光事業，她抱着小弟弟每日站在蒙古包門前招徠觀光客，疑惑「搭了這麼好看的一座帳幕，又不住人」，來參觀的「說着一種奇怪的話的叔叔姨姨們」把阿莎當成景點的一部分，對阿莎來說她喜歡這份差事只是因為可以穿上漂亮的衣服，以及只有和「叔叔姨姨們」拍照時可以坐在地上。[75]

事實上，這些小說的靈感很多來自當時西西和她的文友到內地旅遊的見聞感受。素葉同人曾經同遊新疆，各自帶回遊記和詩作，如俞風的〈天山和天山的風雨〉，何福仁的〈新疆之旅〉、〈南山牧場〉、〈火焰山〉、〈夜宿吐魯番〉等多篇，西西則寫了〈交河〉和〈羊吃草〉兩篇遊記，[76] 以及一篇小說〈戈壁灘〉。對照這些遊記和小說可以更突出西西這些小說的敘述角度有何特別。例如何福仁〈新疆之旅〉記述他們對在荒漠火車站中工作的人的好奇：

74　西西：〈北水〉，《像我這樣的一個女子》，頁一三－二五。引文出自頁二五。

75　西西：〈阿莎〉，《交河》，頁一四－一七。

76　西西：〈交河〉和〈羊吃草〉，何福仁編：《羊吃草》（香港：中華書局，二〇一二年），頁一一－一四及二九－三二。

新疆之旅

何福仁

1

西安的大雁塔是玄奘取經回來，向唐太宗提議，仿天竺的「窣堵婆」式建造，梵文「窣堵婆」，就是羅塔的意思，作爲玄奘譯經藏經的地方。這個塔在慈恩寺內，距今一千三百多年了，造型宏偉奇挨，有一種雍容莊嚴的氣象。大雁收起雙翼，兀立在市街，許多年來，可仍然有飛的渴望。寺裏展覽了玄奘西行的路線，譯經的種種資料，其中最吸引我的，是一幅繪畫玄奘上路的拓片，他背著好大的一個竹簍，簍內上面幾格放了衣物食品之類，下面則是若干經書；背簍上方懸掛了小小的一盞甚麼，也許是燈，作爲晚上照明之用。原來，唐初嚴禁出關，他的申請被拒，毅然偷渡，爲了避人耳目，只好晝伏夜行。至於學成歸國，萬人夾道歡迎他，那是後話。我們攀著扶梯，跑了二百多級，到達最高的第七級浮屠（塔），西安城，就都在下面了。那溝通中外，著名的「絲綢之路」，以西安做起點。杜甫「同諸公登慈恩寺」詩說：「自非曠士懷，登茲翻百憂。」我也並非曠士，不過登了這高樓，興緻是高昂的，充滿了嚮往。因爲從雁塔降落，當天晚上，我們也帶了必需的物品，從西安出發，開始新疆的旅程。

玄奘萬里孤征，走走停停，依靠地上的骸骨和商隊駝馬的糞便蹤跡做指標，單是甘肅和新疆一帶，已經要跑許多日子。我們呢，從西安乘直通火車，只需隆隆那麼三夜兩日，就穿過河西走廊，出了甘肅，到達新疆的吐魯番了。更便捷的方法，當然是乘飛機，從北京到烏魯木齊，大約飛三小時，大鵬那麼一展翅，就飛過去了。不過沿途的名勝，與乎戈壁沙漠，可就放棄了。我們離開烏魯木齊時，乘飛機到北京，仍然看到連綿起伏的高山流水，也有平曠的沙漠，却是隔了一層玻璃窗，空氣經過濾節，在高空上俯看，那滋味，畢竟不如從平面，置身其中來得親切。

我們晚上十一時左右上車。才上車，就碰到一個乘客，高鼻白皙，一如東歐人，我們一口認定他就是維吾爾族。至於其他人，大人小孩，擠滿了一車廂。列車員是個鼻大眼小，結實粗樸的大塊頭，我以爲他是匈奴人，我想像中的那種匈奴人，後來才知道，他其實是河南人，沈默，但友善，安頓好了，K抹抹車座，一手撥沙，看看枕頭，破舊汚黑，——這以後數天，我們經常在車座裏發現小小的鷄毛，破枕而出。匈奴人把床單膝布塞給我們，都是沾濕的。車行數分鐘，過咸陽。當年自稱朕乃第一位皇帝的秦始皇建都所在。我們剎那把它拋在背後。

夜了，右手車窗外，是霸橋路日的投影，四周空濶，只有火車隆隆，以及硬座裏旅客輾轉反側的喘息聲。的確不是做夢，我想。

2

由蘭州到吐魯番，要經過大小一〇七個車站，長達一千多公里，吃苦的不是乘客，而是那跑路的火車。跑啊跑的，要跑過河西走廊，跑過孤寂少人的戈壁瀚海，跑過弱水的翻漿與乎飛砂地帶。跑累了，就暫停稍息，入水上貨。十數分鐘後，再開步跑。彷如一條激怒的蜈蚣，一味向前奔突，想跑出浩浩無垠，而且寂寞的沙的迷宮。過蘭州一段山路，比較曲折，車經過了山，車尾仍然滯留在山的後端，於是拚命追趕，眞是絕望，尤其是火車回轉頭來看到自己尾巴的時候。我們坐的火車，年紀大概不少了，一直搖擺震盪，一路咆咒，揚起塵沙，偶然也揚起白煙。快到停站，就先扮表現了它的老於經驗，先是向一邊拚命拖曳，看來非把我從第三層臥舖拋下來不可了，——放心吧，它向另一邊急收。

早餐後，看見遙遠的左邊車廂外刮起風沙，一縷黃沙向上空捲去。之後，沒多久，右邊車窗下的A鬚彎曲問那是甚麼，——那是完整，一如拱橋的天虹，不是一條，而是兩條，出現在空調的沙漠上。

車上第二天，外邊所見已是平瘠無邊的沙漠，房屋絕少了。河西走廊的張掖和武威，都在夜裏跑過。早上十時左右，到達酒泉。單看酒泉那名字，就夠人飄然欲醉了，杜甫詩說：「恨不移封到酒泉。」咏的是唐代善飲的汝陽王。酒泉流傳一段美麗而悲壯的故事，李廣因爲征伐匈奴有功，漢武帝賜他御酒，大概那麼一小瓶，既不夠這位雄糾糾的飛將軍喝，更不夠讓一起征戰的同袍分喝，他於是把酒灌入地上的清泉去，參和泉水，再掏上來，酒無疑稀淡了，然而有福同享，有酒共喝，不是更有意思麼？路過酒泉，來不及也分一口葡萄美酒，因爲要趕路，——欲飲琵琶馬上催，催促的催。

半小時後過嘉峪關車站，稍停。我們東張西望，那裏是中國最西的長城，天下

14

戈壁灘

西西

他們說：阿帕加，那是海市蜃樓，你看見的一切，祇是幻象。你說你看見綠洲，看見湖泊，看見積雪的山峰，看見成群的牛羊；你看見你想看見的一切：水源、草地、牧場，但它們都是幻象，因爲那是

門口時也是這個樣子。

「是古爾嗎？」我問。

她並不答話。

「是不是古爾？」我再問。

她依然不說話。

我在河邊洗刷一個鍋子的時候，我再次見到她。我在河邊洗鍋子的時候，河的上下游都沒有一個人，河的對面是一帶防風林，林那有一，兩頭山羊和一輛驢車，這個時候，是人們午睡的時候，我獨自一個人

何福仁的遊記〈新疆之旅〉及西西的小說〈戈壁灘〉同刊於第三期《素葉》

> 跑了好一段路居然可見一二小屋，在無垠的沙漠裏苦撐，車跑過時，有人在門外拿着旗幟，原來是鐵路的維修工人。這種工作，要比守燈塔孤寂難堪得多。日當頭，要挨受熊熊的曝灼；而晚上，則是苦寒。過路的火車是唯一的慰藉。(〈新疆之旅〉)[77]

這些旅客對當地的想像到了西西手裏就翻轉成〈戈壁灘〉(一九八一)裏阿帕加的感想，兩篇都刊於第三期《素葉》，讀者一看便知兩文的關係。沙漠的景色給這篇小說染上神秘的調子，西西以「他們」稱呼自己這行旅客：

> 他們說：戈壁灘上的一個小火車站，比一個孤島上的燈塔還要寂寞。寂寞，甚麼叫寂寞呢，從來沒有人知道戈壁灘上熱鬧的樣子，你可以聽見陽光照在旱地上黏土龜裂的聲音，你可以聽見一塊石頭瓦解成細沙的聲音〔……〕他們這樣說是因為他們不知道戈壁〔……〕人們只看見這些，但我知道戈壁，我在這裏畢竟這麼多年了。(〈戈壁灘〉)[78]

又從少年的角度反問旅客「為甚麼沒有人願意在戈壁留下來？」這個聯想寫成了〈塞外〉、〈綠洲〉、〈礫石〉等詩，[79] 詩人想像自己在戈壁定居，甚至成為戈壁的一塊石頭，只是詩作仍然從詩人主體出發，小說則超越了旅客的身份樊籬，從一個在戈壁灘火車站工作的維吾爾族少年抒發他對沙漠的感情。詩與小說對

---

77 何福仁：〈新疆之旅〉，《素葉文學》第三期(一九八一年十一月)，頁一五。

78 西西：〈戈壁灘〉，《素葉文學》第三期(一九八一年十一月)，頁三。

79 西西：〈塞外〉、〈綠洲〉、〈礫石〉，《素葉文學》第五期(一九八二年一月)，頁八－一〇。

比之下再次突出西西的旅行小說屢屢變換視角，代入當地人的角色。[80]

這些短篇小說雖然不是鴻篇巨構，卻展現了西西驚人的想像力和調換思考角度的能力，也呼應了上一章所討論的《素葉》上的域外想像小說，代入和理解他者的能力是不少香港作者的特長。在眾多八十年代以來旅行中國所產生的相關作品中，擁有這種成為他者、反思自己的能力的作家並不多見，同時也顯示西西對自己也有參與的那種文物觀光的警惕。西西這些以旅行中國為題材的遊記、詩和小說以「旅人／當地居民」的視點對調為核心敘事結構，帶出內地與香港、旅人與當地居民之差異距離的同時展示理解認同的可能。在可以互換的雙重視點之中，理解別人也就是理解自己，通過他者的視角反身觀看自我，這種結構讓西西能與現實拉開批判書寫的距離，表現其恢宏的世界視野和人文情懷，更展現了香港文學在華文文學中獨樹一幟的開放特質。雖然旅行理論質疑旅人是否可以真正理解當地，[81] 西西卻通過小說超越了旅客的身份，面對當地居民的生活問題，就像德勒茲（Gilles Deleuze, 1925-1995）所說的「變向他者」（becoming-others）。[82] 也斯曾指遊記是作者性情的流

---

80 這種雙重視點能夠造成深沉的諷刺效果，可參考西西另一篇小說〈龍骨〉（一九八〇），改編河南安陽市小屯村把殷墟甲骨當「龍骨」藥材吃的事，通過農民鄔有田的視角，點出文物保育先於民生解困的荒謬，完全拋開知識份子的觀點，對當地人不是譴責而是體會。西西：〈龍骨〉，《像我這樣的一個女子》，頁二七－三六。

81 例如郝譽翔認為旅行文學中有不可避免的詮釋暴力，突破異文化隔膜非常困難。郝譽翔：〈「旅行」？或是「文學」？——論當代旅行文學的書寫困境〉，東海大學中文系編：《旅遊文學論文集》，頁二九七。

82 胡錦媛率先把德希達的相關說法引入華文旅遊文學討論，見胡錦媛：〈靜止與遊牧——《印度之旅》中的兩種旅行〉，《旅遊文學論文集》，頁一八六。

露，[83] 如果某些早期過港文人流露出偏狹的大中原心態，西西等素葉作家卻流露出廣闊的胸襟，以及內地與香港二元對立框架以外及以前的思維和情感。

五、餘論：跨地域的本土思考

到了九十年代，《素葉》上的遊記在一貫的歷史文化主題上又加入了經濟觀察，諸如甘玉貞〈賣〉（一九九二）和蜉蝣〈旅程八篇〉（一九九八）等諷刺中國政經情勢轉變和消費市場發展，[84] 當中對暴起的消費文化的抗拒未嘗不可再從「本真」理論作理解。而與中國相關的小説，其主題由探親、旅遊變成了港人北上工作，記錄了內地與香港關係的新階段。余非〈那一叢叢的灌木林〉（一九九三）敘述者經常需要北上公幹，控訴中國經濟起飛所造成的社會亂象。[85] 伍淑賢〈香格里拉之一〉（一九九三）則能超越港人本位的思考，切中肯綮，藉一外國人東尼的口説出中國文革後以來的巨大變化，見證中國和香港的經濟關係逆轉，「中國跟你們香港人想像的不一樣」，並以麥當勞進駐中國的歷史意義作結。[86] 至於內地遊記，九十年代和八十年代相比，數量上雖然大幅減少，卻多了更迫切複雜的情感和政治思考。例如鍾玲玲〈列車〉（一九九一）寫兩個女子到廣州旅行，暗示比起中國最嚴峻的時候，旅行「和從前相比現在是

83　也斯：〈遊記的視野與性情〉，《香港文化空間與文學》（香港：青文，一九九六年），頁八〇－八二。

84　甘玉貞：〈賣〉，《素葉文學》第三十九期（一九九二年十一月），頁一二－一三。蜉蝣：〈旅程八篇〉，《素葉文學》第六十四期（一九九八年十一月），頁五〇－五一。

85　余非：〈那一叢叢的灌木林〉，《素葉文學》第四十七期（一九九三年十月），頁一六－一九。

86　伍淑賢：〈香格里拉之一〉，《素葉文學》第四十八．四十九期（一九九三年十一月），頁三〇－三四。

好得多了」。在她一貫描寫細膩幽微的女子情感糾葛之中，一個女子難以愛上另一女子，這種情感困難同時指中國，「我對中國的情感很難」，因此另一友人對她們竟然在六四後到內地旅行這件事感到難以置信。[87] 遊記內容的轉變側面反映後過渡時期香港和中國內地在政經社會文化等層面的互動大幅增加，香港人對國族身份的認同卻漸行漸遠了。

總結上文的討論，旅行書寫中所呈現的香港形象與以香港本地為背景的作品大不相同，不只負載香港作家對身份認同、香港歷史處境的特殊性與民族主義的尖銳思考，也展現了香港文學的跨地域性以及理解他者的寶貴特質。畢竟當我們討論「本土」時，從來都不是、也不能只考慮這蕞爾小島之內的人事物。恰似也斯所說，「每次說香港的故事，結果總變成關於別的地方的故事；每次說別的地方的故事，結果又總變成香港的故事」。[88] 旅行的見聞、遊記及由旅行產生的文學作品，其跨地域性豐富了香港文學的面貌。

---

87 鍾玲玲：〈列車〉，《素葉文學》第二十八期（一九九一年九月），頁二－四。

88 也斯：〈香港的故事：為甚麼這麼難說？〉，《香港文學＠文化研究》，頁一一。

附錄、《素葉》旅行書寫列表

表一：內地遊記及遊詩——一百零四篇[89]

年份	期數	作者	篇名
一九八〇	一	康夫	夜遊江門
一九八一	二	康夫	石歧街景
	二	迅清	路遠
	二	何福仁	翁仲 ——明十三陵速寫
			尋柏
	二	俞風	河
			距離
	二	冷雲	赴中山途中所見
	二	李維陵	詩紀
			雲
			等待
			鐘
		楊龍章	冬夜
			憶金陵 ——一九四七贈李維陵
	二	關夢南	探親
			花市・廣州
	三	西西	礫石 雨與紫禁城
	三	戴天	「北京輕描四首」： 長城這把梯子 景山南北 穿過海關的針眼 王府井大街賣桃
	三	葉維廉	西湖夜曲二首
			紹興東湖

89 篇數統計有獨立標題的作品，如只有一個題目，其下分為「之一」、「之二」者，仍算為一篇，下同。

（續上表）

年份	期數	作者	篇名
一九八一	三	俞風	陝西博物館看雨
	三	何福仁	新疆之旅
	三	馬寶茹	説故事
	四	阮妙兆	導遊
	四	江游	登山
	四	何福仁	南山牧場
			火焰山
			夜宿吐魯番
	四	俞風	黃昏在開封街上
一九八二	五	何福仁	東北行
	五	古蒼梧	第二次見雪
	五	西西	玉蜀黍
			嘉峪關
			塞外
			綠洲
	五	葉維廉	肇慶七星岩
	五	方禮年	好勝
	六	鄭鏡明	飛行在祖國蒼茫的天空
	六	淮遠	鑿子
			京城
			某幾個省
			垃圾的一課
	六	許迪鏘	除了看不到雪
	六	周國偉	削髮 —— 訪瀋陽東陵有感
	七	淮遠	辮子和鬈髮
	八	楚真	江南山水
	八	阿田	兩個四姑媽
	九・十	俞風	天山和天山的風雨
	九・十	許迪鏘	長城
	九・十	韋愛賢	鄉宴
	九・十	何福仁	詠蔡浩泉畫南山牧場
	九・十	方同	夢李白

（續上表）

年份	期數	作者	篇名
一九八二	九・十	西西	將軍
	十一	張銳釗	根
	十二	鍾玲玲	廣州的黃昏
			北京動物園
			青島海水浴場
	十二	張灼祥	騙子
			乞丐
	十二	張銳釗	關於「遊記」
	十二	何福仁	雪的追尋
			你的選擇
	十三	辛笛	一個夏天的午後
	十三	迅清	溪頭夜宿
	十三	何福仁	從吉勞埃到歐陽修 —— 河山箚記之一
	十三	廖文傑	人物五題
一九八三	十六	陳喬	小雪
	十七・十八	鄧阿藍	硬石 —— 遊桂林「大岩壁書」
	十九	張銳釗	夜行列車
	十九	辛其氏	從亞姨想起
	二十・二十一	張銳釗	塞上曲
一九八四	二十三	俞風	煙水亭記
			我們在寒夜裏張望 —— 一九八三年除夕於向西站候車隨想
	二十三	黃襄	客次澳門
	二十四・二十五	辛笛	寒山寺前默想 —— 寄葉維廉夫婦
一九九二	三十四	古蒼梧	河西散記
	三十八	淮遠	水路
	三十九	甘玉貞	賣
一九九三	四十六	甘玉貞	100 和 2000

（續上表）

年份	期數	作者	篇名
一九九四	五十	何福仁	碑林讀顏真卿《爭座位帖》
	五十	陳少華	遊肇慶二湖記
	五十三	甘玉貞	遊江散記
	五十四	孤草	上海粗炒
	五十四	淮遠	墨鏡
	五十五	何國強	從水上新娘到無證媽媽
一九九五	五十八	潘澤成	螢光燈
一九九八	六十四	蜉蝣	旅程八篇
	六十四	鍾國強	洪水
一九九九	六十六	西西	順德清暉園
	六十六	何福仁	寫園 錯園
二〇〇〇	六十七	古蒼梧	訪茶記
	六十七	樊善標	杭州遊記
	六十八	廖偉棠	西蒙在廣州，沒有方向但是堅定——或：人類不是追求水果的動物
	六十八	何福仁	「中國園林六首」： 殿春簃 滄浪亭 月園 个園 獅子林 拙政園

表二：以港人到內地旅遊、新移民或內地與香港關係為題材的小說－十五篇

年份	期數	作者	篇名
一九八〇	一	蓬草	北飛的人
	一	李維陵	羈
	一	辛其氏	尋人
一九八一	二	辛其氏	飛

（續上表）

年份	期數	作者	篇名
一九八二	六	李孝忠	長江行
	七	辛其氏	真相
	九・十	蓬草	翅膀
一九九一	二十八	鍾玲玲	列車
一九九三	四十二	伍淑賢	父親之二
	四十五	黃碧雲	雙城月
	四十七	余非	那一叢叢的灌木林
	四十八・四十九	伍淑賢	香格里拉之一
一九九五	五十九	孫澤	音樂故事
	五十九	曾憲冠	阿俞
一九九九	六十五	鍾英偉	襄驛之戰

表三：外地遊記、遊詩－七十二篇

年份	期數	作者	篇名
一九八〇	一	阿果	維齊奧廣場
一九八一	二	周國偉	「多明尼加兩首」： 濃濃的夜，飲吧 在那遙遠的
	四	馬博良	初訪台北四首
			夢回 Bogota
			一九七五年九月十四日在曼谷東方旅店河濱
	四	張灼祥	連得傑的四天
	四	小思	京都短歌
	四	葉維廉	「台灣農村駐足」： 一、水田； 二、禾田； 三、鼓風機； 四、夕陽與白鷺； 五、天之水； 六、把夕陽留住； 七、下弦月； 八、深夜的訪客

（續上表）

年份	期數	作者	篇名
一九八二	五	余世堅	威尼斯
			畢加索畫室
	六	藥河	西貢，我們再生的城
	七	馬若	芭提雅南路
	八	阿權	賞雪記
	九．十	淮遠	缺德的遊客
			晚餐
	十一	李金鳳	雅典娜的傷逝
	十一	淮遠	姓氏
			紐約駱駝
			蝶
	十二	淮遠	六十條街
	十二	迅清	在列斯特城
	十三	淮遠	「因旅行而分心的遊記」： 街道 電梯 羅馬桌椅 獵狗 火車站
	十三	郭恩慈	去秋在翡冷翠
一九八三	十六	許迪鏘	九州去來
	十六	康夫	遊日筆記
	十七．十八	馬若	旅途中
	十九	淮遠	雞脖子
			紡織娘
	二十．二十一	何福仁	烏鴉
一九八四	二十三	何福仁	我在黑森林裏獨行
			搖晃的燭光
	二十四．二十五	何翠媚	剛剛一年

(續上表)

年份	期數	作者	篇名
一九九一	二十六	淮遠	半個公寓
	三十	梁國頤	去國的日子
	三十一	淮遠	轉車記
一九九二	三十五	楊牧	下一次假如你去舊金山
	三十五	淮遠	笨遊客
	三十七	余非	一個冬季裏的旅行者
	三十八	綠騎士	寫在塞納河源
			四季
	三十九	余非	開放時間
一九九三	四十三	蓬草	高速公路
	四十三	龍彼德	逍遙遊
	四十五	李金鳳	天使與我同路
	四十八·四十九	郭麗容	格拉納達
一九九四	五十三	淮遠	彈球
	五十四	余非	土耳其紅泥鳥
一九九五	五十九	江瓊珠	印度旅程
	五十九	淮遠	吉日
			良辰
一九九六	六十	謝美寶	古巴遊記
一九九八	六十四	淮遠	替身
			失禮
	六十四	何福仁	石船的頌歌
			石頭也在寫詩
			從巉岩的孔眼裏你看見
			在查理橋我看見 K
二〇〇〇	六十七	何福仁	給伯爵
	六十七	劉偉成	集淚瓶 —— 梵蒂岡博物館所見

第四章 《素葉》的外國文學譯介

一、翻譯與香港文學的世界視野：《素葉文學》的譯介內容綜述

報刊經常是翻譯的第一現場。戴望舒主編的《星島日報・星座》（一九三八－一九四一）[1] 和馬朗創辦的《文藝新潮》（一九五六－一九五九）先後成為當時兩岸三地在譯介上最有前瞻性、視野最開闊的刊物，[2] 其後當然還有影響力巨大的《中

1 關於《星島日報・星座》的譯介概況，可參考葉輝的說法：「一九三八年八月起在香港誕生的文藝副刊《星島日報・星座》（戴望舒主編），直至一九四一年二月，出版逾千期，對中港新詩發展作出了極重要的貢獻〔……〕《星座》的譯詩者除戴望舒、袁水拍，還有徐遲、劉火子、周煦良、樓適夷、施蟄存、梁宗岱、杜衡、王忠等，所譯〈西班牙抗戰謠曲〉、〈霍思曼詩鈔〉、奧登的〈中國兵〉等影響深遠，超出了抗戰時期即時的鼓動人心。」葉輝：〈另一種橫的移植 —— 三四〇年代的香港新詩與外國譯介〉，梁秉鈞、陳智德、鄭政恒編：《香港文學的傳承與轉化》（香港：匯智出版，二〇一一年），頁二三一。

2 《文藝新潮》的譯介眼光之高，可參考鄭樹森的說法：「該刊一九五六年的第二期英國詩人，史提芬・史賓德評述現代主義消沉的著名論文，同時譯介當代墨西哥詩人渥大維奧・帕斯、戰後美國戲劇名家亞瑟・米勒、法國存在主義小說家薩特、自稱『惡魔主義』的日本感官派小說家谷崎潤一郎、瑞典表現主義小說家及詩人拉蓋克維斯特。第三期中譯將西班牙戲劇推入二十世紀的貝那凡特、英國現代主義詩人艾略特的《空洞的人》、希臘現代主義詩派奠基者沙伐利斯的《舟子頌》、巴西小說名家馬查多的短篇。第四期的法國文學專號，在二十世紀法國詩的選譯，從梵樂希到夏爾，完整而有系統；小說的五家，紀德的中篇《德秀斯》和薩特的《牆》，都是戰後名作。從這三期的抽樣，可見編者譯介現代文學的苦心孤詣。」鄭樹森：〈現代中國文學中的香港小說〉，陳炳良編：《香港文學探賞》（香港：三聯書店，一九九一年），頁三四二－三四三。

國學生周報》（一九五二－一九七四）、[3]劉以鬯主編的《香港時報‧淺水灣》（一九六〇－一九六二）副刊、崑南和李英豪主編的《好望角》（一九六三）、也斯等主編的《四季》（一九七二－一九七五）等。目前對八九十年代香港文學刊物翻譯情況的整理及研究仍然較少，《素葉》既是這時期具代表性的文學雜誌，也非常重視外國文學的翻譯評介，幾乎每一期都包括不同的譯介內容，不吝篇幅經常組織大大小小的外國文學專輯。把其譯介成果整理出來，可以讓我們初步了解八十年代以來香港文學與世界文學風潮的連繫。[4]

《素葉》的譯介有時甚具新聞性，比如追蹤諾貝爾文學獎，也會因應著名作家辭世而刊出一二文章致敬。諾獎的報道及評介主要由鄭樹森負責，他每年為《聯合副刊》追訪諾獎得主及策劃副刊全版報道，部分在《素葉》重發，[5]例如他跟一九八三年諾獎得主威廉‧高定（William Golding, 1911-1993）的全球獨家專訪及相關報道。[6]並不是每年諾獎都有跟進譯介，其餘

3　《周報》譯介的概況也可參考鄭樹森：「在譯介現代世界文學方面，《中國學生周報》的組織和自覺雖遠不及《文藝新潮》，但也持續不斷；曾繼《文藝新潮》之後再度譯介阿根廷小說家豪赫‧路易士‧博爾赫斯（Jorge Luis Borges），並首次介紹德語女小說家瑪麗‧路易絲‧卡施尼茲（Marie Luise Kaschnitz）和伊爾莎‧艾興格（Ilse Aichinger）的詩化小說，及法國羅布格利葉（Alain Robbe-Grillet）等『反小說』的『新小說』（nouveau roman）。對世界（主要是歐美）現代主義潮流的介紹和關注，雖以文學為主，但在藝術和電影方面，也有同樣的『先知先覺』。」鄭樹森：〈遺忘的歷史，歷史的遺忘——五、六十年代的香港文學〉，《素葉文學》第六十一期（一九九六年九月），頁三二。

4　本文談的「譯介」，既指狹義的翻譯（文本翻譯），也指廣義的翻譯（介紹文章，創作上的取法、把外國文藝「翻譯」成有本土特色的香港文學作品），故題目中不用「翻譯」一詞，而用了指涉較寬泛的「譯介」一詞。

5　關於這段兩岸諾獎因緣，參考熊志琴訪問整理、鄭樹森：《結緣兩地：台港文壇瑣憶》（台北：洪範書店，二〇一三年），頁九一－一八九。

6　《素葉文學》第二十‧二十一期（一九八三年十一月），頁三七－四五。該期專輯一半是鄭樹森在《聯副》的報道重發，另一半則是素葉同人及王仁芸翻譯他的作品，並辦了筆談會，見頁四六－六二。

素葉文學 月刊

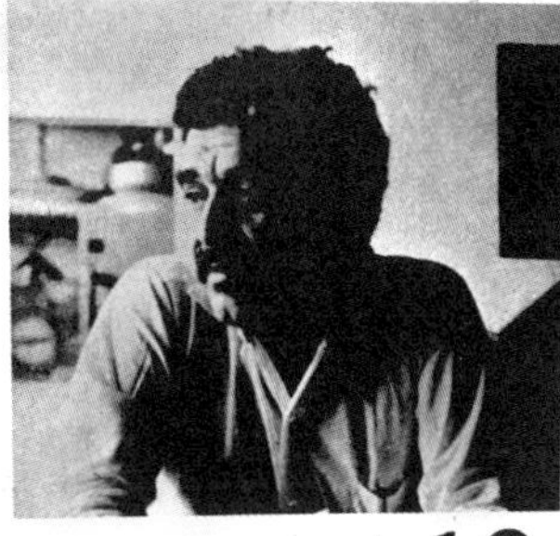

13

本屆諾貝爾文學獎得主大江健三郎小輯

通俗・嚴肅・日本文學

專訪大江先生

・鄭樹森

嚴肅文學的寂寞

村上和吉本的熱賣

本屆諾貝爾文學獎得主佟妮・莫理森小輯

爵士樂（選譯）

・佟妮・莫理森 /陳長房譯

我是聲音的名字
且是名字的聲音
我是字母的符號
且是分界的代號
——《雷霆・完美的心智》

素葉文學 60

・杜家祁作品小輯
・適然／尋玉
・余非／暖熱
・黃培安／戀人絮語
或者紅樓隨想
・鍾鳴／天狗吠日

普里莫・萊維特輯

《素葉》的諾貝爾文學獎報道及譯介例子

翻譯涉及的地域甚為廣泛，乍看之下幾乎歐美亞拉非全都包攬在內。

拋開諾獎的分野，若以譯介的文學形式來看，可以說《素葉》翻譯了不少形式前衛反主流的文本。鄭樹森曾在論西西小說時概括其時的世界文壇潮流：

> 英美文評界討論小說人物，一度經常借重小說家霍思特「平扁」相對「圓形」的二分法。這個提法，大體上建基於十九世紀以來現實主義的範典。六十年代以來，法國「反小說」的新小說，拉丁美洲的魔幻寫實主義，部分德國小說家「寓言式」的極短篇，都以繽紛歧異的實踐，動搖這個簡單的見解。此外，所謂「通俗」次類型作品（如科幻小說及偵探小說），往往又在不少傑出作家手上脫胎換骨，成為狀若「通俗」實則「嚴肅」的新結合。這種「舊瓶新酒」的嘗試大多別有懷抱，另有企圖。[7]

他在這段話提到的各種前衛文學實驗，在《素葉》上都有相應的譯介，他自己就曾介紹過美國的科幻片[8]及世界各地的偵探推理小說，[9]第六十五期又譯有〈法語極短篇十家〉，展示了超現實主義極短篇的精華。[10]

---

7 鄭樹森：〈讀西西短篇小說隨想〉，《從現代到當代》（台北：三民書局，一九九四年），頁八九－九〇。

8 鄭樹森：〈美國文化筆記之三 —— T2〉，《素葉文學》第二十八期（一九九一年九月），頁二二－二三。

9 鄭樹森：〈現代小說名家的偵探推理〉，《素葉文學》第六十六期（一九九九年八月），頁九六－一〇四。

10 鄭樹森譯：〈法語極短篇十家〉，《素葉文學》第六十五期（一九九九年八月），頁八八－九一。

若以地域論，《素葉》的翻譯涉及世界各地的文學，其中數量最多最突出的要數拉丁美洲文學，其次為東歐文學，另有少量前英殖民地文學也值得注意。拉丁美洲文學方面，《素葉》第十四・十五期的加西亞・馬爾克斯（Gabriel García Márquez, 1927-2014）專號，篇幅是平時出刊的兩倍，囊括鄭樹森專訪得獎者及諾獎委員、三篇外國媒體報道翻譯、多篇作品介紹及節譯、香港改編加西亞・馬爾克斯的舞台劇的簡評，最後還有素葉同人的座談會。[11] 不久又有「拉丁美洲・文學・繪畫・政治」專輯，翻譯了《紐約時報》巴西裔記者萊丁（Alan Riding, 1943- ）介紹拉美革命及文學的長文，[12] 選譯《八十歲的博赫斯》和阿根廷女作家巴倫蘇埃拉（Luisa Valenzuela, 1938- ）的小說，另介紹了與加西亞・馬爾克斯同為哥倫比亞人的藝術家博特羅（Fernando Botero, 1932- ）的畫作。[13] 其後陸續譯有智利的多諾索（José Donoso, 1925-1996）的小說、[14] 阿根廷的胡利奧・科塔薩爾（Julio Cortázar, 1914-1984）的新作數篇、[15] 巴爾加斯・略薩（Mario Vargas Llosa, 1936- ）的專輯，[16] 古巴流亡小說家貝尼特斯・羅霍（Antonio Benítez Rojo, 1931-2005）

---

11 「加西亞・馬爾克斯專號」，《素葉文學》第十四・十五期（一九八二年十一月）。

12 原文見 Alan Riding, "Revolution and the Intellectual in Latin America," *The New York Time Magazine*, March 13, 1983, 28-33, 36 & 38-40.

13 「拉丁美洲・文學・繪畫・政治」專輯，《素葉文學》第十七・十八期（一九八三年六月），頁二一－四四。

14 多諾索著，梁國頤譯：〈安娜・瑪利亞〉，《素葉文學》第十九期（一九八三年八月），頁二〇－二三。

15 胡利奧・科塔薩爾著，張紀堂譯：〈我們多麼喜愛格蓮達〉；俞風譯〈貓道——給璜・蘇里安諾〉;《某些盧卡士》選譯三則：方沙譯〈恐怖樂園〉、許迪鏘譯〈落日捕手〉、亞穗譯〈盧卡士——他的長征〉，見《素葉文學》第二十二期（一九八三年十二月），頁二四－三一。

16 包括其小傳、書目、其作品〈虛偽的知識份子〉、〈記者之死：一個報告〉、〈餘波〉的翻譯，以及西西的數篇略薩閱讀札記。見《素葉文學》第二十四・二十五期（一九八四年八月），頁一八－三九。

的專訪，[17] 博爾赫斯（Jorge Luis Borges, 1899-1986）誕生百年時也辦了紀念專輯。[18] 東歐文學方面，[19] 鄭樹森策劃及翻譯的「外國極短篇」系列多譯自東德、波蘭、奧地利、立陶宛等地；[20] 波蘭的辛波絲卡（Wisława Szymborska, 1923-2012）及原波蘭的君特・格拉斯（Günter Grass, 1927-2015）獲得諾獎後都有跟進譯介。[21] 此外，還有前英屬殖民地，分別來自加勒比海島國聖路西亞的沃葛特（Derek Walcott, 1930-2017）[22]、千里達的奈波（Vidiadhar S. Naipaul, 1932-2018）[23] 以及來自香港的英

---

17 鄭樹森：〈古巴・文學・政治 —— 專訪貝尼特斯・羅霍〉，《素葉文學》第五十四期（一九九四年八月），頁二六－二七。

18 由黃燦然翻譯其詩及小說，還有帕斯（Octavio Paz）論博爾赫斯的論文。見《素葉文學》第六十六期（一九九九年八月），頁一〇六－一一九。

19 「東歐」所包括的國家參考鄭樹森的定義，大體指東德及其東面，在冷戰時期鐵幕下的國家，「東歐五國」指捷克、波蘭、匈牙利、南斯拉夫、羅馬尼亞。參考鄭樹森：〈前言〉，《八方文藝叢刊》第八輯（一九八八年三月），「東歐文學專輯（上）」，頁一五五。

20 由《八方》時鄭樹森已開始策劃東歐文學專輯等多種翻譯工作，並在台灣解嚴後於《聯合副刊》重發。這批譯文後由台灣結集出版，鄭樹森：《當代世界極短篇》，台北：爾雅出版，一九九三年。鄭談到這批譯介時表示：「我翻譯的極短篇基本上都是港台同時發稿，這要特別多謝《素葉文學》的許迪鏘先生和何福仁先生二位。這些翻譯後來應台灣文學界、出版界老兵隱地先生之邀結集成《當代世界極短篇》，在『爾雅』出版，今天我仍然非常滿意這本書，因為優秀而有代表性的極短篇不易找到，得從大量資料中選出，這也是累積閱讀的結果。」《結緣兩地》，頁一三七。

21 前者見鄭樹森：〈獨一無二的抒情 —— 巴倫切克談本屆諾獎得主辛波絲卡〉，《素葉文學》第六十二期（一九九六年十二月），頁八八－八九。後者則辦了專輯，見《素葉文學》第六十七期（二〇〇〇年七月），頁一〇六－一二七；另有一首詩，格拉斯著，葉輝譯：〈土星〉，《素葉文學》第六十八期（二〇〇〇年十二月），頁一四一。

22 沃葛特是一九九二年的諾獎得主，見《素葉文學》第三十九期（一九九二年十一月），頁二八－三一。

23 《素葉文學》第四十一期（一九九三年一月），頁二四－二九。《素葉》譯介奈波時，他尚未獲頒諾獎，直到二〇〇一年才獲得諾獎肯定，因此附錄上未把其歸入諾獎一類。

國小說家毛翔青（Timothy Mo, 1950- ）的譯介，[24] 雖然數量上很少，但在下文將會論述它們的重要性。至於當代中國，除了黃燦然策劃過「深圳．詩．搖滾．繪畫．攝影特輯」，[25] 鄭樹森也撰文探討過中國攝影的轉變 [26] 及神農架《黑暗傳》的發現。[27]

若以譯文內容描寫的政治社會狀況論，則《素葉》所譯的文本幾乎囊括了二十世紀的各個極權政府，納粹、法西斯、蘇聯、古巴等等無一遺漏，既關心拉美知識份子對共產主義及革命的看法，也關心鐵幕下的人民生活和文學空間。另外也相當具規模地翻譯了書寫戰時納粹惡行的意大利猶太裔作家普里莫．萊維（Primo Levi, 1919-1987），特輯包括其小說及詩多篇，以及外國媒體對萊維的介紹文章。[28]「黑色大陸」非洲也沒被遺漏，數量雖較拉美及東歐文學少，卻共同組成了這幅完整的「反極權」圖像。第三十一期報道反對種族隔離政策的南非猶太裔小說家娜汀．葛蒂瑪（Nadine Gordimer, 1923-2014）[29] 獲得諾獎的消息，並翻譯了她的一篇長篇講話；也有關於加勒比海地區的黑人的譯介，第五十期翻譯了美國桂冠詩人、黑人女性麗塔．達芙（Rita Dove, 1952）被收錄於《費伯版當代美

24　鄭樹森：〈邊緣的視野 —— 香港的英國小說家毛翔青〉，見《素葉文學》第三十期（一九九一年十一月），頁一八－一九。

25　《素葉文學》第五十九期（一九九五年七－九月），頁六八－一〇七。

26　鄭樹森：〈粉碎「紅、光、亮」—— 八十年代中國大陸攝影藝術的變革〉，《素葉文學》第五十期（一九九四年二月），頁一四－一六。

27　鄭樹森：〈漢族長篇創世紀史詩？ —— 神農架《黑暗傳》的發現〉，《素葉文學》第四十八．四十九期（一九九三年十一月），頁一八－二三。

28　《素葉文學》第六十期（一九九六年四月），頁七七－一〇五。西西在《耳目書》已經介紹過萊維的《元素周期表》，後來《素葉》的萊維專輯中，素葉同人俞風、許迪鏘、余非等都翻譯過萊維，可見素葉同人十分喜愛這位猶太裔小說家。西西：《耳目書》（台北：洪範書店，一九九一年），頁二〇七－二一八。

29　娜汀．葛蒂瑪著，俞風、梁國碩、許迪鏘譯：〈基本姿態 —— 作家與責任〉，《素葉文學》第三十一期（一九九一年十二月），頁二－六。

・一九七六年四月，天安門廣場・

・鄭樹森

粉碎「紅、光、亮」

——八十年代中國大陸攝影藝術的變革

一九四二年〈在延安文藝座談會上的講話〉確立文藝爲政治服務的大前提，又認定具體的服務對象是廣大人民羣衆，也就是工農兵。一九四九年後，這個框架就在國家機器的强力支援下全面落實。攝影既是藝術，但也是傳播訊息的重要工具，自然更受到「服務政治」的限制。

因此，自一九四九年開始，大陸攝影界的主流就是新聞攝影，而新聞攝影又通常淪爲政治攝影，眞的變成「圖解政治」。相對於文學裏英雄人物的「高、大、全」，攝影界則有「紅、光、亮」的標雕；題材方面更是自限於「工、農、兵」。一九六六年「文革」爆發後，政治攝影也動輒得咎，餘下的就是江青的個人攝影活動（例如毛澤東題字的〈廬山仙人洞〉）。儘管大陸的攝影藝術政治化，江青的風景照片反而沒有政治氣息。

「紅、光、亮」的消褪

一九七六年四月，丙辰清明天安門的悼念周恩來的自發羣衆集會，引發「四人幫」毫不留情的武力鎮壓。在流血和逮捕之前，一羣年輕人以敏銳的觸機，拍下後來稱爲「四．五」運動的歷史鏡頭（部分照片後由北京出版社輯成《人民的悼念》）。這個突破可說是大陸攝影界再生的開始。一九七九年四月二十四日《人民日報》第四版發了一條題爲「『自然．社會．人』藝術攝影在京展出」的短訊，是大陸攝影界的正式解凍。這條新聞如下：「最近，『四月影會』在首都中山公園舉辦了自己拍攝的『自然．社會．人』藝術攝影展覽，受到觀衆的稱讚。展出照片共三百幅，內容有人物的活動，自然的風光，植物的生長，動物的習性等。拍攝者思想解放，大膽進行了攝影藝術的探討。許多照片選材新穎，構圖別致，從生活的眞實中，提煉主題，突破了以往攝影中的一些框框，別開生面，使人耳目一新。『四月影會』是首都一些業餘攝影愛好者組織起來的民間攝影小組，成員是年輕人。」這個影展的籌辦人之一王志平也宣布了幾項藝術綱領：「新聞圖片不能代替攝影藝術」、「內容不等於形式」、「攝影作爲一種藝術，有它本身特有的語言」、「攝影藝術的美存在於自然的韻律之中、存在於社會的眞實之中、存在於人的情感之中」，「而往往並不一定存在於『重大題材』或『長官意識』裏。」（見一九七九年北京四月影會《自然．社會．人》影集前言）。

儘管《人民日報》的消息相當正面，但教條派還是非常不滿。新華社總社攝影部的鐘巨治就發表〈必須堅持攝影藝術的社會主義方向〉（北京《報紙動態》簡報一九七九年六月二十日第一八六期），抨擊影展作品的題材及手法。鐘巨治首先批駁《人民日報》，認爲「多數讀者和觀衆不同意人民日報的消息中對這個影展的評論。」接着批判王志平的藝術觀點，指爲偏離社會主義的藝術方向，是爲藝術而藝術的「超階級」論。鐘文又强調：「只要努力做到革命的政治內容和盡可能完美的藝術形式相統一，是一定可以出現攝影藝術的佳作。」另點名批評一些作品的具體表現：㈠「消極低沉」，「不能引導人們向前看」，例如張巖的〈落葉歸根〉；㈡「故作傷感」，是「作者小資產階級思想感情的自我表現」，例如王苗的〈巧藥塚〉；㈢不健康的愛情題材；㈣「明顯的政治寓意」，例如王苗的〈籠裏籠外〉，「大概算是渴望『自由』之作」，但是「分不清資本主義的民主自由和社會主義的民主自由有何根本的不同」；㈤「照搬」西方，「某些照片中只有雜亂無章的線條及色彩模糊的光和影，觀衆無論如何細看也看不明白，也不值得提倡。」這一點較明顯涉及攝影借鑒西方現代主義藝術非具像化風格的問題。

教條派的砲火雖然猛烈，但時代到底不同了。中國攝影家協會的龍熹祖的文章〈攝影園地的一簇新春花〉（北京《報紙動態》簡報一九七九年六月二十日第一八六期），就讚揚這個影展，還認爲「專業同志」（指協會會員）該向這些年輕人學習。當時北京相當活躍的民辦刊物都發表文章支持四月影會。《今天》雜誌第四期有鍾議的〈「自然．社會．人」巡禮〉；北京廣播學院新聞系求實社《秋實》雜誌第二期有吳明的〈漫步《自留地》〉；中國人民大學的《劲草》雜誌第二期有李冰秋的〈藝術屬於人民〉。而對教條派最有力的反擊則是，從四月一日到二十五日的展覽，雖然要收門票（三分），共有七萬多人參觀，常有觀衆擠不動的盛需出現。

創作主體的肯定

四月影會的出現雖然短暫，但勇闖禁區，大膽衝擊僵化但頑強的既有攝影體制，挑戰從屬於政治的攝影原則。四月影會與「朦朧詩」、「傷痕文學」、「星星美展」大致上在時間和精神都是呼應的。就像這些文藝活動，四月影會的創舉，很快就傳播到各大城市。

在理論上，曾經拍攝丙辰清明天安門悼念的羅小韻發表論文〈攝影藝術中的自我〉（見一九八一年中國攝影協會編

11, 12 1993　19

鄭樹森〈粉碎「紅、光、亮」——八十年代中國大陸攝影藝術的變革〉，原刊《素葉》第五十期。

國詩歌》的全部詩作，其中〈歐芹〉一詩記述了多米尼加共和國三十年代獨裁者特魯希略屠殺兩萬海地黑人的事。[30]

無論以上述哪種標準來分類，《素葉》的譯介工作都具鮮明的抵抗性。許迪鏘曾說：「我們這些年來一直做的正是解構權力與權威的工作」，[31] 也可挪用形容他們的譯介工作。要探討他們的動機，必須改變過往認為譯者是原文和譯文之間的透明中介的想法。《素葉》的譯者，既有《素葉》同人，也有不屬於編委的。鄭樹森雖非編委之一，卻承擔了佔總數一半的翻譯工作，不僅親自翻譯大量文本，撰寫介紹文章，訪問作家，也利用自己的人脈為《素葉》組稿，譯事涉地之廣、學識之博，讓許迪鏘形容：

> 我們的作者中，有兩位可說是深不可測。一位是西西，另一位就是鄭樹森。所謂深，指的並不是艱深、深奧，而是我們很難知道，在他們兩位的腦中，到底蘊藏了多少東西。〔……〕向他邀稿，在百忙中他總會寫一點甚麼。今期陳長房教授翻譯歐慈的作品，就是他數月來函電交馳給我們拉回來的。他給我們的支持和鼓勵，也就不必細表了。[32]

鄭與素葉同人關係非常要好，《素葉》是鄭的其中一個重要的譯

30　這位獨裁者就是加西亞・馬爾克斯《族長的秋天》所寫的那位，西西在加西亞・馬爾克斯專號談過這本小說。「麗塔・達芙小輯」，《素葉文學》第五十期（一九九四年二月），頁二〇－二五。

31　許迪鏘：〈在流行與不流行之間抉擇 —— 由《大拇指》到素葉〉，《素葉文學》第五十九期（一九九五年七－九月），頁一〇九。

32　許迪鏘：〈編餘〉，《素葉文學》第五十一期（一九九四年三月），頁三〇－三一。

介平台。[33]不屬於《素葉》同人的譯者還有黃燦然，在《素葉》後期承擔主要的譯介工作，許迪鏘在第六十四期〈編餘〉談到黃燦然，指「除創作外，報上許多世界文壇的報道，都是出自他的手筆。他為素葉還做了不少其他方面的工作，不容易一一言謝」。[34]《素葉》同人自己翻譯了很多拉美文學，也參與翻譯諾獎作家的作品，其中以俞風和許迪鏘譯得較多。如果說鄭樹森和黃燦然承擔了一半翻譯工作，另一半就由《素葉》同人分擔，兩者皆非的譯者幾乎沒有。這些翻譯和介紹體現出《素葉》的審美觀和文學追求，透過文學翻譯向外舉目四顧，背後是他們對社會、對世界的關切。

翻譯行為顯示了譯者怎樣想像香港文學與世界文學版圖的關係，一方面能夠為本地的文學形式帶來新鮮的刺激，另一方面在本土主體形構對自身的理解與想像上極為關鍵，說明「本土」總是產生於與他者的互動關係中。翻譯理論有助闡釋這種關係。翻譯研究學派（translation studies）認為翻譯永不是「透明」的中介，研究焦點應該對準譯者的能動角色、譯文對譯語

33　本文所論是他只發表在《素葉》上的翻譯和論文，其餘在《八方》、《聯合報‧聯合副刊》和《聯合文學》做的其他譯介則作為補充資料。本文第五節論及他譯介毛翔青、沃葛特、奈波及幾篇談香港文學的論文都發表於《素葉》；第六節論及他的外國極短篇小說系列，最初是配合《聯合副刊》的報紙性質而構思的翻譯系列，但因為是香港台灣同時發稿，而且每隔幾期於《素葉》刊登一次，每次介紹一至數篇，前後連載了四年之久，是素葉長期面貌的一部分，故也納入本文的討論。

34　許迪鏘：〈編餘〉，《素葉文學》第六十四期（一九九八年十一月），頁三。

系統的形塑、譯文在譯入文化脈絡的功能等等。[35] 一切翻譯的選擇必定在某程度上與本地的文化社會等並存系統（co-systems）相關，故翻譯研究必須關注文本譯入時的社會脈絡。[36] 因為翻譯從來不是純粹的語言活動，譯者對譯文的選擇以至具體的翻譯策略，皆與背後語言、文化、文學、社會、經濟、政治以至意識形態等等的多重系統有關。他們認為「把作品從一個文化系統翻譯到另一個文化系統，並不是一種中立的、單純的、透明的活動，而是一種帶有強烈使命感的侵越行為」，[37]「侵越」一詞傳神地表達出翻譯的針對性。換言之翻譯活動其實是以回應本地文化及社會為目的的文化行為，彌補本地文化的不足和抗衡本地文化令人不滿之處。《素葉》的文藝譯介工作也可從這角度切入，分析文本之間的共通點，透視譯者的動機，並觀察在翻譯活動中本土文化脈絡和世界文學潮流是如何互為作用的。

以下分析以素葉同人的譯介為主，次及和素葉關係密切但不屬於編委的譯者（例如鄭樹森和黃燦然），也會兼及素葉同人由素葉出版社結集出版的書籍以輔助說明。首先綜述《素葉》

---

35 翻譯研究理論參考 André Lefevere and Susan Bassnett, "Introduction," in Susan Bassnett and André Lefevere eds., *Translation, History and Culture* (London: Pinter Publisher Ltd., 1990), 1-13. 其中 Gideon Toury、Snell-Hornby、James Holmes、Theo Herman、Itamar Even-Zohar 等各自提出了不少影響深遠的觀點，其共通處是從系統和功能（function）的角度來研究翻譯，標誌着翻譯學的文化轉向。參考各人的論著，收錄於前引論文集 *Translation, History and Culture* 內。另參考 Theo Hermans, *Translation in Systems: Descriptive and Systemic Approaches Explained*. Manchester: St. Jerome, 1999. 埃文・佐哈爾著，莊柔玉譯：〈翻譯文學在文學多元系統中的位置〉，《西方翻譯理論精選》（香港：城市大學出版社，二〇〇〇年），頁一一五－一二三。埃文・佐哈爾著，張南峰譯：〈多元系統論〉，《中外文學》第三十卷第三期（二〇〇一年八月），頁一八－三六。

36 〈翻譯文學在文學多元系統中的位置〉，《西方翻譯理論精選》，頁一一七及一二三。

37 巴斯內特（Susan Bassnett）著，張南峰譯：〈從比較文學到翻譯學〉，《西方翻譯理論精選》，頁一八五－一九六。

的譯介情況，包括被引介的外國文學種類及譯者的概況。其次集中分析三個較突出的面向：一是拉美文學，可以看到翻譯怎樣對應本地文學的處境，並帶來新的文學形式；二是對英屬殖民地文學的翻譯，可以看到在本土認知的形成過程中世界文學怎樣扮演關鍵的他者；三是極權國家的文學，包括東歐和非洲等等，觀察翻譯如何承載這代香港知識份子對當代中國的疑惑和思考。透過翻譯研究，發掘本土的參照與對立面，重新強調本土總是在與他者的關係中被定義的，展現香港文學本土性與世界性的關係。

二、外來的形式、本地的故事：拉丁美洲文學

因為西西的關係，素葉同人對拉丁美洲文學的喜愛廣為人知。《文藝新潮》早已翻譯過博爾赫斯的短篇小說，為博爾赫斯首次與中文讀者見面；[38] 其後也斯、吳煦斌、蔡克健（柏美）等人在《四季》譯介加西亞．馬爾克斯《百年孤寂》。[39] 八十年代《素葉》繼續大力譯介，加上西西的創作，造成的影響很大。從翻譯研究的角度來看，所有翻譯活動都是以回應本地文化及社會為目的的文化行為，以下先分析《素葉》譯介拉美文學的動機為何與他們對香港文學的看法有關。繼而藉西西的個案，檢視外來的文學形式怎樣幫助香港的主體言說自己的故事。

---

38 譯者為思果，是馬朗委託他翻譯博爾赫斯的《劍痕》（*La forma de la espada*），參考邱偉平：〈翻譯研究的文化轉向 —— 以《文藝新潮》為例〉，《香港文學的傳承與轉化》，頁二五七－二五八。

39 專輯的譯者包括：也斯、莊慶生、蔡克健、莫展鴻、葉藍尼、金炳興及吳風（吳煦斌）。「加西亞．馬蓋斯專輯」，《四季》第一期（一九七二年十一月），頁九〇－一四八。其中也斯並譯有《當代拉丁美洲文學選》，於同年出版。梁秉鈞譯：《當代拉丁美洲文學選》，台北：環宇出版社，一九七二年。

素葉同人翻譯拉美文學，首先是因為它與香港文學的處境相似，欲以其苦盡甘來勉勵和期許自己。把素葉同人談自己的文章和談拉美文學勃興的文章並讀，馬上就能理解他們介紹拉美文學時的弦外之音。在第十四．十五期合刊的加西亞．馬爾克斯專號中，何福仁撰文介紹多諾索的《拉美文學的勃興》（*Historia personal del "boom"*, 1972），[40] 透露他們對香港文學的看法以及引介拉美文學是想針對改變甚麼。他在文章開首就譏諷曾經反對拉美文學爆炸論的人，並說：「他們在六十年代之前寫作搞出版的困境，我們感同身受。」[41] 他之所以對多諾索所寫的產生強烈的情感共鳴，是因為素葉同人正在經歷這種困苦。[42] 多諾索談到拉美文學勃興前沒有大出版社願意出版本地純文學，作者要自費出版：

> 所有五十年代智利的作家都是這樣，用懇求和抵押的方式，羞恥地出版他們的作品。〔……〕這對嚴肅的作者來說，那種尷尬委屈，可想而知。苦是自討的，最難能可

40　何塞．多諾索著，段若川譯：《文學「爆炸」親歷記》，昆明：雲南人民出版社，一九九三年。何福仁：〈灰姑娘——拉丁美洲小說的勃興〉，《素葉文學》第十四．十五期（一九八二年十一月），頁一六－一七。

41　「反對這個詞的人，最吱吱喳喳的是那些自以為被擯拒在『勃興』之外的人；另一些學究則埋頭材料堆裏，要找出證據證明那些作品沒有原創性，其實古已有之了；還有一些蠢材，出版了一本書，領了個甚麼獎，就代表一撮根本不存在的人對報界發言，宣稱自己是『勃興』中人；更有些天真的人，相信一切，支持一切，當『勃興』初次提出時，讚賞不已，不多久，轉而否定它的價值，甚至它的存在，然後又堅信一些他們否定存在過的東西的死亡。」〈灰姑娘——拉丁美洲小說的勃興〉，頁一六。

42　在另一篇文章中，何福仁再次談到多諾索這本書，可茲佐證：「那時我們讀到何塞．多諾索（José Donoso）的《拉丁美洲文學的爆炸：個人的歷史》（*The Boom in Spanish American Literature - A Personal History*），講六十年代之前在拉美寫作和搞出版的困境，不免連類附比，別有感受。」何福仁：〈素葉〉，《香港文學》第五期（一九八五年五月），頁九二。

貴的是他的朋友也願意跟他一起拋頭露臉去賣書。[43]

沒有人願意出版本地文學，就是素葉出版社創辦的初衷。作為香港八十年代極少數專門出版本地純文學書籍的出版社，他們很有資格對拉美作家說「我們感同身受」。[44] 不僅如此，拉美作品出版了還只能寄放在手工藝品店出售，「豪爾赫‧愛德華斯（Jorge Edwards）的《庭院》（*The Patio*）在商店靠邊，與陶器和手工藝一塊發售。找到一個棲書之所，已夠好了，哪怕是那麼可憐而不合適的地方」。這種文學寄生於商業環境的情況，難道不讓人想起香港很多純文學作品是夾附在流行刊物之中出版的？[45] 而這樣的尷尬和朋友的扶持，素葉同人在懇求大書店寄售素葉叢書和《素葉》雜誌時也經歷過。[46] 兩地文學的艱難處境十分相似，是《素葉》譯介拉美文學的原因之一。

拉美文學勃興給他們的啟示，是以他們的灰姑娘故事勉勵自己，期待香港文學有一天也會像人家那樣，苦盡甘來。何文題為「灰姑娘——拉丁美洲小說的勃興」，借用略薩的灰姑娘

---

43 〈灰姑娘——拉丁美洲小說的勃興〉，頁一六。

44 「〔……〕香港分明不是文化沙漠，文學創作的某些表現，甚至優於中國內地和台灣。〔……〕然而，作品在刊物上、報上發表了，連隨就在茫茫的文字海裏散失了，搜集不易，對後來研習的人，很不方便。」因此他們一群朋友就自資辦了素葉出版社。何福仁：〈素葉〉，《香港文學》第五期（一九八五年五月），頁九一－九三。

45 香港文學寄生於商業市場的情況，可以參考鄭樹森的說法：「香港文學的生存其實還有一個特色，就是長期在一些基本上與文學無關的雜誌上依賴掛單；甚至在一些十分主流的刊物上偶然露面，例如鍾玲玲等的作品在一般視為『八卦』雜誌的《明報周刊》出現。〔……〕在文學書籍的出版上，也有這種依賴純商業出版社，偶然出現認真作品的情況。例如八〇年代的博益、明窗、突破等出版社，都有過令人意外的文學書。」鄭樹森：〈殖民主義、冷戰年代與邊緣空間——談四十年來香港文學的生存狀況〉，《素葉文學》第五十二期（一九九四年四月），頁二三。

46 許迪鏘：〈編餘〉，《素葉文學》第四十八‧四十九期（一九九三年十一月），頁五五。

比喻。何福仁特別談到他們對歐美文學的吸收和轉化，令拉美文學開創出新面貌，反過來讓歐美文壇趨之若鶩，他問：「他們的景況，對我們是否有一些啟示？」[47] 後來香港果真突然獲得全世界的注意，香港文學的出版情況也改善過來了，《素葉》熬過了香港文學寂靜的時期，經歷了香港文學的「勃興」，到二〇〇〇年任務完成停刊，許迪鏘形容「止於其不得不止，不以止之為悲」，「如今，文學出版有政府資助，也不乏開放的文學園地，素葉的使命，如果曾經有過的話，大概已經完成」。[48] 如今看來，他們自己果真就是這樣一位堅忍的灰姑娘吧。

《素葉》引入拉美文學，更是對全新文學形式的渴求，針對寫實主義教條和機械反映論，並尋找表述香港的新方法。外國文藝翻譯對本地文學的創新突破一直十分關鍵。自五四以來，翻譯已是中國新文學突破傳統的主要推動力。在台灣，白先勇、王文興、歐陽子等人創辦《現代文學》引介現代主義，也是為了突破台灣五六十年代反共文藝的意識形態限制和替代被中斷的五四文學傳統。[49] 香港文學也不例外，香港文學的世界視野不乏論者注意，在一九四九年後、台灣解嚴之前，香港是海峽兩岸間唯一自由開放的文化空間，在接觸世界文藝思潮上常常是華文地區的先鋒。黃繼持談到五六十年代的現代主義及存在主義如何打開香港文學的悶局，指出「香港小說的藝術突破，還要借助世界文學新潮的引進」。[50] 翻譯予文學的刺激

47　〈灰姑娘——拉丁美洲小說的勃興〉，頁一七。

48　許迪鏘：〈關於素葉〉，《文學世紀》總第五十五期，第五卷第十期（二〇〇五年十月），頁一三－一四。

49　參考張錦忠：〈現代主義與六十年代台灣文學複系統：《現代文學》再探〉，《中外文學》第三十卷第三期（二〇〇一年八月），頁九三－一一三。

50　「新的感性與新的手法，為小說展示現代社會的『荒謬』，切入現代人的迷惘，開闢前所未有的可能性。」黃繼持：〈香港小說的蹤跡——五、六十年代〉，黃繼持、盧瑋鑾、鄭樹森編：《追跡香港文學》（香港：牛津大學出版社，一九九八年），頁二〇。

當然不止於六十年代，繼現代主義後，拉丁美洲魔幻寫實主義也為香港文學注入新貌，香港文學因而異於同期的中國及台灣文學。[51]

《素葉》這代作家對舊形式的不滿、對新形式的渴求，或是源於七十年代初戰後本土成長一代作家感到強烈的表述焦慮，四出尋找述説香港經驗的方法。七十年代一方面實驗「生活化」、風格明朗的新詩，另一方面引入拉丁美洲的文學，現在看來都是這種焦慮所刺激的探索。例如吳煦斌、也斯等人在《四季》介紹加西亞．馬爾克斯是認為拉美文學與中國文學都曾經歷盲目西化及政治指導文藝，故拉美文學走出的道路應為中國文學將來可行的方向。[52]《素葉》也有相似的針對性。何福仁談到拉美文學在獲得世界性的聲譽之前，評論家多以本土主義和批判現實主義衡量文學作品，前者要求作家客觀真實地描寫國土風貌，後者認為文學必須改革社會。[53] 對於這些社會主義教條，何福仁和西西毫不掩飾他們的不滿，認為形式和內容不能割裂來談，[54] 也不諱言內地「獨沽寫實……這也是變相的形式主義」。[55] 在何福仁用筆名方沙所寫的另一篇介紹文章〈「魔幻寫

---

51 黃繼持：〈七、八十年代的香港小説〉，《追跡香港文學》，頁二六－二八。

52 「看拉丁美洲小説的發展史，常覺得跟我國五四以來小説的發展有相像的地方。彼此都經歷過混亂的政治局面，也產生過政治教條式的作品；彼此國內都有寫之不盡的自然環境，也產生過不少寫實的鄉土文學；彼此都盲目摹仿過歐美的文學，使本國的文學成為外國的附庸，又因此而產生一派矯枉過正的人，盲目排斥外國文學，使本國的文學陷於故步自封的境況。拉丁美洲小説跟我國的小説既然有這麼多相似的背景，那麼他們走出來的道路〔……〕都是值得我們注意的。」也斯：〈加西亞．馬蓋斯與「一百年的孤寂」〉，《四季》第一期（一九七二年十一月），頁九〇。

53 〈灰姑娘——拉丁美洲小説的勃興〉，頁一六。

54 西西、何福仁：〈盧卡契、布萊希特、形式主義之類〉，《時間的話題——對話集》（香港：素葉出版社，一九九五年），頁一一五－一三六。

55 何福仁：〈從巴塞爾姆説起〉，《再生樹》（香港：素葉出版社，一九八二年），頁一七八。

實」說〉中，強調魔幻寫實主義「不是一種技巧主義」，並談到西西、吳煦斌、也斯的魔幻寫實主義實驗，「說明了大家並不滿足於舊有的方法，要尋求一種以至多種更新更有效，又結合內容的技巧」。[56] 同一期的座談會上，迅清把拉美魔幻寫實主義打開的新局面，與中國三十年代現代派的興衰相提並論：

> 今天能夠容忍現代派的批評家，是否也可以將眼光放得廣遠一點：譬如說，加西亞·馬爾克斯的魔幻寫實，那將幻想和現實結合為一的風格，也是一種比現代派更現代的寫法。不要把一切的創作都局限在狹窄的寫實理論上面，加西亞·馬爾克斯的小說就足以告訴我們，寫實還是有許多不同的層面，不同的表現。[57]

換言之，《素葉》引介拉美魔幻寫實風潮，是針對反思現實主義的弊端，尋找全新的文學形式，翻譯正好可以拓寬他們對文學形式的想像。

既然素葉同人意圖以翻譯針對、補充本地文學的不足，他們又如何在創作層面上轉化外來的文學形式講述本地的故事？西西和拉美文學的關係已有許多相關論述，但她在《素葉》上的相關譯介工作未見整理，如果把她的譯介和創作並觀，就能看到她如何化用拉美文學的技巧，思考香港作為殖民地的歷史和身份問題。嚴格來說西西在《素葉》上幾乎沒有翻譯過拉美

56 方沙：〈「魔幻寫實」說〉，《素葉文學》第十四．十五期（一九八二年十一月），頁一九。

57 〈座談會：啟示和感想〉，《素葉文學》第十四．十五期（一九八二年十一月），頁六二。

文學，[58]卻寫了多篇閱讀札記，複述該等作品的情節梗概。這些書話頗具價值，因為一來它們的中譯本至今仍然罕見，二來經她複述、重寫，已經不是單純的中介，而成為她的創作的一部分了。尤其書話的形式安排頗見苦心，西西在重述中有意識地混淆書話與小說的界線，不是採用評介、分析的形式，而是以第一或第三人稱代入小說其中一個角色複述故事情節，只在最後才亮出原作者名字及書名，讀起來更像是短篇小說。[59]

西西在《素葉》上談過多位拉美作家，臚列如下：在加西亞．馬爾克斯的專號上談過他的《葉風暴》、《邪惡時刻》、《沒有人寫信給上校》、《巴達沙奇妙的下午》、《純真的艾蘭迪拉》、《族長的秋天》，[60]故何福仁說素葉同人之中以她讀過最多加西亞．馬爾克斯。[61]第十七．十八期的「拉丁美洲．文學．繪畫．政治」專輯她翻譯並賞析墨西哥詩人埃米略．帕

---

58 相比書話的數量，西西的翻譯的確不多。西西在《素葉》上翻譯的只有下文提到的一首墨西哥詩。在《素葉》以外，《像我這樣的一個讀者》（一九八六）、《傳聲筒》（一九九五）和《耳目書》（一九九一）都有對外國文學的譯介及賞析。此外她也譯過哥倫比亞年輕作家戴維．桑切斯．胡利奧（David Sanche Juliao）的短篇小說〈基蒂．維洛利亞〉（“Kitty Viloria”）。見劉以鬯編：《外國短篇小說選》（廣州：花城出版社，一九八二年），頁一三一－一三三。這裏僅討論她刊登在《素葉》上的譯介文章，關於《像我這樣的一個讀者》的譯介書話，請參考王家琪：〈西西的譯介與書話〉，《字花》第八十期（二〇一九年七月），頁九〇－九四。

59 西西在接受黃念欣、董啟章訪問時談到她第一部書話結集《像我這樣的一個讀者》的源起：「起初我在報章裏只是介紹新出版的書而已，後來發現許多書還未有中譯本。其他人便說，不如在報上講講內容吧。我想：好！就講『古仔』（故事）吧！卻絕不是翻譯，也不把評語講出，只找出這部書吸引我的地方，但又不完全地講出好處。讀者也要自己看看書嘛！」黃念欣、董啟章：《講話文章：訪問、閱讀十位香港作家》（香港：三人出版，一九九六年），頁二〇七－二〇八。

60 《素葉文學》第十四．十五期（一九八二年十一月），頁三一－三七。

61 〈座談會：啟示和感想〉，《素葉文學》第十四．十五期（一九八二年十一月），頁六一。

切科（José Emilio Pacheco, 1939-2014）的短詩〈如今每個人都知道在為誰工作〉，[62] 另有四篇書話，分別談哥倫比亞的特列斯（Hernando Téllez, 1908-1966）〈只要是肥皂泡，夠了〉、古巴的卡彭鐵爾（Alejo Carpentier, 1904-1980）〈回返根源的旅程〉、墨西哥的富恩特斯（Gregorio López y Fuentes, 1895-1966）〈給上帝的信〉和巴西的馬查多（Aníbal Monteiro Machado, 1894-1964）〈鋼琴〉。[63] 第二十四．二十五期的略薩特輯中，她撰文介紹略薩的結構寫實主義、《胡利亞姨母與劇作家》及新面世的中譯本《世界末日之戰》。[64] 除了拉美作家，魔幻寫實主義在歐陸的代表卡爾維諾（Italo Calvino, 1923-1985）和格拉斯也是她心愛的作者，在《素葉》上就談過後者的小說《頭生》。[65] 這還不算她和何福仁主要刊登在《素葉》上、後來結集出版的《時間的話題》經常談到博爾赫斯、加西亞．馬爾克斯、略薩、卡爾維諾等。[66]

從以上書目不難看出西西非常喜愛拉美文學，而他們給她的啟發也體現在她的創作之中。很多評論者認為她發表在《素葉》上的〈肥土鎮的故事〉（一九八二）和〈埾牆〉（一九八四）等多篇小說受拉美文學啟發，例如〈肥土鎮的故事〉發表時正是中英談判香港前途問題之時，小說多處與加西亞．馬爾克斯的作品呼應：花可久是唯一目擊肥土被吹走之前、爛泥地上七彩流水的人，就像《百年孤寂》裏唯一目擊軍隊屠殺三千平民

62 阿果（西西）：〈別問我時間如何消逝——欣賞一首墨西哥詩〉，《素葉文學》第十七．十八期（一九八三年六月），頁四〇－四一。

63 《素葉文學》第十七．十八期（一九八三年六月），頁四〇－四三。

64 見《素葉文學》第二十四．二十五期（一九八四年八月），頁三三－三八。

65 西西：〈《頭生》〉，《素葉文學》第二十三期（一九八四年三月），頁二四－二六。

66 例子俯拾皆是，不勝枚舉，參考西西、何福仁：《時間的話題》，香港：素葉出版社，一九九五年。

向加西亞・馬爾克斯致敬

肥土鎮的故事

西　西

《素葉》第十三期刊載加西亞・馬爾克斯獲得諾獎的喜訊，並預告下一期將是他的譯介專號。同一版面右面是西西〈肥土鎮的故事〉，小說明顯受加西亞・馬爾克斯《百年孤寂》啟發。

再棄屍大海的席根鐸（José Arcadio Segundo）；兩個從事科研的叔叔則有老邦迪亞（José Arcadio Buendía）的影子；小說末尾帶走肥土和巨型植物的大雨和颶風，令人想起捲走馬康多的龍捲風。小說以魔幻寫實主義的筆法，書寫肥土帶來的暴發繁榮和災難，一夜崛興的觀光業和後來的衰敗，皆以香港為藍本；肥土鎮神秘的起源和命運隱約影射日漸迫近的九七問題。結尾以花可久的老祖母的話撫慰香港其時面對未知的不安：「沒有一個市鎮會永遠繁榮，沒有一個市鎮會恆久衰落，人何嘗不是一樣，沒有長久的快樂，也沒有了無盡期的憂傷。」[67] 其餘不在《素葉》上發表又明顯受拉美文學影響的作品，還有《我城》（一九七五）、〈春望〉（一九八〇）、〈鎮咒〉（一九八五）、《飛氈》（一九九六）等等，其中有不少化用魔幻寫實主義和結構寫實主義之處，[68] 可見西西如何轉化她自拉丁美洲文學學到的技巧以書寫香港作為殖民地的歷史和身份問題。

要言之，翻譯引進的文學手法是香港得以書寫自身的關鍵。西西示範了外國文學如何幫助我們述説自己，正如鄭樹森所説，西西為每篇作品相體裁衣，「不是機械的移植和生硬的仿作，因此有時雖可窺見其神思之源，但絕無斧鑿之痕」。[69] 西西多變的文學實驗、向歐美大師取法，本身的創作歷程就展示了借鑒外國文藝如何有助開創本土特色。透過翻譯，不只是閱讀別人如何書寫他們的地方和故事，更能嘗試思辯和道出我們自己的故事。

67　西西：〈肥土鎮的故事〉，《素葉文學》第十三期（一九八二年十月），頁三－九。

68　關於結構寫實主義，西西在《聯合文學》寫過長論文條分縷析略薩的長篇小説《潘達雷昂上尉與勞軍女郎》第一章的時空濃縮結構，見《聯合文學》總第一百一十一期，第十卷第三期（一九九四年一月），頁一〇二－一一三。

69　〈讀西西短篇小説隨想〉，《從現代到當代》，頁八七。

三、世界文壇中的香港：翻譯與解殖

翻譯除了影響小說創作外，與評論的互動也很值得留意，可以看到在本土認知的形成過程中世界文學怎樣扮演關鍵的他者。以下先談《素葉》如何以翻譯回應九七回歸和香港學術界當時的思考，其後會以鄭樹森發表在《素葉》的翻譯及論文為例，談談在學術論述中，由翻譯而來的世界視野在「香港性」的生產機制中擔任怎樣的角色。

九七回歸那年，《素葉》只出版了一期。其中黃燦然譯出薩伊德（Edward Said, 1935-2003）《文化及帝國主義》（*Culture and Imperialism*, 1993）中的一節〈葉慈與非殖民化〉（"Yeats and Decolonialization"），當時《文化及帝國主義》尚未有中譯本。[70] 這篇譯文當然是對應九七的語境以及九十年代香港文化界熾熱的後殖民討論了。文中，薩伊德以愛爾蘭被英國殖民的歷史為個案，回顧了十五世紀以來西方的帝國主義和殖民主義，並談到經常被用以對抗殖民主義的「民族主義」及「本土主義」內部的複雜性，及其與殖民主義同出一轍的邏輯。雖然薩伊德所談的後殖民處境，有些並不適用於形容香港，比如使用宗主國的語言寫作，在香港英語文學仍是邊緣；但解殖的困難是所有殖民地都共同面對的，因此在這期〈編餘〉中，許迪鏘呼應這篇譯文的內容，談及香港回歸後「政治正確」的問題，並說：「一百五十年殖民統治就此告終，是香港歷史、也是中國

70　薩伊德著，黃燦然譯：〈葉慈與非殖民化〉，《素葉文學》第六十三期（一九九七年十月），頁七四－八三。

歷史的大事。回歸的路，只是剛剛開始而已。」[71] 事實上薩伊德這本後殖民領域中極其重要的著作於一九九三年出版時，西西和何福仁就已經在他們刊於《素葉》的對談中談到這本書。該次談的是〈人物：博爾赫斯、卡爾維諾、巴爾特〉，只有中間一小段在談話繞離主題時提到薩伊德對解殖的看法，該期《素葉》的目錄卻特別摘錄了這一小段：

> 殖民者在統治時刻意割斷了殖民地的歷史記憶，或者醜化這種記憶，結果令治下的民族成為孤兒。重新恢復民族的記憶、感受的能力，就不是革命家所能做到的，尤其不能依靠暴力。[72]

可見他們一直關注後殖民的議題，說《素葉》同人以這篇薩伊德回應香港回歸、展望未來的解殖之路也不為過。

套用薩伊德的說法，《素葉》譯者的外語能力，也可以理解為殖民地知識份子自殖民體制獲得解殖的資本，使他們得以通過翻譯了解這股世界性的解殖潮流，找出香港與其他殖民地的相通與不同之處，進而反思香港獨特的後殖民問題，這點在鄭樹森的例子中能夠看得很清楚。在鄭樹森經常被引用的香港文學論文中，他運用的論述策略正是把香港的處境放在全世界的

---

71 「我們從事文字工作的，近日也常以政治正確相告誡。應該知道，中國從來就不承認不平等條約，因此，香港的主權一直是中國的，而只是由英國管治。在中國地圖上，港澳地區都納入中國領土，只在旁邊加了一句『英占』、『葡占』。所以，七月一日不能說是香港主權回歸，只可說成『香港回歸祖國』，或『政權交接』。香港既是中國不可分割的神聖領土，說香港是英國的殖民地也是錯誤的，只可說『英國對香港實行殖民統治』。我們也不能以香港和中國並舉，『中港經濟合作』是不正確的提法，應該說港穗合作，或京港、港滬合作才對。」許迪鏘：〈編餘〉，《素葉文學》第六十三期（一九九七年十月），頁二。

72 ·〈目錄〉，《素葉文學》第四十二期（一九九三年二月），頁四〇。

後殖民案例中比較，從而總結出他對香港問題的分析，這點體現在他的翻譯和評論上。

先看鄭樹森如何介紹前英屬殖民地作家沃葛特和奈波。[73] 沃葛特在加勒比海島國聖路西亞（Saint Lucia）出生，一九九二年諾貝爾文學獎得主，以敘事長篇英詩見稱。奈波則出生於千里達（Trinidad），後來於二〇〇一年也獲諾獎肯定，被譽為第三世界英語小説成就最高的人。鄭在撰文介紹他們時，強調他們的島國並無自身的文學傳統，要向歐美文壇學習。他們卻能結合加勒比海的地方文化和語言，從而創造出自己獨特的聲音，並反過來豐富了英語文學。他尤其強調沃葛特和奈波如何出入歐美文學傳統、開創出既有世界性又有地方色彩的文學。兩人都是前英屬殖民地、在英語文學世界大放異彩的「少數文學」作家，[74] 鄭樹森介紹他們，除了是因為他們舉世矚目的文學成就，顯然還有暗含給香港的啟示，他對前英屬殖民地文學的興趣在他的香港文學評論中可以找到線索。

鄭樹森在論述香港文化及文學時，經常把香港放在大英帝國的殖民史及其眾多殖民地之間比較，從而點出香港文化空間的獨特性。在討論香港後殖民處境的文章中，並不多人能夠企及這種世界視野。比如他在〈香港在海峽兩岸間的文化角色〉指出，長期以來殖民地香港的對話對象不是殖民宗主國，

73 鄭樹森：〈來自加勒比海的風潮 —— 沃葛特簡介〉，《素葉文學》第三十九期（一九九二年十一月），頁二八－二九。鄭樹森：〈世界的作家 —— 奈波簡介〉，《素葉文學》第四十一期（一九九三年一月），頁二四。

74 關於這點，薩伊德也有談到，喬伊思、葉慈和奈波等殖民地作家在使用宗主國的語言英語寫作時的尷尬和痛苦，亦即德勒茲和瓜塔里提出的「少數文學」的第一項特色「語言的去畛域化」（deterritorization of language）。〈葉慈與非殖民化〉，頁七六。

而是原本歸屬的祖國，這是殖民史上獨特的現象。[75] 他在〈殖民主義、冷戰年代與邊緣空間 —— 談四十年來香港文學的生存狀態〉就教育及文學層面也作了這種比較，得出結論指英國沒有對香港實施在其他殖民地所推行的「語文上的殖民」，造就香港文學獨特的創作現狀：

> 如果將香港的文學成長放在大英帝國在全世界殖民的漫長歷史來觀察，香港的情況相信是獨一無二的。香港雖然被英國統治了一個半世紀，但和非洲、印度、加勒比海等地不同，並沒有發展出一個英語的文學創作傳統。[76]

〈遺忘的歷史，歷史的遺忘 —— 五、六十年代的香港文學〉更把香港在殖民體制下的教育情況與沃葛特的聖路西亞相比：

> 港英雖長期佔領香港，但一直沒有培育本地的英語文學。（相形之下，加勒比海的小島聖露西亞，雖只有一家中學，學生上大學還得到牙買加，一九九二年卻有沃葛特以英詩創作獲諾貝爾文學獎。）[77]

香港自身的特色是在與其他英國殖民地的差異中產生的，可見不只在文學創作上，連在學術論述中世界視野對於本土主體的

---

75 「香港這塊公共空間，數十年來倒真做到『百花齊放、百家爭鳴』的局面。但值得注意的是，香港的時評政論，有很長的一段時期（近十多年自然日益關心本地），都只是從香港的『邊陲』，向母體（中國）或左右核心（北京和台北）喊話、發聲。這和世界殖民地發展史上，發話和抗爭對象往往是殖民宗主國，是大不相同的。」〈香港在海峽兩岸間的文化角色〉，《素葉文學》第六十四期（一九九八年十一月），頁一四。

76 〈殖民主義、冷戰年代與邊緣空間 —— 談四十年來香港文學的生存狀態〉，《素葉文學》第五十二期（一九九四年四月），頁二〇。

77 〈遺忘的歷史，歷史的遺忘 —— 五、六十年代的香港文學〉，《素葉文學》第六十一期（一九九六年九月），頁三一－三二。

自我理解也是極為關鍵的。

鄭樹森更進而尋索香港文學在世界文壇中可以扮演的角色。他在〈文學的「地球村」〉最後預言九十年代中國文學將走向國際文壇，莫言、劉恆當時已開始獲得世界注意。在〈文學四十年 —— 張大春訪鄭樹森、高信疆、王德威談四十年來文學的過往與前瞻〉中，他繼續申述這個極具前瞻性的見解，並思考在中國文學走向國際之時，作為邊緣的香港、台灣文學能佔怎樣的位置：

> 重點在於中國大陸，因為台灣、香港在地緣政治上，注定要變成邊緣的，但是從後殖民理論來看，邊緣一樣可以動搖核心，關鍵在於有沒有拿得出來的作品，這問題是我們持續在討論而至今尚未解決的一個問題。[78]

至此，鄭樹森壓在翻譯工作下的心懷表露無遺。他對香港文學的期許很高，當他把香港和聖路西亞相比，並問聖路西亞何以產生沃葛特這樣的世界級作家，以及香港有沒有拿得出來的作品時，他思考的是香港在世界文壇（而不只是華文文學）能佔有怎樣的位置，[79] 而《素葉》緊貼譯介諾貝爾文學獎也表現出這種希望香港文學能與世界文壇接軌的願望。

---

78 王之樵整理：〈文學四十年 —— 張大春訪鄭樹森、高信疆、王德威談四十年來文學的過往與前瞻〉，《素葉文學》第五十期（一九九四年二月），頁六。本為台灣的電視訪談，整理出文字稿後發表在《素葉》，訪談主要關於中國文學和台灣文學，最後由鄭樹森談談世界文學潮流。

79 西西，相信就是其中一個「拿得出來」的作家。鄭樹森為洪範版《母魚》及《象是笨蛋》寫序，向台灣讀者介紹西西，充分肯定西西借鑒世界不同潮流的文學手法作多變的形式實驗。八十年代西西的作品有了英譯本，《素葉》第二十四．二十五期曾報道過《像我這樣的一個女子》英譯本面世。在香港作家之中，西西作品的英譯數量算多，也得到一些英語世界的書評迴響。

殖民主義、冷戰年代與邊緣空間

——談四十年來香港文學的生存狀態

‧鄭樹森

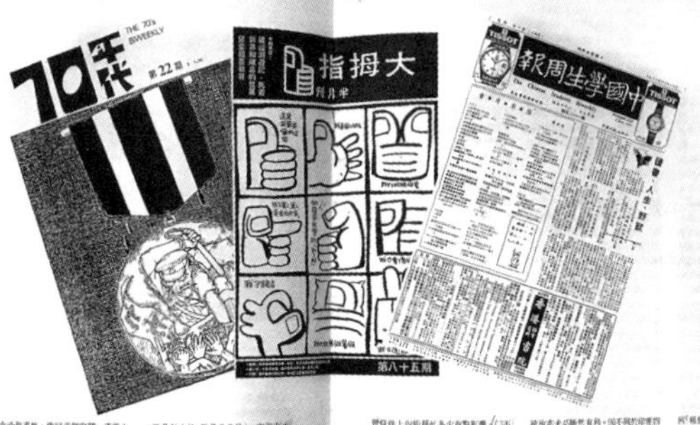

如果對香港的文學成長放在大英帝國在全世界殖民的漫長歷史來觀察，香港的情況相信是獨一無二的。香港雖然被英國統治了一個半世紀，但和非洲、印度、加勒比海等地不同，並沒有發展出一個英語的文學創作傳統。不單如此，在這麼長久的殖民統治過程，港英當局一直對上層建築的文學及文化領域，採取相當被動，甚至是不聞不問的態度（或政策？）。除了早年的金文泰總督大力標榜中國舊文化，港英統治集團的冷淡和漠然，使到這個空間一直能由中文及中文創作縱橫佔領，在一種比較爲自由、但實際上「自生自滅」的狀況中壯大。[illegible]

港英當局何以長期沒有主動和全力[illegible]上層建築與這個重要空間（既是私人的，又是公共的），在沒有大量港英內部或公開文件可供參考的限制下，只能夠從外部條件作一些推斷：[illegible]

[illegible]

鄭樹森：〈殖民主義、冷戰年代與邊緣空間——談四十年來香港文學的生存狀態〉，原刊《素葉》第五十二期。

義大利家庭的白描

——金茲布格淺談

當代義大利最著名的女作家娜塔莉婭・金茲布格（Natalia Ginzburg）在一九九一年十月八日因癌症去世，享年七十五歲。在卡爾維諾、莫拉維亞、夏俠、[illegible]等[illegible]小說名家近幾年陸續去世後，金茲布格的死亡，不但是一個世代的結束，也是戰後義大利小說史輝煌一頁的告終。

在研究現代義大利小說的學者眼中，金茲布格的作品（小說為主，散文及戲劇為副）有兩大特色。首先是樸實無華，近乎白描的文體。一九七七年的中篇小說《家庭》以這樣的句子來開篇：「盛夏的星期天下午一男一女去看電影」；「從未養過寵物的女人收到一隻貓」。一九五一年轟動一時的中篇《[illegible]》是這樣開頭的：「我和父母、哥哥[illegible]中的小公寓。生活困難，[illegible]。——哥哥學醫，——父親[illegible]」。但也有批評家認為，這種表面上簡單平淡的風格，其實是刻意經營的含蓄和內斂，好與她小說內容的平凡和生活化均衡搭配。

金茲布格小說的焦點始終是義大利的家庭體制及家庭生活，而且是相當普通的中產階級小家庭。這是她作品的第二個特色。[illegible]，金茲布格早年的家庭小說，如一九五一年的《[illegible]》，雖遇貧不斷，風波不息，但仍有共同語言，尚可患難與共，相互扶持。及至七十年代的小說，例如一九七七年的《家庭》，則是義大利傳統家庭體制在當代社會的瓦解，家庭成員無法克服的隔閡，共同語言及集體記憶的失落。換言之，金茲布格的焦點雖然狹窄（她曾自嘲為一個「小作家」），但近半個世紀的觀照，是義大利家庭在時代劇變中最持久的記錄。[illegible]「記錄」，而不說是「剖析」，因為相信讀過金茲布格中篇及長篇小說的讀者，即使是通過英文翻譯，對其[illegible]的文筆背後，壓抑排除分析說明的努力，應該都有鮮明的印象。由此觀之，她非常精簡的文字，加上敘事過程的「自我消滅」，相對於八十年代美國小說界頗為流行的「簡約主義」（Minimalism），實在是領先了數十年。

一九一六年出生在西西里島首府巴勒莫的娜塔莉婭，是義大利猶裔。一九三八年與編輯及政論家李奧尼・金茲布格結婚，在墨索里尼的法西斯時期，因夫婿批評法西斯政策被流放山區；夫婿後在獄中折磨致死。一九五〇年起定居羅馬，專事創作。重要小說有十多種，另有戲劇及散文集多種。小說至今有十多種語言譯本。一九六三年的半自傳體小說，現已成為經典的《家庭絮語》曾獲義大利地位崇高的斯特雷加獎。一九六八年曾獲馬佐圖歐洲戲劇獎。一九八三年以議會路線的獨立左派身分選入義大利國會擔任議員。在金茲布格辭世後，目前義大利文壇可說已無國際級作家。

邊緣的視野

——香港的英國小說家毛翔青

八十年代初以來，英國文壇不斷湧現非英裔的英語小說家，這些中生代裡，目前最有名的是出生印度孟買、以長篇小說《魔鬼詩篇》成為新聞人物的魯西迪。魯西迪曾以一九八一年的長篇《午夜之子》奪得大英國協的卜克獎。八十年代末，日裔石黑一雄以文體見勝的《長日將盡》獲此榮譽。這兩位之外，香港出生的毛翔青（Timothy Mo）曾兩度進入決審，另曾先後獲頒費伯獎及霍桑登獎。但毛翔青的運氣一直不如前兩位，名望至今仍局限於英國。儘管如此，毛翔青等幾位，加上來自其他地區、巴基斯坦和西印度群島的英語小說家，早已成為英國小說界的生力軍。

一九五〇年生於香港的毛翔青，出身世家，母親是英國人，父親為香港法界名人毛[illegible]大律師。父母離異後，十歲時赴英，進入[illegible]的寄宿學校，後在牛津大學主修歷史。畢業後當過[illegible]記者，並曾任羽量級拳擊手。八十年代成名後，為專業作家。

毛翔青一九七八年出版的第一部長篇小說《猴王》（Monkey King），以四、五十年代的香港為背景，男主角是來自澳門、洋氣十足的「半唐番」，入贅豪門後不得不適應克服語言、文化和種族的壁壘，結果竟由邊緣人變成當權者。好幾位書評人曾將毛翔青與名作家奈波爾相提並論，認為該書嘲諷的華洋雜處的香港社會，類似後者早期名作中種族混存的千里達。由於書評界的讚譽，毛翔青一舉成名。

一九八二年的《酸甜》（Sour Sweet）以六十年代倫敦的香港移民家庭為題材，但不同於美國華裔小說家湯婷婷的鐘情中國神話傳說和譚恩美仰仗自身母系的重構，毛翔青的中下層移民家庭，被時空及經驗限囿，與作者相去甚遠，確實「純屬虛構」。以此相較，毛翔青的創作力似高於湯、譚等美國華裔作家。

一九八六年長逾六百頁的《島嶼的佔領》（An Insular Possession），是以鴉片戰爭為背景的歷史小說。這部費時五年、參考大量文獻的作品是毛翔青的一大突破。一般歷史小說必然涉及史實的詮釋，此書自未能免俗，但全書以維多利亞式文體來敘述，使歷史內容與往昔文風在時間上密合匯通，為當代小說[illegible]的試驗。書中又大量插入作者模擬的新聞報道、日記和書信（有多少為原文加工則無從查考），使情節的推展更為曲折，又同時突顯歷史敘述的「虛實性」，也是另一特色。因鴉片戰爭和香港的割讓在西方帝國主義的擴張史上，只是[illegible]插曲，所以此書在英國之外幾全無知音，沒有引起應得的注意，殊為可惜。

毛翔青一九九一年的新書《勇氣的徒勞》（The Redundancy of Courage）是部廣義的政治小說，以一九七五年印尼佔領東帝汶的戰役為背景。通過緊湊和驚險的情節，此書探討西方帝國主義和殖民主義遺留下來的歷史包袱，同時透視第三世界國家在冷戰時代兩大陣營對抗中直接和間接被操縱控制的命運。[illegible]在小說裡的邏輯政治框架，略有失控，就很容易淪為預設立場、傾向明顯的作品。毛翔青的解決方法是讓小說的第一人稱敘述者，來自東帝汶[illegible]的土生華裔青年，但又曾留學多倫多，於是年齡和學養都和[illegible]相近，也成為他們的朋友，而血緣和財力又與這些團體先天地隔離了人。因此整個故事的敘述和認視既是核心的，又是邊緣的。尤有甚者，[illegible]從事建國大業，男女[illegible]朝夕相處，情慾糾纏在所難免，而這個邊緣人的[illegible]（小說裡一筆帶過），又[illegible]一般的男歡女愛，進一步把他邊緣化。這個[illegible]的敘述上的邊緣距離，是小說的成功要素。

綜觀毛翔青的全部小說，這個邊緣的觀照其實是四部迥然不同的作品之共通點。《猴王》的男主角在香港的華人家族裡自然是邊緣人，《酸甜》的移民家庭[illegible]，也就一直邊緣下去。《島嶼的佔領》以沒有直接利害關係的美國[illegible]人來做敘述核心，也是另一種邊緣化。鑒於毛翔青的生平背景，這個邊緣的視野或可說是無可避免的選擇。

‧鄭樹森

鄭樹森：〈邊緣的視野——香港的英國小說家毛翔青〉，原刊《素葉》第三十期。

就是這種思路，令鄭樹森留意活躍於世界文壇的香港作家。例如他力薦的毛翔青，雖然當時他的名字對香港讀者來説很陌生，卻是英國文壇的新星，文學成就早受肯定。他幾部長篇小説都與香港有關，成名作及首部小説《猴王》（*Monkey King*, 1978）寫四五十年代華洋雜處的香港社會，論者把他與奈波早期書寫千里達種族混存的文本相提並論；《酸甜》（*Sour Sweet*, 1982）寫一個在倫敦的香港移民家庭；《海島的佔領》（*An Insular Possession*, 1986）是寫鴉片戰爭的歷史小説，連語言都是使用維多利亞時期的英語。其後的新作《勇氣的徒勞》（*The Redundancy of Courage*, 1991）則寫印尼，探討西方帝國主義和殖民主義的遺害及冷戰時期的世界霸權與地緣政治，其關懷已由香港推展至其他前殖民地。用殖民者的語言，敘説殖民者的侵略和被殖民者的處境，鄭樹森指毛翔青的小説一直採用邊緣人的敘述角度，「而就毛翔青的生平來看，這個邊緣的視野或可説是無可避免的選擇」。[80]「邊緣」正正就是鄭樹森把香港和其他英國殖民地相比後得出的見解，他是九十年代初香港文學「邊緣」論的提出者之一，而且是在紮實的比較文學研究和翻譯之中得出這結論，奠定了香港文學論述的重要基礎。他在論文提出的對香港文學的洞見，必須和他所譯介的前殖民地文學一併理解。

綜觀鄭樹森在《素葉》的評論和譯介，可見他對香港的定位和見解是來自他長年的閱讀和引介外國文學。從翻譯英屬殖民地文學的個案，可以看到世界視野怎樣促成我們對本土的認知和歸屬。除了西方文學，中國是另一個關鍵的他者，接下來會論述翻譯如何承載這代香港知識份子對當代中國的思考。

80 鄭樹森：〈邊緣的視野——香港的英國小説家毛翔青〉，見《素葉文學》第三十期（一九九一年十一月），頁一八－一九。

四、文學與政治之間：極權國家的文學

《素葉》被形容為「純文學」雜誌，「純」文學的標籤暗示抵抗商業和政治兩方面對文學的干預，[81] 卻不代表素葉同人迴避政治思考或作家的社會責任。目睹二十世紀以來中國文學和政治走得太近而造成的後果，或者讓人對「作家的社會責任」這類說法變得謹慎，但除了文學為政治服務、政治介入文學之外，文學是否可能做到關心社會又不至被吞噬？在香港，作家可以有充分餘裕對文學與政治的關係作辯證反思，翻譯就是思考這問題的其中一種途徑。以下將討論《素葉》對南非、拉美及東歐文學的引介，探究《素葉》怎樣透過翻譯極權國家的文學，展現八九十年代香港知識份子的世界視野和社會關懷，他們是如何在翻譯裏思考面對中國的方法，又如何掌握文學介入政治的距離和姿態。

上文曾經提過，《素葉》並不是每期諾貝爾文學獎都有跟進報道，他們選擇譯介的很多是有高度文學成就又積極介入社會的作家。比如一九九九年獲得諾獎的君特・格拉斯，[82]《素葉》第六十七期有他的二十頁專輯，着重呈現其社會關懷，內容包括其詩歌，演講〈我們社會中藝術家的言論自由〉，格拉斯回

---

81 在香港文學史上，文學的對立面主要是商業流行市場，其次是政治，比如五十年代在冷戰形勢下，香港文壇一度籠罩在泛政治化的氛圍下；但在其後數十年間，政治都不是香港文學主要的頡頏對象，這點與內地及台灣情況很不同。

82 「如果你喜歡加西亞・馬爾克斯，你當然也會喜歡格拉斯，你同時就會喜歡卡爾維諾。他們的聲音各個都很獨特，卻又有某些內在的連繫，互相呼應。你再追尋下去，就會發現另外一個可能不同的體系，比如波爾，比如巴爾加斯・略薩等等。」西西、董雅蘭：〈閱讀與創作答問〉，《素葉文學》第三十九期（一九九二年十一月），頁一〇六－一二七。《像我這樣的一個讀者》就有「格拉斯之頁」，介紹了他的《錫鼓》、《鰈魚》和《頭生，或德國人在絕滅中》。西西：《像我這樣的一個讀者》（台北：洪範書店，一九八六年），頁八七－一二三。

顧自己的作品，格拉斯、其英譯者及研究者的訪問，薩爾曼·拉什迪（Salman Rushdie, 1947- ）對格拉斯的評論，還有鄭樹森寫的印象記〈二見格拉斯〉。[83] 格拉斯的「但澤三部曲」以文學全面反省納粹歷史，他本人非常積極介入政治，柏林圍牆倒下後表明反對西德把東德殖民化，並非常關心中國文革。[84] 格拉斯專輯中的演講〈我們社會中藝術家的言論自由〉正是以「我是一個作家，卻也是一個公民」開始談東西歐的民主問題。[85]

同樣積極介入社會的，還有一九九一年的諾獎得主、南非猶太裔小說家娜汀·葛蒂瑪。她獲獎後素葉同人沒有翻譯她的任何作品，卻翻譯了她前幾年的文章〈基本姿態 —— 作家與責任〉作為該期的開卷之作，[86] 可能是因為比起作品，他們更想介紹給讀者的是葛蒂瑪所代表的第三世界作家的良心和社會責

83　見《素葉文學》第六十七期（二〇〇〇年七月），頁一〇六－一二七。

84　他除了關切文革的情形，和鄭樹森的交談中亦談到毛澤東和魯迅。鄭樹森說：「聽他談到《毛澤東選集》、《魯迅小說選》、《魯迅論文藝》（德文本）等，還是不免訝異，尤其當作家用介乎德語和英語之間的發音來講這些名字的時候。」鄭樹森：〈二見格拉斯〉，《素葉文學》第六十七期（二〇〇〇年七月），頁一〇六。

85　「第二次世界大戰之後，由於陷入了德國政治行動帶來的負罪感，我在當作家的過程中被迫認識到（哪怕只是皮毛）從事創作的藝術家想像中的自由是一種虛構，認識到藝術家不僅給社會打下烙印和表現他的時代，而且同樣也是社會的產物和時代的孩子〔……〕因此，我理所當然認為我在寫作的同時，也應該做我作為一個公民似乎義不容辭的那份政治工作。」格拉斯：〈我們社會中藝術家的言論自由〉，《素葉文學》第六十七期（二〇〇〇年七月），頁一一一。

86　原文為 Nadine Gordimer, "The Essential Gesture: Writers and Responsibility," *Granta* 15 (Spring 1985): 137-151. 葛蒂瑪著，俞風、梁國頤、許迪鏘譯：〈基本姿態 —— 作家與責任〉，《素葉文學》第三十一期（一九九一年十二月），頁二－六。

任。[87] 葛蒂瑪認為在南非，作家沒辦法不回應社會責任，不能像「新小説」作家般惟恐不及離政治遠遠的，因為身為第三世界的作家總是被要求承擔第一世界作家沒必要考慮的社會責任，[88] 亦即詹明信（Fredric Jameson, 1934）認為第三世界文學皆是國族寓言一樣的迷思。她要探討的，就是作家可否在回應這種社會責任的同時保有文學自身，不為了前者而犧牲後者，並以格拉斯和拉美作家帕斯（Octavio Paz, 1914-1998）為例，期許南非作家也要批判揭露自己國家過往的歷史。葛蒂瑪的話提示了我們《素葉》譯介她、格拉斯和拉美作家之間的共通點，就是他們兼有文學造詣和社會關懷。

翻譯和介紹極權國家的文學，不只是出於寬泛的社會關懷，更深一層的對話對象，就是中國。東歐變天在當時香港知識份子間曾經引起不少迴響，讀東歐文學，想的卻是中國，在俞風的閱讀筆記裏有重要的線索。由素葉出版社結集的散文集《牆上的陽光》最後一輯是書話，其中兩篇談到捷克和波蘭文

87　素葉同人一直都有關注南非問題，例如早在葛蒂瑪獲獎之前，西西和何福仁的對談已經提及中東的戰爭和南非的解放等。西西介紹過南非作家科依濟（J.M. Coetzee, 1940- ），見《傳聲筒》，頁九－一六。也寫過一篇小説〈名字阿扎利亞〉（一九八六），以小説形式談她認識南非這個地方的過程，背景是八十年代國際社會因南非的種族隔離政策而對其實施經濟制裁，展現出她如何體認遠方戰火與自身所在城市的關係，並改變自己的生活習慣。她近期創作的「非洲夏娃」系列，顯然是延續她對非洲的探索。

88　「在國外，你常常令訪問者失望：你在這兒，而不是在你國家的牢獄裏。既然你不在牢獄裏 —— 那是為甚麼呢？哎…… 是否因為你還未寫出你應該寫的書？你可以想像這樣的自我正義式的訪問會發生在約翰．厄普代克（John Updike）身上嗎？他會因為沒有把越戰的創傷作為作品題材而被這樣追問嗎？」〈基本姿態 —— 作家與責任〉，頁三。葛蒂瑪的質問頗令人聯想到當代中國作家與社會的關係。何福仁曾説：「 …… 機械反映論還是有市場的，不過改了對象而已。譬如説，一九八九年寫的東西，要是不反映這一年的悲劇，小説固然不行，連小説家的道德也彷彿有問題。」〈盧卡契、布萊希特、形式主義之類〉，《時間的話題》，頁一一五。

學，寫於一九九〇年，一讀便知俞風當時在思考的問題是六四以後的中國。例如談到康維茲基（Tadeusz Konwicki, 1926-2015）《小型啟示錄》（*A Minor Apocalypse*, 1979），俞風認為隨着波蘭整個八十年代的局勢起伏、政權更迭，每次轉折都賦予這小説不同的現實意味，呼應了小説中深重的知識份子的無力感，收結一句感嘆「現在重讀這小説，似乎又有了一層新的啟示」，[89] 結合寫作時的香港社會氣氛，其指向相當明顯。又例如他讀哈維爾（Václav Havel, 1936-2011）文集所記錄的七十年代捷克的各種問題，説這些文字對東歐讀者已是歷史，「但在地球的這一邊，十五年後，在信上的字裏行間，我彷彿看得見今日的政治情狀」。[90] 後來捷克革命成功，哈維爾成為總統，捷克的事例似乎展現了知識份子的力量，俞風説：「在這樣寒冷的天氣裏，讀哈維爾的文章，也許是唯一可做的事罷。」[91] 以上兩個例子皆是從東歐知識份子的道路聯想到六四後的中國。[92] 有趣的是，他詰問知識份子有否任何可做的事情，由《素葉》的個案來看，引介外國文學來借鑒別人的經驗就是其中一件吧。

中國是這代香港知識份子的共同思考，例如同時期的文學刊物《八方》藉着策劃「現實主義問題專輯」嘗試從整體上批

89 俞風：〈小型啟示錄〉，《牆上的陽光》（香港：素葉出版社，一九九四年），頁二一五。

90 〈親愛的總統〉，《牆上的陽光》，頁二一八。

91 〈親愛的總統〉，《牆上的陽光》，頁二一九。

92 不只俞風如此，其時輿論也把東歐巨變與八九民運相提並論。而在東歐，六四事件亦激起反響和大遊行。海內外的知識份子對東歐各國的共產黨倒台或改革十分關心，並思考中共會否因其影響而產生改變。可以看到，東歐和中國的共通處境，兩地知識份子的互相關注、彼此參照，其中緊密的連帶關係可喻為唇齒相依。當時社會討論參考《明報月刊》總二百九十期，第二十五卷第二期（一九九〇年二月），頁三－三五。

判思考中國的過去未來。[93]《素葉》也不例外，不妨推想《素葉》透過翻譯引介其他極權國家的文學處境，討論文學與革命的關係，背後的對話對象是中國。例如小航（許迪鏘）的「添架錄」系列談到《毛澤東卷》、《毛澤東讀文史古籍批語集》、《毛澤東晚年過眼詩文錄》等的讀後感，從這些書話可見許迪鏘一直在收集相關的書，企圖從毛澤東的讀書習慣了解他的內心世界。[94]又如甘玉貞在「看天下」欄目也寫過毛澤東與奧運、與黨對抗的傳統藝人等，[95]還有董橋曾經在《素葉》連載的《在馬克思的鬍鬚叢中和鬍鬚叢外》。[96]上文格拉斯談言論自由，葛蒂瑪談作家如何適當地回應社會責任，還有拉美作家所示範的文學成就

---

93 「年同兄、繼持兄和我三人經常討論大陸文藝理論路線問題，現實主義、社會主義現實主義、現代主義這三個重大的、互相關連的環節，在一九八〇年代初該如何重新認識？是當時中國大陸不可能進行的討論，所以在香港來爬梳，甚至希望將現實主義的真正精神、現代主義的技巧開創，重新向大陸文藝界推廣。換句話説，社會主義現實主義行不通，是文學為政治服務，在改革開放之初應該重探，但如何重探呢？不應只是反對，而應該在大路線上整理〔……〕。」《結緣兩地》，頁一〇二。

94 見小航：〈添架錄之一〉，《素葉文學》第五十期（一九九四年二月），頁二六－二七。〈添架錄之二〉，《素葉文學》第五十一期（一九九四年三月），頁二九。

95 甘玉貞：〈100 和 2000〉、〈硬脖子軼事〉，《素葉文學》第四十六期（一九九三年九月），頁三一。

96 董橋不是《素葉》同人之一。這系列文章在《素葉》連載了六期，後由素葉出版社結集為《在馬克思的鬍鬚叢中和鬍鬚叢外》。見董橋：〈櫻桃樹和階級 ——《在馬克思的鬍鬚叢中》之一〉，《素葉文學》第一期（一九八〇年六月），頁二二－二四；〈「魅力」問題眉批 ——《在馬克思的鬍鬚叢中》之二〉，《素葉文學》第二期（一九八一年六月），頁四〇－四三；〈《在馬克思的鬍鬚叢中》之三 —— 親愛的爸爸〉，《素葉文學》第三期（一九八一年十一月），頁二二－二五；〈「馬克思先生不在樓上！」——《在馬克思的鬍鬚叢中》之四〉，《素葉文學》第四期（一九八一年十二月），頁二一－二三；〈辯證法的黃昏 ——《在馬克思的鬍鬚叢中》之五〉，《素葉文學》第六期（一九八二年二月），頁二一－二三；〈序 ——《在馬克思的鬍鬚叢中和鬍鬚叢外》〉，《素葉文學》第八期（一九八二年四月），頁二一。

與政治姿態並重，都能夠連繫到中國的情況。[97]

另一例證是《素葉》上的東歐文學介紹。這批作品主要由鄭樹森翻譯，令人驚訝在高壓的政治環境和極窮困的物質生活之中，文學仍然綻放源源不絕的生命力。舉例來說，第二十九期譯有波蘭的諾瓦柯夫斯基（Marek Nowakowski, 1935-2014）〈黃鶯〉，[98] 出自《黃鶯及其他戒嚴小說》（*The Canary and Other Tales of Martial Law*, 1982），是一系列描寫波共軍事戒嚴下波蘭日常生活的極短篇小說。[99] 其後也陸續在《素葉》翻譯了其他來自東歐的極短篇小說，包括原東德的謝特理斯（Hans Joachim Schädlich, 1935- ）〈模糊難辨的信〉、昆納特（Günter Kunert, 1929-2019）〈波蘭的一棵樹〉等等，[100] 在這之前他在《八

---

97 相關的例子，還有上文提到《素葉》曾經翻譯《紐約時報週刊》賴丁（Alan Riding）的文章〈拉丁美洲的革命與知識份子〉，文中扼要地介紹了拉美地區三十年代以來的思想道路，他們如何轉向馬克思主義、對蘇聯絕望、轉而同情古巴、後來又對古巴幻滅，遂產生以加西亞·馬爾克斯為代表的左派和帕斯為代表的右派的爭論，文末歸結道，他們二人的政治宣言，遠遠不及他們的文學來得永恆。而賴丁形容拉美作家對共產革命的信仰危機及矛盾態度，未嘗不可以移用來形容中國知識份子的心路歷程：「一方面嚮往馬克思主義理論，另方面受到社會主義流弊的考驗。在本世紀內，每代作家都時常在新的希望與原則和實踐的難於結合之間受到創傷。」〈拉丁美洲的革命與知識份子〉，頁二四。

98 諾瓦柯夫斯基著，鄭樹森譯：〈黃鶯〉，《素葉文學》第二十九期（一九九一年十月），頁八。

99 波蘭當時的社會狀況，可參考鄭樹森在譯文附的小介。「一九八一年十二月十三日，在共黨政府幾乎癱瘓、國民經濟瀕臨破產和『團結工聯』日益壯大的情況下，波蘭軍方取得蘇共支持，接管政府，宣佈軍事戒嚴，成為共黨國家第一個軍人獨裁政權。此舉也導致共產主義發展史上，第一次黨員大規模自動退黨的尷尬局面；也進一步促成全面『軍管』。當代波蘭小說家馬力克·諾瓦柯夫斯基（Marek Nowakowski，一九三五年出生）以戒嚴初期的日常生活為題材，不加修飾，不作心理描寫，不下判斷，寫下一批素樸的極短篇。部分曾地下流傳；波蘭文全集一九八二年以《黃鶯及其他戒嚴小說》在巴黎出版。現所據英譯本一九八三年在倫敦刊行。」《八方》第九輯（一九八八年六月），頁二〇二。

100 分別刊於第三十八及四十期。《素葉》上刊出的極短篇系列完整篇目見本章附錄。

方》籌辦了三輯極具分量的東歐文學專輯。[101] 與東歐文學相比，文革下的中國文學徹底枯竭，中國的文學生態比東歐更堪虞，怎不令人嘆息。鄭樹森翻譯這些東歐文學正在六四前後，東歐國家變天與六四後處於寒冬的中國相比令人感觸良多，正可與俞風閱讀東歐文學的心情相比。

鄭的終極對話對象也是中國。他憶述自己當時引介東歐文學是有意針對中國大陸的文藝狀況：

> 我會不自量力、吃力不討好去策劃「東歐文學專輯」，除採訪多國重要人物，還要請教專家意見來作選譯指南，並參考英美的各種選譯，主要是想通過大規模探討，作海峽兩岸的借鑒比照，並不是單純的文學翻譯活動。[102]

他在編東歐文學專輯的同時替台灣洪範編了兩本《八十年代中國大陸小説選》（一九八八、一九九〇），在〈序〉回顧八十年代中國文學的曲折起伏，表達他的惋惜和批評：先有文革結束後的傷痕文學，其後卻有一九八三年的「清除精神污染」運動；一九八五年有了藝術形式上的突變躍進，異彩紛呈，但一九八七年的「反資產階級自由化」運動又把前衛文學實驗壓制下去。低壓氣氛緩過來後，文學仍有穩健的發展，莫言、余華、格非等多有佳作，可惜又以八九六四煞停，「八十年代中國

---

101 「東歐文學專輯（上篇）」，《八方》第八輯（一九八八年三月），頁一五五－二八五。「東歐文學專輯（下篇）」，《八方》第九輯（一九八八年六月），頁一六二－二八八。「變革後的東歐文學專輯」，《八方》第十二輯（一九九〇年十一月），頁二四八－三〇七。第八、九輯後來結集成書，見鄭樹森主編《當代東歐文學選》，台北：允晨文化，一九八九年；第十二輯的訪問見《與世界文壇對話》，台北：三民書局，一九九一年。

102 〈海峽兩岸間的八方〉，《結緣兩地》，頁一〇六。

大陸小說界的柳綠花紅，至此芝艾同焚」。[103]

要言之，鄭樹森的譯文由選擇、生產到接受都是刻意對應中國文學中政治干預文學的現象。除了鐵幕下的東歐國家，他還翻譯了來自其他極權國家或批評極權的文學，包括不少批判納粹和法西斯的極短篇，未嘗不可以如此理解。[104] 總而言之，《素葉》譯者們對中國政治的思考，突出了香港純文學在五四以來「為藝術而藝術」的脈絡之外所具備的社會關懷。《素葉》廣泛關注世界各地的極權政府下的文學，展現出八九十年代香港知識份子的懷抱和對世界的關懷，並可歸結到一個探詢：高壓政治下還能有文學嗎？在全民泛政治化的極權社會裏，在作家無不關心政治及革命的拉美、東歐和南非，如何產生一流的文學藝術，既關懷社會又不被政治吞噬？這種探詢無疑是以二十世紀中國文學為潛在對話對象。在中國，文學的命運若此，其他極權國家又怎樣？如何面對中國是八九十年代的香港社會其中一個大哉問，上一章談八十年代初香港作家到中國內地旅行固然是其中一種方式，翻譯又是另一種回應和了解的方式。

五、小結

整理《素葉》的譯介活動，能夠檢視八九十年代香港作家如何透過翻譯，尋找表述這座城市的方法，並思考如何面對後

103　鄭樹森：〈序〉，《八十年代中國大陸小說選》第六冊（台北：洪範書店，一九九〇年），頁一〇。

104　他也譯有不少批判納粹和法西斯的極短篇。例如意大利「唯一跨越及貫穿戰前隱逸派及戰後新寫實主義和前衛主義三個不同時期及流派的大家」維托里尼（Elio Vittorini）〈名字與眼淚〉，情節玄秘、略有超現實色彩，是維托里尼的代表作、批評法西斯主義又追求詩化語言實驗的長篇小說《西西里絮語》（*Conversations in Sicily*, 1941）作為序的一篇小說，而維托里尼本人也因這部長篇而下獄。維托里尼著，鄭樹森譯：〈名字與眼淚〉，《素葉文學》第三十八期（一九九二年九月），頁一〇－一一。

殖民課題以至與當代中國的關係。通過對拉美文學、英屬殖民地文學以至東歐等極權國家文學的翻譯和評介，援引世界文學風潮，不只是尋求能夠表述香港特質的文學形式，同時也表達了這代作家與譯者對香港文學處境的體會與期許，以及我們怎樣在世界文學版圖上想像和理解香港的獨特之處，進而承載這代香港知識份子對中國的思考，對世界的探尋認知與他們面對中國的疑惑是一體兩面的。

翻譯研究提醒我們「本土」總是在與異文化的交流和比較中被定義和產生的，也因此香港文學的世界視野對於拓展目前的本土論述十分關鍵。《素葉》譯者對翻譯評介對象的選擇對應本地的文化、文學、歷史及社會脈絡，針對香港文學在商業社會中的處境、舊有文學形式的悶局以至對回歸的政治和後殖民思考，觀察在翻譯活動中本土文化脈絡和世界文學潮流是如何互為作用的。

附錄、《素葉》外國文學譯介列表

表一：諾貝爾文學獎報道及譯介

說明：對當年諾獎得主的報道及譯介。其中少數因為雜誌出版日期的緣故而並非於獲獎同年刊出，在作家名字後已特別注明。

年份	期數	獲獎作家	譯者 / 作者	譯介文章
一九八〇	一	〔希臘〕艾利提斯（Odysseas Elytis）＊一九七九年獲獎	李悅南節譯	艾利提斯談他的詩
			梁國頤譯	詩六首：夏日的身軀 崖石上海洋的女神 飲着科林斯的陽光 下面，在野菊細小的門限前 我不再認識黑夜 燦爛的時光 創造者聲音的風螺
			黃維樑	松竹梅的化身——艾利提斯「瘋狂的石榴樹」譯注
			亦舒	面對激流
一九八二	十四・十五合刊	〔哥倫比亞〕加西亞・馬爾克斯（José García Márquez）	/	加西亞・馬爾克斯得諾貝爾文學獎
			阿爾整理	年表
			鄭樹森	諾貝爾文學獎的台前幕後
			鄭樹森譯	名氣剝奪了私人生活——加西亞・馬爾克斯得獎後接受專訪
			鄭樹森	專訪三篇 （一）為甚麼中國作家沒有得獎？——訪瑞典皇家學院永久秘書拉斯・格倫斯坦先生 （二）老舍與丁玲——訪諾貝爾文學獎五人委員會龍吉維斯特委員 （三）困擾與突破——訪瑞典漢學家馬悅然教授
			淮遠	經濟作物 / 美聯社訪問加・馬爾克斯
			俞風譯	訪問加・馬爾克斯

(續上表)

年份	期數	獲獎作家	譯者／作者	譯介文章
			何福仁	灰姑娘——拉丁美洲小說的勃興
			迅清	哥倫比亞的小說
			方沙	「魔幻寫實」說
			劉以鬯	現實加幻想
			戴天	加·馬爾克斯札記
			杜杜	加西亞·馬爾克斯洗澡嗎？
			張灼祥	舞台上的一次試驗
			周國偉	《百年孤寂》：生命的寫照
			何福仁	揭命案之謎
			康夫	關於昇天
			西西	阿拉卡達卡
			西西	最初的馬孔多——《葉風暴》
			西西	鎮上的小夜曲——《邪惡時刻》
			西西	鬥雞不賣——《沒有人寫信給上校》
			西西	鳥籠——《巴達沙奇妙的下午》
			西西	是的祖母是的祖母——《純真的艾蘭迪拉》
			西西	獨裁者的替身——《族長的秋天》
			李德明、蔣宗曹譯，尹承東校	《事先張揚的命案——一個紀錄》
			劉瑛譯	《禮拜二的午休》
			鄭樹森譯	《老樣子的一天》
			西西、周國偉、辛其氏、迅清、俞風、何福仁、許迪鏘	座談會：啟示和感想

（續上表）

年份	期數	獲獎作家	譯者／作者	譯介文章
一九八三	二十·二十一合刊	〔英〕威廉·高定（William Golding）	鄭樹森	威廉·高定訪問記
			鄭樹森	透視本屆諾貝爾獎文學獎的紛爭內幕——訪格倫斯坦、龍吉維斯特
			鄭樹森	諾貝爾獎文學獎的幕後工作——訪問諾貝爾圖書館李貝格館長
			鄭樹森	墮落與救贖——威廉·高定的蒼蠅王
			周國偉	《蒼蠅王》札記
			龍川、俞風合譯	移動的靶子——一九七六年五月十六日，對盧昂「英國學研究者」的演講
			王仁芸譯	《啟蒙之旅》摘譯二則
			鄭樹森	筆談會：威廉·高定應否得獎？
			冷雲	筆談會：「沉淪」讀後
			阿果	筆談會：英國作家與諾獎
			阿偉	筆談會：綜觀「蒼蠅王」
			阿屑	筆談會：高定和翻譯
			王仁芸	筆談會：階級與權力的觀照
一九九一	三十一	〔南非〕娜汀·葛蒂瑪（Nadine Gordimer）	俞風、梁國頤、許迪鏘譯	基本姿態——作家與責任
一九九二	三十七	〔法〕克勞代·西蒙（Claude Simon）＊一九八五年獲獎	鄭樹森譯	卡繆和沙特完全沒有價值——專訪克勞代·西蒙

（續上表）

年份	期數	獲獎作家	譯者／作者	譯介文章
	三十九	〔聖路西亞〕沃葛特（Derek Walcott）	鄭樹森	來自加勒比海的風潮——沃葛特簡介
			鄭樹森譯	沃葛特詩選譯：〈島——給瑪嘉麗特〉
			余漢江譯	沃葛特詩選譯：〈安息日，西印度群島〉
			陸惜美譯	沃葛特詩選譯：〈逃亡號風帆——第十一章：風暴之後〉
一九九三	四十七	〔美〕佟妮．莫里森（Toni Morrison）	陳長房譯	爵士樂（選譯）
			余寧輯譯	莫理森代表作評語
			陳長房	黑色的瑰寶——美國黑人女作家莫理森
	四十八．四十九合刊		白石譯	種族與性別差異——訪莫里森談寫作
一九九四	五十五	〔日〕大江健三郎	鄭樹森	專訪大江先生——通俗．嚴肅．日本文學
			賈春明譯	死人的奢侈（節錄）
			林水福譯	改寫的日子——於諾貝爾文學獎得獎之際
			黃非輯譯	大江健三郎談片
			鄭樹森	大江先生印象
一九九六	六十一	〔愛〕夏默斯．奚尼（Seamus Justin Heaney）＊一九九五年獲獎	陳長房	葉慈之後第一人——奚尼驅魔的文字藝術
			陳長房、黃燦然譯	奚尼詩選（十三首）
			黃燦然譯	詩的糾正
			黃燦然	夏默斯．奚尼主要著作
			Helen Vendler著、黃燦然譯	在見證的迫切性與愉悅的迫切性之間徘徊
	六十二	〔波蘭〕辛波絲卡（Wisława Szymborska）	鄭樹森	獨一無二的抒情——巴倫切克談辛波絲卡

（續上表）

年份	期數	獲獎作家	譯者／作者	譯介文章
一九九八	六十四	〔意〕達里奧．福（Dario Fo）	黃燦然	前言
			瑞典文學院著、黃燦然譯	達里奧．福獲獎理由
			黃燦然譯	一個無政府主義者的意外死亡
			黃燦然	達里奧．福主要作品
			Umberto Eco 著、黃燦然譯	艾柯談達里奧．福得獎
一九九九	六十四	〔葡〕若澤．薩拉馬戈（José Saramago）	瑞典文學院、黃燦然譯	若澤．薩拉馬戈
	六十五		黃燦然譯	半人半馬怪
			Giovanni Pontiero 訪問、黃燦然譯	薩拉馬戈訪談錄
二〇〇〇	六十七	〔德〕君特．格拉斯（Günter Wilhelm Grass）＊一九九九年獲獎	鄭樹森	二見格拉斯
			黃燦然、葉輝譯	格拉斯詩選
			黃燦然譯	我們社會中藝術家的言論自由
			黃燦然譯	《錫鼓》回顧，或作者的雙重見證
			Elizabeth Gaffney 著，John Simon、黃燦然譯	格拉斯訪談錄
			黃燦然譯	專家談格拉斯
			Salman Rushdie 著、黃燦然譯	論君特．格拉斯
	六十八		葉輝譯	土星

表二：非諾獎譯介

說明：包括單篇文章及特輯，特輯先列主題，次列篇名。譯作注明原著作者，中譯名稱以《素葉》刊出的譯名為準；評論則注明作者。部分譯介的對象在刊出時尚未獲得諾獎，或是多年前已獲獎，因不屬諾獎報道性質，仍歸於本類別。

年份	期數	原作者	譯者／作者	篇名
一九八一	三	〔俄〕原作者不明	杜杜譯	火鳳凰
一九八二	八	／	杜杜	蕾米狄奧
	十一	／	方沙	貓夢
	十三	〔法〕普魯斯特（Marcel Proust）	古蒼梧譯	鐘樓——《重索失去的時光》片段
一九八三	十七．十八合刊	「拉丁美洲．文學．繪畫．政治」		
		／	何福仁	序言
		〔英〕賴丁（Alan Riding）	俞風、許迪鏘譯	拉丁美洲的革命與知識份子
		〔阿根廷〕巴蘇埃拉（Luisa Valenzuela）	張紀堂譯	門
		／	何福仁	博特羅：吹了氣的藝術
		〔阿根廷〕波赫士（Jorge Luis Borges）	周國偉譯	奧秘之島——八十歲的波赫士：談話錄
		／	阿果	別問我時間如何消逝——欣賞一首墨西哥詩
		／	阿果	時空的濃縮——談略薩的小說
		／	阿果	閱讀筆記四則

（續上表）

年份	期數	原作者	譯者 / 作者	篇名
	十九	〔智利〕多諾索（José Donoso）	梁國頤譯	安娜．瑪利亞
	二十二	「胡利奧．科塔薩爾新作選」		
		〔阿根廷〕胡利奧．科塔薩爾（Julio Cortázar）	張紀堂譯	我們多麼喜愛格蓮達
			俞風譯	貓道 —— 給璜．蘇里安諾
			方沙譯	《某些盧卡士》——〈恐怖樂園〉
			許迪鏘譯	《某些盧卡士》——〈落日捕手〉
			亞穗譯	《某些盧卡士》——〈盧卡士 —— 他的長征〉
一九八四	二十二	〔美〕艾略特（T.S. Eliot）	吳魯芹	〈韓譯艾略特《四部組詩》序〉
	二十三		韓迪厚譯	〈四部組詩 —— 廢園〉
	二十四．二十五合刊		韓迪厚譯	〈四部組詩之三〉
	二十三	/	西西	《頭生》
	二十四．二十五合刊	「巴爾加斯．略薩的作品」		
		〔秘魯〕巴爾加斯．略薩（Mario Vargas Llosa）	/	前言
			/	小傳
			何福仁譯	虛偽的知識份子
			俞風、龍川譯	記者之死：一個報告
			方沙	餘波
			阿果	閱讀筆記三則
			阿果	談《胡利亞姨母與劇作家》
			/	書目

（續上表）

年份	期數	原作者	譯者／作者	篇名
一九九一	三十	／	鄭樹森	邊緣的視野——香港的英國小説家 Timothy Mo 毛翔青
		／	鄭樹森	義大利家庭的白描——金茲布格淺談
一九九二	三十三	〔法〕瑪嘉烈．杜哈斯（Marguerite Duras）	古蒼梧譯	大西洋人
			陳輝揚	杜哈斯尋夢——看大西洋人
	三十六		古蒼梧譯	中國北方來的情人
			古蒼梧	《情人》：細説從頭——《中國北方來的情人》簡介
	三十六	／	鄭樹森	極短篇文類考察
	四十	／	鄭樹森	普魯斯特的最新版本
一九九三	四十一	「奈波小輯」		
		〔千里達〕奈波（V. S. Naipaul）	鄭樹森	世界的作家——奈波簡介
			鄭樹森選譯	奈波談片
			江帆譯	母親的天性
	四十二	〔哥倫比亞〕加西亞．馬爾克斯（José García Márquez）	文秀譯	夢境出租
	四十二	「印尼小説家普拉姆迪亞小輯」		
		〔印尼〕普拉姆迪亞（Pramoedya Ananta Toer）	Max Lane 著、許國衡譯	爪哇的溫柔與憤怒——簡介普拉姆迪亞．杜爾
			鄭樹森	全面封鎖——專訪麥斯．萊因
			許國衡譯	這塊全人類的大地（選段）

（續上表）

年份	期數	原作者	譯者／作者	篇名
	四十四	〔愛爾蘭〕喬伊斯（James Joyce）	方淑箴譯	《尤利西斯》第三章——普洛透斯
			方淑箴	從〈普洛透斯〉看喬伊斯的語言藝術
	四十五	〔日〕津島佑子	湯禎兆譯	透明犬
			湯禎兆	尋找不熟悉的作家——津島佑子的〈透明犬〉
一九九四	五十	「九三年美國桂冠詩人麗塔·達芙小輯」		
		〔美〕麗塔·達芙（Rita Dove）	黃燦然譯	譯者前言
				青春期之三
				石中之魚
				幾何學
				Ö
				掃塵
				反父親
				歐芹：一、甘蔗地；二、王宮
	五十一	〔美〕歐慈（Joyce Carol Oates）	陳長房譯	金手套
			陳長房	豐饒之美——簡介歐慈
	五十三	〔瑞典〕川斯楚馬（Tomas Tranströmer）	鄭樹森譯	島上
	五十四	／	鄭樹森	古巴·文學·政治——專訪貝尼特斯·羅霍

（續上表）

年份	期數	原作者	譯者／作者	篇名
一九九五	五十六．五十七	〔日〕笠智眾	湯禎兆譯	我的履歷書
	五十六．五十七	「伊拉克詩鈔」		
		尤索夫（Sadi Yusuf）	鄭樹森譯	一個房間
		賴亞齊（Salah Niazi）		又見面紗
		巴雅提（Abdul Wahab Al-bayati）		逃犯
	五十八	「波羅的海三國詩選」		
		〔愛沙尼亞〕卡尼華（Doris Kareva）	鄭樹森譯	黑夜遺下的氣息
				透明與秘密
		〔立陶宛〕吉達（Sigitas Geda）		死去的柏提魯村童的請求
				碧海旁的墓誌銘
		〔拉脫維亞〕昆諾斯（Juris Kunno）		他們會有眼睛
				只因是夏天

（續上表）

年份	期數	原作者	譯者／作者	篇名
一九九六	五十九	〔愛爾蘭〕葉慈（W. B. Yeats）	楊牧譯	內戰時期冥想
	六十			在學童當中
	六十	「普里莫．萊維特輯」		
		〔意大利〕普里莫．萊維（Primo Levi）	鄭樹森譯	普里莫．萊維簡介
			俞風譯	不可抗拒的力量
			于臻譯	採訪
			余非譯	造鏡人
			在思譯	羞恥
			黃燦然譯	普里莫．萊維詩選（十二首）
			黃燦然	譯後記
			方無隅譯	為甚麼寫作？
			文秀譯	長篇小說寫作
			James Atlas 著；小航譯	倖存者的自戕
	六十	〔希〕伊利提斯（Odysseas Elytis）	鄭樹森譯	我不再認識夜
	六十一	〔法〕瑪格烈特．杜赫絲（Marguerite Duras）	古蒼梧譯	就這麼多
	六十二	〔德〕本雅明（Walter Benjamin）	方無隅譯	有十個房間，陳設像莊園大宅一樣的公寓

（續上表）

年份	期數	原作者	譯者／作者	篇名
一九九七	六十三	〔美〕薩伊德（Edward Said）	黃燦然譯	葉慈與非殖民化
		〔美〕達克楚茹（Edgar Laurence Doctoro）	許國衡譯	江湖行
			許國衡	達克楚茹簡介
一九九九	六十六	「博赫斯百年紀念專輯」		
		〔阿根廷〕博爾赫斯（Jorge Luis Borges）	黃燦然譯	小說：〈帕拉切爾蘇斯的玫瑰〉、〈一九八三年八月二十五日〉
			Octavio Paz 著、黃燦然譯	論文：〈在時間的迷宮中：博赫斯〉
			黃燦然譯	詩：〈詩五首〉

表三：鄭樹森外國極短篇選譯－二十八篇

〔國籍〕作家	篇名（期數）
（評介）	鄭樹森〈極短篇的文類考察〉（三十六）
〔巴西〕利斯佩托（Clarice Lispector）	〈死在烏卡的海〉（二十六）
〔德〕列陶（Reinhard Lettau）	〈講故事的人〉（二十九）
〔波蘭〕諾瓦柯夫斯基（Marek Nowakowski）	〈黃鶯〉（二十九）
〔阿根廷〕奧坎坡（Silvina Ocampo）	〈床〉（二十九）
〔法〕米修．萊里（Michel Leiris）	〈一九五四歲末，凌晨早醒〉（三十四）

（續上表）

〔國籍〕作家	篇名（期數）
〔意〕維托里尼 （Elio Vittorini）	〈名字與眼淚〉（三十八）
〔德〕謝特理斯 （Hans Joachim Schädlich）	〈模糊難辨的信〉（三十八）
〔德〕昆納特 （Günter Kunert）	〈波蘭的一棵樹〉（四十）
〔奧〕林德 （Jakov Lind）	〈李莉思與夏娃的故事〉（四十）
〔奧〕阿特曼 （H.C. Artmann）	〈綠印訊息之一〉（四十）
〔德〕卡施尼茲 （Marie Luise Kaschnitz）	〈恐嚇信〉（四十）
〔德〕布萊希特 （Bertolt Brecht）	〈K 先生最愛的動物〉（四十）
「法語極短篇十家」（六十五）	
〔法〕馬斯．夏考白 （Max Jacob）	〈天主家〉、〈顯靈〉、〈貪食是光輝華麗的〉
〔法〕皮埃．勒維迪 （Pierre Reverdy）	〈不屬於這個世界的〉、〈天上騎士〉
〔法〕尚．高克多 （Jean Cocteau）	〈讀〉、〈寫〉
〔比〕諾爾熱 （Géo Norge）	〈燒傷〉
〔比〕昂利．米修 （Henri Michaux）	〈平靜的人〉、〈自遙遠的地方寫給你〉
〔法〕米修．萊里 （Michel Leiris）	〈一九三四年四月二日至三日〉
〔法〕艾德蒙．雅貝 （Edmond Jabès）	〈瞑目的聲音〉
〔法〕盧瓦．馬松 （Loys Masson）	〈碧絲娜的靈魂〉
〔法〕皮埃．貝頓庫爾 （Pierre Bettencourt）	〈下沉比賽〉
〔加〕羅朗．吉蓋爾 （Roland Giguère）	〈大峽谷〉

結語

本文分別從文學生產模式、文學創作、中國旅行書寫和外國文學譯介四方面研究《素葉》，藉此嘗試概括《素葉》的重要特點。各章分別呈現了《素葉》的雜誌特色、文學創作、翻譯評介的各個面向，力圖展示《素葉》的完整面貌。同時藉着研究《素葉》以回應香港文學的多個核心課題，包括雅俗之辨、文化身份認同、本土主體性等。

由敘寫本地，到旅行中國，到通過文學想像與翻譯實踐介入世界，各章節的鋪排，大致是試圖從空間上整理雜誌的內容，呈現出由微小至廣闊的尺度風景，也呼應閱讀《素葉》予人開拓眼界的感覺。《素葉》每一期的內容都能看到「世界」和「日常」、「全球」和「本土」不同大小尺度的疊合。報刊材料正好能以比單行本更為「空間化」的方式呈現眾數的本土主體怎樣同時敘述本土自身以及國族與世界，說明充滿雜音的文學雜誌怎樣演繹「本土性」與多重他者的關係。通過觀察《素葉》上各種不同文類的作品怎樣把「本土」置於「中國」及「世界」的互動關係中理解，重新強調香港主體性的複雜內容。當我們說《素葉》是香港具代表性的同人文學雜誌，並不是要削足適履地把《素葉》標籤為「本土」的，反而是要看見其開闊的視野和豐富的內容才是最能夠代表香港文學的特質。

總論先概括目前雜誌研究的常用框架，並說明《素葉》作為一本純文學同人雜誌的特點。其後，第一章闡釋《素葉》在文學市場上生產、流通和消費的情況，由客觀物質條件解釋讀者對其「高格調」的印象，並說明其生產模式對作者群、讀者群、雜誌角色定位的影響。另一方面也嘗試論證《素葉》的雜誌性格革新了同人雜誌一直以來的理想主義形象，又因為演示了文學場域上的施為者在互相競爭傾軋以外的行為表現而具有相當的理論價值。最後提出素葉文學品牌的概念及園地自身的「分類作用」怎樣塑造讀者對《素葉》的印象。

第二章討論《素葉》的文學創作群像，先就文學流派的討論，修正《素葉》被視為「生活化」刊物的標籤，提出《素葉》上的散文及小說的確以題材上敘寫本地個人生活、語言風格樸實的作品佔較多數，但是同時又有不少深入域外、發揮想像的作品，背景設置於香港的時空人事以外，展示作者對異地異族生活的想像力和同理心，體現香港文學的開放性格。

第三章研究《素葉》所有以中國旅行為題材的詩、遊記和相關小說，觀察到旅行書寫中呈現的香港形象與以香港本地為背景的作品大不相同。旅行書寫不只負載香港作家對身份認同、香港歷史處境與民族主義的尖銳思考，也展現了香港文學的跨地域性及理解他者的寶貴特質。由此嘗試反思香港文學的「中國性」問題，並說明旅行書寫應納入香港文學的範圍內討論。

第四章整理《素葉》所有外國文學的翻譯和評介活動，他們援引世界文學風潮，通過對拉美文學、英屬殖民地文學以至東歐等極權國家文學的譯介，不只是尋求能表述香港特質的文學形式，同時表達了這代作家與譯者對香港文學處境的體會與期許。翻譯能說明他們當時怎樣在世界文學版圖上想像和理解香港的獨特之處，並盛載這代香港知識份子對中國的思考，提醒我們「本土」總是在與異文化的交流和比較中被定義和產生的，重申香港文學的世界視野對於拓展目前的本土論述十分關鍵。

以上第一、二章以《素葉》為研究對象，第三、四章則把《素葉》視為原始材料，通過《素葉》管窺八、九十年代香港文學的一些關鍵特徵，例如中國旅遊的熱潮、對世界文學的關注等等。由此希望兼顧文學作品的內部研究以及雜誌的傳播性質，一反純文學同人刊物予人遺世獨立的印象，從國族以至世界的角度回看他們的文學實踐，突出雜誌作為大眾媒介產品與當時社會背景的緊密關係，最後歸結到香港文學的跨地域性。要邁向香港文學史的書寫，報刊原始材料的整理工作極為重要，對香港文學的全面深入了解還需要更多刊物個案研究。

第四部分

資料篇

文章選錄[1]

素葉文學叢書四種

魯，《八方》第一輯（一九七九年九月），頁三一五。

素葉文學叢書四種
《我城》．西西
《我的燦爛》．鍾玲玲
《龍的訪問》．何福仁
《鸚鵡鞦韆》．淮遠
香港：素葉出版社，一九七九年

在香港，嚴肅的文藝作品成集出版如果不能說完全沒有機會，也可以說機會絕少吧。這種情況說明了香港作家的處境：儘管說香港比大陸和台灣有較大的言論自由的幅度，但香港作家發表作品的機會卻相對地少得多。經濟的因素和社會的性質是最大的原因，這裏不必細說了。

但是，香港仍然有一批默默耕耘不計收穫的文藝工作者。在長期受到漠視的情況下，他們要為這個荒涼的文藝園地種植一草一木。素葉社的一群青年朋友就是其中的一些代表。他們把自己血汗換來的工資拿了一部分出來，替本港嚴肅的文藝工作者出版書籍。他們明知這可能是虧本的生意，但他們更了解這項工作的重要意義。他們預備繼續掏腰包，四本、四本的

1 本部分選錄文章按發表時間先後排列，除個別明顯錯字、漏字逕改，所有文章保留原貌不作改動。如有必要，則以「編者按」的形式訂正資料訛誤。

出版下去。已出版的四種，無論文章的質量，裝幀設計以至印刷，都達到了相當的水平。四位青年作者的作品，無論是小說、詩或者散文，都具有個人獨特的風格和面貌。尤其可喜的，它們從各個方面反映了本港青年人的思想和感情，描刻着這個城市的事物和風景，極富地方色彩。當然，若要向這些作品要求深度，就不免流於苛刻了。

聽說：素葉文學叢書出版後，獲得了讀者和嚴肅的文藝工作者極佳的反應；一些比較著名的或資深的老作家，也把作品交給他們出版。那麼就讓我們祝素葉社的業務，蒸蒸日上吧！

回顧過去　展望未來
—— 記《香港文學三十年》座談會

本報記者，《新晚報》一九八〇年十月七日，第十六版。

何福仁：《羅盤》、《素葉》

我首先聲明，我不是《羅盤》唯一的編輯，事實上一般同人刊物的情況都是差不多：誰有空就誰做。碰巧我是比較有空閒的人，所以做得多一些罷了。方才說到的一份刊物在感言中，[2] 提到周國偉、康夫和我離開該社之後，就創辦了《羅盤》，如果這是他們的成就之一，我們當然樂意成人之美。但是，最初創辦《羅盤》的，共有十個人，他們的背景各有不同，只有我和周國偉當時在大學唸書；其他人則有失業的，有當司機的，有賣鞋的。我們不是無所事事，不過大家經常聚在一起讀詩寫詩，有着相同的興趣。一九七六年的夏天，我們覺得，與其互相褒貶，不如走在一起，創辦一個刊物。我們其實沒有甚麼理

2　編者按：原文前一節是《詩風》的回顧。

想，就像踢足球的人到球場，跳舞的人上舞台，我們喜歡寫詩的，自然是創辦一份刊物。《羅盤》就是這麼簡單地出現的。至於説到方向，勉強説也可以有的，我們特別突出一點，多關心香港的詩作者。

怎樣關心呢？

提供一個園地，給香港的詩作者，特別重要的是香港本土成長的詩作者。（但不至於不接受其他地方的作者。我們也刊載一些台灣詩作者的作品。）此外在評論方面，也是以香港作者為主。但認真地説，所謂方向，是要等創刊之後，看看大家的反應、作者的來稿，才能決定。我們一面辦，一面看，雜誌的個性也希望在創辦的過程中慢慢塑造出來。我個人有個想法，香港新詩運動從沒有蓬勃過，一份詩雜誌停刊創刊都不是甚麼了不起的事。基礎是那麼單薄，犯不着強調甚麼路線，否則壽命只會更短的。

內容方面，我們希望以創作為主，事實上大部分的篇幅都刊登創作。另外還有評論、訪問、翻譯等，主觀上是希望翻譯一些少人注意的詩，如東歐那邊。客觀上是看環境的需要。如美國詩人羅威爾（Robert Lowell）逝世時，我們臨時辦了一個專輯；西班牙詩人亞歷山大（Vicente Aleixandre）得了諾貝爾獎，我們也辦了一個小輯；周年紀念時也辦過詩與生活的討論，邀請了余光中、陳映真、黃春明等台灣作家來稿討論，裏面也存在了很多不同的觀點，也辦過創作經驗談，請一些詩作者講講他們的創作經驗，互相交流。

我們在辦詩刊期間，還出了三本書：康夫的《窮途》，靈石的《一段日子》和《信河空罐》，毫無例外，每本都沒有甚麼銷路。

大致來說，《羅盤》登載的作品的特色，我覺得是比較生活化。可能我們的作者來源一般都不是那麼學院式，因此就比較寫實，但也不排除其他創作形式。

到現在，第九期拖了很久還沒有出來，在我們來說，不過是暫時的休息，事實上，我們寫詩的人也在其他方面做他們喜歡做的事。如果說，《羅盤》真有點甚麼成就的話，那就是在推動詩運方面盡過一點綿力。我們一邊學習，一邊吸收經驗，第九期是隨時會出來的。

關於素葉出版社，可以說是從肯定香港有文學作為出發點。有人說香港沒有文學，我們表示不同意，但當反省一下，為甚麼人家這麼看？究竟是我們的作者錯過了他們，還是他們忽視了這些作者呢？兩方面我都覺得有可能。比如戴天的詩、西西的小說，還有其他人的作品，它們在雜誌上登出來之後，很快便被埋沒了。所以，我們從肯定香港有文學出發，出版一些香港出版商不敢印的文學作品。

我們起初有這個意思的，共有十一人。我們和一般出版社不同，大家每月拿出一些零用錢，儲夠三、四個月就出四本；這是因為行政、編輯和推銷等工作比較方便。「素葉」的諧音是「數頁」，事實上我們只能做幾頁的書。有一點是我們對作者感到抱歉的，因為我們沒有能力給稿費，但我們在取稿的時候已聲明在先。希望以後再版的時候給版稅。我們不會因為銷路不好而停止，因為我們都是自動認捐，以自動轉帳的方式湊數。錢是拿定了的，賣了書的錢也拿回來作本錢出書。我們強調的是出版香港作者的作品，水準可能不很高，但只要他們有自己的風格，評論的有自己的看法，我們便會出。或者，我們又會選擇在某時期可以代表某種文學類型的作品，作為參考資料，或有保存價值的書籍。

我們出書前先由編輯開會然後投票決定。到現在《素葉》共出了八本書，十月還有四本出來，就是戴天的《渡渡這種鳥》、古蒼梧（古兆申）的詩集《童年》、吳煦斌的短篇小說集《牛》，和蓬草的散文集。這是一個很年輕、正在發展的出版社，將來有很多可能性。

另外還有一本《素葉》叢刊，是我們在出版叢書的空隙中搞的。原則上是一份不定期的刊物，大概四、五個月出一次。這是在叢書基礎穩固之後的事。第二期於十月集稿，年底出版，《素葉》叢刊的形式比較新鮮，有人認為它沒有封面，又沒有封底。我們就是不想有封面又封底，因為這樣一來又要花多一些錢的。不如一開始就是文章，一開始就是一首詩，不是更好嗎？

有關素葉

李維陵，《星島晚報》一九八一年六月六日。

《素葉文學》第二期給人一種新的喜悅。這本刊物，從封面到編排，都不落俗套。內容上，比第一期更增多了篇幅。這期的重心明顯地是詩，收有葉維廉、何福仁、陳炳元、迅清、康夫、淮遠、周國偉等廿六人的詩作。另外董橋的文學論文、劉以鬯的講稿〈香港的文學活動〉，和中大文社所編的〈主要文藝雜誌年表初稿〉，都是有分量的文件。幾篇小說相當精彩，何福仁所寫的那位報館編輯的形象，真實而給人有點酸澀的感覺。

那批年輕的朋友，為了素葉，為了香港的文學，已作出了可觀的貢獻。他們出了一輯又一輯的「素葉文學叢書」，在那已印行的十二冊書目中，足以證明香港不但有文學，而且質素很不錯。按情理說，他們所從事的，只是一種愛好與興趣的活動，可是拿出來的成績，足可媲美任何大機構的出版物。他們不但獻出了精神、物力，還付出了智慧與心血。有良心的讀者，對他們的成績該予以支持和鼓勵。

從認識他們以來，我一直為他們的勇氣與勞績感動，他們每位朋友都那麼忘我地工作，水準之高，已有目共睹。叢書方面，我交給了他們《隔閡集》(已在第二輯出版)，在《素葉文學》第二期，我介紹給他們楊龍章的兩首詩。詩人楊龍章是我的老朋友，在美國教了十八年社會學，最近恢復寫他已中斷了三十年的詩作。似乎我對素葉的朋友們熱愛得很主觀，但事實上，以我這麼多年的經驗，對他們的期許絕不會錯。

據我所知，劉以鬯對素葉的朋友們的愛護非常感人。他在新加坡文藝研究會所主辦的國際文學座談會上，對素葉就作過很好的推譽，他甚且將素葉文學叢書第三輯出版的吳煦斌的小說《牛》，認為是「香港文壇的一件大事」。他同樣認為：「它不但用事實反擊了香港沒有文學的謬論，還使所有對香港文學失去信心的人重獲信心。」

素葉文學叢書第四輯又在集稿了，我知道會有馬博良(《文藝新潮》創辦人馬朗)的詩集《焚琴的浪子》，有董橋的文學論著。愛護素葉的讀者，請向他們伸出手來。

素葉答蓬草

杜杜，《香港時報》一九八一年七月十一日，頁碼從缺。

蓬草六月十七日在他報發表的〈心痛〉一文，牽涉的人和事其實很廣，並不打算一一作答，但因為文中提及「素葉出版社」，不得不以「素葉」一份子的身份，說幾句話，澄清幾點問題。

我們明白蓬草的感受。但我們更希望蓬草在公開表示不滿之前，先給我們來信表態，說明原委；這樣似乎更合乎作者和出版社之間的合作精神。可是蓬草既然公開了質詢，我們公開回答，也是十分適合的。首先，我們承認出了錯，對於蓬草《親愛的蘇珊娜》一書裏面的校對錯誤，我們致歉意。我們不得不同時指出，這次校對的錯誤，乃是技術上的問題，而不是態度上的錯誤。「素葉出版社」所出版的每一本書，都一律經過四次仔細的校對。而校對這項工作，部分更有作者親自擔任，像西西的《我城》、鍾玲玲的《我的燦爛》等，也有因作者不在香港而由「素葉」同人代勞的，如張景熊的《几上茶冷》、綠騎士的《綠騎士之歌》和蓬草的《親愛的蘇珊娜》。作者親自校對之後，書印出來也還不免有幾處出錯；由別人代勞校對的，結果也很理想，獨獨是蓬草的書校對錯誤特多，也是大出我們意料之外，更絕對不是我們所希望發生的。「素葉出版社」在蓬草發表了〈心痛〉一文之後，馬上開會，研究出錯的原因。事實上，蓬草的書已經由三個人分別校對了四次，態度並非不認真，我們可以舉例說明：蓬草一書的封面印就之後，發現有問題，立刻花一千元將封面重印。我們對書本的製作上頭，也是十分執着的。因為在香港出版文藝創作，根本就不可能是為了牟利，既然做了，就務求盡量做到接近完美。「素葉叢書」三輯十二本，都是我們在業餘出錢出力經營的成果，在製作和內容方面，和同類型的專業出版社比較，都絕無愧色。

我們並非在此推卸責任，只是蓬草一文可能導致外間對「素葉出版社」的誤解。「素葉出版社」的工作態度如何，其他的十一本「素葉叢書」就是一個見證，這次「蓬草事件」只好歸入為不幸的意外，我們在開會檢討之餘，一方面謀求補救辦法，就是說，打算替《親愛的蘇珊娜》一書附加一頁「更正」，事實上很多出版社的書，甚至字典，亦有採取這種方法。世上的事物並無十全十美，我們只有努力接近這目標而已。在另一方面，我們亦會防止再有類似的事情再度發生。我們做事情，仍是希望每一方都感到快樂。

關於《素葉文學》

許迪鏘，《文藝》第七期（一九八三年九月），
「筆談會：香港文藝期刊在文壇扮演的角色」，頁四二－四三。

《素葉文學》的出版，是素葉出版社成立兩年之後的事，素葉文學叢書已出版兩輯共八冊。

一九七八年初冬的一個晚上，我接到朋友的電話，問我有沒有興趣參與組織一個出版社，我説當然樂意。朋友要我也為出版社想個名字，我知道，這方面自當另有能手。出版社就是這樣，由最初幾個人的芻議，通過電話，逐漸組織成形。出版社也有了名字，就叫：素葉。成員大概有十二、三人，每人每月拿出薪金若干，成為出版社的基本經費，儲蓄了足夠的數目，就用來出書。所謂足夠，不過是能夠支持頁數不多的小開本，素葉，也就是數頁的意思。

其實，一群朋友在一起，不是這樣，便是那樣的總有他們尋找樂趣的方法，我們在出版工作中寄託我們的樂趣。素葉同人中，有不少都有出版刊物的經驗，深知其中艱苦，可卻是樂此不疲。也就是覺得，長久以來，香港作者的作品，都是散見於報章雜誌之上，容易散失，因此將這些作品收集起來，編印成書，令點滴匯而成流，勢將與時俱逝的得以保留下來，未嘗不是一件沒有意義的事。素葉文學叢書第一輯在七九年一月出版。隨後兩年，出版了兩輯各四冊，去年幾位朋友多湊了點錢，出了八冊。

不過，大家還是對鬧哄哄在一起組稿、排版的日子念念不忘，終於有人提出：為甚麼不也辦一份雜誌呢？在香港文學的

進程上，前仆後繼的刊物是主要的推動力量，有了刊物，才會激勵作者不斷創作，才可以認識更多在創作路上共同前進的朋友。出書是比較靜態的，出版刊物就可以活潑一些。

《素葉文學》出版的方法和叢書差不多，也是以集資形式支持，原有的人力不能兼顧兩面，於是另外還加入了一些朋友，有時候因為出特輯花費較大，同樣是要再找資助。《素葉文學》第一期在八〇年六月出版，大十六開本，三十二頁，也算得上是數頁了。第二期卻要到八一年六月才刊行，相隔了一年。出版期拖得這麼長，畢竟不大好，後來得到一位畫家朋友的設計公司提供種種方便，由第三期起，《素葉文學》便多加了「月刊」兩個字，當時是希望抓緊出版期，這樣對讀者和作者都好，但除了最初幾期外，《素葉文學》還未能達到這理想。

出版這類同人式雜誌所遇到的困難是多方面的。首先是發行問題，辦雜誌當然希望有廣泛的讀者，不過要發到報攤上，最低限度要印上四、五千本，但銷售量是否能夠補回印刷費，可是個疑問，而且不暢銷的雜誌報攤也不一定樂意擺賣。唯有少量印刷，盡量拉訂戶和拿到書局去寄售，而主要還是些二樓書局，讀者量因而只能小數的逐步提升，雜誌的經濟也就缺少了保障，這也是大部分同人雜誌沒法給作者支付稿費的原因。

當然，作者們大都不會介意拿不到稿酬，但換言之，他們要靠另外的途徑，而不是創作，去謀求生活。香港生活緊迫，能夠在公餘抽空思考和寫作，已屬難能可貴，比較嚴肅的作者，順理成章地成為各報刊拉稿的對象，而他們卻鮮屬多產。一份雜誌要維持一定的水平，稿源自然是最傷腦筋的問題。最初參與一份刊物編輯工作的時候，我問朋友：究竟當編輯要做的工作是甚麼呢。朋友答：沒有甚麼，只要將你負責的版位填滿就行了。填不滿又怎麼辦呢，我說。那你自己想辦法，朋友只提供了這樣的一個錦囊，言下之意，就是萬一沒有人提筆上陣，則捨我其誰了。這當然是一個誇張了的玩笑，一份刊物沒可能長期由一個人或者幾個人包辦。《素葉文學》採取輪流主編制，固然是不想有人長期給編輯工作拖得太累，也是因為每個人都會有自己比較相熟的作者，方便約稿，使素葉的作者群可以更為擴大。

作者要不斷創新，才不會陷於故步自封、重複自己的境地。刊物要不疲倦，最主要還是不斷尋求新的刺激和內容。《素葉文學》第一期刊出了當屆諾貝爾文學獎得主艾利提斯小輯後，到八二年六月，因為畫家蔡浩泉從事畫藝多年來首次開畫展，第九、十期合刊以大量篇幅刊登他的畫作，他另創新途的國畫技法和構圖，對我們是一次衝擊。幾個月之後，我們懷着同樣興奮的心情，出了加西亞．馬爾克斯專號。加西亞．馬爾克斯之得諾獎，可說是實至名歸，在得獎名單公佈後的三個星期內，第十四、五期合刊刊出他的專號，其中，幾位諾獎評選委員對中國作者獲獎機會的看法，對我們也很有啟發性。

與素葉文學叢書一樣，《素葉文學》以刊登香港作者的作品為主。但作為一份刊物，《素葉文學》也應該是個交匯點，中國大陸、台灣，以至於星加坡等地作者的創作，都曾在上面刊出，介紹外國作者，也不限於諾獎名單，雖然，理想和實際的效果，也許難免有所偏差。也常有朋友問：你們這樣可以維持多久呢？這，其實並不是重要的問題。只要我們對文學的興趣不減，不是這樣，便是那樣的總會有我們朝向文學努力的方法。而同樣的工作，也總會有人繼續下去。

簡介素葉文學

陳信元，台灣《文訊》一九八五年十月，頁一〇一－一〇二。

要談《素葉文學》雜誌，不能不先談「素葉出版社」。

一九七八年冬，一群熱愛文學藝術的香港青年，共同創辦了「素葉出版社」，專門出版香港本地作者的文學創作與評論。「素葉」是個樸素的名字，饒富詩意，卻也大有來頭，詩仙李白就出生於中亞的「素葉水城」，這個由翻譯而來的城名，出自玄奘的手筆。玄奘在《大唐西域記》中，形容素葉水城是一個「諸國商胡雜居」的國際性城市，這點倒與現今的香港有異曲同工之妙。「素葉」也很容易令人聯想及諧音「數頁」，在往後辦的《素葉文學》雜誌，每期只有薄薄的數頁，倒也與諧音名實相副。

對大部分「素葉」同人來説，辦出版是業餘的，是「生活方式的另一面」。這群在香港土生土長的青年，都不是有錢人，他們以每月儲蓄的方法來籌集出版社的資金，儲夠了錢就拿來出版一輯書，回收的書款再撥入基金去，準備出版下一輯書。「素葉」同人多半有過文學刊物的編輯經驗，對出版並不陌生。叢書的出版都經過規劃，一輯出四本，盡可能每輯都包括小説、散文和詩；文學評論、劇作等，也在出版之列。首批書在一九七九年六月推出，有西西的《我城》（小説集）、鍾玲玲的《我的燦爛》（詩、散文合集）、何福仁的《龍的訪問》（詩集）、淮遠的《鸚鵡鞦韆》（散文集）。翌年推出第二輯，計有張景熊的《几上茶冷》（詩集）、鄭樹森的《奧菲爾斯的變奏》（文學評論集）、李維陵的《隔閡集》（雜文集）、綠騎士的《綠騎士之歌》（散文集）。

一九八〇年六月，「素葉」叢書的發行業務稍呈穩定，這群充滿理想、幹勁的青年，籌劃出版了《素葉文學》雜誌。在原始的構想中，它是一份約隔四、五個月，不定期出刊的雜誌。採用黃皮紙（偶有例外）、十六開、左至右橫排、單色印刷。為了節省篇幅，頭二期放棄了封面、封底，如第一期第一頁就刊登蓬草的散文〈北飛的人〉，只在上頭打上「素葉文學 · 1」的字樣，目錄與版權頁全挪到最後一頁。《素葉文學》第二期整整隔了一年（一九八一年六月）才出版，第一頁刊登葉維廉的詩作〈雞鳴詩三帖〉，最後一頁仍是目錄與版權頁。在這之間，「素葉文學叢書」第三輯出版了，計有：蓬草的《親愛的蘇珊娜》（散文集）、戴天的《渡渡這種鳥》（散文集）、古蒼梧的《銅蓮》（詩集）、吳煦斌的《牛》（小說集）。其中，吳煦斌的《牛》、古蒼梧的《銅蓮》，均獲致極高的評價。劉以鬯在〈香港的文學活動〉一文（引自《素葉文學》第二期）說：「《牛》的出版，是香港文壇的一件大事。它不但用事實反擊了『香港沒有文學』的謬論，還使所有對香港文學失去信心的人重獲信心。」而老詩人卞之琳也稱譽《銅蓮》詩集是一部難得的好作品。截至目前為止，「素葉」叢書已出版二十餘種，可作為香港文學創作成績的代表。

《素葉文學》從第三期（一九八一年十一月一日出刊）起，一鼓作氣改為月刊，一直撐到十七期（一九八三年六月，與十八期合刊），終因財務不堪負荷，乃改為雙月刊，後來又改為季刊。一九八四年八月，二十四．二十五期合刊推出時，書前有一段〈編者的話〉，總結四年來的成績：「這是素葉文學的第四年，四年來出了二十五期，大概每年六期，我們分成兩套合訂本，算是一個階段的結束。我們從來沒有因為辦嚴肅文學刊物不易，而吐過苦水，或者自負起來唱唱高調。雜誌是要辦下去的。不過，我們順應環境，也接受一些朋友、作者的建議，與其出版雙月刊，不如多加篇幅，保持一年四期好了。」在今年五月出版的《香港文學》第五期裏，很高興看到素葉同人在「咖啡與茶之間」，又擬定了《素葉文學》第二十六期的內容，這則消息充分表露出他們屢敗屢戰的強韌性格。

「素葉」最初的成員有：西西（張愛倫）、辛其氏、鍾玲玲、張灼祥、許迪鏘、康夫、周國偉、何福仁、梁耀榮和周麗英。後來陸續加入的有杜杜、淮遠、梁國頤、張紀堂、曹綺雯、俞風、黃襄等人。《素葉文學》採輪值編輯制，每期工作人員、主編均不盡相同。除第一期不設主編外，其他各期均掛主編名字（第二期稱「執編」），許迪鏘、何福仁、張灼祥、西西、簡慕嫻均曾出任主編一職。

《素葉文學》的內容相當豐富，有詩、散文、隨筆、劇本、訪問、文學評介、小說及外國文學譯介等。他們曾在三周內推出一九八二年諾貝爾文學獎得主「加西亞．馬爾克斯（或譯馬奎斯）專號」（第十四、十五期合刊，一九八二年十一月）；另外，也精心策劃了許多小專輯，如希臘作家「艾利提斯小輯」（第一期，一九八〇年六月）、「拉丁美洲、文學、繪畫、政治」專輯（第十七、十八期合刊，一九八三年六月）、一九八三年諾貝爾文學獎得主「威廉．高定專輯」（第二十、二十一期合刊，一九八三年十一月）、旅法阿根廷裔小說家「胡利奧．科塔薩爾新作選」（第二十二期，一九八三年十二月）、秘魯作家「巴爾加斯．略薩的作品」（第二十四、二十五期合刊，一九八四年八月）。《素葉文學》的詩作，數量相當可觀，二十五期刊登了約二百首，其中有部分作者是我們熟悉的，如葉維廉、戴天、馬朗（馬博良）、方娥真、鍾曉陽、西西、林煥彰、張錯、辛其氏等，身陷大陸的老詩人辛笛，也發表了〈一個夏天的午後〉、〈黃昏獨自的時候〉、〈一首永恆的詩〉、〈太陽唱給月亮的歌〉、〈寒山寺前默想 —— 寄葉維廉夫婦〉等五首詩。散文共有百餘篇，主要執筆作者有：淮遠、鍾玲玲、辛其氏、迅清、許迪鏘、韋愛賢、張銳釗等人。這些散文以遊記較多，也有寫身邊瑣事及生活中的感觸，形式不夠多樣，迅清即指出：這些作品「沒有嘗試創新散文的藝術形式，卻充實豐富了這種風格的傳統」。（〈作為藝術的散文 —— 兼談《素葉文學》的散文〉，《文藝》雜誌季刊第十三期，一九八五年三月）小說登了五十三篇，主要執筆作家有：西西、辛其氏、蓬草、鍾曉陽等人。其中，西西的〈像我這樣的一個女子〉（第六期，一九八二年二月），曾獲第八屆聯合報小說推薦獎，入選由周寧編的《七十一年短篇小說選》；並由葛浩文譯成英文，登在台灣國際筆會的刊物上。她的另一篇作品〈堊牆〉(第二十三期,一九八四年三月),《聯合文學》一卷二期(一九八四、十二、一)曾予轉載,也入選由馬森編的《七十三年短篇小說選》。辛其氏的〈真相〉(第七期,一九八二年三月),曾由《聯合文學》一卷四期(一九八五、二、一)轉載。鍾曉陽的〈翠袖〉(第三期,一九八一年十一月)、〈流年〉(第九、十期合刊,一九八二年六月),收入洪範版《流年》一書(一九八三年七月出版)。訪問稿方面,素葉同人張灼祥趁遊台之便,訪問了陳映真,整理成〈一個作家的思考和信念〉一文(第二十、二十一期合刊,一九八三年十一月),是篇精彩的創作對談。文學評介方面,較重要的有:劉以鬯的〈香港的文學活動〉、中大文社的〈(香港)主要文藝雜誌年表初編〉(第二期,一九八一年六月),也斯的〈從緬懷的聲音裏逐漸響現了現代的聲音 —— 試談馬朗早期詩作〉(第五期,一九八二年一月),王曉堤的〈《手掌集》論〉(第七期,一九八二年三月),以及一系列對西西小說的探討文章。

初探香港中文文學雜誌(節選)

陳鈞淙、賴妍、岑長禧,中大崇基學院通識教育高級專題討論習作(一九八五年十一月十五日),手稿收藏於香港中文大學圖書館香港文學特藏室。

一　導言

踏進八十年代,香港朝着發展和鞏固它成為「世界第三大金融中心」的地位而努力,而事實上,香港在經濟上的成就是有目共睹的。根據世界銀行的資料,一九八三年香港的平均國民證產值(per capita GDP)為六千美元,在二十二個「中上收入國家」中位列第三,由此可見香港人的收入即以世界水準來衡量，也已屬於中上階層。香港人在物質生活上既已達到相當高的水平，那麼在精神生活上又如何呢？人們常會聽到「香港是一個文化沙漠」之類的評語，事實又是否如此呢？就以雜誌來說，香港可算是世界上雜誌密度（以雜誌數量除人口計算）最高的地方之一。然而，根據布政司署報刊註冊組的「註冊報紙及期刊名單」顯示，在三百二十八份中文雜誌中，只有八份是文學性雜誌，佔中文雜誌市場約 2.44%；反而家庭及娛樂性雜誌卻有五十八份，即佔 17.68% 的中文雜誌市場，多出文學性雜誌七倍多。由此可見文學性雜誌在香港的受歡迎程度實屬有限。

事實上，大部分香港人對文學雜誌可說是完全陌生，甚至並不知道這些文學雜誌的存在。香港人對文學雜誌的陌生，並不是由於文學界人士的惰懶（不創辦雜誌），相反地，這些年來他們都從未退縮，反而前仆後繼地不斷創辦文學雜誌，曾出版的文學雜誌不下數十份，但是，時至今天，我們已很難會再在市面上發現它們了。它們有部分已停刊、有部分時出版時停刊，而繼續勉力支撐出版的也大多只能作有限銷售。究竟是甚麼因素（例如經營的困難）令到香港的中文文學雜誌的死亡率是如此高呢？它們的出版宗旨又是甚麼呢？它們又扮演着怎樣的角色呢？它們的經營情況是怎樣的呢？它們的讀者對它們的看法又如何呢？我們大學生對它們的認識又到甚麼程度呢？為了能夠有系統地解答這些問題，「初探香港中文文學雜誌」這個研究便展開了。

三　研究範圍之界定

基於人力、物力、財力及時間上的限制，是次研究只用橫斷方法（cross-sectional approach），而不用縱貫方法（longitudinal approach）。研究範圍只限於在一九八四年九月至一九八五年八月的一年內較定期地在香港出版的嚴肅的中文文學雜誌。從與業內人士訪問所得，是次研究的對象屬於有限群體（finite population），而其中部分個體（individual）如《當代文藝》、《八方》、《羅盤》等已停刊，故不列入研究範圍；另外一些個體如《破土》、《新穗詩刊》等雖然最近又復刊，但因為它們並不是定期地出版，而是時出版時停刊，故也不列入研究範圍；此外，由於被業內人士視為綜合性雜誌，所以《百姓》、《時報月刊》及《九十年代》等皆未被列入研究範圍。經審查後，抽取出一個較具代表性的樣本（sample）：《香港文學》、《文藝》、《素葉文學》、《大拇指》及《香港文藝》。這是一個具代表性的樣本，因為它的五個基本單位（elementary units）都是在研究期間較定期地出版、較活躍於香港嚴肅文學界的雜誌，故能代表香港文學活動的現況。

四　研究方法（methodology）

是次研究首先是從文獻調查（literature review）及非正式面訪（informal interview）着手，搜集有關本港文學雜誌的基本背景資料，以建立對本港文學雜誌的初步認識。

建基於這個初步的認識，研究便朝着兩個方向進行：一是正式的個人訪問（formal personal interview）；二是問卷調查（questionnaire）。此外，在需要的時候，便以電話訪問（telephone interview）的方式蒐集附加的資料。

個人訪問的被訪者包括被選為研究對象的五份文學雜誌的現任或前任編委，他們分別是：《素葉文學》的何福仁先生、《文藝》的黎海華小姐、《香港文學》的劉以鬯先生、《大拇指》的許迪鏘先生，及《香港文藝》的陳德錦先生。訪問的目的是有系統地蒐集這些雜誌在出版宗旨、扮演角色、目標讀者界定、經營困難，及市務組合等問題上的第一手資料（primary information），這些資料將成為「剖析文學雜誌」的基礎。此外，上述五位被訪者，及香港中文大學中文系講師盧瑋鑾小姐（個人訪問）和黃繼持先生（電話訪問）對文學雜誌所存在的環境（environment）的意見，將成為「分析文學雜誌的環境因素」的重要資料。

至於問卷調查方面，則有兩組被訪者：一組是五份雜誌的定期讀者，另一組是大專學生。雜誌的定期讀者合共九十八人，分別從五份雜誌的訂戶名單中以隨機抽樣（random sampling）的方式抽取出來，每份雜誌各提供十七至二十名讀者不等，而以郵寄問卷法（mail questionnaire method）蒐集第一手資料。至於大專學生，則分為三大類：香港大學、香港中文大學、及理工學院，問卷是在此三所大專院校的校園內以隨機抽樣的方式選取被訪者，然後以當面分發問卷法（self-administered questionnaire method）搜集資料。為方便分析起見，兩組被訪者都是用同一份問卷，其內容包括閱讀各類雜誌的時間、對五份文學雜誌的認識程度、認識途徑、閱讀目的、對它們的評價、對一些句子的同意程度、對文學活動的參與程度，及個人資料。問卷的設計，主要是根據五份文學雜誌編委的個人訪問、香港中文大學中文系導師陳榮石先生及兼讀課程教師杜家祁小姐的電話訪問，及聖保羅書院中文科教師盧廣鋒先生的電話訪問所得的資料，再分析和整理而設計出來的。

六　剖析文學雜誌

為了較易於了解，剖析將分別從這五份文學雜誌的出版宗旨、扮演的角色、目標讀者的界定、經營的困難、及市務組合等五個方向來研究它們的特色。

甲　出版宗旨：

五份文學雜誌都有共通的出版宗旨：「出版人都是基於本身對文學活動的興趣去創辦一份不牟利的雜誌以提供創作的園地，來發表自己或他人的文學作品。」他們都深信要培育出優秀的本地作家，充足的園地去發表個人創作是起碼而必須的條件。這個信念與他們對文學的熱愛，形成一股強大的推動力，使他們即使在資金匱乏、雜誌銷路前景成疑、和人力不足的困境下，仍然排除萬難，毅然創辦雜誌。他們都只求出版、不求有利可圖、甚至不理會收支平衡！《素葉文學》的何福仁先生說：「我們認為『成功』不在乎銷路的多寡，而在於可維持叢書和雜誌繼續出版，出得一本是一本，出得一期是一期！」

乙　扮演的角色：

在共同的出版宗旨下，五份雜誌各自扮演不同的角色。一九七五年十月二十四日創行的《大拇指》，據許先生透露：是以鼓吹創作為主，以園地提供一種寫作的刺激去引發初學者的興趣，由此可見其角色是吸納文學創作的新血，以鞏固文學創作隊伍的基層。至於一九七九年創刊的《素葉文學》，[3] 何先生說：「我們是一群來自不同行業的人，大家都喜愛文學，又有寫作經驗，起初聚在一起談文學，談得多了便一起搞份刊物。這好比踢足球的人，自行組隊租場約其他球隊踢一樣。我們並未有以推動香港的文學為己任，因為這樣的高調和重擔只會加速刊物的死亡。」正因為他們都有相當的文學修養及他們創辦刊物主要是想發表個人創作，所以《素葉文學》總是給人一種高格調的感覺，其角色是培養高層的、已有一定的文學造詣的本地作家的發展。相反地，一九八四年五月創刊的《香港文

3　編者按：此處資料有誤，《素葉文學》雜誌創刊於一九八〇年。

藝》則扮演着團結本地青年作者去推動文壇的角色，正如陳先生所說：「我們以為香港有不少人曾經或正在辦文學活動，但個別的力量分散而薄弱，且會重複人力（浪費資源），例如雜誌間互換作品；所以我們希望能集中團結這些小股力量去推動文壇，這是成立香港青年作者協會（八一年）和創辦《香港文藝》的原因。」此外，一九八二年三月創刊的《文藝》，黃道一牧師在創刊號的代發刊詞中說：「你的使命應該永遠扮演着『橋梁』的角色；讀者透過刊在你裏面那些文藝性的創作——一些對人生具透視而富時代氣息的文學，可以通往人生的另一端，在那兒，他們對人生有更具啟發性的探討、更深刻的認識，也可以美化自己的人生……沒有人硬把信徒與非信徒分成兩群人，……教會入世的形象可以更清楚地呈現……。」而黎小姐亦說：「《文藝》是教會對社會的服務，……教會對文學仍未很開放，希望它能提升教會對文學的認識。」由此可見其角色是把文學的氣息帶進教會及對信徒和非信徒的寫作水準與人生觀都有所啟發。至於一九八五年一月創刊的《香港文學》，劉先生道出它的角色：「辦一份世界性的文藝雜誌。立足香港、面對世界；為全世界的華文文學愛好者提供發表作品的園地。」

丙　目標讀者（target readers）：

五份雜誌對目標讀者的界定都很籠統：「愛好文學的人」。它們對讀者的社會性特徵（demographic characteristics）如年齡、收入、職業……等並不清楚，也對讀者的心理性特徵（psychological characteristics）如生活方式等沒有概念。這可能是由於它們缺乏市場調查（marketing research）去求取讀者的特徵和意向；它們只通過讀者來信或舉辦文學活動時跟讀者的接觸去收取讀者意見。缺乏市場調查的原因，一方面是資源的缺乏（資金和人力），另一方面是他們對讀者的態度：「我們是帶領讀者的方向而不是追隨讀者的意向。」

丁　經營的困難：

經費缺乏是一個嚴重的問題。《素葉文學》和《大拇指》等同人雜誌的經費都是大家自動認捐的，儲夠錢就出版，有錢出錢，有力出力，既無稿費也無薪酬，編輯純粹是業餘性質。《香港文藝》的經費則來自香港青年作者協會的會費，也是沒有稿費和薪酬，編輯亦是業餘的。《文藝》的經費來自教會一百萬港元基金的利息，而《香港文藝》則有賴熱心人士財政上的大力支持，由於兩者都有較穩固的經費來源，故可支付全職編輯、有固定社址及稿費。

要保持每一期都有相當數量和一定文學水平的文章是件困難的事，為解決此困難，它們都從下列三個稿源去吸納文章：一是雜誌編輯的創作，由於只涉及雜誌本身的骨幹人員，故對稿件的質量都較易控制；二是約稿，由於是約較有名氣和個人風格的作者，故有一定的質素保障，但卻不易控制數量的多寡，因此它們都並不太依賴此稿源，約佔二至三成的篇幅；三是讀者投稿，優點是數量多而穩定，且能達到栽培新秀的目的，缺點是水準參差，必須花掉編輯極寶貴的時間去進行嚴格的挑選。

人力也是一個問題，編委們水準的高低和可用於雜誌的時間都直接影響雜誌的質素。《大拇指》八位業餘編委各有特定職責，例如甲負責專題版、乙負責校園版，令編委在可用時間不多的限制下有效率地出版刊物，缺點是各版間缺乏呼應，致每期都沒有鮮明的主題。《素葉文學》十多位編委沒有指定職責，其操作方式是誰今期有空又有興趣，便由誰擔任該期的編委，故每期的工作人數及編委名單都不相同。《香港文藝》十餘位業餘編委採「主副執」制，有較固定的職責。《文藝》有一位全職執行編輯，另有數位編委協助。《香港文學》則有專職的主編、美術、總務及校對各一名，但由於是月刊，故工作量繁重。

雜誌銷路一向都不理想：以學校訂戶為主的《大拇指》每期約銷一千五百份，《素葉文學》每期約銷四百份，《香港文藝》除寄給會員外，每期零售五十份左右，《文藝》和《香港文學》由於發行網大，每期約銷售二至三千份。

戊　市務組合（marketing mix）：

市務組合包括售價（price）、分銷途徑（distribution channel）、推廣活動（promotion），及產品（product）。

五份雜誌售價由二元五角至八元不等。其售價是以賣清可支付全部出版開支為準則而訂定的，可是由於每期都未能售清，故它們都是虧本的。而印刷及製作費的漲價，迫使售價向上調整以免虧蝕過巨，如《大拇指》第一百九十四期售一元五角，到第二百零六期已升至二元五角了。

分銷途徑方面，《大拇指》、《素葉文學》及《香港文藝》都只能在專賣參考書的二樓書屋（如青文、田園、南山……等）發售，原因是讀者人數少使在報攤發售這個廣泛的分銷網（intensive distribution）並不划算；此外，一般出售教科書和文具的一樓書局，因本身租金貴，通常不接受銷路無保障的文學雜誌。至於《文藝》和《香港文學》，由於有強大的財政支持，能負擔較大的分銷網，除二樓書屋，在一般大書局也有發售；其中《香港文學》更由於本身在組織聯繫方面的競爭優勢（competitive advantages），得以在尖沙咀、灣仔、北角等地的報攤發售，其發行網且遍及全球多個國家，如美國、日本、馬來西亞、菲律賓……等。

每份雜誌因應本身信念及資源而倚重不同的推廣活動。以學校訂戶為主的《大拇指》主要是寄信給學校老師，要求他們鼓勵學生訂閱，許先生相信：「許多學生都是老師叫到才買的。」

《素葉文學》基本上沒有推廣活動，何先生相信：「由於文學雜誌的市場窄、讀者少，令訊息傳得快，故對推廣的需求並不迫切。」它主要是靠報紙雜誌的朋友在文章中介紹。《香港文藝》主要是將整份雜誌寄去學校及以新聞稿來作推廣，並無採用廣告。《文藝》主要是在一些基督教周報及報紙刊登宣傳稿。《香港文學》則以新聞稿為主，也在《文匯報》及《新晚報》登廣告。

產品的內容和包裝，最能反映出雜誌的特色。《大拇指》針對其吸納文學創作新血的角色，以較大比例的學生創作園地和較淺白的文字吸引中學生，包裝也用獨特的報章形式以配合其廉價的形象。《素葉文學》的編委以篇幅昂貴及其栽培本地作者的目的，而刊登本地作者作品為主，較少刊登國內及台灣作家的作品，也不刊登東南亞作者的作品；由於它擁有一群外文系畢業及對西方文學有相當認識的編委這個競爭優勢，令它較多翻譯及介紹最新的外國前衛作家的作品；此外，資金和格調的限制，使它選擇了色調較樸素的包裝。《香港文藝》內容接近《大拇指》，但較多樣化，由於只出版了五期，雜誌的個性（內容特色）還未正式形成；其包裝初期極似《大拇指》，後來則改訂成一本手冊般大小的雜誌，可能是希望讀者能從五份雜誌中把它分辨（differentiate）出來吧。《文藝》除不刊登純學術性的和太多分析數據的論文外，其他文章不論是否宗教性的，都予以刊登；其特色是經常辦文學性的座談會和專訪，及刊登有關該等座談會和專訪的紀錄文章；由於財力許可，包裝比較清雅悅目。如前述由於《香港文學》在組織聯繫上的競爭優勢，故能刊登地區性文學專輯，如馬來西亞（方比方先生負責）、新加坡（鍾文鈴小姐負責）等地的華人的華文作品；此外，也有來自世界各地非華人的華文譯文，例如西德的 Helmut Martin 自譯華文來稿、澳洲的 Geremie Barmé，及日本的竹內實先生、加拿大的 Andrew Parkin 等都曾投稿；它亦刊登有關香港文學發展的史料，以為將來的學者提供較有系統的資料，也刊登有關本港文壇活動的新聞稿；而且由於財力許可，它可以有較鮮豔奪目的包裝。

十一　比較五份雜誌

是次研究在問卷中分別從十二個因素（factors）來比較五份文學雜誌，在每個因素上，以一個用四個等級的量尺（scale）的語義分析法（method of semantic differential）來搜集資料，量尺由表現（1）很差，到（2）較差、（3）較好，到（4）很好，為方便分析，只取其平均值來討論。

在編輯態度上，只有《香港文藝》被讀者認為是較粗疏（2.85），而《文藝》則最嚴謹（3.70），其他三份也頗嚴謹（由3.10至3.48）。至於掌握文字技巧，《大拇指》和《香港文藝》差一點才達到滿意的水平，其他三份則比較上好一點，尤以《素葉文學》為最好（3.52）。讀者認為《香港文學》、《文藝》和《素葉文學》都有頗獨特的思想見解（由3.04至3.17），其餘兩份的見解則較平庸（2.56和2.67）。讀者覺得《香港文學》和《文藝》兩份雜誌內容頗為多樣化（分別是3.13和3.08），而其他三份則較為單調（由2.47至2.67）。讀者覺得五份雜誌的文章都感情真摯，其中以《素葉文學》為最高（3.35）。此外讀者以為只有《文藝》的文章內容是頗有趣味（3.04），而《香港文藝》則較沉悶，其他三份則界乎兩者之間（由2.84至2.96）。讀者也感到《香港文學》和《文藝》都有精美的包裝（3.28和3.11），而以報章形式出版的《大拇指》和《香港文藝》則很普通（2.00）。而讀者則以為《大拇指》售價最便宜（3.58），即使是《文藝》和《香港文藝》也算便宜（3.07和3.10）。讀者認為五份雜誌的銷售地點都明顯地不足（由1.55至2.69），而有較大分銷網的《香港文學》和《文藝》則比較好一點。此外，讀者覺得《香港文學》最能定期出版（3.26），而以《素葉文學》及《香港文藝》的脫期問題最嚴重（1.73和

2.00）。至於與社會的關係，五份雜誌都予人少許跟社會脱節的感覺（由 2.22 至 2.67）。最後，讀者認為《大拇指》和《香港文藝》提供最多園地（3.19 和 3.05），其他三份則稍嫌不足（由 2.55 至 2.78）。

十二　總結

從是次研究中，我們發現在香港出版的嚴肅中文文學雜誌的出版宗旨是創辦人基於自己對文學的熱愛去辦刊物以提供園地讓文學愛好者發表他們的作品，從而達至栽培本地優秀作者的目的。在共通的宗旨下，文學雜誌各自因應本身資源（資金和人力）及信念的不同而扮演不同的角色。可是缺乏市場調查及以顧客為主的營銷概念（customer-oriented marketing concept），令他們對目標讀者的界定十分籠統：「文學愛好者」；在沒有清晰的目標讀者界定的指導下，它們在應付經費來源、稿源質量、人力資源，及銷路前景等四大經營困難時，便顯得更加吃力；不能有效地解決這些經營困難，正是導致文學雜誌死亡率偏高的重要因素。然而，我們在翻閱文學雜誌的歷史背景資料時，則發覺即使在缺乏廣大的讀者群的支持及有蒙上嚴重虧蝕的可能這兩個陰影下，仍有不少文學愛好者前仆後繼地創辦文學雜誌，而歷史背景資料顯示，他們的努力是有一定的效果的，不少本地優秀的作者如胡菊人等，就是由他們栽培出來的，而且他們的努力，也直接或間接影響着其他後來的文學愛好者承擔責任、創辦新的文學雜誌，例如《大拇指》的編委大多數都曾在《中國學生周報》發表過作品或工作過。此外，在死亡率偏高的不利環境下，不少現存的文學雜誌仍憑着其獨特的市務組合而得以繼續出版，這是值得其他有志創辦文學雜誌的文學愛好者借鏡的。

另外，從問卷調查中，我們發覺文學雜誌讀者並沒有明顯的社會性特徵：他們來自不同的行業，也受過不同程度的教育（雖然大專或以上是較多），更沒有性別的偏向。反而行為性的特徵（behavioral characteristics）則有明顯的偏向，佔絕大多數讀者都曾投稿及稿件被刊登，也都參加過文學性的活動（如文學講座），這相信是由於行為是興趣的具體表現方式，故行為性特徵能反映出他們對文學的興趣。此外，讀者也有明顯的心理性特徵，即他們對文學及（文學雜誌）都有着贊成的態度（favorable attitude），這從他們對問卷中十一個句子的同意程度的偏向可見。而且，他們對文學雜誌也有較深的認識（認識率及閱讀率偏高），亦花較多的時間閱讀文學雜誌（比其他雜誌多）。因此，雜誌編委日後也許可以利用行為性特徵及心理性特徵來找出目標讀者，可行的方法是進行分辨分析（discriminant analysis）來分辨出讀者及非讀者。此外，本研究也提供了一些可行的方法去幫助編委解決經營的問題，例如在書局作分銷地點推廣活動、注意建立良好口碑，及增加時事報道及讀者投稿的篇幅等。

雖然文學雜誌都希望大專學生是它們的讀者，但是據統計分析所得：他們在參與文學性活動方面並不活躍，他們對文學雜誌的認識程度和閱讀率都偏低，他們閱讀文學雜誌的時間亦偏低，此外他們對文學的態度也較不贊成（less favorable）。而且，他們跟讀者無論在對文學雜誌的認識程度及對文學的態度都存在着重大的差異。由此暗示他們的行為性特徵及心理性特徵都跟讀者的有出入，因而要令他們成為讀者將更費力氣，建議的可行方法計有在書局作分銷地點推廣活動、寄雜誌到圖書館、增加時事報道的篇幅及挑選較有趣味的文章等。

最後，在分析了讀者對五份文學雜誌的評價後，發覺它們都各有優點和缺點，未有一份雜誌是在十二個評價因素中全部優於或全部劣於其他雜誌。我們建議雜誌編委應盡力加強本身優點及改善不足之處，以吸引更多讀者，其中尤其值得注意的是編輯態度、出版準時程度，及提供園地這三個因素。我們深切及誠懇地希望是次研究能為有系統地研究文學雜誌跨出第一步，以鼓勵、引發及帶領未來有志之士作出更深入及更具體的學術研究；並希望能夠給予文學雜誌現任或將來的編委一個對他們所面對的市場透徹的了解，及提供一些可行和實用的經營方法的建議。

精英不滅

張文中，《星島日報》一九九一年八月七日，第四十一版。

《素葉文學》薄薄二十四頁，裝幀清雅素樸，清一色的純文學，又清一色本港獨具創意的作家之精心構作，遠比它的篇幅更具分量。

七月這一期是復刊號，排數總二十六期。

停刊大概有經年了罷？養精蓄銳，囤積糧草，再出山便一番風光萬千，端的豪氣干雲！

豪氣之一，便是封底「稿例」上一段公開聲明：「不設稿酬，來稿一經刊出，奉贈該期五份。」把藝術追求超乎金錢追求之上，真令我等凡夫俗子無地自容。

畢竟不能以小人之心度君子之腹，這世界為純文學獻身的人，沒有絕種。

輕視俗文學當然沒有道理。流行文化的存在，是現代社會的題中應有之義。學院派的態度，只能自取其辱。但輕視雅文化，卻更加沒有道理。用唯利是圖的商家眼光去抹殺純文學的存在價值，其實可以做得更徹底，連服字也多餘。電子媒介的發達和多媒體的出現，不是早有人倡言「文字死了」嗎？

文化是一座金字塔。它的座基是大眾流行文化、俗文學。精英文化矗立在它的塔尖。雖然大眾漠視精英文化的存在，冷淡它，疏離它，甚至抗拒它，但精英文化是社會的靈魂。沒有精英文化的支撐，社會不過是一具行屍走肉。

《素葉文學》的默默耕耘，應該獲得崇高的敬意。幸虧有了這樣甘於寂寞的獻身者，才令純文學的精英意識不至被湮沒。

喜讀素葉文學

戴天，《信報》一九九一年八月十日，第十九頁，「乘游錄」。

一九九一年七月底，停刊了一些日子的《素葉文學》再出，是為第二十六期復刊號。捧在手裏，如見故人，喜不自勝；又像是初識幽蘭，為其挺秀所懾，幾無話可説。感觸是奇特的，卻也自自然然。

既如故人，當然先得端詳，是否丰采如昔。小説部分，創作有辛其氏、余非兩家，鄭樹森譯了巴西作家利斯佩托極短篇一則。散文部分，李金鳳寫了〈南丫六景〉，淮遠作了〈半個公寓〉。詩，俞風、顏石、盧偉力擔場。評論由李焯雄獨挑，間以許迪鏘〈讀書隨筆〉一則。西西與何福仁，再接再厲，繼續對談。這一回，是《天方夜譚》，論及電子時代的戰爭敘事，視野廣闊，觀察力、透視力之強、之敏鋭、之深刻，兼以對世界生靈的愛與同情心，讀之情理交匯，極具啟迪之功。一言以蔽之，這個「老朋友」，風格一貫，志趣若恆，即誠誠懇懇、紮紮實實，既不怨天尤人，也不冷嘲熱諷，更不張揚驕狂，而欲圖「為香港文學立心，為香港藝術立命」。

既如幽蘭，而其純正自如作風，一派雍容，有恃格調，以視今日困囿於雅俗、商業與文化、大眾與小眾等無謂的爭執者，自然不同凡響。換言之，《素葉文學》昨日如此，今日如是，在文學藝術的範疇默默耕耘、埋頭苦幹，只以文學的創作與評論介紹本身，表現其對社會公義等的看法。這種精神是至可敬佩的。尤其是，這批大勇者自青年而至中年，從不氣餒，永不放棄，有限的資源用完，即再次儲存，必圖捲土重來；倘因工作或其他而致人力不足，則稍事調整，亦必排除萬難，東山再起。如是，因堅持、不懈而見挺秀之氣，沉潛之風，實足以懾人。這在香港，於工商界雖屢見不鮮，在文藝界，則頗為罕見，算是初識之了。

還應當指出，《素葉文學》復刊號上的創作與評論，都頗為沉實而又不乏新意。比如辛其氏的《紅格子酒鋪》，寫盡了六十年代以來香港一代青年的激盪情懷，諸般心事，讀之如見其人、如聞其聲，足以勾起想當年的思緒，卻絕不憂傷，只是有那麼一點兒惆悵，具見作者細味人生之棄絲竹的本領。辛其氏（還有蓬草、綠騎士等）與西西一樣，在香港也許不為大眾所知、所賞、所愛，在台灣，則有不少知音。但無論得與失，辛其氏又何嘗在乎？《素葉文學》正是這樣一批人的組合，其人其文，看似尋常，卻最是奇崛！

開卷樂訪問：素葉文學的另類生存方式

張灼祥、余文詩訪問，陳樹貞整理，
《星島日報》一九九二年七月二十四日，頁四。

訪問：張灼祥（張）、余文詩（余）　**被訪**：許迪鏘（許）
整理：陳樹貞

張　《素葉文學》月刊是一份有自己獨特風格的刊物。一般的刊物會用名家或有名氣的作者作為吸引，也會針對讀者的口味，《素葉》不理會這些，是否在另一層面與讀者脱節了？能夠關起門來做事，這是香港社會的自由，但搞出版的，自然是希望有多些人閱讀，你怎樣看這問題？

許　是呀，你説得很對。出版雜誌當然是愈多人看愈好。但問題是我們是否真的完全沒有顧及讀者呢？實際的效果是似乎沒有關注讀者趣味，但這不是我們原來的意思，其實我們都希望與讀者建立一個比較密切的關係。我們做事好像只是我們自己做，用自己的方法做了便算，沒有考慮到如何提高讀者對我們的興趣。這其實是客觀因素限制所使然，因為我們是一份業餘刊物，大家都是在公餘有限的時間內，抽一些時間出來做，故此現在我們做得比較消極，只能坐着等稿來，沒有積極地、主動地與讀者和作者建立關係。比較理想的情況是我們多些介紹社會上不同的生活、不同的潮流與文學的關係，這樣會比較活潑點，與生活更有關連，亦可能令更多讀者對我們有興趣。

余　那麼在未來你們會不會做呢？

張　人力物力的要求都頗大啊。

許　那得視乎自己的能力和時間，當然希望這樣做，但實際能否做到，還得看客觀環境。我自己很喜歡做多些訪問，好像你們的節目那樣，經常有不同的人來談話。又例如做多些與生活有關的特輯，但能否做到很難説。

張　聽你這樣説，令我覺得，在某種情況下，因為你們有自己風格，不用太顧慮外間市場情況，反而更能生存下來。我知道有些刊物想辦得很高級，下了很重的投資，一旦不成功，虧蝕便會很大，甚至不能翻身。《素葉》的好處是不用理會太多，可隨意刊登喜愛的作品，因而能保持一定的風格。我記得在外國鄰近大學城的書局，也有一些同人雜誌，銷量也跟《素葉》差不多，只有幾百本，或者不會超過一千本，但因為各有強烈的風格，反而喜歡的人會自己找來閱讀。這在現時的市場運作，不大切合經濟的潮流，一直做下去永遠也不能翻身，但傷元氣的機會亦少很多，是不是呢？

許　因為外國是一個多元化社會，有很多小眾刊物，也很重視小團體，所以小團體便多了很多生存的空間。但香港的情況是：小團體的活動範圍很狹窄⋯⋯

張　大眾的、通俗的文學掛帥啊？

許　是啊，剛才你說大學附近的書店會有些同人刊物出現，我們試過把《素葉》拿到大學書店寄售，但大學書店說不可以，因為沒有銷路。於是我們唯有在專售賣文化、文學刊物的書局擺賣，因此我們能接觸的範圍便更少了。

余　你們有沒有想過以後的方向怎樣走？以及以前的《素葉》跟現在的《素葉》最大的分別在哪裏？

許　其實我們沒有甚麼特別長遠的計劃，很多時都是見一步、走一步，能夠做多少便做多少。跟以前的分別是：現在的文章編排有系統點，在處理方面希望是進步了一點吧？

張　常聽人說香港沒有文學，通俗文學便是一切，其實香港也有嚴肅文學。作為《素葉》一份子，你覺得《素葉》在香港文壇上可不可以扮演一個甚麼角色？

許　所謂角色，看看是大是小。《素葉》當然不是人人都認識，我們無可能做到。我們扮演的角色是一個比較獨立的角色，也可以說是一個小角色，希望在現在的商業社會裏，能提供一些價值觀念不同的空間。如果有人喜歡，他就是喜歡，我們針對的可能是很小部分的人。

張　余文詩，我們為了更了解《素葉文學》，不妨看看復刊後的第三十五期，這期有小說、散文和議論，我們看看其中一篇鍾曉陽的短篇小說〈不是晴天〉。我們知道鍾曉陽很早期已開始寫作，看這篇作品，我覺得最大特色是她的寫作技巧和風格跟早期有點不同。早期她擺脱不了抄襲的影子，〈不是晴天〉似乎顯出她整個人都成熟了，連寫作和處理人際關係都有她自己獨特的方法和看法。

余　很西方和很現實，很多人以為自己很忠於感情，很愛護自己的配偶，永遠想不到在心底之處仍然可以發生另外一些愛情，一些愛情的夢想，我覺得每一個人在心裏都可以愛很多個人，但視乎你怎樣衡量。〈不是晴天〉就寫出了現代人的心態。

張　可能不只有一個情人。

余　在以前不可以，就算心裏這樣想也做不到。我覺得這篇小説給我的感覺很西化，但其實這情況一直都存在，只是沒有人有膽量把它説出來，這篇小説卻寫得很自然。

許　鍾曉陽過去的作品在文字上比較雕琢精緻，她近年的作品轉而發掘現代人在人際關係上的無奈，和微妙的感情轇轕，〈不是晴天〉就是個典型的例子。

張　《素葉》復刊後每期都有鄭樹森的作品，他現在在美國大學任教，對美國文化比較清楚。他在《素葉》寫了一系列的美國文化筆記。

許　鄭樹森先生很支持我們，復刊後每期都有他的翻譯或評論。他一系列的文化筆記是整理他剛到美國時對當地文學、社會的觀察，雖然延續的時間很長，但許多現實和現在仍然有關係。

張　好像他的〈白種垃圾〉其實是探討了小説的一個支派，其中亦提到貧窮的問題。最近美國洛杉磯及其他地區的暴動，原因一方面是貧窮，另一方面是種族衝突，文學作品多少也反映了現實。

許　文學其實是社會最快速的反映，鄭樹森先生在〈白種垃圾〉列出數據，指出美國有三分一人口處於貧窮線以下，反映到文學裏便是這些貧窮的人生活不堪的情況，從文學作品我們可以體會到美國社會貧富懸殊的程度，對我們了解最近美國少數民族的暴動會有幫助。

余　最近新聞提到一個研究，指出美國的貧窮兒童有日漸激增的趨勢，他們都是來自少數民族，包括黑人、拉丁美洲民族等。這個問題都頗嚴重，〈白種垃圾〉反映了問題，這篇文章很有意義。

張　復刊後的《素葉》除了介紹外國文化外，也有探討本地普及文化問題，例如洛楓探討《中華英雄》的評論文章。剖析普及文化是頗值得探討的。

許　所謂「普及文化」，其實不一定是與「嚴肅文化」對立的，大家互相關連。我們也想多探討與一般人有切身關係的現象，例如該文對時下漫畫所反映的一般大眾意識，作者列舉的例子很有趣。

張　那些喜歡看《中華英雄》的人，可能不會理會《中華英雄》與普及文化的關係。而我們看這篇論文的人又未必會看《中華英雄》，這看來普及文化與嚴肅文化之間好像有點不協調。

許　你說的恐怕也是現實。那是不是接觸普及文化的人不看討論普及文化的文章，我們便不理會這問題呢？不是的，我們大家都生活在社會裏，面對相同的問題，我們可看看另一部分人怎樣面對及解決自己本身的問題，對我們考慮怎樣面對社會都會有一定的作用。

余　我想，我看《中華英雄》，便不會看那篇論文，但我看那篇論文，我或者會看《中華英雄》，看看論文說得對不對。

張　我們的節目以前也曾訪問過一些文學編輯，他們都說在一些情況下也有滿足感，但亦有可悲的感覺。不知你有沒有這種悲喜交集的情緒？

許　沒有。我的感覺是開心的。

余　無論結果如何也是開心的？

張　我想這也許是《素葉》能夠繼續下去的動力。

余　不錯。

文學大道上走碎步

許迪鏘，《讀書人》第二十七期（一九九七年五月），頁八三－八五。

我們形容一個人很年輕，有句傳統老話，叫「富於春秋」。就是說，來日方長，還可以活很多很多個年頭。西方人說長日無聊，有謂 have time to kill。年輕時總以為自己可以做許多事情，也的確甚麼事也做一點，並不完全是因為精力過剩，而是春秋代序還沒有喚起面對時間流逝的迫切感，有的是可以謀殺的時間。只是到了中年，工作和家庭的承擔日重，尤有甚者是韶光不再而一事無成，也就再付不起胡衝瞎闖的代價。

一九七〇年代末，參與創辦《大拇指》周報的幾位朋友，包括何福仁、西西、張紀堂、梁國頤、梁滇瑛等，雖已從《大拇指》編務的最前線退下來，對文學的出版卻一直念念不忘。期間何福仁又和周國偉、康夫等創辦《羅盤》詩刊。後來大家想到，辦期刊雖然可以為文學創作提供發表園地，但作品登出來，各散東西，隨刊物過期而消失，想要拿來重讀，很不方便，如果能夠將零散的作品結集出版，對閱讀和研究，都應有幫助，遂有成立一家出版社的構思。初定的目標是專出香港作者的作品，結構上仍是同人集資的形式，預算每年可出版四種，但因經費有限，頁數不能太厚。有人覺得李白出生地碎葉的名稱很特別，建議出版社就叫碎葉，但這個碎字意頭不大好，最後定名為素葉，也諧音「數頁」。

素葉文學叢書第一輯四種在七九年中出版，每種都的確很薄，只有百數十頁左右。西西的《我城》在報章上連載時，寫了十多萬字，為了遷就頁數，出版時刪剩五、六萬字。十六年後，素葉才為《我城》出了一個相對的「足本」—— 西西仍對原作進行了刪節，但倒是出於藝術而非經濟的考慮。當時，香港專出文學作品、專以香港作家為出書對象的出版社，為數尚少，素葉叢書的出版，算是稍稍填補了這方面的空缺。

素葉叢書出到第二輯，大家幹得起勁，又興起出雜誌的念頭，也是說幹便幹，《素葉文學》第一期在八〇年中創刊，而且定為月刊，最初幾個月，也能定期出版。素葉叢書到八四年中共出二十四種，《素葉文學》到八四年七月共出二十五期，然後兩者都陷於停頓。

出文學書刊，要面對兩大問題。首先是發行。書和雜誌出版後，當然希望能與「廣大的讀者」見面，可是具規模的發行機構對發文學書刊不感興趣，因為他們花了人力去「走辦」，卻沒有書店落單（自然是因文學讀物沒有銷路），等如做虧本生意。作者出了書，卻不見自己的作品在書店發售，無疑會十分沮喪。我們也曾嘗試自己搞發行，還是不得不向現實低頭。書店說到底也沒可能讓賣不出（或銷售速度極慢）的書光佔着書架，即使願意入一兩部文學新書，書賣出了，也不會補貨。文學書的讀者本來已經不多，他們到書店去發覺無書可買，閱讀文學的興趣可能因此日漸消減，閱讀文學的風氣培養不起來，形成一個惡性循環。

另一個其實更實際的問題是，書存放在甚麼地方？可以想像，在出了幾十種書、幾十期雜誌後，要找一個安頓這些書刊的地方，是如何教人頭痛。我們的書現在分散在幾處，除了搞編務，有些同人還要兼任「運書」部長。

素葉同人靜極思動，在九一年中復刊《素葉文學》，至今出版至第六十二期，又在九四年中恢復文學叢書的出版工作。文學叢書部分獲得藝術發展局的資助，減輕了我們的經濟壓力。發行上有比較專業的機構負責，「上架率」大有改善。當然，要求有井水處便有文學書刊，在可見的將來，仍是不可能的事。

文學的出版，起初是無錢無人理，現在是有錢人人爭，由此生出許多無聊的是非來，令人感嘆。不少朋友都問，九七回歸後的出版自由會不會有變化。我相信基本的自由應維持不變，但私底下我倒不介意將來的政府遏制言論和出版，那麼，我就可以順理成章的洗手不幹了。

學位論文資料

許立秋：《〈素葉文學〉研究 —— 論〈素葉文學〉的世界性與本土性》

華南師範大學文學院碩士論文，二〇一二年。

摘要：

《素葉文學》是一本充滿精英思想的文學雜誌，它長達十幾年的文學創作，為香港的文學發展做出了有益的貢獻。本文對《素葉文學》的研究主要包括：

引論肯定研究期刊的意義，針對香港期刊的研究現狀，梳理學界研究香港期刊雜誌的方向，發現學界對《素葉文學》的研究尚處於起始階段，有待深入挖掘。

第一章主要分析雜誌的現代化、精英立場和多樣化的內容，分成三節來論證。第一節追溯《素葉文學》與《中國學生周報》、《大拇指》的淵源，尤其在譯介外國作家作品方面，《素葉文學》繼承與發展了兩刊譯介現代作家作品這一傳統；第二節關注雜誌所體現的精英意識，主要表現在兩個方面：一是作家群的高學歷和編輯群的富有辦刊經驗帶來的精英氛圍，二是雜誌的追求所體現出來的精英立場；第三節主要就雜誌包含的體裁的多元化和雜誌內容的豐富多彩進行説明，力圖勾畫出一本瀰漫着濃郁文藝氣息的、真實可感的《素葉文學》。

第二章主要關注雜誌中譯介的外國作家作品，通過考察

《素葉文學》選擇的翻譯對象和評論文章，發現雜誌編輯在選擇譯介對象時重視譯介諾貝爾文學獎得主，熱衷介紹拉美文學，關注作家對語言的敏感性，針對這三方面分析譯介主體在歷史時空下為何選擇譯介這些作家作品，從中窺測素葉同人的翻譯價值取向。

第三章主要是論述香港作家在譯介作家作品的影響下，在文學創造方面的繼承與發展。第一節概述香港文學的發展與外來文學息息相關；第二節論述《素葉文學》的譯介活動對香港作家在小說創作方面的影響，主要從繼承與超越兩方面進行闡述，選擇雜誌中發表作品較多、比較具有代表性的作家——西西、余非、邱心、辛其氏，以及新銳作家曹婉霞、范偉文[1]等人的小說進行分析，論證香港不僅有文學，而且在香港作家的不懈努力下，出現了不少創新的作品。

結語總結《素葉文學》對香港文學所做的貢獻，主要體現在困境中堅持文學創作，不僅培養了不少青年作家，還架起了香港與台灣的文學交流橋梁。《素葉文學》的貢獻足以令其在香港文學史佔據一席之地。

目錄：

1　編者按：當為「潘文偉」之誤。

陳筱筠：《一九八〇年代香港文學的建構與跨界想像》

國立成功大學台灣文學系博士學位論文，二〇一五年七月。

摘要：

一九八〇年代隨着香港即將回歸中國，香港文學研究在台灣開始有了一個比較初步的探討與介紹。近年，不管是面對政治經濟層面上的中國崛起，社會變遷過程中台灣和香港所出現的類似經驗，抑或是在學界領域中華文文學、跨區域批判、東亞想像等議題的開展，皆促使台灣對於香港的探討需要有更進一步的討論與關注。自九七回歸前，中國在短時間內便陸續出版了多部香港文學史，文學史作為一個學科的建立以及一個國家或地方的文學建構皆有着重要的影響，因為它涉及了歷史詮釋權的爭奪與主體位置的設定擺放。但香港文學在九七之前，是否只有被中國論述吸納、收編的命運？抑或在回歸之前香港文學自身有其發展與建構的脈絡與軌跡？過去談論到一九八〇年代香港文學時，最直接聯想到的便是由九七回歸中國所帶來的失城恐懼或身分轉換等議題，但實際上這個時期的香港文學並非僅存在這個面向，它亦存在着吸收、轉化各地文學與文化思潮的能量。正因為如此，一九八〇年代香港文學有其必須被重新認知的重要性。

本研究以跨界想像作為重返一九八〇年代香港文學的方法，主要應用在兩個層面的討論：一、探討《八方》、《香港文學》和《素葉文學》這三份文藝雜誌在當時如何建構香港文學、與各地華文文學進行連結、參與中國現代文學的重建以及參照西方理論思潮；二、透過香港小說中對於邊界的形塑與建構，脈絡化跨界想像的意義。透過這些討論，將有助於我們找到另外一條觀看一九八〇年代香港文學發展與建構的路徑，在這樣的思考之下，我們才有可能強調當時各種力量的共存與角力，而非單向的取代或置換。當我們正視了一九八〇年代香港文學實則存在着各地文學資產的匯流，而香港文學自身亦在此時期透過繼承與轉化的文學建構時，討論香港的方式便不再只是借／還之間的問題，或是因過度急切找尋香港主體性的存在，而忽略了當時的跨界路徑。在這個重返的過程中，本研究至少能帶出三個重要的面向，包括為香港文學尋找新的詮釋框架、對華文文學的反思，以及台灣文學與香港文學相互參照的可能。

目錄：

素葉研究資料初編

	作者	篇名	刊物／書名	日期	頁碼
一	馬康麗記錄，周國偉、鍾玲玲受訪	一個年輕的出版社：素葉	《大拇指》第九十六期	一九七九年四月一日	頁二
二	魯	素葉文學叢書四種	《八方》第一輯	一九七九年九月	頁三－五
三	未署名	素葉文學第二輯即將出版	《大拇指》第一百零二期	一九七九年九月十五日	第八版
四	未署名	素葉文學第二輯　素葉文學雙月刊	《大拇指》第一百零三期	一九七九年十月一日	第九版
五	未署名	素葉文學叢書第二輯	《大拇指》第一百零八期	一九七九年十二月十五日	第九版
六	未署名	素葉文學叢書	《大拇指》第一百二十期	一九八〇年六月十五日	第十一版
七	本報記者	回顧過去　展望未來——記《香港文學三十年》座談會	《新晚報》	一九八〇年十月七日	第十六版
八	李維陵	有關素葉	《星島晚報》	一九八一年六月六日	第十版
九	未署名	素葉文學叢書第三輯已出版	《大拇指》第一百三十九期	一九八一年六月十五日	第九版
十	批評家資料室	文藝圈批判	《批評家》創刊號	一九八一年十一月	頁一一－一二
十一	未署名	素葉文學叢書	《大拇指》第一百五十二期	一九八二年三月十五日	第十版

（續上表）

	作者	篇名	刊物／書名	日期	頁碼
十二	未署名	素葉文學叢書	《大拇指》第一百五十四期	一九八二年四月十五日	第十版
十三	克亮	素葉文學新書八種	《素葉文學》第十三期（轉載自《明報周刊》）	一九八二年十月	頁三一
十四	未署名	素葉文學叢書	《大拇指》第一百六十四期	一九八二年十二月一日	第八版
十五	許迪鏘	關於《素葉文學》	《文藝》第七期	一九八三年九月	頁四二－四三
十六	迅清	作為藝術的散文——兼談「素葉文學」的散文	《文藝》第十三期	一九八五年三月	頁三九
十七	何福仁	素葉	《香港文學》第五期	一九八五年五月	頁九一－九三
十八	陳信元	簡介《素葉文學》	《文訊》第二十期	一九八五年十月	頁一〇一－一〇二
十九	陳鈞淙、賴妍、岑長禧	初探香港中文文學雜誌	中大崇基學院通識教育高級專題討論習作	一九八五年十一月十五日	／
二十	原甸	《素葉文學》	《我思故我論》（新加坡：萬里書局）	一九八八年	頁五五－五七
二十一	未署名	素葉文學　七月復刊	《越界》第九期	一九九一年七月	頁碼從缺
二十二	李華川	素葉復刊有感	《快報》	一九九一年八月四日	頁碼從缺
二十三	張文中	精英不滅	《星島日報》	一九九一年八月七日	第四十一版
二十四	戴天	喜讀素葉文學	《信報》	一九九一年八月十日	第十九版
二十五	未署名	素葉文學第二十七期　八月出版	《越界》第十一期	一九九一年九月	頁碼從缺

（續上表）

	作者	篇名	刊物／書名	日期	頁碼
二十六	李今、艾曉明	《當代中國文學名作鑒賞辭典》香港文學部分條目選〔下〕	《香港文學》第八十六期	一九九二年二月	頁二七－三二
二十七	張灼祥、余文詩訪問，陳樹貞整理	開卷樂訪問：素葉文學的另類生存方式	《星島日報．文藝氣象》	一九九二年七月二十四日	第四版
二十八	鷗外鷗	文學的貶值說——答陳穎（三十二期素葉文學）報鷗外公公書	《素葉文學》第三十八期	一九九二年九月	頁七
二十九	未署名	素葉文學	《信報》	一九九四年二月十二日	頁七
三十	本刊記者	小記《素葉文學》與《香港文學》	《幼獅文藝》第四百八十六期	一九九四年六月	頁三八－四〇
三十一	未署名	素葉文學出版成果豐碩	《台港文學選刊》第九期	一九九五年	頁五六
三十二	許迪鏘	在流行與不流行之間抉擇——從《大拇指》到素葉	《素葉文學》第五十九期	一九九五年九月	頁一〇八－一〇九
三十三	梁世榮	從《捕鯨之旅》說起——鍾偉民現象	《星島日報》	一九九五年十月一日	C8
三十四	洪捷	素葉文學默默耕耘　推介本地作家作品將出版西西小說《我城》《飛氈》	《大公報》	一九九六年二月十六日	B10

（續上表）

	作者	篇名	刊物／書名	日期	頁碼
三十五	許迪鏘	文學大道上走碎步	《讀書人》第二十七期	一九九七年五月	頁八三－八五
三十六	何依蘭整理	九十年代詩社回顧座談會	《文學世紀》第三期	二〇〇〇年六月	頁二八－三五
三十七	古遠清	近年香港文學刊物掠影	《台港文學選刊》總一百六十四期	二〇〇〇年七月	頁一〇〇－一〇三
三十八	林華榮	《素葉文學》與香港文學	香港嶺南大學中文系本科生畢業論文	二〇〇一年	／
三十九	許迪鏘	關於素葉	《文學世紀》第五十五期	二〇〇五年十月	頁一四
四十	張貽婷	「動盪年代」的再回首——專訪《素葉文學》創辦者許迪鏘先生	《幼獅文藝》第六百八十二期	二〇一〇年十月	頁八五－八八
四十一	許立秋	從《素葉文學》的前期小說看殖民政策的影響	《重慶三峽學院學報》第一百三十五期	二〇一一年五月	頁八八－九一
四十二	許立秋	《素葉文學》研究——論《素葉文學》的世界性和本土性	華南師範大學文學院碩士論文	二〇一二年	／
四十三	王家琪	《素葉文學》研究	香港中文大學中國語言及文學系哲學碩士論文	二〇一四年七月	／
四十四	陳筱筠	一九八〇年代香港文學的建構與跨界想像	國立成功大學台灣文學系博士學位論文	二〇一五年七月	／

（續上表）

	作者	篇名	刊物／書名	日期	頁碼
四十五	王家琪	從八十年代初香港作家的中國遊記論本土的身份認同——以《素葉文學》為例	《臺大中文學報》第五十期	二〇一五年十月	頁七七－一一六
四十六	葉秋弦	赤子之心遊於藝——翻閱「素葉」四十年之路	《大頭菜》第四十一期	二〇一九年一月	頁一〇－二五
四十七	許定銘	《素葉文學》	《從書影看香港文學》（香港：初文出版社）	二〇一九年十月	頁五五八－五五九
四十八	許定銘	紀念號《素葉》	同上	同上	頁五六〇－五六一
四十九	許定銘	素葉叢書	同上	同上	頁五六二－五六三

研究篇主要參考書目

專書

Abbas, Ackbar. *Hong Kong: Culture and the Politics of Disappearance*. Hong Kong: Hong Kong University Press, 1997.

Bassnett, Susan and André Lefevere eds. *Translation, History and Culture*. London: Pinter Publisher Ltd., 1990.

Bourdieu, Pierre. *The Field of Cultural Production: Essays on Art and Literature*. Edited and introduced by Randal Johnson. Cambridge: Polity Press, 1993.

Hermans, Theo. *Translation in Systems: Descriptive and Systemic Approaches Explained*. Manchester: St. Jerome, 1999.

Hockx, Michel ed. *The Literary Field of Twentieth-century China*. Honolulu: University of Hawaii, 1999.

Scholes, Robert and Clifford Wulfman. *Modernism in the Magazines: An Introduction*. New Haven: Yale University Press, 2010.

Shen, Shuang. *Cosmopolitan Publics: Anglophone Print Culture in Semi-Colonial Shanghai*. New Brunswick, N.J.: Rutgers University Press, 2009.

也斯：《香港文化空間及文學》，香港：青文書屋，一九九六年。

也斯：《越界書簡》，香港：青文書屋，一九九六年。

中國古典文學研究會主編：《文學與傳播的關係》，台北：學生書局，一九九五年。

方維規：《文學社會學新編》，北京：北京師範大學出版社，二〇一一年。

王宏志、李小良、陳清僑：《否想香港：歷史．文化．未來》，台北：麥田出版，一九九七年。

王宏志：《本土香港》，香港：天地圖書，二〇〇七年。

王良和：《詩觀的衝突與主流的競逐：香港八、九十年代詩壇的流派紛爭——以「鍾偉民現象」映照》，香港浸會大學哲學博士論文，二〇〇一年。

王良和：《余光中、黃國彬論》，香港：匯智出版，二〇〇九年。

王德威、季進主編：《文學行旅與世界想像》，南京：江蘇教育出版社，二〇〇七年。

史書美：《視覺與認同：跨太平洋華語語系表述．呈現》，台北：聯經出版，二〇一三年。

本雅明著，張旭東、王斑譯：《啟迪：本雅明文選（修訂譯文版）》，香港：牛津大學出版社，二〇一二年。

皮耶．布赫迪厄（Pierre Bourdieu）著，石武耕、李沅洳、陳羚芝譯：《藝術的法則——文學場域的生成與結構》，台北：典藏藝術家庭，二〇一六年。

危令敦：《〈當代文藝〉研究：以香港、馬新、南越的文學創作為中心的考察》，香港：天地圖書，二〇一九年。

安德森（Benedict Anderson）著，吳叡人譯：《想像的共同體——民族主義的起源與散佈》，上海：上海人民出版社，二〇〇五年。

朱耀偉：《他性機器？後殖民香港文化論集》，香港：青文書屋，一九九八年。

朱耀偉：《本土神話：全球化年代的論述生產》，台北：學生書局，二〇〇二年。

艾倫．狄波頓著、廖月娟譯：《旅行的藝術》，台北：先覺出版，二〇〇二年。

西西、何福仁：《時間的話題——對話集》，香港：素葉出版社，一九九五年。

西西著、劉以鬯編：《交河》，香港：香港文學研究社，一九八一年。

西西：《像我這樣的一個女子》，台北：洪範書店，一九八四年。

西西：《像我這樣的一個讀者》，台北：洪範書店，一九八六年。

西西：《母魚》，台北：洪範書店，一九九〇年。

西西：《耳目書》，台北：洪範書店，一九九一年。

西西：《傳聲筒》，台北：洪範書店，一九九五年。

西西：《我城》，台北：洪範書店，一九九九年。

西西：《西西詩集》，台北：洪範書店，二〇〇〇年。

西西著、何福仁編：《羊吃草》，香港：中華書局，二〇一二年。

何福仁：《再生樹》，香港：素葉出版社，一九八二年。

何福仁：《書面旅遊》，台北：允晨文化，一九九〇年。

吳萱人編：《香港六七十年代文社運動整理及研究》，香港：臨時市政局公共圖書館，一九九九年。

吳萱人編：《香港文社史集：初編，一九六一－一九八〇》，香港：採集組合，二〇〇一年。

李金鳳：《不以題》，香港：素葉出版社，一九九五年。

李金鳳：《六月》，香港：素葉出版社，一九九五年。

李金鳳：《天使與我同路 —— 散文小說集》，香港：素葉出版社，一九九八年。

杜杜：《住家風景》，香港：純一出版社，一九七九年。

辛其氏：《每逢佳節》，香港：素葉出版社，一九八五年。

辛其氏：《青色的月牙》，台北：洪範書店，一九八六年。

辛其氏：《紅格子酒舖》，香港：素葉出版社，一九九四年。

辛其氏：《漂移的崖岸》，香港：素葉出版社，二〇一二年。

冼玉儀編：《香港文化與社會》，香港：香港大學亞洲研究中心，一九九五年。

周蕾：《寫在家國以外》，香港：牛津大學出版社，一九九五年。

杰夫瑞．C．亞歷山大（Jeffrey C. Alexander）、史蒂芬．謝德門（Steven Seidman）主編：《文化與社會：當代論辯》，台北：立緒文化事業有限公司，一九九七年。

東海大學中文系編：《旅遊文學論文集》，台北：文津出版社，二〇〇〇年。

林芳玫：《解讀瓊瑤愛情王國》，台北：時報文化，一九九四年。

邱天助：《布爾迪厄文化再製理論》，台北：桂冠圖書股份有限公司，二〇〇二年，第二版。

俞風：《看河集》，香港：素葉出版社，一九九四年。

俞風：《牆上的陽光》，香港：素葉出版社，一九九四年。

洛楓：《請勿超越黃線：香港文學的時代記認》，香港：文化工房，二〇〇八年。

約翰·厄里（John Urry）著，葉浩譯：《觀光客的凝視》，台北：書林出版，二〇〇七年。

胡錦媛：《台灣當代旅行文選》，台北：二魚文化，二〇一三年，第二版。

香港中文大學中國語言及文學系、香港教育學院中國文學文化研究中心合編：《都市蜃樓：香港文學論集》，香港，牛津大學出版社，二〇一〇年。

香港藝術發展局辦事處編：《第七屆香港文學節研討會論稿匯編》，香港：香港藝術發展局，二〇〇八年。

埃斯卡皮（Robert Escarpit）著，葉淑燕譯：《文學社會學》，台北：遠流，一九九〇年。

夏潤琴：《沒箇安排處》，香港：素葉出版社，一九九五年。

夏鑄九編譯：《空間的文化形式與社會理論讀本》，台北：明文書局，一九八八年。

袁良駿：《香港小説流派史》，福州：福建人民出版社，二〇〇八年。

馬家輝：《在廢墟裏看見羅馬》，香港：天地圖書，二〇〇六年。

馬國明：《路邊政治經濟學》，香港：曙光圖書公司，一九九八年。

高宣揚：《布迪厄的社會理論》，上海：同濟大學出版社，二〇〇四年。

專集組編：《香港七十年代青年刊物回顧專集》，香港：策劃組合，一九九八年。

張灼祥：《作家訪問錄》，香港：素葉出版社，一九九四年。

張美君、朱耀偉編：《香港文學＠文化研究》，香港：牛津大學出版社，二〇〇二年。

張誦聖：《文學場域的變遷》，台北：聯合文學，二〇〇一年。

梁秉鈞、陳智德、鄭政恆編：《香港文學的傳承與轉化》，香港：匯智出版，二〇一一年。

梁秉鈞譯：《當代拉丁美洲文學選》，台北：環宇出版社，一九七二年。

梁秉鈞編：《香港流行文化》，台北：書林出版，一九九三年。

淮遠：《鷓鴣鞦韆》，香港：素葉出版社，一九七九年。

淮遠：《懶鬼出門》，香港：素葉出版社，一九九一年。

淮遠：《賭城買糖》，香港：素葉出版社，一九九五年。

淮遠：《水槍扒手》，香港：素葉出版社，二〇〇三年。

淮遠：《蝠女闖關》，香港：素葉出版社，二〇一二年。

許迪鏘：《南村集》，香港：素葉出版社，一九九五年。

許迪鏘：《老師沒有告訴我，我也無從告訴學生的歷史及文學片斷及思考》，香港：進一步，二〇〇七年。

許迪鏘：《形勢比人強》，香港：天地圖書，二〇〇七年。

許迪鏘編：《第八屆香港文學節研討會論稿匯編》，香港：香港公共圖書館，二〇一一年。

郭永標：《香港本土旅行八十載》，香港：三聯書店，二〇一三年。

陳平原：《「新文化」的崛起與流播》，北京：北京大學出版社，二〇一五年。

陳炳良編：《香港文學探賞》，香港：三聯書店，一九九一年。

陳國球編：《文學香港與李碧華》，台北：麥田出版，二〇〇〇年。

陳清僑編：《文化想像與意識形態》，香港：牛津大學出版社，一九九七年。

陳智德：《解體我城：香港文學一九五〇－二〇〇五》，香港：花千樹，二〇〇五年。

陳智德：《根著我城：戰後至二〇〇〇年代的香港文學》，台北：聯經出版，二〇一九年。

陳鈞淙、賴妍、岑長禧：《初探香港中文文學雜誌》，中大崇基學院通識教育高級專題討論習作，一九八五年十一月十五日。

陳德錦：《宏觀散文》，香港：科華圖書，二〇〇八年。

陳德鴻、張南峰編：《西方翻譯理論精選》，香港：城市大學出版社，二〇〇〇年。

陳潔儀：《香港小説與個人記憶》，香港：天地圖書，二〇一〇年。

陳燕遐：《反叛與對話》，香港：華南研究出版社，二〇〇〇年。

單德興：《翻譯與脈絡》，台北：書林出版，二〇〇九年。

程光煒編：《大眾媒介與中國現當代文學》，北京：人民文學出版社，二〇〇五年。

賀麥曉（Michel Hockx）著，陳太勝譯：《文體問題 —— 現代中國的文學社團和文學雜誌（一九一一－一九三七）》，北京：北京大學出版社，二〇一六年。

黃念欣、董啟章：《講話文章：訪問、閱讀十位香港作家》，香港：三人出版，一九九六年。

黃念欣：《晚期風格 —— 香港女作家三論》，香港：天地圖書，二〇〇七年。

黃康顯：《香港文學的發展與評價》，香港：秋海棠文化，一九九六年。

黃淑嫻、沈海燕、宋子江、鄭政恆編：《也斯的五〇年代 —— 香港文學與文化論集》，香港：中華書局，二〇一三年。

黃維樑：《香港文學初探》，香港：華漢文化事業公司，一九八五年二月。

黃繼持、盧瑋鑾、鄭樹森編：《追跡香港文學》，香港：牛津大學出版社，一九九八年。

楊玉峰主編：《騰飛歲月 —— 一九四九年以來的香港文學》，香港：香港大學中文學院「騰飛歲月」編委會出版，二〇〇八年。

瘂弦等主編：《世界中文報紙副刊學綜論》，台北：行政院文化建設委員會，一九九七年。

葉輝：《書寫浮城》，香港：青文書屋，二〇〇一年。

董啟章：《在世界中寫作，為世界而寫》，台北：聯經，二〇一一年。

廖偉棠：《浮城述夢人》，香港：三聯書店，二〇一二年。

熊志琴訪問整理、鄭樹森：《結緣兩地：台港文壇瑣憶》，台北：洪範書店，二〇一三年。

綠騎士：《棉衣》，香港：三聯書店，一九八七年。

綠騎士：《啞箏之醒》，香港：基督教文藝出版社，二〇〇二年。

劉小麗：《當代香港小説的文學社會學分析：文學、輩代與社會》，香港：香港中文大學香港亞太研究所，二〇〇二年。

劉登翰主編：《香港文學史》，香港：香港作家出版社，一九九七年。

樊善標：《爐外之丹——文學評論及其他》，香港：麥穗出版，二〇一一年。

樊善標：《諦聽雜音：報紙副刊與香港文學生產（一九三〇－六〇年代）》，北京：中華書局，二〇一九年。

潘毅、余麗文編：《書寫城市：香港的身份與文化》，香港：牛津大學出版社，二〇〇三年。

蓬草：《親愛的蘇珊娜》，香港：素葉出版社，一九八〇年。

蓬草：《北飛的人》，香港：素葉出版社，一九八七年。

蔡榮芳：《香港人之香港史一八四一－一九四五》，香港：牛津大學出版社，二〇〇一年。

適然：《聲音》，香港：素葉出版社，一九九五年。

鄭明娳：《現代散文類型論》，台北：大安出版社，一九八八年。

鄭明娳：《現代散文構成論》，台北：大安出版社，一九八九年。

鄭振偉：《中文文學拾論》，香港：天地圖書，二〇〇〇年。

鄭樹森：《當代世界極短篇》，台北：爾雅出版，一九九三年。

鄭樹森：《從現代到當代》，台北：三民書局，一九九四年。

鄭樹森：《藝文綴語》，香港：素葉出版社，一九九五年。

黎活仁等編:《香港八十年代文學現象》，台北:學生書局，二〇〇〇年。

黎海華：《文學花園》，香港：基督教文藝出版社，一九九七年。

盧瑋鑾編:《香港的憂鬱——文人筆下的香港（一九二五－一九四一）》，香港：華風書局，一九八三年。

盧瑋鑾編：《不老的繆思：中國現當代散文理論》，香港：天地圖書，一九九三年。

盧瑋鑾：《香港故事：個人回憶與文學思考》，香港：牛津大學出版社，一九九六年。

謝淑芳：《觀光心理學》，台北：五南圖書，一九九四年。

鍾怡雯：《亞洲華文散文的中國圖像（一九四九－一九九九）》，台北：萬卷樓圖書有限公司，二〇〇一年。

鍾玲玲：《我不燦爛》，香港：明窗出版社，一九八八年。

韓晗：《可敘述的現代性 —— 期刊史料、大眾傳播與中國文學現代體制（一九一九－一九四九）》，台北：秀威出版，二〇一一年。

羅永生：《殖民無間道》，香港：牛津大學出版社出版，二〇〇七年。

羅貴祥：《他地在地：訪尋文學的評論》，香港：天地圖書，二〇〇八年。

期刊文章

Culler, Jonathan. "The Semiotics of Tourism." In *Framing the Sign: Criticism and Its Institutions*, 153-167. Norman: University of Oklahoma Press, 1988.

梁秉鈞編：「香港文學的定位、論題及發展」專題，《現代中文文學學報》八卷二期及九卷一期（二〇〇八年一月），頁一－四二七。

本刊編：「七、八十年代香港青年詩人回顧專輯」，《呼吸詩刊》第一期（一九九六年四月），頁二－五三。

本刊編：「文學場與藝術消費」小輯，《字花》第十九期（二〇〇九年四－五月），頁九七－一一四。

張南峰、莊柔玉編：「多元系統論專輯」，《中外文學》第三十卷第三期（二〇〇一年八月），頁四－一八九。

鄭樹森策劃：「東歐文學專輯（上篇）」，《八方》第八輯（一九八八年三月），頁一五五－二八五。

鄭樹森策劃：「東歐文學專輯（下篇）」，《八方》第九輯（一九八八年六月），頁一六二－二八八。

本刊編：「東歐巨變專輯」，《明報月刊》總二百九十期，第二十五卷第二期（一九九〇年二月），頁三－三五。

本刊編：「青獎專輯」，《呼吸詩刊》第二期（一九九六年九月），頁二－二四。

本刊編：「筆談會：香港文藝期刊在文壇扮演的角色」，《文藝》第七期（一九八三年九月），頁二〇－四七。

鄭樹森策劃：「變革後的東歐文學專輯」，《八方》第十二輯（一九九〇年十一月），頁二四八－三〇七。

也斯：〈加西亞．馬蓋斯與「一百年的孤寂」〉，《四季》第一期（一九七二年十一月），頁八九－九九。

也斯：〈加西亞．馬蓋斯與番石榴的芳香〉，《大拇指》第一百七十一期（一九八三年三月十五日），第六版。

古遠清：〈近年香港文學刊物掠影〉，《台港文學選刊》第一百六十四期（二〇〇〇年第七期），頁一〇〇－一〇三。

何福仁：〈素葉〉，《香港文學》第五期（一九八五年五月），頁九一－九三。

批評家資料室：〈文藝圈批判〉，《批評家》創刊號（一九八一年十一月），頁一－一二。

李永新：〈文本是如何被建構的？——試論伊格爾頓文學生產理論的英國馬克思主義特徵〉，《福建論壇（人文社會科學版）》二〇〇七年第九期（二〇〇七年九月），頁八〇－八四。

李華川：〈素葉復刊有感〉，《快報》一九九一年八月四日。

李瑞騰：〈八十年代香港的新詩界——以文學刊物為中心的討論〉，《亞洲華文作家雜誌》第二十七期（一九九〇年十二月），頁七五－一〇〇。

李維陵：〈有關素葉〉，《星島晚報》一九八一年六月六日，第十版。

周國偉、范俊風、陳進權、阮妙兆訪問，馬康麗記錄：〈一個年輕的出版社：素葉〉，《大拇指》第九十六期（一九七九年四月一日），第二版。

迪特里希．哈特著，黃宜譯：〈文學社會學的基本概念、方法以及運用領域概述〉,《文藝研究》一九八七年第五期，頁一三〇－一三八。

原甸:〈《素葉文學》〉,《我思故我論》，新加坡：萬里書局，一九八八年，初版。

馬大康:〈再釋文學理論關鍵詞:「文學創造」與「文學生產」〉,《社會科學戰線》二〇一〇年第八期（二〇一〇年八月），頁一四九－一五〇。

張文中:〈精英不滅〉,《星島日報》一九九一年八月七日，第四十一版。

張灼祥、余文詩:〈「開卷樂」訪問:《素葉文學》的另類生存方式〉,《星島日報．文藝氣象》一九九二年七月二十四日，第四頁。

張貽婷:〈「動盪年代」的再回首——專訪《素葉文學》創辦者許迪鏘先生〉,《幼獅文藝》第六八二期（二〇一〇年十月），頁八五－八八。

張誦聖:〈「文學體制」、「場域觀」、「文學生態」:台灣文學史書寫的幾個新觀念架構〉,《現代中文文學學報》六卷二期及七卷一期（二〇〇五年六月），頁二〇七－二一七。

張麗燕、張詠梅、鄧敏華訪問:〈訪《詩之頁》、《讀書》及《文學周刊》編輯許迪鏘〉,《讀書人》第二十八期（一九九七年六月），頁八三－八七。

梁錫華:〈香港的紀遊文字〉,《香港文學》第五十期（一九八九年二月），頁四三－四八。

許迪鏘:〈在文學大道上走碎步〉,《讀書人》第二十七期（一九九七年五月），頁八三－八五。

許迪鏘:〈關於素葉〉,《文學世紀》第五十五期（二〇〇五年十月），頁一三－一四。

陳信元:〈簡介「素葉文學」〉,《台灣文訊》一九八五年十月，頁一〇〇－一〇三。

單德興:〈冷戰時代的美國文學中譯：今日世界出版社之文學翻譯與文化政治〉,《中外文學》第三十六卷第四期（二〇〇七年十二月），頁三一七－三四六。

湯禎兆:〈進退維谷——香港文學雜誌發展的三大難題〉,《明報月刊》一九八九年二月號，頁九四－九八。

賀麥曉（Michel Hockx）:〈二十年代中國「文學場」〉,《學人》第十三輯（南京:江蘇文藝出版社，一九九八年三月），頁二九五－三一七。

賀麥曉:〈布狄厄的文學社會學思想〉一九九六年第十一期，頁七六－八二。

楊佳嫻:〈離／返鄉旅行：以李渝、朱天文、朱天心和駱以軍描寫台北的小說為例〉,《中外文學》第三十四卷第二期（二〇〇五年七月），頁一三三－一五五。

劉建華:〈從藝評角度看藝術社會學的「資本」迷思〉,《香港社會科學學報》第十八期（二〇〇〇年冬季號），頁一六九－一八九。

樊善標:〈三位散文家筆下香港的山 —— 城市香港的另類想像〉,《中國現代文學》第十九期（二〇一一年六月），頁一一五－一四〇。

樊善標:〈香港報紙文藝副刊研究的回顧（上）〉,《文學評論》第十六期（二〇一一年十月），頁八九－九八。〈香港報紙文藝副刊研究的回顧（下）〉,《文學評論》第十七期（二〇一一年十一月），頁一一一－一一五。

應鳳凰:〈台灣五十年代詩壇與現代詩運動〉,《現代中文文學學報》四卷一期（二〇〇〇年七月），頁六五－一〇〇。

戴天:〈香港第一文學刊物〉,《信報》一九九六年十一月十六日，第二十二版。

鍾怡雯:〈故土與古土 —— 論台灣返「鄉」散文〉，師大國文學系編:《解嚴以來台灣文學國際學術研討會論文集》（台北：萬卷樓圖書有限公司，二〇〇〇年），頁四八六－五一三。

鄺可怡:〈論戴望舒香港時期的法文小說翻譯（一九三八－一九四九）》,《現代中文文學學報》第八．二－九．一期（二〇〇八年），頁三一一－三四四。

關詩珮:〈翻譯與殖民管治：早期香港史上的雙面譯者高和爾〉,《現代中文文學學報》第十．二期（二〇一〇年十二月），頁一七四－一九五。

關詩珮:〈翻譯與殖民管治：香港登記署的成立及首任總登記官費倫〉,《中國文化研究所學報》第五十四期（二〇一二年），頁九七－一二四。

編後記

二〇一九年是素葉出版社成立四十周年，中華書局（香港）有限公司的黎耀強先生提出趁此機會為素葉編一本紀念專書。何福仁先生向他推薦了我，因為幾年前我的碩士論文正是研究《素葉文學》雜誌的。我戰戰兢兢接下了這件任務，首先聯絡素葉的前輩邀請他們接受訪問，其次搜集值得收錄的資料文章，最後當然是花了好些時間修改自己稚拙的少作，加上這一年多以來的許多波折，終於在今年年底完稿，卻已錯過了四十周年的時機。幸好二〇二〇年是《素葉文學》雜誌創刊四十周年，勉強來説還算趕上了其中一個「四十年」。能夠編這本書，是我的榮幸。

本書編輯過程中，得到多位素葉前輩的信任和鼓勵，謹此致謝。感謝接受訪問的何福仁先生、許迪鏘先生、鄭樹森教授，感謝撰寫紀念文章的西西、杜杜、辛其氏、俞風和適然。有一點必須説明的是，他們僅在資料上提供協助，並沒有過問本書的內容和編輯方向。

感謝我的論文指導老師樊善標教授，在碩士論文寫作的過程中給予許多寶貴的意見和建議。如果沒有他當時的引介，我就不會加入《西西研究資料》的編輯工作，不會結識素葉的前輩們，也就未必有機會做這本書了。感謝編輯張佩兒小姐一直耐心仔細地協助。本書大部分資料來自香港中文大學圖書館香港文學特藏室和香港文學資料庫，謹此一併致謝。

素葉四十年

回顧及研究

王家琪 編著

責任編輯 張佩兒
裝幀設計 黃希欣
排版 時潔
印務 劉漢舉

出版
中華書局（香港）有限公司
香港北角英皇道四九九號北角工業大廈一樓 B
電話：（852）2137 2338
傳真：（852）2713 8202
電子郵件：info@chunghwabook.com.hk
網址：http://www.chunghwabook.com.hk

發行
香港聯合書刊物流有限公司
香港新界荃灣德士古道二二〇－二四八號
荃灣工業中心十六樓
電話：（852）2150 2100
傳真：（852）2407 3062
電子郵件：info@suplogistics.com.hk

印刷
美雅印刷製本有限公司
香港觀塘榮業街六號海濱工業大廈四樓 A 室

版次
二〇二〇年十二月初版

規格
三十二開（210mm×150mm）

ISBN
978-988-8676-60-6